报人孙犁

重读孙犁随笔

侯军◎著

天津出版传媒集团
天津人民出版社

图书在版编目（CIP）数据

报人孙犁：重读孙犁随笔 / 侯军著. -- 天津：天
津人民出版社，2023.5
ISBN 978-7-201-19296-3

Ⅰ.①报… Ⅱ.①侯… Ⅲ.①随笔—作品集—中国—
当代 Ⅳ.①I267.1

中国国家版本馆 CIP 数据核字(2023)第 076357 号

报人孙犁：重读孙犁随笔
BAOREN SUNLI：CHONGDU SUNLI SUIBI

出　　版　天津人民出版社
出 版 人　刘　庆
地　　址　天津市和平区西康路 35 号康岳大厦
邮政编码　300051
邮购电话　（022）23332469
电子信箱　reader@tjrmcbs.com

责任编辑　岳　勇
特约编辑　张素梅
装帧设计　汤　磊
封面题签　侯　军

印　　刷　天津新华印务有限公司
经　　销　新华书店
开　　本　710毫米×1000毫米　1/16
印　　张　26.5
插　　页　1
字　　数　300千字
版次印次　2023 年 5 月第 1 版　2023 年 5 月第 1 次印刷
定　　价　79.00 元

真情育真识 新路开新境（代序）

彭 程

一

孙犁先生是一代文学巨匠，毕生淡泊名利，寂寞自守，然而桃李不言，下自成蹊，其作品凭借鲜明的风格和深湛的功力，铸就了一座文学丰碑，受到众多读者的喜爱，让人想到苏轼在《答谢民师书》一文中援引的欧阳修的说法："文章如精金美玉，市有定价。"

岁月不居，时节如流。今年是孙犁先生一百一十周年诞辰，侯军先生的新著《报人孙犁》，便是一部呈奉给这个日子的致敬之作。作者自称，它是"作为我这个曾沐浴过孙老恩惠的晚辈，对孙犁先生献上的一份薄礼"。这部专著情感饱满，观点鲜明，资料丰富翔实，论述细密透辟，堪称是一部内容充实、新意迭出之作。

我与侯军先生一样，对孙犁先生的人品文品景仰之至，以故蒙他信赖，引为同道，嘱为这部著作属文作序。尽管自忖力有不逮，但作者盛情拳拳，却之不恭，只好答应勉力而为。此外潜意识里尚有一种期待，也不妨说是一种私念，是想借此进一步加深对孙犁先生的认识理解。以此缘故，我有幸在该书付梓之前，读过大部分篇章，受益匪浅，感慨良多，所感所思，自以为或与作者的初衷相去不远，故不揣简陋，叙写如下，聊且作为与侯军先生的交流。

二

对一个真正的大作家，应该而且能够从不同方向进行研究探讨。孙犁先生的道德文章，让人想到《礼记·中庸》的一句话："溥博如天，渊泉如渊。"这样一种广储厚积，也为多角度的开掘阐释提供了广阔的可能性。

孙犁先生辞世二十年来，已有不少研究专著面世，但大都是聚焦于其作品的内容题材、思想内涵和艺术特色上，基本上属于艺术和美学方面的阐发。而这部《报人孙犁》，则是别具只眼，选取了一个颇为新颖的研究角度。

这个独特的切入点，就是围绕研究对象的报人身份而展开，敷陈发掘，寻幽探微，条分缕析。这也正是作者曾经在某篇文章中述及的目标："在'作家孙犁研究'的主干道旁边，再开出一条'报人孙犁研究'的新线路"。

纵观孙犁先生一生，其职业生涯的大部分时间，是以报人的职业安身立命的。从抗战时期加入晋察冀通讯社、《冀中导报》开始，他就有了这个身份，解放后进城到《天津日报》工作，并在此岗位上离休。因此，用"报人孙犁"来概括其生平，可以说是准确精当。这也是孙犁先生在作品中，以及与友人的信函和交谈中，多次为自己所做的定位。

这个视角，与大多数的孙犁研究者的立足点相比，便产生了一种陌生化的效果。一些与众不同的感受和憬悟，从这个角度更容易产生，更有助于对研究对象获得一种全面、清晰和深入的把握。

值得一提的是，作者本身就是一位资深报人，未及弱冠之年就进入报社，数十年间，先后做过记者、编辑和报社领导，熟悉报纸工作的每一个环节，每一道流程。这样，他谈论起报纸运作的方方面面，就没有隔膜之感，更能够切中肯綮。还有格外重要的一点，作者曾经供职的报纸，正是《天津日报》，因此得以成为孙犁先生的年轻同事，早在20世纪八九十年代，就亲炙謦欬，面聆教诲。后来他虽然远赴南国工作，但与孙犁先生的联系一直不曾断绝，日常书翰往还，年节探望问候,成为一对情感贴近、灵魂契合的忘年深交。

这些因素的凑泊,让人联想到佛家所谓因缘际会,注定会作用于这部著作的构撰,让人有理由对它寄寓某种期待,而它也的确没有让人失望。目光每于常人忽略处有所发现,于常论未及处有所拓展,是我初览书稿之后的一个突出感觉。说它填补了一个空白,开辟了一处新境,并不是夸张矫饰。

三

这部专著共分为四辑。前面三辑中的数十篇文章,分别归列在"读者·记者""编者·作者"和"学者·报人"的标题之下。这三组六个称呼,是作者为孙犁先生的身份所做定义的集合。

细分起来看,这三对身份,既是按照研究对象生平的时间顺序,加以敷陈展开,也是依据其职业与知识构成,进行探幽析微,显现出的是一种全方位、多层级的打量和把握。

"读者·记者"一辑,展现了孙犁先生步入报人之路的身影足迹。青年时代的他,是一位痴迷于《大公报》副刊的读者,并由此爱上了文学,"由读而投",写文章投稿。敌寇入侵,抗战爆发,他投身保家卫国的民族抵抗运动,成为一名战地记者,写下了许多报道,记录了血与火的晋察冀战场,讴歌了中国人民的不屈反抗和英勇牺牲。《战地记者——品读孙犁早期的"激扬文字"》《"我当记者"——在孙犁自述中的"记者生涯"》等篇目,生动地记载了这一段生涯。可以说,孙犁先生的文学之路,是从新闻写作开始的。而这一段生活经历,也成为他后来脍炙人口的《荷花淀》《风云初记》等文学名篇的题材来源。

这一组文章在介绍孙犁先生的记者经历的同时,也分析了其不同时期新闻作品的特点,一些地方发他人所未道,新意鲜明。像对其《游击区生活一星期》,称为"沉浸式的战地体验",而对其新中成立后所写的《津门小集》系列报道，则概括为"渐变式新闻特写"。这样的发见和提炼，如果不是熟稔新闻工作规律、深谙个中三昧者，是难以做到的。

报人工作的一个突出特点，是"编采合一"，即外出时是写稿的记者，在家里时则是编稿的编辑，分工并不十分严格，一直到现在都大多如此。第二辑"编者·作者"聚焦于这一个方面，对作为编辑的孙犁先生的职业操守和卓越造诣，给予了充分的介绍。

在战火纷飞的抗日战场，在冀中平原和太行山地，孙犁一身二任，既做记者写报道，又当编辑编报纸和期刊。《孙犁的"编辑部"》《回望"冀中一日"》等篇章，记录了这一方面的工作情形。当时环境极其艰苦，他衣食不继，萍踪难定，甚至有很长时间是一个人孤军奋战，老乡家的一条土炕，一张炕桌，就是编辑部。《"人在稿存"》中写道："孙犁先生将稿件装在书包里，一有情况背起就走，没有丢失过一篇稿子。"在当时动荡不已、生死无定的情况下，这实在是难以想象，难怪孙犁先生曾经在散文中以自豪的口吻谈及此事。某件事情能让一个人以性命托付，足以证明它在其人心目中的重要性。作者不由感喟："将稿件与自己的生命'捆绑'在一起，要与自己的稿件共存亡，这样的编辑，乃至他所体现的编辑态度和认真敬业的精神，如今安在哉?!"

新中国成立后，孙犁先生长期担任《天津日报》文艺副刊编辑，后升任主管副刊的编委，一直到离休。他尽管资格很老，是老革命、老延安、老干部，但丝毫无意于仕进之途，甘愿居卑处微，将全部精力投入到他所挚爱的编辑工作中。这是他的夫子自道："我把编辑这一工作，视作神圣的职责，全力以赴。"《编辑五题》一文，详细例举了他始终践行并要求同事们遵循的编辑工作准则，每一点都来自躬行中的感悟，是诚意和心血的凝聚。他认真阅读每一篇投稿，"像写情书那样写退稿信"，并从中发现和扶植籍籍无名的作者，不少今天声震文坛的知名作家,也得到过他的及时而中肯的提携指导。他"有思路,有宗旨,有定力,有谋略",将编辑工作做到了极致。

作为一代文学名家,在做好编辑工作的同时,孙犁先生也为几家著名的报纸副刊撰写了很多作品,其中不少今天已经成为广为传诵的名篇。这一种编者与作者身份的重合叠加,能够让人解读出颇为丰富的意涵,诸如老一辈文人的深厚广博的修养,关于编撰之间的相互激发促进,关于他通过具体作品示范和印证了自己对于副刊的美学主张……凡此种种,都可以是这一话题场域中的应有之义。

第三辑"学者·报人",则将笔墨投注于孙犁先生在新闻生涯中体现出的深厚卓越的学术素养与识见。像《一本新闻专著的"传奇"》,记录了他写作《论通讯员及通讯写作诸问题》的情况,这是解放区第一本新闻专著,具有开创的意义;像《孙犁的"策划文案"》等,则让人看到他对副刊工作的精研覃思。《天津日报》的多个副刊版面和增刊,其办刊宗旨、栏目设置、风格特色等,都得益于孙犁的倡导和力行,通过具体生动的介绍分析,作者给出的评价便让人服膺且钦敬:"不唯勇气可嘉,而且思辨之精粹,文笔之犀利,申论之明晰,谋划之周密,堪为策划文案之典范也。"

孙犁先生的认真谨严,体现在许多细微之处。《敬畏文字》中对校对这样的基础性工作的严格要求,《"标题是一种艺术"》中对文题制作的斟酌推敲,都让人想到《论语》中子夏的那句话:"虽小道,必有可观者焉。"这些让作者深受触动:"反躬自省,我们这些延续着办报办刊之文脉,传承着煮字弘文之薪火的后来者们,是不是也该从中受到一些触动,进而增加几分对文字的敬畏呢?"这样的启发,同样也会令广大的报界从业者受益。

前面曾谈到,这部专著不属于文学作品研究,但并非没有涉及这方面的内容。事实上,只要面对孙犁先生的作品,就无法躲避开必要的文本阐发。像《文言的活用》一文,就分析了孙犁先生晚年散文作品鲜明的语言特色,指出作品很大程度上源自古典文学的熏染。因为这些作品大多刊于报纸副刊,也从一个独特的角度体现了先生的报人情怀,折射出他关于报纸版面的见解,实际上也与专著的题旨相去未远。

不难发现,在孙犁先生诸多身份中,占据中心的是"报人"。其他的几种称呼,或者是这个身份构成中的一部分,或者是由它派生和延伸出去的。作者将这部专著命名为《报人孙犁》,一定程度上当是出于这种考虑。这种运思方式,对全书的架构起到了一种统摄控驭的作用,让人想到西晋陆机《文赋》中有关谋篇布局的表述:"立片言而居要,乃一篇之警策。虽众辞之有条,必待兹而效绩。"

这样的安排,取得的是某种全息照相式的立体效果。作者仿佛操控一部摄像机,上下左右,远近前后,正面旁侧,不断地拉伸镜头,有时扫过一个相对开阔的区域,有时则驻留于某一处局部,乃至某一个细节。每一篇文章,都仿佛是一幅高像素的照片,真切清晰。它们既展现了研究对象的身世足迹,又剖露了其情怀魂魄,追形复摹神,弘阔而细腻。可以说,作者出色地抵达了自己设定的"报人孙犁研究"这一目标。

四

前述三辑中的数十篇文章,都是作者在半年的时间里集中写下的,这样的速度让人感慨。与其称它们是"急就章",不若说是长久的蓄积,借由一个合适的契机,获得了集中喷发,仿佛水库的泄洪闸门提起,汹涌的水流瞬间直泻而下。

而这一切的根本的原因,主要的动力,要归结为作者对孙犁先生真挚深切的景仰与敬爱。这一种情怀,在第四辑"我与孙犁"中,得到了尤为明确的表露。它是潜隐贯穿于这部著作的全部文章中的一条脉络,仿佛一条迤逦于田野间的小路,步履其上,可以从容观赏两旁的佳美风景,草长莺飞,杂花生树。

作者自述,这部《报人孙犁》书稿已经酝酿了三十多年。早在20世纪80年代,他年方二十出头,就曾与孙犁先生就这个选题交流,得到了老人的认可和指点。后来因为事务繁忙、工作变动等,迟迟未能充分开展,但一直持续着对孙犁先生的关注和研究,写了不少文章,收入本辑中的这些就是其中一部分。它们时间跨度很大,内容和文体也丰富庞杂,但足以印证作者对孙犁先生的情感是一以贯之的,始终不曾游移衰减。

这些文章中,岁月之感交织着知音之慨。《孙犁早期报告文学的阳刚之美》《浅论孙犁的报告文学》等,分别发表于20世纪八九十年代之交,尽管是发轫之作,亦已经显露其用心之深和用力之勤;《芸斋的来信》和《孙犁的"签名本"》,则写了作者与孙犁先生的书翰往还,写了老人对后辈的欣赏和勉励;《遥祭文星》是一篇泣别之作,深情依依,追思绵绵,读来令人动容。而附录收入的孙犁先生女儿孙晓玲的《父亲与侯军的一段忘年交》,则是经由第三方的视角,佐证了这种交往的亲密、融洽和深入。

读过这些文章,再回头来看作者的心迹剖白之言,就会感同身受。作者自述,这本书"是我近年来写得最用心也最动情的一本专著"。他在半年的时间里,"焚膏继晷,精研细审,夙夜伏案,奋笔疾书",将数十年中的感受和思索,加以整理提炼,一口气写出数十篇,正是为了向即将到来的孙犁先生一百一十周年诞辰献礼,表达一份深挚的爱戴和缅怀。诚哉此心,信哉斯言。

这样,我们就会在该书前三辑与第四辑之间,在过去的和今天的文章之中,发现一种逻辑关联。前三辑里的许多基于深入理解的新发现,都是建立在第四辑文章中流淌着的感情之上。某种意义上,不妨说后者是前者的源泉,而前者则属于后者的流淌和漫溢。这一条水流的波光之中,熠熠闪动的是作者的诚心正意。

孙犁先生一生宠辱不惊，进退从容，得失泰然，"功成而不居，名彰而身退"，但阐发弘扬他的高尚的人格境界、出色的艺术贡献，却是后人不可推辞的责任。他在作品中传播的真善美的理念，对世道人心向善变好的期盼，如今得以通过一位他所信赖的作者，经由一部翔实深入的著作，得到进一步的发掘和梳理、阐发和揄扬，使其薪尽而火传，身殁而神存，成为一种精神财富传之后世，造福于一代代喜爱他的读者，无疑是一件大有意义的事情，也是对于追念之人最好的纪念。孙犁先生若天上有知，也当会倍感欣慰的。

在此意义上，作为一名热爱孙犁的读者，我也要向作者侯军先生，表达一份由衷的敬意。

2023 年 2 月

彭程，《光明日报》文艺部原主任，高级编辑，中国作家协会散文委员会委员，全国文化名家暨"四个一批"人才工程入选者，享受国务院特殊津贴专家。曾获中国新闻奖、冰心散文奖、报人散文奖、丁玲文学奖、丰子恺散文奖、北京文学奖等。

目　录

第三辑　学者·报人

第四辑　我与孙犁

第一辑

读者·记者

痴迷的《大公报》读者

若问:报人是靠什么炼成的?

答曰:报人当然是靠报纸炼成的。

再问:报纸是怎样炼成报人的?

答曰:你可以去问问成功的报人:有哪个不是从读报入门的?

是的,没有哪个报人不是从读报入门,进而历练成为报人的。孙犁先生同样是如此。

(一)

1982年2月,孙犁先生写了一篇《报纸的故事》,真切地写到了他早年与天津《大公报》的不解之缘——

1935年的春季,我失业家居。在外面读书看报惯了,忽然想订一份报纸看看。这在当时确实近乎一种幻想,因为我的村庄,非常小又非常偏僻,文化教育也很落后。例如村里虽然有一所小学校,历来就没有想到订一份报纸。村公所就更是谈不上了。而且,我想要订的还不是一种小报,是想要订一份大报,当时有名的《大公报》。这种报纸,我们的县城,是否有人订阅,我不敢断言,但我敢说,我们这个区,即子文镇上是没人订阅过的。

《大公报》是在天津出版的一份全国性大报,1902年6月17日创刊于天津法租界，其创办人是英敛之。他在创刊号上发表《〈大公报〉序》，说明报纸取大公之名，意为"忘己之为大，无私之谓公"。英敛之主持《大公报》十年，奠定了其作为华北地区大报的基础。但后继者没有延续下来，后被迫停刊。1926年9月，吴鼎昌、张季鸾、胡政之合组新记股份公司，接办《大公报》。张季鸾、胡政之等优秀报人，坚持不党、不卖、不私、不盲的"四不主义"，敢于直言，指斥时弊，赢得了大众的欢迎。特别是九一八事变后，《大公报》主张抗日，态度鲜明，连续发表了著名记者范长江的西北通讯，首次披露了红军长征的情况……凡此种种，使其成为当时全国报界的"龙头老大"。

孙犁说："我在北京住过，在保定学习过，都是看的《大公报》。现在我失业了，住在一个小村庄，我还想看这份报纸。我认为这是一份严肃的报纸，是一些有学问、有事业心、有责任感的人，编辑的报纸。至于当时也是北方出版的报纸，例如《益世报》《庸报》，都是不学无术的失意政客们办的，我是不屑一顾的。"

此时的孙犁，年方二十二岁。虽然失业在家，但他的眼光很高，志向很大，单从读报而言，即可看出其取法乎上，不肯降低自己的阅读品位。"我认为《大公报》上的文章好。"孙犁写道，"它的社论是有名的，我在上中学时，老师经常选来给我们当课文讲。通讯也好，有长江等人写的地方通讯，还有赵望云的风俗画。最吸引我的还是它的副刊，有一个文艺副刊，是沈从文编辑的，经常登载青年作家的小说和散文。还有小公园，还有艺术副刊。"

孙犁对这份报纸的版面设置、风格特色，如数家珍，可见他是一个非常忠实的读者，用今天时髦的说法，够得上一名"铁粉"了。这一方面说明，读报已经成为他的一种生活习惯；另一方面，也说明他对这份大报不仅仅是读者，还有更高的期待——"说实在的，我是想在失业之时，给《大公报》投投稿，而投了稿子去，又看不到报纸，这是使人苦恼的。因此，我异想天开地想订一份《大公报》。"

（二）

其实,孙犁在当时作如此之想,并非全是"异想天开",他是有些现实依据的。

他在中学阶段就开始学习写作,并向一些报刊试投作品。高中毕业后,一度立志要做一个以写作为生的职业作家。在《写作漫谈》一文中,他对这一段"试水式的写作",曾写下这样一段回忆:"我住在石驸马大街的一个小公寓里,所过的生活,形式上颇类似一个作家。我也给报纸投稿。那时北京有《世界日报》《晨报》,天津有《大公报》《益世报》等。我开始是写诗和小说,但很长时间,一篇也没有被采用刊登。我觉得不行,才改变方针,找到一个职业。但我并没有完全失望,还是继续买书看书。我想,创作困难,理论还许容易些,我看了不少文艺理论和社会科学的书籍。那时,左联正对胡秋原、苏汶等论战,我当时站在左翼的立场,也写了一些自己觉得很尖锐,实际上只有一个左的面貌的文章。这些东西也没有被选用。不久我又后退一步,开始写电影评介、新书评介,哪里开展览会、游艺会,我就买门票参观,回来就写介绍。报纸大概需要这样的东西,竟然被选登了几篇。"(《孙犁文集》第四卷,百花文艺出版社2002年10月,第360页)

查检《孙犁年谱》,我发现选登这些孙犁早期试水之作的报纸,正是《大公报》——

1934年4月26日,《大公报》副刊"小公园"刊发了孙犁的诗歌《我决定了》,署名芸夫。

1934年10月25日、26日,孙犁的《故都旧书摊巡礼》分两次刊发于《大公报》第13版。此文见报时漏掉署名。27日,《大公报》特意刊登《本刊小启》,说明《故都旧书摊巡礼》为孙芸夫君所作,因编辑疏忽,漏登署名,特为补志。

1934年11月29日、30日、12月1日,《大公报·本市副刊》连续刊发孙犁的文化见闻录《北平的地台戏》,署名芸夫。(见段华编著《孙犁年谱》,人民出版社2022年3月,第9页)

这是孙犁在北京居停期间,使用孙芸夫或芸夫为笔名,在《大公报》上发表文章最为密集的一个时期。虽然此后辞职回乡了,但在他的心里,为《大公报》投稿的"热度"依然不减——这或许才是他急切地要求订一份《大公报》的深层原因之所在。

孙犁先把订报的心愿向新婚的妻子透露了,他知道妻子有一点私房钱,他想让妻子"借给"他三块钱,先订一个月的报纸。但妻子一句:"你花钱应该去向咱爹去要,我哪里来的钱?"就把他"怼"了回来。

在妻子面前碰了钉子,他只好硬着头皮向父亲要。父亲沉吟了一下说:"订一份《小实报》不行吗?"

《小实报》是当时北京出版的一份低级市民小报,属于孙犁不屑一顾之类。他没有说话,就退了出来。

"父亲还是爱子心切,"孙犁写道,"晚上看见我,就说:'愿意订就订一个月看看吧,集上多卖一斗麦子也就是了。长了可订不起。'在镇上集日那天,父亲给了我三块钱,我转手就交给邮政代办所,汇到天津去。同时还寄去两篇稿子。"

从这一天开始,远方的那家报纸,成了孙犁每日心心念念的牵挂。

(三)

本来,孙犁以为订的报纸也像取信件一样,要步行三里地自取的。谁知居然有个专人,骑着自行车来给他送到家里。"这三块钱花得真是气派。"孙犁写道,"我坐在柴草上,读着报纸。先读社论,然后是通讯、地方版、国际版、副刊,甚至广告、行情,都一字不漏地读过以后,才珍重地把报纸叠好,放到屋里去。"

不过,妻子比较关心的还是他的稿子,有一天问他:"有了吗?"

孙犁明知故问:"有了什么?"

"你写的那个。"

"还没有。"孙犁回答。他心里想:她心里是断定不会有的。一个月的报纸看完了,孙犁的稿子没有登出来,他的心里有一点小小的失落。

但他一直舍不得把报纸丢掉。这一年夏天雨水大,孙犁结婚时裱糊过的屋子,顶棚和壁纸都脱落了。妻子跟孙犁商量:"我们是不是也把屋子糊一下,就用那些报纸。"见孙犁有些迟疑,妻子就进一步说服他:"你已经看过好多遍了,老看还有什么意思?这样我们就可以省下块数来钱,你订报的钱,也算没有白花。"

孙犁听妻子讲得很有道理,就同意把旧报纸派上新用场。"我们就开始裱糊房屋了,因为这是我们的幸福的窝巢呀。妻刷糨糊我糊墙。我把报纸按日期排列起来,把有社论和副刊的一面,糊在外面,把广告部分糊在顶棚上。这样,在天气晴朗,或是下雨刮风不能出门的日子,我就可以脱去鞋子,上到炕上,或仰或卧,或立或坐,重新阅读我所喜爱的文章了。"

喜欢读报的人,世上有很多。但像孙犁这样"珍视"乃至"仰视"报纸的读者,大概世间罕见吧!

正因为拥有这样一份对报纸的珍视心态,孙犁在掌握了写作的真本领后,才会那么执着那么坚定地"与报同行",从读者到记者,从编者到作者,从作者到报人,人生一路,风雨兼程。报纸成为他相伴一生不离不弃的职事和志业。如今,我们追寻着他的足迹,不唯看到了一个作家的成长之路,也同时看到了一代报人的非凡历程。

而这一切,其实都与那些糊在屋子顶棚和墙壁上的《大公报》,有着最初的密切关联。那些被"珍视"乃至被"仰视"的报纸,恰如一小片沃土,在孙犁的心底埋下了第一粒含有报人基因的籽种。

(2023年2月10日,于北京寄荃斋)

《第一次当记者》

——给孙犁先生提个"意见"

重读《孙犁文集》，从第一卷第一篇开始。这篇文章题为《一天的工作》，为"短篇小说"之辑的开篇之作。

作品的情节很单纯，写三个孩子参与运送被抗日军民拆下来的铁轨的故事。编者将其编入小说之辑，看起来没啥问题。可是，偏偏在我初读这篇文章时，正值20世纪80年代中期，彼时我正在编辑《天津日报》"报告文学"专版——身在其位，自然会站在自身的角度来思考问题，尤其是参照对比了孙犁的其他文章，就发现这篇作品似不应编入短篇小说之辑，而应算作一篇报告文学。我的依据也是来自孙犁先生的一番"夫子自道"：在孙犁自述其《第一次当记者》的回忆文章中，写到他作为新入职的晋察冀通讯社记者，前往雁北地区采访的难忘经历，对这篇作品也在文末点到一笔："接近旧历年关时，我们这个被称作记者团的三个人，回到了通讯社。我只交了一篇文艺通讯稿，即《一天的工作》。"

在三四十年代，"文艺通讯"其实就是报告文学的别称，这在新闻界和文学界都有共识。而孙犁以记者的身份采写的这篇文艺通讯，即便不算新闻，也应归入散文之类，编进"短篇小说"显然不太合适——这就是我彼时彼刻，站在"报告文学"专版编辑的立场上，得出的一个鲜明的论点。

刚好当时的《天津日报》副刊上，陆续登了几篇新发现的孙犁早期报告文学作品和理论文章，如《冬天，战斗的外围》《报告文学的情感和意志》等,这就令我萌生了写一篇论述孙犁早期报告文学的评论文章的想法。我把这个粗浅的想法告知了孙犁先生,希望他帮我圈定一下他早期报告文学作品的大致范围。孙犁很快就给我列出一个文章篇目,这让我在感动之余,愈加发奋:白天,忙于繁杂的新闻采编工作;晚上,废寝忘食地把孙犁开列的文章篇目认真研读,并记了详细的读书笔记。而就在这一段刻苦研读的过程中,我发现这篇孙犁的记者"处女作",在《孙犁文集》中似乎被排错了位。

正所谓"初生牛犊不怕虎"。我借着向孙犁先生汇报前一阶段研究成果的机会,给他写了一封长信,其中专门有一段谈《孙犁文集》中对这篇《一天的工作》归类"错位"的问题。原信摘要如下:

> 孙犁同志:
>
> 承您于百忙中为我提供关于报告文学的文章篇目,深为感谢! 现在您提出的篇章俱已收集、拜读,文集中有关报告文学的作品亦阅过一些,粗略有了几点想法,同时也有些不明之处,今特去函求教,盼得到您的帮助。
>
> ……
>
> 您第一次作为记者采写的文艺通讯《一天的工作》(文见《尺泽集》),为何在《文集》(指《孙犁文集》,编者注)中被编入小说一类? 文艺通讯早些时好像只是报告文字的另一称谓,倘若这篇文章是您当记者的第一篇作品,实际上就是您的第一篇报告文学。如此推论,不知是否正确?
>
> ……

虽然信中是以请教的口吻探寻发问,但我的观点却是明晰而鲜明的。我记得这封信和一份论文提纲是托文艺部的老编辑张金池转交的。老张曾参加过《孙犁文集》的编纂工作。他一听我对《孙犁文集》的编辑体例提出了质疑，就善意地提醒我说："你不知道吗，这套文集是孙老亲自审定的——你指摘文集的编辑体例，实际上就等于是在批评孙犁先生啊！"

我听罢暗暗后悔。是啊，孙犁先生是享誉文坛的大作家、老前辈，而我只是一个二十多岁的无名小卒，竟然斗胆给他亲自编定的文集提意见，岂不是太冒失了？然而，信已送出，覆水难收，我只能惴惴不安地等待着孙犁先生的回复，生怕引起孙老的不快。

两天后，老张给我打来电话，说孙老回信了，让我去文艺部来取。我赶去一看，岂止是回信，还有一本孙老的新著《老荒集》，上面还有孙老的亲笔题字——这是我收到的第一个孙犁先生的签名本。更令我惊异的是，孙老在回信中不仅完全赞同我所提出的看法，而且对我的探索给予了超乎预期的肯定，孙老的信文不长，全文如下：

侯军同志：

读过了你的来信，非常感动。看来，青年人的一些想法、思考、分析、探索，就是敏锐。我很高兴，认为是读了一篇使人快意的文章。

这并不是说，你在信中，对我作了一些称许，或过高的评价。是因为从这封信，使我看到了：确实有些青年同志，是在那里默默地、孜孜不倦地读书做学问，研究一些实际问题。

我很多年不研究这些问题了，报告文学作品读得更少。年老多病，头脑迟钝，有时还有些麻木感。谈起话来，有时是辞不达意，有时是语无伦次。我很怕谈论学术问题。所以，我建议，我们先不要座谈了，有什么问题，你可以写信问我，我会及时答复的。

关于你在这封信上提出的几个问题，我完全同意你的看法，你的推论，和你打算的做法。希望你以实事求是的精神，广泛阅览材料,然后细心判断,写出这篇研究文章。这对我来说,也是会有教益的。

　　你的来信,不知能否在"报告文学"上发表一下,也是对这一文体的一种助兴之举。请你考虑。原信附上备用。

　　随信,附上近出拙著《老荒集》一册,请你参考并指正。

　　祝好!

　　孙犁

11 月 13 日

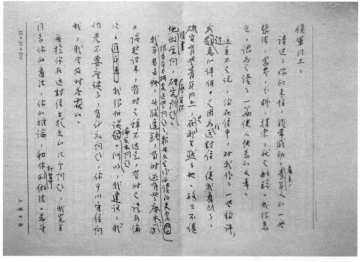

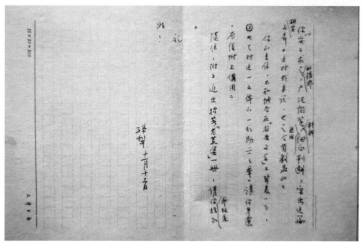

这封回信写于1986年11月13日，距今已经三十六年了。遵照孙犁先生的嘱咐，我把这封来信，连同我的那封信一起，发表在1986年11月28日的"报告文学"专版上，标题为《孙犁关于报告文学的通信》。

从这次书信往还中，我不仅真切感受到孙犁先生谦逊的品德与宽容的胸襟，而且深深感受到他对青年人的真情扶掖与悉心呵护。由此开始，我与孙老的交往日渐频密，孙老对我的成长也是一路护持。正如孙犁女儿孙晓玲在《逝不去的彩云》一书中，给一篇文章所做的标题："父亲与侯军的一段忘年交"。

孙犁先生的这封来信，对我日后的人生道路选择，产生了不可估量的影响：正因为孙老的这封信，我才立下志愿，要做一个"学者型记者"；正因为孙老的这封信，我才能够几十年如一日，"在那里默默地、孜孜不倦地读书做学问，研究一些实际问题"；正因为孙老的这封信，我才能够在浮躁的世风中耐得住寂寞、经得起喧嚣，立定精神，笔耕不辍……

如今，我已年过花甲，退出报海。回首前尘，自感欣慰的是，我没有辜负孙老当年的叮嘱，一直在心无旁骛地"读书做学问"，虽然学问并没做好，但确实是研究了一些实际问题。更重要的是，我从孙老的为人处世中，知晓了何为人淡如菊，何为淡泊名利，何为文章立命，何为文人风骨……

重读孙犁，我感恩！

（2022年6月23日，于北京寄荃斋）

战地记者

——品读孙犁早期的"激扬文字"

(一)

1981年8月5日,孙犁先生为即将付梓的《孙犁文集》写了一篇自序。当时,他已年近七旬,在总结自己的文字生涯时,他写道:"我回避我没有参加过的事情,例如实地作战。"

孙犁早年参加过抗日战争和解放战争,经历过枪林弹雨的洗礼,也有过被日寇子弹擦耳飞过的险境,也曾一度怀揣手榴弹随时准备与敌同归于尽……但是老作家也坦承,自己虽然曾被批准佩枪,却从未放过一枪。他一辈子的"武器",始终是他的那支笔杆,他是名副其实的"以笔为枪"的战士。

然而,这位"以笔为枪"的战士,在其漫长的文字生涯中,确有相当一段时间是以"战地记者"的身份,活跃在晋察冀边区的抗战前线;也曾以一名作家的文笔记录过解放战场的实况,其所完成的同样是"战地记者"的使命。只不过,他后来写下的那些行云流水般的美文,如《荷花淀》《芦花荡》,如《山地回忆》《铁木前传》《风云初记》……都太有名、太出色了,几十年来一直被几代读者所喜爱,正所谓"香远益清",历久弥新,以至于遮盖了他笔下的那些"金戈铁马""战火硝烟";而那清新柔美、个性鲜明的白洋淀上的"水生嫂们",更以其独有的阴柔之美的持久魅力,柔化了孙犁早年作品中的"铿锵步履"和"青春遗响",渐渐地,那些饱含青春热血的激扬文字,被岁月尘封,被记忆埋藏,逐渐消弭于时间的烟尘之中……

显然,这并不是孙犁先生本人所愿意看到的——同样是在《孙犁文集》自序中,他特意写下这样一段话:"现在证明,不管经过多少风雨,多少关山,这些作品,以原有的姿容,以完整的队列,顺利地通过了几十年历史的严峻检阅。我不轻视早期的作品。我常常以为,早年的作品,青春的力量火炽,晚年是写不出来的。"

孙犁先生如此看重的早期作品,正是他作为"战地记者"所采写的那些充满豪迈激情,洋溢着高昂的军人血性的战地报告和现场特写——这些充满阳刚之气的文字,在我看来,恰恰是孙犁此后那些以阴柔而闻名的文学名篇的基石和底色。

在纪念孙犁先生逝世二十周年之际,重温他的早期作品,依旧像几十年前初读这些作品时那样被深深感动。充盈在字里行间的那股雄健之气,与其后来的作品风格迥异,其笔力之粗豪,格调之激越,情感之浓烈,语言之铿锵,都与他的其他文体创作截然不同。这种充溢着勃勃生机的青春印痕,恰好向我们展示了孙犁作品的另一个重要侧面:原来在他那阴柔、婉约的"典型风格"背后,一直潜藏着阳刚的、激越的、勇武的精神底蕴。倘若抽空了这种坚实而深厚的精神底蕴,余下的阴柔就会变得苍白无力,空洞无骨。由此,也就不难解答:那么多作家写过战争中的女性形象,为何唯有孙犁笔下的"水生嫂们"个个神采飞扬、顾盼灵动,柔中寓刚,令人难忘? 原来在孙犁那里,阴柔以阳刚为支点,阳刚亦托举着阴柔之力度。由此观之,我们今天重新探究孙犁先生早年的战地记者生涯,重读其战地报道中的"青春的遗响",其意义也就不言自明了。

(二)

在孙犁早期的战地文字中,较有代表性的有《冬天,战斗的外围》《王凤岗坑杀抗属》《游击区生活一星期》以及《唐官屯光复之战》

等篇章。

《冬天，战斗的外围》写于1940年冬。当时日寇对冀中平原进行了疯狂的大扫荡，边区军民奋起反击。在这血与火的战斗中，孙犁作为晋察冀通讯社的记者，深入到残酷战斗的第一线，实地采访，以笔为枪，和边区人民同呼吸、共命运。他的豪情凝聚笔端，对英雄的赞颂，对敌人的仇恨，一起化为奔腾的潮水，宣泄而出，构成了这篇作品高亢奋发、雄浑激越的主旋律。

在文章的第一节。作家写道："战斗展开在沙河两岸了。在同一个时刻，所有边区的战士和人民都排成了队列，军纪如铁，猛如虎，矫健如鹿。"语言顿挫有力，展现了临战前的气势。接着，他以亲身见闻，粗线条儿地勾勒了我军战斗准备的镇定沉着和有条不紊。他写道："我的战斗任务是记录。"接着，他采撷了一个个目击式的现场镜头——

"在一个陡峭的山顶上遇到一个熟人，他用年轻的热力握紧我的手说：'反扫荡开始啦！'兴奋盖罩着他的声音和颜面。我第一笔记录的是人民对战斗是奔赴，是准备妥当，是激烈的感情。"

"我拿了一封介绍信到前方一个团里去。在灵寿陈庄西面一个小村里。……那天早晨，在阜平温塘已经有一场战斗。我在他们办公的房间展开地图，察看地形和方位。"接着，他有条不紊地描述了在团指挥所目睹的实景：几个小鬼搀扶着伤员进进出出；本村妇女们送来馒头和胡萝卜菜汤；伤员和担架队吃过饭立即出发转移到后方……

"傍晚才有了确实的消息，我就动身了。路上我到县政府访问了李县长……天大黑我走进陈庄东北的一个村庄，放哨的人带我到交通站。两个骑兵通讯员正站在院子里喂马，他们已经走了一百里路，还没有休息。一间幽暗的西房里，站长和几个过路的战士谈着路程，是送鞋到前线上去的。另有三四个从前方退休下来的病员躺在炕上休息。我蹲在地下的火盆边烤着火，等待着引路人……"这些描写，没有夸张的言辞，只有简洁的叙述，一个个场面和过程，在记者眼前掠过，他敏锐地捕捉并记录下来，构成了一幅幅真实的军民抗战图景。

孙犁等来的"引路人"竟是一个十一二岁的儿童团员，"他代区公所传达紧急动员的命令，已经在夜间跑了六个村子。……站长告诉他我要到前方去，要他领一段路，到前面站上再找人。在黑夜，我们疾行。不时遇到民兵，抬着担架从前方下来。他们是一站转一站，非常迅速有秩序。""过了一条小河，我已经熟悉道路，便请那位小同志回去了。"接着，他写了夜间哨兵刺刀上的寒光；写了战斗一天、正席地而眠的战士；写了清晨到达前敌司令部，采访到年轻的军分区政委……好似一组不间断的长镜头，摄录下从后方到前线的所见所闻，带着读者身临其境，抵近体验战场的紧张气氛。

从这些描绘中，我们也不难感受到作者此刻内心翻腾着的"激烈的感情"。当他写到人民在日寇的洗劫面前所表现出的怒火和愤恨时，那"激烈的感情"也随之变得更为浓烈了——

"几天过后，我随着一个兵团路经陈庄，这村镇已经被敌人烧毁三次以上了。以陈庄为中心，敌人曾作蜘蛛技能的放火，从阜平到陈庄，从口头到陈庄，几道山沟成为它纵火的鹄的。"

"我曾经到过平山的南庄，敌人退走了，人民走了回来，村里已糟蹋得翻天覆地，每家的炕上、蔬菜上堆着粪尿，门全烧去左边的一扇，家具毁坏一空。村长将残余收集起来，摆在街上，像都市旧货摊，等候本主认领。几个老太婆诅咒着认取着自己的锅碗。一个青年走过去，把还盛着敌人吃剩的面条的盆踢开了：'我什么都不要！'他嚷着，'我赌着一切和鬼子拼了！'"

孙犁在描摹现场的同时，也对反扫荡战事的特点有所观察和分析："每一个正规兵团过去，后面便是几乎有同样人数的民兵兵团跟随。……这样正规兵团和民兵兵团的连结，有如铁链之于镖锤，刺刀之于枪矛，钢韧无比，置一切敌伪于死地而有余的。面对我们的钢铁的阵容,于黔驴技穷之后,敌人曾用飞机狂炸,配合抢掠,曾欺我们无有高射武器而作尽可能的低飞,一次,在牛庄、两界峰一带,三架轰炸机狂炸二三小时。然而这对于我们有什么呢?经过长久的金炼火试,边区人民已视敌人如草芥,视敌机如蚊虻。"

从这几段引文中,我想,即使十分熟悉孙犁风格的读者,恐怕也很难找出他那一贯的淡雅朴素、徐缓抒情的语言特征了吧。这里所有的,是一名战地记者的见闻实录,是一个以笔为枪的战士压抑不住的呐喊,是一位画家浓墨重彩、线条粗犷的战地速写。

在这篇作品中,既有上述那种浓墨重彩的大笔勾勒,也有几处画龙点睛的细节描绘。那位在紧张的战斗间隙还在津津有味儿地烧火做饭的自卫队小队长,那位儒雅如书生、年仅二十三四岁的军分区政委,都是寥寥数笔,神情毕现。尤其感人的是,作者以浓重的笔墨,刻画了一位年轻区长的形象——

"一天夜里,敌人向他们的方向来了。他在暗淡的灯光下集合了区干部讲话。他直直地挺立着,右手插进黑色棉袄口袋里,垂下眼皮说:'……假如不幸,被敌人捕去,谁也不许透露点儿消息,死就好了……你要知道……'声音低沉,然而有如洪钟震荡。在那样的寒夜里,一群干部答应着出去工作了。"

作者不愧是白描的高手,他在这里只抓住了年轻区长讲话时的一个动作(右手插进棉袄口袋里)和一个神情(垂下眼皮),并描摹其声调,摄取一斑,得窥全豹,将一个视死如归的青年干部形象传神地展现于读者面前。

孙犁先生在时隔几十年后,曾在散文《吃粥有感》中,顺笔忆及当年写作这篇作品的情形,他写道:"我和曼晴都在边区文协工作,出来打游击,每人只发两枚手榴弹。我们的武器就是笔,和手榴弹一同挂在腰上的,还有一瓶蓝墨水。我们都负有给报社写战斗通讯的任务。我们也算老游击战士了,两个人合计了一下,先转到敌人的外围去吧。……清早，我刚刚脱下用破军装改制成的裤衩，想捉捉里面的群虱，敌人的飞机就来了。小村庄下面是一条大山沟，河滩里横倒竖卧都是大顽石，我们跑下山，隐蔽在大石下面，飞机沿着山沟上空，来回轰炸。欺负我们没有高射武器，它飞得那样低，好像擦着小村庄的屋顶和树木。事后传说，敌人从飞机的窗口，抓走了坐在炕上的一个小女孩。我把这一情节，写进一篇题为《冬天，战斗的外围》的通讯，编辑刻舟求剑，给我改得啼笑皆非。"（见《孙犁文集》第三卷，百花文艺出版社2002年10月，第224—225页）

这段"夫子自道"，至少说明两层意思：一是孙犁先生当时确实身兼着作家和记者的双重身份。人在文协编杂志，同时又"负有给报社写战斗通讯的任务"。也就是说，他在机关工作就是杂志编辑，出去采访时，就是一个名副其实的"战地记者"；二是这篇文章在孙犁眼中，本就是一篇战地通讯。他是冒着随时遇敌和被敌机轰炸的危险，写出此文的。

当然，如果苛求一点的话，这篇文章在今天读来，确实有些地方显得文字粗糙一些，我们尽可理解，这是因为战争年代的紧张匆忙。不过，从这段孙犁在几十年后所披露的内情看，也不免是被"编辑刻舟求剑，改得啼笑皆非"的结果。

《冬天，战斗的外围》写的是1940年11月的战事，而《晋察冀日报》12月24日便已开始连载，当时反扫荡尚在继续。以这样快的速度采写出这篇战地通讯，不要说在艰苦的战争环境，即使在今天也是非常不易的。读其文而思其人，我们可以想见当年这位战地记者是以怎样的激情，奋笔疾书，笔卷狂潮的。正是这种激情，使这篇作品成了孙犁早期新闻纪实作品中不可多得的代表作。

（三）

1983年11月10日，我所供职的《天津日报》重新刊发了孙犁先生《冬天,战斗的外围》这篇报告文学,这使我有机会读到老作家在青春年代写下的战地记录。此后不久,我被委派创办"报告文学"专版,这又使我有理由就此话题,约请孙犁先生作一次专题的访谈。

那是在1986年11月24日上午,在孙老位于天津静园的家里。孙犁先生一开口就直奔主题,谈起了当年采写《冬天,战斗的外围》的情形。他说当时反扫荡很紧张,敌人就在邻村活动,说过来就过来,我们采访都是匆匆忙忙,随时要转移。常常是我们前脚刚走,鬼子后脚就进村了。所以,我必须写得很快。

我谈起重读先生早期作品的感受,觉得那些文字中洋溢着一股青春的激情。孙犁先生说道:"我总是对喜欢我的作品的青年同志讲,你们去读一读我年轻时的文章。那时的东西虽然有些幼稚,但是很有激情。我现在重读那些东西,还常常被感动,那里边有一种让人振奋的东西。"

我顺便问孙老:"据说,这篇《冬天,战斗的外围》最初见报时,是署着您和曼晴两个名字,是这样吗?"

孙老点头说:"是的。这些早期的文章,都是热心读者从旧报纸上抄写出来,转交给我的。除了这篇之外,那回还同时抄来一篇《活跃在火线上的民兵》。这两篇通讯,接连在《晋察冀日报》上发表,都署着我和曼晴的名字。经我辨认,前一篇是我写的,没有疑问。后一篇应是曼晴所作。我那会儿的文字、文风,不太规则,措辞也有些欧化的倾向,比较生硬;而曼晴的文笔就规整多了。当时我们两人,共同活动,又羡慕'集体创作'这个名儿,所以就这样发表的。后来《天津日报》要重登一下,我就只让登了这篇,把后一篇寄给了曼晴同志,作为对我们过去的战斗友谊的一份纪念。"

说着,老作家似乎陷入了沉思。停了一阵儿,才继续说道,"那个时代是有激情的。现在,让我到现场去,也写不出这样的文章了。时代是综合性的,一个时代的文章,打下一个时代的烙印。当然,我年轻时也写不出现在这样的文章。说起来，这篇《冬天，战斗的外围》是比较长的一篇，我当时还写过一些比较短小的文章，比如那篇《王凤岗坑杀抗属》，只有一千字，你说是新闻也好，说是报告文学也好，我写的时候根本没想过是什么体裁。"

我从孙老住处回来，立即找到这篇《王凤岗坑杀抗属》。这篇文章写的是一桩惨案。汉奸王凤岗的部队在抗战胜利后，摇身一变成了蒋军。趁我军追击日寇之机，在大清河边岸残酷地杀害了数十位抗属。血腥的暴行激起了作家不可遏止的义愤，他愤然写道："子弟兵的父母、妻子、姐妹流血了，血流在他们解放了的土地上。血流在大清河的边岸。那里山清水秀，是冀中人民心爱的地方。他们被活埋了，就在这河的边岸！""如果大清河两岸长大的青年战士们听到这个消息，我想他们不会啼哭，枪要永远背在肩上，枪要永远拿在手里。更残酷的敌人来了，新的仇恨已经用亲人的血液写在大地上，而他们有弟弟吗？有拿起枪来的侄儿们吗？死者的子弟们！能想象父母、妻子、姐妹临死前对你们的无声的嘱告吗？"

这一连串激扬跌宕的反问，像熔岩喷发，势不可当。我们都知道孙犁是崇尚含蓄的，行文也力求平稳而有韵律和节奏。然而在这里，怒火和悲愤冲决了理智的闸门，感情的大潮喷涌而出，化成了这些音节急促的反问，似怒吼，似狂啸，似长歌当哭。正是这一腔男儿热血所鼓荡起的悲壮情怀，使这篇短文成为在孙犁作品中罕见的"激扬文字"。

孙犁先生晚年在为《澹定集》所写的后记中写道："其中有一篇短文，题名《王凤岗坑杀抗属》，是旧作。冉淮舟同志从图书馆复制来的。我向读者介绍，我过去写过这样的文章，这样的文章我现在还能写得出来吗？"

（2022年7月28日—8月5日，于北京寄荃斋）

沉浸式的战地体验

——重读孙犁《游击区生活一星期》

新闻观念的演进,带有鲜明的时代特征。记得20世纪70年代,当我初入新闻记者行列时,领导和老师都一再强调写新闻要"客观公正","尽可能不带主观色彩"。因此,当时写稿是倡导"无我"的,似乎在报道中一旦"有我"了,就会影响新闻的客观性和公正性。

然而,几十年过去了,随着新闻传媒步入信息时代,新闻观念也发生了潜移默化的变化,其中最显著的一个变化就是,新闻不再拒绝"有我"。近来,我发现一种被称为"沉浸式报道"的时尚观念日渐风行。我在"百度"搜索了一下,发现不少与"沉浸式报道"有关的新提法,比较标准的答案是:"沉浸式报道是一种以第一人称叙述的让观众获得新闻故事和情形的报道生产形式。也就是说,沉浸式报道旨在让观众有置身于故事之中的感觉,因此称之'沉浸式'"。

读罢,我立即想到了孙犁先生的名篇《游击区生活一星期》——我之所以一下子联想到这篇文章,是因为在我入行之初,曾一度喜欢以第一人称写稿,却常常受到批评。当时的编辑一见到稿子中"有我",皆悉数删去。我不服气,曾拿出孙犁先生的这篇文章"举证反驳"。而编辑却说,孙犁写的是散文,不是新闻通讯,两者不可比!

而今,当我重读孙犁的早期作品,并将孙犁还原为一个"战地记者"时,视角为之一变,再辅之以"时髦观念",重新审视这篇名作,不禁豁然悟到:当年孙犁先生所写的,不就是一篇典型的"沉浸式报道"吗?

（一）

在《游击区生活一星期》的结尾，作者标明"1944年于延安"。据此推断，这应该是孙犁初到延安时的作品。因为在文章的开头，作者清楚地写明："1944年3月里，我有机会到曲阳游击区走了一趟。"可见，这是他在奔赴延安前夕的"采访实录"。就其新闻时效性而言，应该说还在"保鲜期"里，尤其是对延安和其他解放区的读者而言，孙犁所写皆是冀中抗日第一线亲历亲闻的新鲜事儿。

文章一开头，孙犁就切入了主题："我对游击区的生活，虽然离得那么近，听见的也不少，但是许多想法还是主观的。例如对于'洞'，我的家乡冀中区是洞的发源地，我也写过关于洞的报告。但是到了曲阳，在入洞之前，我还打算把从繁峙带回来的六道木棍子也带进去，就是一个大笑话。"

孙犁所说的"洞"，就是后来因电影《地道战》而广为人知的"地道"。孙犁所说此前也曾写到过的"洞"，指的是他的两篇短篇小说《第一个洞》和《藏》。不过，小说的着力点是塑造人物，对于"洞"都是侧写而无正面描写。事实上，彼时的孙犁还没有亲身"入洞"的体验。而在本篇中，"洞"却成了他在游击区生活的重点，自然也成了文章的亮点——

文章第三节的小标题就是"洞"。作者写道："可以明明告诉敌人，我们是有洞的。从1942年5月1日冀中大'扫荡'以后，冀中区的人们常常在洞里生活。在起初，敌人嘲笑我们说，冀中人也钻洞了，认为是他们的战绩。但不久他们就收起笑容，因为冀中平原的人民并没有把钻洞当成退却，却是当作新的壕堑战斗起来，而且不到一年又从洞里战斗出来了。"

接下来，作者的"沉浸式报道"就上演了——"村长叫中队长派三个游击组员送我去睡觉，村长和中队长的联合命令是一个站高哨,一个守洞口,一个陪我下洞。于是我就携带自己的一切行囊到洞口去了。"

"这一次体验才使我知道'地下工作的具体情形',……我以前是把地下工作浪漫化了的。"

对于"进洞"的过程,堪称是"沉浸"的典范,写得那叫一个真切,我们不妨把这一段引述在下面——

他们叫我把棍子留在外间。在灯影里立刻有一个小方井的洞口出现在我的眼前。陪我下洞的同志手里端着一个大灯碗,跳进去不见了。我也跟着跳进去,他在前面招呼我,但是满眼漆黑,什么也看不见,也迷失了方向。我再也找不到往里面去的路。洞上面的人告诉我,蹲下,向北,进横洞。我用脚探着了那横洞口,我蹲下去,我吃亏个子大,用死力也折不到洞里去,急的浑身大汗。里面引路的人又不断催我,他说:"同志,快点吧,这要有情况还了得。"我像一个病猪一样"吭吭"地想把头塞进洞口,也是枉然。最后才自己创造了一下,重新翻上洞口来,先使头着地,栽进去,用蛇形的姿势入了横洞。

这时洞上面的人全笑起来,但他们安慰我说,这是不熟练,没练习的缘故,钻十几次身子软和儿了就好了。

钻进了横洞,就看见带路人托引着灯,焦急地等我。我向他抱歉,他说这样一个横洞你就进不来,里面的几个翻口你更没希望了,就在这里打铺睡吧!

这时我才想起我的被物,全留在立洞的底上横洞的口上。他叫我照原姿势退回去,用脚尖儿把被子和包袱勾进来。

当我试探了半天,才完成了任务的时候,他笑了,说:"同志,你看敌人要下来,我拿一支短枪在这里等他(他说着从腰里掏出手枪顶着我的头)有跑儿吗?"

我也滑稽地说："那就像胖老鼠进了细腰蛇的洞一样,只有跑到蛇肚子里。"

说实话,我们以往对"地道"的了解,皆出自影视片的"再现",包括我自己,从未想到"进洞"原来如此艰难。而读着孙犁先生对自己进洞过程"从身体到心理"的精细描述,我们仿佛也在窄不容身的地道里,头朝下折转了一回。这样的直击和沉浸,把读者完全带入了彼时彼刻的场景之中,其现场感和体验性,确是一般的客观叙述所无法达到的。

（二）

更为难得的是,孙犁还真切地描述了一次敌人突然来袭,他随着乡亲们一起"进洞"的惊险经历——

那天我们正吃早饭,听见外边一阵乱,中队长就跑进来说,敌人到了村外。三槐把饭碗一抛,就抓起我的小包裹,他说："还能跑出去吗?"这时村长跑进来说："来不及了,快下洞!"

我先下,三槐殿后。当我爬进横洞,已经听见抛土填洞的声音,知道情形是很紧的了。

爬到洞的腹地的时候,已经有三个妇女和两个孩子坐在那里,她们是从别的路来的。过了一会,三槐进来了,三个妇女同时欢喜地说："可好了,三槐来了。"

从这时,我才知道三槐是个守洞作战的英雄。三槐告诉女人们不要怕,不要叫孩子们哭,叫我和他把枪和手榴弹带到第一个翻口去把守。爬到那里,三槐叫我闪进一个偏洞,把手榴弹和子弹放在手边,他就按着一把雪亮的板斧和手枪伏在地下。他说："这时候,短枪和斧子最顶事。"

不久,不知道从什么地方传过来一种细细的嘤嘤的声音,说道:"敌人已经过村东去了,游击组在后面开了枪,看样子不来了,可是你们不要出来。"

敌人绕村而过,众人松了一口气。这时,孙犁不禁对眼前这位刚满十九岁,几天来一直陪着他钻洞的小伙子刮目相看了——孙犁写他随着三槐"守翻口",这一笔既是一个铺垫,也是一个转折。接着,孙犁就以三槐自述的口吻,讲述了他那次"守洞作战"的真实故事——

那是半个月前,敌人来"清剿",这村住了一个营的治安军。这些家伙,成分很坏,全是汉奸汪精卫的人,和我们有仇,可凶狠哩。一清早就来了,里面还有内线哩,是我们村的一个坏家伙。敌人来了,人们正钻洞,他装着叫敌人追赶的样子,在这个洞口去钻钻,在那个洞口去钻钻,结果叫敌人发现了三个洞口,最后,也发现了我们这个洞口,还是那个家伙带路,他又装着蒜,一边嚷道,"咳呀,敌人追我!"就往里面钻,我一枪就把他打回去了。他妈的,这是什么时候,就是我亲爹亲娘来破坏,我也得把他打回去……

在这里,孙犁完全采用冀中方言,把三槐绘声绘色的讲述如实记录下来:敌人要诱骗三槐带着乡亲们出洞,三槐则自称是八路军"十七团"的人,机智地与敌人周旋。骂战进行了半天,敌人终于失去了耐性,洞内外的"战斗"也随之动了真格的——"他命令人掘洞口,有十几把铁铲掘起来。我退了一个翻口,在第一个翻口上留了一个小西瓜大小的地雷,炸了兔崽子们一下,他们才不敢往里掘了。那个连长又回来说:'我看你们能跑到哪里去? 我们不走。'

我说：'咱们往南在行唐境里见，往北在定县境里见吧。'

大概他们听了没有希望，天也黑了，就撤走了。"

这一大段"自述性"文字，孙犁一直是一个冷静的记录者，不加任何评述和描写，全凭"亲历者"三槐以非常出彩的方言土语，演绎出当时敌我双方的对峙和结果，同样展现出身临其境的"沉浸"效果。

在这一节的结尾，孙犁以三槐的一段质朴而动情的话语，收束全文："最后三槐说，我们什么当也不能上，一上当就不知道要死多少人。那天钻在洞里的女人孩子有一百多个，听见敌人掘洞口，就全聚到这个地方来了，里面有我的母亲、婶子大娘们，有嫂子侄儿们，她们抖颤着对我讲，三槐，好好把着洞口儿，不要叫鬼子进来，你嫂子大娘和你的小侄儿们的命全交给你了！我听到这话，眼里出了汗，我说：'你们回去坐着，他们进不来。'那时候在我心里，只要有我在，他狗日的们就进不来，就是我死了，他狗日的们还是进不来。我一点也不害怕，我说话的声音一点也不抖，那天嘴也灵活好使了。"

三槐的这段话，没有什么豪言壮语，但却足以让读者跟他一起，"眼里出了汗"！

（三）

围绕着游击区的这些"洞中日月"，孙犁并不回避自己心情的"阴晴云雨"——

先是写到"由阴转晴"，他写道："过了几天，因为每天钻，有时钻三次四次，我也到底能够进到洞的腹地；虽然还是那样潮湿气闷，比较起在横洞过夜的情景来，真可以说是别有洞天了。"

接着，写到"阴晴不定"："我们俩（指三槐）就住在一条炕上，炕上一半地方堆着大的肥美的白菜。情况紧了，我们俩就入洞睡，甚至白天也不出来。情况缓和，就'守着洞口睡'。他不叫我出门，吃饭他端进来一同吃。"

这种时紧时松、不见天日的日子，无疑是令人憋闷的。这是孙犁心情的"阴雨天"。而三槐却说："别出门，也别叫生人和小孩子们进来。实在闷的时候我带你出去溜溜去。"

有一天，我实在闷了，他说等天黑吧，天黑咱们玩去。

经过这几层铺垫，孙犁终于等来了与三槐一起出村散心的"艳阳天"——而这个心情的"艳阳天"，却要"等到天黑"才到来。孙犁先生这一段"村外"的文字非常精彩，时常被现今的老师们在讲解孙犁文笔的课堂上引用——

他叫我穿上他大哥的一件破棉袍，带我到村外去。那是大平原的村外，我们走在到菜园去的小道上，在水车旁边谈笑，他割了些韭菜，说带回去吃饺子。

在洞里闷了几天，我看见旷野像看见了亲人似的。我愿意在松软的土地上多来回跑几趟，我愿意对着油绿的禾苗多呼吸几下，我愿意多看几眼正在飘飘飞落的雪白的李花。

他看见我这样，就说："咱们唱个歌儿，不怕，就冲着燕赵的炮楼唱，不怕。"

但我望着那不到三里远的燕赵的炮楼在烟雾里的影子，我没有唱。

只有亲历过洞中的憋闷，才能体味到这"大平原的村外"是何等辽阔旷远；也只有体验过战争的紧张惊险，才能深悟此刻孙犁的心情如"雨过天晴"般的舒爽和愉悦。读者跟着孙犁的笔触，似乎也能感受到了彼时彼刻孙犁"出洞见天"的心境——啥叫"沉浸式的战地体验"？我想这就是了！

孙犁先生写作这篇文章时，自然不会想到当今的时髦理念，他不可能先知先觉。然而，写作从来就有规律可循，而"引人入胜""身临其境"等，自古就是为文者最看重的一条"铁律"。新闻观念愈是与时俱进，愈是应该接近这条"铁律"——孙犁先生只不过是在近八十年前，在自己的这篇战地特写中"先行一步"！

（2022年8月4日—6日，于北京寄荃斋）

孙犁的"唐官屯之战"

孙犁是著名作家,这一点广为人知;孙犁同时还是一位毕生从事新闻工作的编辑记者,这一点,就很少为众人所认知了。

余生也晚,但机缘凑泊,在我进入《天津日报》当记者之时,适逢孙犁在经历十年搁笔之后"官复原职",重新担任《天津日报》编委。这就使我有幸与老人家"同事"若干年。更幸运的是,我还获得机缘与孙老结识,进而成为"忘年交",时常登门求教或传书问道,得聆雅教,得沐甘霖,受益终身。

我所说的机缘,皆与我的工作有关:一是20世纪80年代中期,我被报社安排去创办"报告文学"专版——这是当时全国省级报纸最早的报告文学副刊。我得知孙犁先生早年写过不少报告文学,故而得以"近水楼台",就近请教;二是20世纪90年代初,我承担了研究失而复得的孙犁早期著作《论通讯员及通讯写作诸问题》的课题,这也使我必须与孙犁先生进行深入的沟通和经常性的求教问询。正是在这些机缘的引领下,我萌生了研究"记者孙犁"(后演变为"报人孙犁")的想法,从此在这块"人迹罕至"的小小园林上,沉潜深耕了三十余年。

说起孙犁的记者生涯,确实是纵横捭阖丰富多彩。并且随着时代的发展和工作重心的变迁,随着他所在的通讯社和报社的迁徙和演变,他笔下的各类新闻作品也是与时俱进,异彩纷呈,呈现出品类各异、多姿多彩的特点,具有鲜明的时代特征和风格特点。而今天我们所要重点品读的《光复唐官屯之战》，则是一篇典型的战地报道。

（一）

"我军收复唐官屯之战，于12日下午六时开始。由于我战士们无可比拟的英勇行为，从部队开始运动到完全占领该镇，为时不过一点钟。"

这是此篇战役报道的"导语"，如电讯稿一般简洁明要。如果隐去署名，我说这段文字出自孙犁之手，可能很多读者都会摇头——这哪里是孙犁的文字风格呀？

不错，记者文笔与作家文笔，确实是两片水域。但这两片水域是互相连通的，尤其像孙犁这样长期身兼作家和记者两种职事的作者，转换文风就如同电视机转换频道一样，随心所欲，变换自如。

接着，孙犁以采访战斗指挥员的第一手资讯，报道了这次战役的概况："记者访问担任突击任务之我野战军某营曹耀宗营长，曹营长称：我军之所以能如此迅速获得胜利，其主要原因在于我军出击及火力的突然性。我军于唐官屯西北渡口攻入，战士抢渡齐腰部之古运粮河，过河后，靠梯上房，历时不过十分钟。巷战时，我自动火器沿毛家公馆—平台—老爷庙一线高房突进，敌人无还手余力，迅速龟缩镇南一角，被我军聚歼。"

依照消息写作的一般规律，重要的事实要写在前面，以此类推。这种特殊的要求，据说是源自于第一次世界大战时，北美传媒的记者从欧战前线发稿多用电报，当时信号不稳，时常中断。编辑部就要求记者写战事消息，一定要先把最要紧的内容写在前面，即便半截电信中断了，单凭已经发来的"半截电文"，报纸依旧可用——孙犁先生早在20世纪40年代初就写过新闻学专著，对此自然深谙熟知，他在这篇消息的第一小节里，已经把所有重要信息清晰准确地传递出来了。

（二）

正面战事写毕,孙犁笔锋一转,开始关注当地民众对此战的反响——

> 收复唐官屯时,我战士猛压狠追的动作,使唐官屯居民誉为神异,战场纪律,尤其值得表扬。在战场上,我战士只知解决敌人,拿起武器,集中力量,节省时间,迅速完成战斗任务。居民对我军秋毫无犯的优良纪律称赞不已。

这又是一段对战事进程中我军民关系的概述。然后孙犁的"镜头"从广角推至特写——"13日黎明,唐官屯居民纷纷出来看望八路军,街道为之拥塞。记者与一老者招呼,老者颇为感动地指着街上的人们说:'受够了,现在熬出来了。'彼深知八路军系解放人民而来。一手艺工人,于战斗进行时,即倚在门后偷偷观望,等候我军到来。其妻意恐危险,促其退避。工人暗语其妻:'我听听进来了没有? 他们(指我军)来了,我们就不受罪了。'"

这里写了两个人物,一个老者是记者在街头采访所见;另一个手工艺工人,应是记者在随军攻入城镇途中亲眼所见。两个人物均着墨不多,但很有说服力,表现出当地民众对我军光复唐官屯的欢迎心态。难得的是,即便是点到为止,孙犁笔下这两个人物的语言都很有特色,并非惯常所见的诸如欢迎啦、高兴啦之类泛泛表态,而是隐含着他们各自的情绪和个性化的语言特点。这就显现出孙犁作为作家"传神写照"的本领了。

（三）

接下来的几段文字,孙犁的笔触由前面的"焦点透视"转变为

"散点透视"，也可以说是对这次战事报道的延伸和拓展——

> 13日清晨，唐官屯俘虏从大街狼狈走过，遭居民切齿。虽平原已届麦秋，俘虏多有穿着棉鞋者。据居民称，保四团在此驻防，敲诈强掠，内有一军官专门搜捕蛇、狗、刺猬解馋。如今用这三种动物，形象眼前敌人，人人以为确切。

这一段写的是敌方在战败之后的情况，不光写了俘虏的"狼狈"，也写了敌方一个典型人物——那个专门捕蛇偷狗来解馋的敌军军官。有了这一笔，顿时令这篇容易写得刚硬呆板的战地新闻，显得摇曳多姿饶有趣味。

紧接着，孙犁再一回笔，写我军战士对人民的态度，与前文适成鲜明对比——

> 镇外运河两岸，均为肥沃园地，种有各种菜蔬，我军行进时，眼前一片油绿，甜瓜正在开花。虽已接近战场，战士仍纷传："留心脚下。"我军对田园及人民之爱护如此。河西分得土地农民，欣见我军全面胜利，心头释一重负。他们说："天不能变了！"

为反映民众的心声，孙犁在此还引述了一段当地流传的民谣："唐官屯居民于战斗未结束时，即确信我军能攻占该镇，他们说：'你们（指我军）早拿早下，晚拿晚下，一拿就下。'"这真是一段绝妙的"神来之笔"，一下子就把军民同心、战而必胜的信念和百姓趣味盎然的语言，信手牵出。而孙犁的"散点透视"，还拓展到战后的"扩军效应"："战斗即为最有效的宣传，唐官屯及附近青年，热望能参加我军。"

一个好记者，能在紧张的战地采访中，采撷到诸多有价值的信息,又能用简练而清晰的"新闻体例",把素材编织在一篇报道里——这些,孙犁都做到了,而且做得非常出色。更值得细细品味的是,在这篇典型的记者文笔中,他偶尔显现出作家的思维特征和表现方式,使这篇短稿更加可亲可读,既有趣又有味。

(四)

孙犁先生对自己的这篇战地报道十分看重,在与我谈及早期作品时,曾两次提及此文。并且,他在20世纪80年代中期还专门写过一篇散文,回忆写作这篇作品的背景和经过,为后人的深入研究,留下珍贵的文字资料,殊为难得。这篇散文题为《唐官屯》。

在这篇写于四十年后的忆旧文章中,首先,孙犁谈到了自己参加这次战役报道的前因:"1948年初夏(此处或为孙犁记忆有误,依照报道文尾自注,应为1947年),我亲临了一次前线。那是解放战争中,青沧战役的攻取唐官屯战斗。我在抗日战争后,回到了冀中区。区党委在一次会议中,号召作家们上前线,别人没应声,我报了名。"由此可知,这次亲临前线的报道任务,是孙犁自己争取来的。

其次,孙犁写到他从冀中奔赴前线的路径:"我从河间骑自行车到青县,在一个村庄找到了军部,那里有我在抗日战争时期认识的一位诗人,是军的宣传部部长。他又介绍我去找旅部。……我到了旅部,旅政治部有我在抗战学院时的一个学生。这位学生曾跟我在一个剧团里拉过胡琴。他向要去参加战斗的宣传科王科长介绍了我,要他在前方关照我。第二天下午,王科长带着我参加了进攻唐官屯的战士行列。"

接着,孙犁先生以非常节制的文字,简单回忆了自己在前线采访的过程——

战斗开始后,王科长和我在唐官屯附近一个菜园里。菜园里有一间土屋，架有指挥部的电话。当战斗进行了十几分钟的时候，王科长带我去过河，河对岸的敌人碉堡已经被摧毁，我不知道战士们怎样过的河，很可能是涉水过去的，我却要在河边等待撑过来的一只大笸箩。我看到河边有几具战士的尸体被帆布遮盖起来，这时有一发炮弹落在河边。我在沙地上翻滚了几下，然后上到笸箩里，到了对岸。

这里写到的几个细节不容忽略：一是河边有战士的遗体，说明此地曾发生激烈的战斗；二是炮弹就落在河边，致使他要翻滚避险。但孙犁却是轻描淡写，连个形容词都没用。

到了对岸，天已经黑下来，王科长带我进了街。街的那一头还在战斗，他把我安置在一家店铺，就到前面做他的工作去了。我一个人在店铺黑洞洞的屋里整整坐了一夜，听着稀稀拉拉的枪炮声。黎明时王科长才回来，他告诉我已经开仓济贫，叫我去看看市民们领取粮食的场面。

前文已经写明，战斗是在傍晚六点钟打响的。孙犁是紧跟着部队的脚步，涉水过河，寻路进城，到了街上，"街的那一头还在战斗"。而这一切孙犁只用一句"天已经黑下来"就一笔带过了。他在黑洞洞的屋子里坐了一夜，直到王科长黎明归来，才带着孙犁前去观看"市民们领取粮食的场面"。我猜想，孙犁采访突击营长、招呼街头民众、遇到败阵俘虏等素材，都是在这个热闹的上午获取的。

归来时，孙犁再次写到"过河"的细节，堪称点睛之笔："不到中午，这次战争就算胜利结束了。我们来时过的那条河上已经架起了浮桥，我从上面走了回来。"

有关"战事"的回忆到此为止。而文章的"精彩之处"下文才算开启——

　　关于这次到前线,我只是写了一篇简短的报道。当然,没有
打过仗的人也可以把战争写得很生动,很热闹,就像舞台上的武
打一样,虽然绝对不是古代战争的真相,却能按照程式演得火炽
非常。但我从来不敢吹牛,我在这方面有多少感受。因为我太
缺乏战斗经验了。

　　孙犁由此婉曲地道出了他用笔如此节制、着墨如此简省的缘
由。拒绝"吹牛",眼见为实,绝不靠凭空想象渲染文采,一切文字都
是言必有据——这就是"记者孙犁"的风格,更体现出孙犁先生的文
人品格!

　　在这篇忆旧散文的结尾,孙犁写道:

　　两年以后,当我搬家来天津的时候,一天夜晚,全家人宿在
唐官屯村头一家破败的大车店里。我又见到了那条河,想起了
那用大帆布蒙盖着的战士尸体。但天色已经很暗,远处的景物,
就都看不清楚了。说实在的,那时我正在为一家七口人的生活、
衣食操劳焦心,再没有心情去详细回忆既往,观察目前。我甚至
没有兴致向家人提说:过去我曾经跟着军队,在这里打过仗,差
一点儿没有炸死在河边上。第二天黎明,就又登程赶路了。

　　将如此沉重的话题,以如此简淡的文字写出,这是孙犁先生行
文的一个特色。他说得越是平静越是轻松,读者所感受到的越是沉
重,越能品味到那些平平常常的语句背后,深沉激越的情感波
澜——譬如我在读到这一段文字时,蓦然想起作者在前面曾一笔带
过的那位"据说是茅盾的女婿",孙犁写过:"我们一前一后走着。他

牺牲在这次战斗里。"我就猜想，该不是那河岸上的一发炮弹，伤及了他的性命吧？

孙犁没有说。读者却由此愈发真切地体味到孙犁所言"差一点儿没有炸死在河边上"这句看似平淡的话，内含着何等沉甸甸的分量！

（五）

唐官屯隶属于天津静海，以前叫县，现在称区了。而静海正是我的故乡。我的长辈们都是一口静海方言，让我从小听到大。我在《天津日报》当记者时，有八年时间是在农村部，而静海又是我所分管的报道范围。因此，我对静海很熟，对唐官屯更不陌生。我对孙犁先生写于七十多年前的这篇文章，读来也十分亲切。

记得我有一次告诉孙犁先生，唐官屯离我的老家很近，何时有空，我陪您再去走访一下当年战斗过的地方。孙犁先生笑一笑，说，"我常常回忆当年走过的地方，打过仗的，遇过险的，还有那些熟人和朋友，也有些只是一闪而过的场景……有时在梦里回去了，醒来很失落。我知道是回不去了。不止是你，好几位朋友都说过，想带我回去各处走走看看，我都婉言谢绝了，年纪大了，走不动了。幸好，我留下了一些文字，有时读一读，就好像把当年的场景和人事，重新唤回来了。这篇唐官屯，在我这里，就有这样的作用……"

写到这里，我想告慰孙犁先生：您的这篇战地报道，同样可以"唤回"，不，是"唤醒"我们的记忆。

（2022年8月5日—8日，于北京寄荃斋）

同口镇的"纸上炎凉"

——一桩"客里空"公案的始末

同口镇是冀中白洋淀附近的一个大镇。抗战爆发前夕,孙犁从北平回到冀中,曾在同口镇上教了一年小学。这是孙犁与白洋淀"结缘"之始。

（一）

孙犁在《关于〈荷花淀〉的写作》一文中,曾深情回忆那段教书生涯:"白洋淀属于冀中区,但距我的故乡,还有很远的路。1936年到1937年,我在白洋淀附近,教了一年小学,清晨黄昏,我有机会熟悉这一带的风土和人民的劳动、生活。"在另一篇文章中,他写道:"回忆在同口教书时,小院危楼,校内寂无一人。萤萤灯光之下,一板床,床下一柳条箱。余据一破桌,摊书苦读,每至深夜,精神焕发,若有可为。"

在同口镇教书期间,经校长侯平引见,孙犁认识了陈乔,从此与其结下了终生的友情。孙犁在同口镇没什么熟人,而陈乔就是同口镇人,他俩的结识使得孤寂中的孙犁有了一个兴趣相投、志同道合的挚友。闲暇时,他俩一同到白洋淀周围走访民情,熟悉民风,了解当地渔民的生活状况。孙犁后来能写出风格独特的《白洋淀纪事》,应该与这一段单纯而快乐的"白洋淀采风",有着某种前缘。

1937年夏天,孙犁回家过暑假期间,抗日战争爆发了。学校停了课,孙犁也没再回学校。随后,他参加了冀中区的抗日工作。1938年,冀中区组建了一个河北抗战学院,陈乔担任政治教导主任。

他亲赴孙犁家中，请他到新建的学校任教，担任的教职是文艺教官。这段抗战学院的教书生涯，孙犁在《平原的觉醒》一文中，有详细而生动的记述。在此期间，他给抗战学院写了一首校歌的歌词，并被作曲家谱曲传唱；还写了一部独幕剧《鹰燕记》，在学院演出多场。只可惜，这个学院只办了两期就结束了。孙犁随即被调往晋察冀通讯社当记者，去了冀西山区。

此后数年，是冀中抗战最艰苦最危险的岁月。在跟随部队四处转战的过程中，孙犁曾途经同口镇，还曾躲避在陈乔的家中，得到老战友家人的掩护，在生活上也给予他热情关照，他对此一直心存感激。

抗战胜利后，孙犁从延安回到冀中。暌违多年，他在回故乡看望家人之后，出去采访的第一站就是前往白洋淀，他要寻访"故地"，重会故人。他专程去到陈乔的家乡，看望了老战友的父母。1947年5月，他写下了《一别十年同口镇》这篇有名的散文，文章发表在当时的《冀中导报》副刊上。在文章的结尾，孙犁特意写了一笔他在陈乔家的亲见亲闻："进步了的富农，则在尽力转变着生活方式，陈乔同志的父亲、母亲、妹妹在昼夜不息地卷着纸烟，还自己成立了一个烟社，有了牌号，我吸了几支，的确不错。他家没有劳动力，卖出了一些地，干起这个营生，生活很是富裕。我想这种家庭生活的进步，很可告慰我那远方工作的友人。"（《孙犁文集》第三卷，百花文艺出版社2002年10月，第75页）

（二）

孙犁没想到，就是这段"告慰友人"的文字，却给他带来一场猝不及防的"文祸"——

当时，解放区正在开展轰轰烈烈的土改运动，孙犁也暂时放下《平原》杂志的编辑工作，随着一个工作队去到饶阳县东张岗一带搞土地改革。他整天与村民吃住在一起，晚上走家串户，发动贫雇农诉苦翻身，召集群众大会斗地主；白天还要荷锄下地，与农民一起劳动，深入群众，把握土改运动的动向。那天，他回到报社汇报工作，却碰到了房东的孩子。孩子紧张而神秘地轻声对孙犁说："老孙，你知道不？报上批你哩！"

"批我？"孙犁一愣。赶紧找来刚出版的《冀中导报》，只见整版的批判文章，通栏标题上分明标着两个刺目的字眼儿"孙犁""客里空"。

"客里空"是当时流行的一个专有名词，本是苏联话剧《前线》中一个人物的名字。此人是个新闻记者，惯于捕风捉影、制造假新闻。所以就被用来代指在新闻报道中虚构浮夸、爱讲假话、华而不实的人。孙犁怎么会与这个贬义词搭上关系呢？原来，批判文章的作者就是抓住了孙犁在《一别十年同口镇》结尾所写的陈乔家庭情况的那段文字，罗织罪名，无限上纲，给他扣上了"美化富农"、站在"地主阶级立场"的大帽子；还抓住他在《新安游记》一文中，误把"东西街"写成"南北街"这一技术性笔误，硬说他是"客里空"，是假新闻……

单凭这点"论据"，就能写出一整版大批判文章，彼时的"文祸"之烈、"左风"之酷、"火药味"之浓，如今实难想象。我曾在天津日报社的资料库中，偶然见到过当年批判孙犁的那个版面的影印件，对那个通栏大标题印象极深。毕竟《冀中导报》就是《天津日报》的前身之一，到了20世纪70年代我进入报社时，早年的资料有时还能见到。

当时，孙犁内心的压力之大，是不难想象的。试想一下，他当时正在乡村直接参与土改运动，身后却被批判"美化富农""阶级立场不鲜明"，这让他在土改一线怎么做事？何以为人？而且，他无法明言的是，彼时彼刻，他的家庭也正在经历动荡——据孙犁的大女儿孙晓平回忆："1947年我们那里进行了土地改革，我家房产并不多，主要是没有重劳力，特别是没有男劳力，那时我才十二岁，大妹八岁，弟弟才几岁，小妹还抱着，家里迫不得已雇用了长工，所以才被划为富农成分。"（见孙晓玲《逝不去的彩云》，百花文艺出版社2013

年5月，第50页)他知道土改的政策正在收紧，极左的做法已经出现，有的地方把地主扫地出门，不给出路；有的地方把地主拴在骡子身后拉着游街，有的地方打死了人……这些无疑都加重了孙犁的心理压力和精神负担。他清楚，家庭划定为什么成分，不只是平分财产的问题，更重要的是划定你处于什么阶级队伍的大问题。在他所在单位，也开始内部开会，矛头直指家庭成分不好的人，孙犁也在其中。在《善闇室纪年》中，孙犁忆起了当年开会的实情："冬，土改会议，气氛甚左。王林组长，本拟先谈孔厥。我以没有政治经验，不知此次会议的严重性，又急于想知道自己家庭是什么成分，要求先讨论自己，遂陷重围。有些意见，不能接受，谈了一些感情用事的话。会议僵持不下，遂被'搬石头'，静坐于他室，即隔离也。"(《孙犁全集》第八卷，人民文学出版社2004年7月，第17页)孙犁在另外一篇文章中，则续写了当时开会的另一个重点人物孔厥的结果："写小说的孔君，夫妇俩来这里下乡、写作，土地会议时，三言两语，还没说清罪名，组长就宣布：开除孔的党籍。我坐在同一条炕上，没有说一句话。前几天，我已经被'搬了石头'。"(《庸庐闲话·我的仗义》，《孙犁全集》第九卷，人民文学出版社2004年7月，第320页)

把这些情况汇集在一起，我们就能更真切地感受到孙犁当时的郁闷和困惑，真是难以言表。在无人倾诉的孤独与无助中，孙犁只能把委屈和压力埋在心底。他又回到了土改工作队。他一回来就发现，当地的干部和群众并没有因为报上对他的批评而对他冷淡和疏远，大家依旧跟着他一起开会、一起联欢，依旧喜欢听他唱京戏……这让他感到一丝慰藉，同时也感受到来自乡里乡亲的淳朴的暖意。

孙犁在这场天翻地覆的土改运动中，更加熟悉了农民，也更加深了对农村和农民的感情。后来，他把这种深沉的感情写进了他的文学作品中，他的中篇小说《村歌》、短篇小说《菁儿梁》《光荣》《浇园》等，都真切地描写了土改进程中的农村和农民。

（三）

这次无妄之灾在孙犁的心中,留下深刻的烙印。在此后漫长的文字生涯里,他曾数次对此次"客里空"事件,进行严肃而客观的澄清,并对当年何以会引发这次"并非文字之过"(孙犁语)的大批判,进行了多层次、多角度的深刻反思。

首先,他从大的土改政策的层面,对这次事件进行了客观的分析——"《一别十年同口镇》写的是1947年春季的情况。老区的土改经过三个阶段,即土改、平分、复查。我写的是第一次土改,那时的政策是很缓和的。在我写的时候,我已经知道要进行平分,所以我也发了一些议论。这些情况,哪里是现在的同志们所能知道的呢。它当年所以受到《冀中导报》的批判,也是因为它产生在两次政策变动之间的缘故。"(《孙犁文集》第四卷,百花文艺出版社2002年10月,第399页)

这是在事发几十年后,孙犁以一种平和的心态,讲述当年的土改进程。回顾当年背景,现在已披露了不少内情——原来这是党内的极左势力,在土改运动中强力推行极左政策的一个环节。本来"政策是很缓和的",对富农讲明是实行团结、改造、发挥其生产积极性的政策。即如孙犁文中所写,本来是完全符合土改精神的。谁知几个月后,随着运动风头"向左转",同样的白纸黑字,却突然变成了"美化"和"客里空"的典型。由此,孙犁再次尝到了"政治风向"的厉害,如果说,此前因小说《琴与箫》而引起的争议,还局限于文学艺术范畴,尚未涉及政治,那么此次"客里空"事件,显然已上升到政治立场的问题了。这对孙犁来说,无疑是"切肤之痛",必然是刻骨铭心的。此后几十年,他似乎一直在刻意远离各种政治运动的风口浪尖,从不跟风,更不会因风头变幻而左右摇摆,称得上是"于风云中立定精神"。到了晚年,他还直言告诫晚辈作家"要离政治远一点"。

这种文学观念和做人准则的形成,固然有一个漫长的过程,但我想,或许亦与此次"无妄之灾"不无关联吧?

其次,孙犁从人际关系层面,联系到某些具体的人和事,反思了此次事件的前因后果——"我在延安写的几个短篇,在张家口广播,《晋察冀日报》转载,并加按语。我到冀中后,《冀中导报》登一短讯,称我为'名作家',致使一些人感到'骇人听闻'。当我再去白洋淀,写了《一别十年同口镇》《新安游记》几篇短文,因写错新安街道等事,土改时,联系家庭出身,竟遭批判,定为'客里空'典型。消息传至乡里,人们不知'客里空'为何物,不只加深老母对我的挂念,也加重了对家庭的斗争。此事之发生,一、在我只率尔操笔,缺乏调查。二、去新安时,未至县委联系。那里的通讯干事,出面写了这篇批判文章,并因此升任《冀中导报》记者。三、报纸吹嘘之'名',引起人之不平。这是写文章的人,应该永远记取的教训。"(见《善闇室纪年》摘抄,《孙犁文集》续编三,百花文艺出版社2002年10月,第15页)

这段回顾性文字,既有对事件前因的分析,又有对事件后果的思考,语言虽内敛,文章意旨的穿透力却很强。一条"名作家"的短讯,引起一些人的"骇人听闻",这本身就隐含着某些狭隘文人内心的忌妒。这种阴暗心理,一旦遇到适宜的机会,就会变成歇斯底里的大发作——把孙犁打成"客里空",是在职业道德上搞垮一个记者的最省力的方式;而标定一个人的阶级立场,在当年乃至在此后多年的政治运动中,更是百灵百验的"妙药",一抓就灵,一打就倒。孙犁在这段文字中,特别剀切地写出了这件事对其家庭的影响:"消息传至乡里,人们不知'客里空'为何物,不只加深老母对我的挂念,也加重了对家庭的斗争。"孙犁还说到,在那篇所谓批判文章中,"联系家庭出身,竟遭批判",可见批判者也确实拿孙犁的家庭出身说事儿,这在历次政治运动中,可谓是最为阴毒的一支箭镞。凡被其击中者,立即失去了自我申辩的资格,只能低下高贵的头颅。孙犁是

个孝子,他绝对不愿意因为自己的缘故,连累父母和家人。在这种
情况下,他别无选择,只能忍气吞声。由此,也可看出当时政治斗争
之无情。

再次,孙犁在个人层面上,也对这篇文章的作者有所论及——

　　1948年,我当记者时,因为所谓的"客里空"错误,受到一次
批判。我的分量太轻,批判者得到的好处,也不大,但还是高升
了一步。

　　冤家路窄,进城以后,我当记者,到南郊区白塘口一带采访
时,又遇到了这位同志。他在那里搞四清,是工作组的成员。他
特别注意我的采访,好像是要看看,经过他的批判,我在工作上
有没有进步。有一次,我到食堂去喝水,正和人们闲聊,他严肃
地对我说:

　　"到北屋去,那里正在汇报!"我没有去。因为我写的文章,
需要的是观察体验,并不只是汇报材料。

　　"文化大革命"期间,这位同志,和我同住一间牛棚。一同推
粪拉土,遭受斥责和辱骂,共尝一勺烩的滋味。往事已不堪回
首矣。

　　　　　　　　　　　　(《孙犁文集》续编三,百花文艺
　　　　　　　　　　　出版社2002年10月,第313—314页)

　　从这段文字中,我们至少可以分析出几条线索:一是这位写批
判文章的人,因批孙有功,从县委通讯干事而调进报社,成为正式的
记者;二是他似乎并未对自己当年的行为,对孙犁做出应有的解释
乃至道歉;三是他对孙犁的态度似乎也没有太多的改善,依旧是一
副颐指气使的架势;四是他后来的结局似乎也不太好,在牛棚里与
孙犁"一勺烩"了。

显然，孙犁在写下这段文字之时，已是一派云淡风轻的超然心态。我特别留意到，孙犁在几十年间，多次写到这次"客里空"事件，一直小心避开这个作者的真实姓名，总是为其留着面子和尊严。而且依旧称呼其为"同志"，由此可见孙犁的宅心仁厚，他对这个当年乘风而上、如今随风而落的人，已不再耿耿于怀。最后，以一句"往事已不堪回首矣"做结，真是感慨近乎无言了。

（四）

孙犁和陈乔这两位饱经磨难的挚友，在此后的几十年间，虽相见时难，却一直保持着真诚无瑕的友情。新中国成立后，孙犁在《天津日报》编副刊，陈乔先在故宫博物院，后来转到中国历史博物馆工作。两人分处京津两地，鱼雁往还，联系不断。孙犁每出新书，必先寄赠陈乔，他知道陈乔喜欢书法，还时常给他寄赠书法碑帖和书籍；陈乔则为孙犁求京城名家篆刻印章，有时还替他搜购名家书画。两人在战争年代结成的友谊，在和平环境中又平添了许多文雅的韵味。

对当年的"客里空"事件，他们自然也偶有提及。值得关注的是他们的一次诗歌唱和——1963年2月23日，孙犁专程赴京看望陈乔。老友相见，感慨丛生，陈乔赋诗一首，赠予孙犁："君爱白洋如乡子，我生白洋情更深。荷花淀香常入梦，雁翎队影最怡心。芦苇荡涌仇寇血，采蒲台记翻身人。一别十年同口镇，柳堤渔岸景长春。"

陈乔别出心裁地把孙犁此前出版的《白洋淀纪事》中的文章篇名，如《荷花淀》《芦花荡》《采蒲台》等嵌入诗句中，尤其是把《一别十年同口镇》原题入诗，显然是特别看重这篇作品所包含着的友情成分。孙犁很少写旧体诗，但是在老友诗作的感召下，也回赠了一首，这成为我们今天"破译"他彼时心路历程的珍贵资料——"碧水青天柳色新，小镇危楼异乡人。曾蒙枉驾相砥砺，又同戎马走烟尘。白洋战绩著青史,我艺雕虫少奇文。京师再会白鬓发,围炉话旧暖如春。"(参见刘宗武:《孙犁与陈乔》,见《长城》1999年第三期)

两位同经风雨的老战友,在风雨过后重逢京师,"围炉话旧",暖意如春。那些疾风骤雨,那些谣诼嫉恨,那些纸上炎凉,那些报海烟尘,似乎都已随风而逝,留下的只有半生戎马,互相砥砺的真情实感了。

探寻一个作家的人生轨迹,是一件复杂、曲折、充满戏剧性的过程。孙犁的文字生涯,在办报和创作之间交叉游走,其间有几个重要节点是具有关键性的枢纽和肯綮,其中就包括这件关乎一个记者前途命运的所谓"客里空"事件。众所周知,对于新闻工作者而言,真实性乃是其职业道德的底线,孙犁对这条底线,看得很重。他不容许任何人在这个问题上胡乱涂抹,抹黑自己的清白。因而他对新闻真实性的原则,体悟得很深,论述得也更加透辟。这无疑与他亲历这次"客里空"事件,有着内在的关联。

我们在时隔七十余年之后,重读孙犁的著作,研讨"报人孙犁"在其办报生涯中的演进历程,这次所谓"客里空"事件同样是无法绕过的重要环节。而今,我不惮繁难,重新梳理这件"公案",其目的,并非只为追讨一个所谓的"公道"——事实上,历史已经对此事的是非曲直做出了公正的裁判——我们只是希望透过这个极富时代色彩与悲剧意味的事件,加深对孙犁内心世界的理解和独特视角的感悟,并由此对其早期作品何以轻松优美、晚期作品何以沉郁深邃,做出更加精准无误的阐释。

(2022年7月1日—5日,于北京寄荃斋)

"渐变式新闻特写"

——重读孙犁的《津门小集》

（一）

1981年8月，孙犁为姜德明所藏的《津门小集》写了一篇题记，谈到他进城初期在天津郊区一带采访的情况："回忆写作此书时，我每日早起，从多伦道坐公共汽车至灰堆，然后从灰堆一小茶摊旁，雇一辆'二等'，至津郊白塘口一带访问。晚间归来，在大院后一小屋内，写这些文章，一日成一篇，或成两篇，明日即见于《天津日报》矣。盖此初进城，尚能贾老区余勇，深入生活，倚马激情，发为文字，后则逐渐衰竭矣。"（见《孙犁文集》续编三，百花文艺出版社2002年10月，第32页）

天津是在1949年1月15日被解放的。孙犁当日便与《冀中导报》的同事们一起，从河北胜芳镇出发，进入新生的城市参与创办《天津日报》。他回忆说，别人都是坐汽车进城的，唯独他和方纪两人非要骑自行车进城不可——这两位作家兼记者是要实地观看一下沿途的实景，切身感受一下天津这座北方大城市的风物和风情。彼时，硝烟尚未散去，城市刚刚苏醒，一切都将重新起步，新生活将在这里铺展开来。可以想见，孙犁当时的心情是激情豪迈的，对未来充满了憧憬和期待。

从那一刻开始，孙犁便开始了一项坚持数年的采写"工程"：主动深入到天津的工厂和乡村，捕捉鲜活的素材，感受城市的脉动，以敏锐的新闻眼发现这座城市的新事物、新气象、新变化,并迅速见诸报端。而前面所引述的那段文字,正是孙犁先生对那时"贾老区余勇,深入生活,倚马激情,发为文字"的记者生涯的"夫子自道"。

孙犁当时在《天津日报》的实职是副刊科副科长,后被戏称为"报社二副"。他的本职工作本是编辑副刊。但是从战争年代一路走来,孙犁一直是以笔为枪,身兼二任:在家是编辑,出门为记者。而长期的办报生涯,更锤炼出其独特的新闻敏感和记者目光,这使他在进城初期那段激情燃烧的岁月里,不愿蹲守办公室,宁愿奔波于城市的大街小巷,进出于工厂车间、郊区乡镇,去采访那些平凡的、鲜为人知的人和事。这段时间大约持续了五六年,直至1956年他生了一场大病,才使这一"工程"戛然而止。

对自己这一时期的工作,孙犁先生也有清晰明确的自我定位,那就是"我当记者"——在一篇忆旧文章中,他写道:"进城以后,我当记者,到南郊区白塘口一带采访。"(见《孙犁文集》续编三,第313页)

这些采写所得,就收录在这本薄薄的《津门小集》中。这些文字以往常被文艺界的朋友们视为一般的散文随笔;而今,我们从新闻的角度重读之,则完全有理由将其视为一卷新闻记者的采访札记,以新闻专业的文体分类法细分之,可谓是一组典型的"渐变式的新闻特写"——以这一新视角重新研读和阐释孙犁先生的这些作品,我们会发现一片新天地。

(二)

应当说,最早关注《津门小集》,并对其进行初步定位的,是著名文艺评论家黄秋耘。早在1962年,他就在一篇题为《情景交融的风俗画》的文章中写道:"我听说这本小册子是作家在1949—1956年间,对天津市工人和郊区农民的劳动、生活、爱情和斗争……的零星记载,主要是将所闻所见,疾书为文,夹叙夹议。这些篇章甚至就是采访日记，并没有经过多少艺术加工。"(见《孙犁研究论文集》，百花文艺出版社2002年2月，第562页)在这里，黄秋耘将这批作品称为"采访日记"，可谓知人之论。

接着，黄秋耘就对孙犁的这些文章做了进一步的论述："逐篇读下去，在我的眼前仿佛展开了一幅幅色彩宜人、意境隽永的'斗方白描'。有的是风景画，但更多的是风俗画。它们成功地把这个北方大城市的风景线和人民新生活的诗意的美融合在一起，既有小品文的纤丽韵致，又有诗歌的抒情色彩。而更为难能可贵的是，几乎每一篇都洋溢着作者对新生活的热爱和歌颂，对劳动人民的温厚真挚的感情。怎能说这些速写仅仅是素材，而不是艺术品呢？"(同上，第562页)

黄的分析当然是站在纯文学的角度，即便是他对某些观点的纠正，也是以文学为立足点而言之。譬如，他不认为"这些速写仅仅是素材"，恰好说明在当时的文学界，可能普遍认为这类文章"仅仅是素材"，并非成品。然而今天，当我们从新闻的角度来矫正研读的视角时，我们可以说，这些文章无疑都是精彩的采访札记(或曰记者手记)，就新闻诸要素而言，是十分完整且出彩的。

在此，我们不妨岔开话题，先来引述一些新闻观念，以为立论之基。我是20世纪70年代末"入行"天津报界的，当时的新闻定义还在沿用陆定一先生的那句名言："新闻是新近发生的事实的报道。"及至80年代中期，一些新闻学者根据国外的新闻传播学的新理论，并总结国内的新闻实践，对原有的新闻定义进行了一次重要修正，改为"新闻是新近发生的变化的报道"。一词之易，别开蹊径——"事实"很容易被理解为是事件性的，包括突发新闻、政治新闻、社会新闻、文体新闻等，皆可包罗在内。但是事件往往是在完结后才能呈现，有头有尾，来龙去脉，首尾完整，脉络清楚，方为事实。而在现实中，很多事件并非一蹴而就，也不是一下子就能完结，更多的是逐渐发展，由渐变到质变，最后才能构成一个完整的事件，也有些根本就形不成事件，只是一种变化而已。因此，新的新闻定义适应了这一业态实况，将"事实"改为"变化"。而变化中的事实，既有突变，也有渐变。突变易于发现，而渐变则不易发现，往往需要一双异常敏锐的慧眼。

回顾我的新闻生涯，高峰期无疑是在80年代。因此，对这一新闻观念是高度认同的，也一直秉持这种观念来评判新闻作品。以此为基点，重新定义孙犁先生的这一组采访札记，无疑是属于典型的"渐变式的新闻特写"——天津解放是一次巨大的"突变"，对于一座城市来说，不啻是天翻地覆，换了人间，这是此后一切变化的基础和前提。由此引起的一系列连锁变化，有的平摆浮搁，显而易见；更多的却潜藏在社会生活的方方面面，包括大众心态、城市景观、经济活动、人际交往……都在城乡之间渐次铺展开来。这些新变化，依照彼时的流行说法，皆可称为新生活、新气象、新面貌、新观念，并非如一场战斗、一项工程、一件大事那样，是直观的，一目了然。相反，这些变化是隐形的、渐进的、无声无息潜移默化的。这就需要更加敏锐、更加精细、更加独到的新闻眼光，去发现、去开掘、去撷取——而孙犁先生当时所做的恰恰是这样的采写工程，非新闻高手则不能办也！

当然，光有新闻敏感还不够，还要兼有文学素养和艺术表现能力，而这些刚好都是孙犁的强项。于是，一篇篇清新生动又亲切朴实的短文，就这样从他的笔下流出并迅速见诸报端了。

新中国成立前的工人只被驱赶着干活儿，谁会教你认字学文化？如今解放了，工人当家做主了。当家做主哪能不识字还当睁眼瞎呢？这个变化被孙犁捕捉到了——"解放带给工人的种种新生活，最明显的就是学习。学习以接连的热潮展开了，把新的意识带到生活的最深处。"（见《孙犁文集》第三卷，百花文艺出版社2002年10月，第103页）

以前，工人在工厂干活儿，是给资本家卖命。而今，所有生产都是为了国家为了建设也是为了自己，节约不再是一句口号，而是成为工人们自觉的行动。孙犁敏锐地捕捉到这样一个细节："一个乡下的丈母娘，来到在中纺当工人的女婿家里，夜晚帮女儿给小外孙缝衣服，掉了一条线，就绕世界寻找起来。她说：'我们在乡下，哪里淘换这样一条洋线，丢了多么叫人心疼！'感动了女婿和女儿，进到工厂更知道爱惜公家的财物。"（见《孙犁文集》第三卷，第105页）

以前都是包办婚姻，青年工人们哪里想过自由恋爱？如今，在解放后的工人宿舍里，这样的小景却已司空见惯——"中午，一个年轻力壮的人就睡醒了，他从房间轻轻走出来，到门口买了一个西瓜，招呼着一个青年朋友，他把瓜放在事务所的桌子上，抓起电话：'你是女独身吗？王爱兰同志睡觉了吗？好好，没事没事！'就赶紧把耳机放下了。青年的朋友在一旁嘲笑他：'这像话吗？''人家正在休息，人家正在争红旗，不要打搅她。来，我们到小院里石榴树下面去吃瓜！'"

讲完这个故事，孙犁以夹叙夹议的笔法写道："这是青年工人恋爱的插曲。青年的女工们，现在才敢于爱恋这些青年的工人伙伴。"（见《孙犁文集》第三卷，第111页）真是要言不烦，画龙点睛。

小刘庄是工人聚集区，与城市中心区相比，这里是城市的边缘地带，很少有记者光顾。而孙犁却悄悄走进了这些寻常巷陌，探访此处的新变化。"因为待遇的实际提高，使小刘庄大街面粉的销路增加起来，无谓的奢侈品减少了，合作社增加了朴素实用的货物。在拐角的地方，还有一个鲜花摊，陈列着盆栽的海莲、月季、十样锦，是卖给在职工宿舍住宿的工人的。"这里记下的是市场的变化。接着孙犁"目击"了街头的实况："小刘庄正在修整街道和那些残破的房子，在边沿上，在清除那些野葬和浮厝，疏通那些秽水沟。这里的环境卫生还要努力改善。在摆渡口有一个落子馆儿，几个女孩子站在台上唱,台下有几排板凳,但因为唱的还是旧调,听的人很少。在街中心,有一个中年妇女出租小人书,内容新旧参半,只是数量很少。小刘庄应该有一家通俗书店,应该有一个完备的文化馆,工厂的文化娱乐,应该更密切地和工人家属教育结合起来。"(见《孙犁文集》第三卷,第107页)

在孙犁的笔下,一个街区在新旧转换之际的真实图景,被摄录在简要的文字中。一个街区是这样,一座城市又何尝不是如此呢?由此一斑,可窥全豹。

在新中国成立初期,做这种新旧比较的,不唯孙犁一人。很多从老区进入城市的人们,很多获得新生的工人和农民,很多在旧社会饱尝辛酸的市民大众,都会自觉不自觉地持续进行类似的比较。没有比较就没有鉴别,在比较中,他们由衷地感叹:"生活是多么美好,多么芬芳啊!凡是有劳动着的人群的地方,都有着幸福和欢笑哩。"这段话,引自黄秋耘的《情景交融的风俗画》。黄秋耘进而坦承,孙犁的这些文章"唤起我一些美好的回忆,因为在这一段期间,我也是抱着同样的欣悦心情来看待生活的"。

黄秋耘与孙犁有着近似的人生经历,都是年轻时参加革命,都是干新闻出身,也都是进城干部……他能看出孙犁这组文章中具有"采访日记"般的新闻特性,他也能理解并赞赏孙犁对新旧社会转换中的种种细微变化的摄取和描摹,他因此而被孙犁视为最早的"知音",良有以也!

(三)

孙犁以擅长描写女性形象而著称,尤其是他对女性心理的拿捏和表现,堪称一绝。《津门小集》中的短文虽然没有直接塑造女性的典型形象,但却处处可见他对女性在新生活环境下的生存状况的关注和体察。

纺织厂是女工集中的地方。若问带孩子的女工最关心的是什么？排在第一位的一定是孩子。于是，孙犁专门去探访工厂的保育院——孙犁先是精心描写了保育院的环境，那是安谧而干净的，"扁豆花密集着开放了"；继而写到保育员们的工作状态，并点明："保姆同志们的工作，直接联系着广大工人的情绪和幸福。"然后，才集中笔力来描写纺织女工们："当母亲们从车间匆忙地走出来，用衣襟扇动着汗热的乳房，从远远的地方就尖起耳朵来，如果听不见一声婴儿的啼哭，她们的心就安定了。她们坐在保育室的长凳上，给孩子喂奶，抚摸着孩子的身体，如果既不发烧，又没有斑疹，她们就高兴起来了。她们用丰满的乳汁，喂饱婴儿，迅速地掩上怀回到车间里去。"（见《孙犁文集》第三卷，第117页）

我常常在想，在孙犁之前，有没有报社的记者专程来到纺织厂的保育院，来采写这些琐细的生活片段？至少我在《天津日报》资料室的旧报纸堆里没有翻阅到。或许，在大部分记者眼中，这些婆婆妈妈喂奶育儿之类的小事，不值得采写。而在孙犁眼里，确切地说，在孙犁所看到、所感受到的一线女工的眼里，这却是最大的事情。这篇《保育》，尽显孙犁观察生活的细腻和视角的独特。

《团结》是个大题目，也是很不容易表现的一个抽象概念。孙犁在这个题目下，写的净是细微的小事。"我们的工厂演戏招待私营纱厂的工人同志"，这些外厂的女工们参观"我们厂"（注意：孙犁在不经意间已把人称转换成第一人称复数），赞叹着机器的先进，羡慕着"我们厂"在厂房墙下开窗，以利于车间内部的通风，还跑去托儿所，"推开门去看那些小床，白被褥，青年的护士和正在喂奶的母亲们"。孙犁通过这些细节，意在表现国营厂与私营厂的工友之间是团结的："在我们厂里，她们到处遇见热情的招呼。"

写完了内外的关系，孙犁的笔锋转向了"我们厂"的姐妹们，抓取的依旧是一个细节："最动人的场面是大雨过后，她们从工厂出来,担心脚下的新白鞋。而在工厂的大门以外,家属们早提着雨鞋,抱着雨伞等候他们了。……他们在工厂的门前,排成两行,让小雨淋着光头顶,却不肯把伞张开。工人下班出来,他们就不断探问:"看见二姐吗?二姐下来了吗?"一见姐姐出来,他们就跑过去完成任务。姐姐把雨伞张开,就回身招呼她的伙伴们。她们有的三个人围在一个雨伞下面,有的两个披着一件雨衣,在大雨滂沱中说笑着回家去。"(《孙犁文集》第三卷,第109页)

孙犁以伙伴们在雨中互相打伞的一幕,看似漫不经心地点破了"团结"的真谛。没有一句大话,也没有一句高调说教,甚至全篇都没有用过"团结"这个字眼,只有淡淡的一幕雨景,一切就尽在不言中了。

《慰问》写的是纺织女工们为朝鲜前线争相制作"慰问袋"的故事。这又是一篇带有鲜明女性视角的短文——"十五支会把会员们做成的五颜六色的慰问袋,点缀在一个红星形的架子上,陈列在工会的办公室里。全厂的工人从窗前一过,就叫这些鲜明的、代表着崇高心意的礼物吸引了。"这是带有强烈时代色彩的一幕:当时,抗美援朝还处于保密阶段,慰问袋名义上是要寄给战斗中的朝鲜军民的。孙犁或许已经敏锐地感觉到,将有大事发生,因此,他专门写下了这一特定时间节点的典型事件:"这些礼物,都出自我们纱厂的女工或家属之手,出自她们的心意和劳动。她们在夜班之前,在灯下赶绣着心里的话。她们知道:这轻微的礼物的实际的含义是重大的。它们要带着工人阶级的支援,到英勇斗争的朝鲜人民的面前,它们要通过祖国的边疆,到那色彩鲜明的兄弟国家的土地上去。……这对我们的工人来说,是一种觉悟,是从车间的团结,帮助落后,救济失业兄弟……伸展开来的伟大的工人阶级的觉悟。"

这一段,孙犁罕见地用了一些"大词儿":英勇、团结、伟大、觉悟……如今回看,我们会觉得用这样一些词汇来形容和赞美当年举国上下支援抗美援朝的群众运动，不是很贴切、很适宜吗？

接着，孙犁依旧是用一个精心选择的细节来收束全篇："在许多袋子中间，有一个最小，它是个心形，也只有一个心那么大。它是异常朴素的。只是用本厂标准的白布裁缝。有一条鲜艳的红绳系在口上，而且有一块坚实的物件装在里面。两个女孩子好奇地倒了出来：那是一枚小小的纪念章。这个纪念章是一个年岁很小的女孩子的。因为她在工作上的特殊的成绩，参加全市的工代大会，获得了这个纪念章。在纪念章的下面，用一条红色的绸子，规规矩矩写上她的名字。"（见《孙犁文集》第三卷，第115—116页）

一个小姑娘，把自己靠出色劳动获得的全市工代会的奖章，装进了慰问袋——这当中所蕴含的分量有多重，情感有多浓，意义有多大，一切都无需多言了。孙犁文笔之含蓄、之简洁，于此清晰可见！

（四）

新闻作品，一向被视为"易碎品"，有人形象地说它们如同庄子书中那些不知晦朔的"朝菌"，只有一天的生命。然而，对于好的新闻作品而言，却应该换个说法，那就是"今天的新闻，就是明天的历史"。不是吗？那些真正把握住时代脉搏，真实展现了特定历史时期的特殊风貌，摄取了彼时彼地典型人物的精神内质，活现出时代巨变中的微妙隐秘的新闻作品，将长久地存留在历史的碑铭上。一代代的后人们，一旦需要了解某个时间段，在某个地域曾经上演过的某一幕活剧，那就势必要翻开这些泛黄的新闻纸，从当时最真切、最精准的"目击"和"实录"中，去窥探埋藏于烟尘深处的本真原貌。我相信，孙犁先生在进城之初，以一己之力为我们留下的《津门小集》，就属于这样优秀的、可以传世的新闻作品。

孙犁先生对自己的这些短文是十分珍惜的。在大病初愈之后，他在写给收集整理这些短文的冉淮舟的信中说："既然是珍惜，也就偏重看见了它们身上带着的优点。写作它们的时候,是富于激情的,对待生活里的新的、美的之点,是精心雕刻,全力歌唱的。……这些短文,它的写作目的只是在于:在新的生活急剧变革之时,以作者全部的热情精力,作及时的一唱!"(见孙犁《幸存的信件:给淮舟的信》,长征出版社2003年6月,第5—6页)

孙犁先生的这一唱,余音袅袅,不绝如缕,至今已有七十多年了。很想找个机会,再去走访一下孙犁先生笔下的小刘庄、挂甲寺、灰堆、白塘口……作为土生土长的天津人,这些地方我应该都曾去过,但是我却没有见过它们在新中国成立初期的样子。离津多年,我也不太清楚它们现在的样子了。而孙犁先生的文章却唤起了我重新去探访的欲望,对比一下今昔之变,不是一个很有创意的新闻题目吗……

孙犁先生在《津门小集》出版前夕,曾写下一篇后记,其中有一段文字分量很重:"我同意出版这本小书,是想把我在那生活急剧变革的几年里,对天津人民新的美的努力所作的颂歌,贡献给读者。"(见《孙犁文集》第五卷,百花文艺出版社2002年10月,第134页)

作为天津人,我在此要给孙犁先生深鞠一躬,谢谢他的这份沉甸甸的厚礼!

(2022年8月18日—21日,于北京寄荃斋)

"我当记者"

——在孙犁自述中的"记者生涯"

（一）

孙犁先生曾自述："在幼年就梦想当一名记者。"（见《第一次当记者》，《孙犁文集》续编一，百花文艺出版社 2002 年 10 月，第 200 页），但因时代风云之变幻、人生路向之转变及个人性格之局限，孙犁的文字生涯后来出现了些许"微调"，他自己晚年曾做过一个简单明了的总结，平生主要从事了三种职业：一是编辑，二是教师，三是作家，并没提到记者。

然而，作为长期沉浸在新闻媒体（报社、通讯社）并终老于兹的新闻工作者，他在自己的文字中，却不止一次地以"记者"自谓。这个现象显然会令新闻圈外的朋友们感到几分困惑，但在报界内部却是无需解释的。在任何一家报社编辑部，其工作人员都是"在内为编辑，外出为记者"，就连总编辑外出采访写了稿子，也是署名"本报记者"。孙犁自然也不例外。因此，即便在他当编辑的时候，其岗位职责中也包含着外出写稿的任务。这一点，孙犁先生在一篇回忆文章中也曾明确讲过，即便是"出来打游击，……我们都负有给报社写战斗通讯的任务。"（见《吃粥有感》，《孙犁文集》第三卷，百花文艺出版社 2002 年 10 月，第 224 页）可见，长期担任编辑的孙犁，确实是身兼采编双重任务于一身的。

早在 20 世纪 80 年代中期，我为撰写有关"记者孙犁早期报告文学"的论文,曾当面向孙犁先生请教。孙犁肯定了我的研究思路,并特别嘱咐我:"不要顺着别人的思路走,要有自己的观点。主要是认真读原文,从文本中发现问题,提出你的论点。"依照孙老的叮嘱,我在重读孙犁的过程中,着意搜集和梳理了《孙犁文集》中有关"记者孙犁"的资料和论述。我发现,在孙犁延续半个多世纪的浩瀚文字中,"记者"这一称谓,在某些时间段出现的频率很高,甚至随处可见。细分之,则早年多为采访时的正面自称,晚年则多见于散文、杂著等忆旧文章。

纵观孙犁漫长的文字生涯,其作为记者(多数是同时兼为编辑)直接从事采访报道的时间,从1939年冬季第一次作为晋察冀通讯社三人记者团的成员赴雁北采访算起,直至1956年因病终止在《天津日报》的"津郊采访"(后结集为《津门小集》)为止,贯穿了孙犁先生从抗战、土改到解放战争、进城办报等各个阶段的人生历程,这个过程将近十七年。而这段时间刚好也是他的文学创作羽翼渐丰、逐渐形成鲜明个人风格的"高光"时期。或许,因"作家孙犁"的名声越来越响亮,逐渐将"记者孙犁"遮盖起来,以致逐渐被忽略被淡忘了。殊不知,回溯孙犁的文字生涯,一个不容忽视的事实是,先有记者孙犁,后有作家孙犁;没有记者孙犁,何来作家孙犁? 当然这样讲只是极而言之,事实上,这两者是不能截然分开的,更非互相对峙,常常是你中有我,我中有你,水乳交融,互为补益的。而这恰恰是孙犁艺术"一体两面"的独特之处,忽略任何一面都不是完整和准确的。

本文试图从孙犁先生的文本记载中,撷取其有关记者生涯的"夫子自道",演绎成文,以期梳理出一个大致清晰的"记者孙犁"的脉络。需要说明的是,鉴于对孙犁先生各个时期的新闻代表作,我已有专文论述,本文不再重复。本文的着力点只限于散见于孙犁文本中的具有"记者"称谓的"夫子自道",执此一端,深入堂奥,从而加深我们对"记者孙犁"这一基本论题的理解和探讨。

（二）

在重读孙犁的过程中,曾有一个现象令我产生疑惑:为何一些明显属于记者文笔的作品,却并没有采用"记者"的称谓,而在后来却被孙老本人或者旁人"认定"为记者之文? 譬如,孙犁第一次去雁北采写的《一天的工作》(见《孙犁文集》第一卷,百花文艺出版社2002年10月,第3页),通篇都没出现"记者"的字样,被后来的研究者视为虚构的小说,并被编入文集中的"短篇小说卷"。直到20世纪80年代,孙犁先生本人写下《第一次当记者》的回忆散文,这篇"首发"之作才算被"验明正身"。而那篇典型的事件新闻特写《王凤岗坑杀抗属》,也是通篇未见记者字样。而孙犁先生在与我谈及自己的早期记者作品时,数次举例都提到这篇短文,认为是自己早年当记者时的代表作,是"青春的遗响"。此外,还有《一别十年同口镇》和《新安游记》诸篇,文中也是通篇未见"记者"称谓,故而一向被视为散文。然而,正是这些"散文",在20世纪40年代末却统统被视为新闻通讯,并以此为标准拿着"放大镜"寻找文中的错漏(如东西街写成南北街之类),致使孙犁被指违反新闻真实性原则,美化富农,是"客里空",在报纸上以整版篇幅对孙犁进行批判。尽管后来厘清了事实,并认定所谓"批判"实是当时左倾思潮在作祟。但这件事也从另一个侧面,"认定"了孙犁当时所写的这些见闻札记,同样具有新闻作品的性质,即便文中没有出现"记者"的称谓,读者和同行同样是将其视为新闻作品来看待的。

就在写作《一别十年同口镇》的同时,孙犁还写过一组"农村速写",其中一篇为《访问抗属》。就在这篇《访问抗属》的一开篇,孙犁就写明:"记者随孟部长到安平耿官屯访问抗属李大娘。"(《孙犁文集》第三卷,第78页)在此前所写的《小陈村访刘法文》(同上,第63页)中,也是在开篇就写道:"2月28日,听梁斌、周刚同志说到妇女模范刘法文的事迹,记者即前往访问。"这两个例子说明,孙犁当时正是以记者的身份深入村镇去采访的。

在孙犁晚年所撰写的《善闇室纪年》中,对这一时期的采访工作,做出了明确的自述:"1947年,三十四岁。春,随吴立人、孟庆山,在安平一带检查工作,我是记者。他二人骑马,我骑一辆破车,像是他们的通讯员。写短文若干篇,发表于《冀中导报》副刊'平原',即《帅府巡礼》等。"(见《孙犁文集》续编三,百花文艺出版社2002年10月,第16页)

这一时期的短文后来都被收录在《农村速写》一书中。在该书的后记中,孙犁先生也写下这样一段话:"这差不多都是记事,人物素描。那时我是当作完成一个记者的任务写作的,写的都很仓促,不能全面,名之为速写,说明它们虽然都是意图把握农村在伟大变革历程中的一个面影,一片光辉,一种感人的热和力,但又都是零碎的,片面的。"

值得注意的是,在这篇文章中,孙犁先生明确讲到了这些短文与此后的文学创作之间,也存在着内在的联系:"有一些地名和人名,后来也曾出现在我写的小说里(其实严格讲来,也只是较长的速写),但内容并不重复。是因为我常常想念这些人和这些地方,后来编给它们一个故事,又成一篇作品,当然还是粗略的作品。我想,如果我永远不忘记他们,我想念得再多一些,再全面一些,今后,我也许还能够写些比较全面的,比较符合他们伟大的面貌的作品吧。"

这篇后记写于1950年3月。据此,我们完全可以延展一下想象的空间:孙犁先生此后所写的以《村歌》《铁木前传》为代表的农村题材系列作品,或许就是从当年的这些"人物素描"中萌生并孕育而成的吧?

由此,我们对"记者孙犁"与"作家孙犁"这两种角色的互融互换、相得益彰,不是可以得到更直观、更确实的例证吗?

（三）

其实，记者不只是一种职业，更是一种意识，一种思维习惯，一种时时处处不忘观察记录的新闻敏感。大凡从事过记者工作的人，只要他在从业时已培养起足够专业的新闻意识和思维敏感，即便以后离开了新闻岗位，那他观察事物和思考问题时，也都会自然而然地带有潜在的新闻眼光。

更何况，孙犁先生一直没有离开新闻单位，即使岗位转换了，譬如，从记者改做编辑了，抑或一边编稿一边从事文学创作了，他的新闻意识也还是相当敏锐的，看问题和办事情，也还带有鲜明的新闻视角和思维方法。

我们举两个与记者工作"距离很远"的例子吧。

一个是关乎诗歌创作的。在孙犁先生为其叙事诗《白洋淀之曲》所写的后记中，他写道："我那时写的都是叙事诗，这和我当时从事的记者工作有关，希望在诗里报道一些事件，以便能登在报纸上。例如《白洋淀之曲》，就是登在当时晋察冀通讯社编印的《文艺通讯》上。"（见《孙犁文集》第五卷，百花文艺出版社2002年10月，第140页）

这段话很有意思，"记者孙犁"的新闻意识直接影响着"作家孙犁"的诗歌创作，甚至决定着"诗人孙犁"选择哪种诗歌的体裁——"希望在诗里报道一些事件，以便能登在报纸上。"这是典型的记者的思维方法，他要尽可能地贴近新闻事实，以利于传播。在这里，作家孙犁与记者孙犁已然融为一体了。

另一个则涉及民间文艺。在孙犁为民间小曲《翻身十二唱》所写的后记中，也有这样一段记载："记者此次外勤，道途田野常遇新声。欢快感激，古音稀有。驻步以听，得知其内容为表现得到土地、牛马、农具后之各种愉快。盖击壤而歌，摇鞭小唱，古来有之，然多哀伤凄凉，悲歌怨诉，如今日所萦绕村庄林野者，实千万年所未有，翻天覆地的新声,划时代的歌唱也。

共录得十二支,然如此歌曲,在农村正不知有千支万支。记者录以发表,不过为时代画一音符,并望各地翻身农民,源源将翻身歌曲,寄报社发表,以广流传,以益观览。"(见《孙犁文集》第五卷,第281页)

这段妙文更有意思。孙犁出外勤(通常是指记者外出采访),于路上听到民间小曲,遂采集整理出来,登在了报纸上,署名为"纪普"。一望可知这是一个笔名。文尾注明的时间为1946年11月20日。孙犁先生在1962年8月9日又专为这篇《翻身十二唱》写了一篇后记,言明:"此篇标注'录',实系我的创作。是'创作'而标明'录',已记不起当时的用意何在。"

其实,当时的"用意何在"已无关宏旨了,关键是这些文字确凿地证明了,孙犁先生当时是很喜欢也很善于用"记者"的身份,从事各种与创作有关的事情。记者采写新闻,作家创作作品,在孙犁先生那里原本就是一支笔杆,两套笔法,游刃有余,各相乘除,已然达于随心所欲之化境矣。

(四)

20世纪80年代初期,孙犁先生在回答一位记者有关"创作冲动"的提问时,曾做过这样一番表述:"创作冲动是一种要写东西的愿望,这种愿望大部分是从责任感出发,就是:我是一个记者,或是一个作者,应该写些什么出来。在具体取材上,有时是一件事,也有时是一个人,这是很难分别的。但主要的是因为对一个人发生过情感,对他印象深刻,后来才写出一篇文章来。"

创作冲动源自一种"责任感",因为"我是一个记者,或是一个作者,应该写些什么出来"。这句朴实无华的回答,坦露出孙犁先生秉笔为文的初衷,特别值得玩味。

孙犁先生晚年忆及早年的文字生涯时，时常讲到"我当记者"。譬如，在他的回忆录《风烛庵杂记》中，曾有一段不足百字的回忆，两次用到"我当记者"这个提法："1948年，我当记者时，因为所谓的'客里空'错误，受到一次批判。我的分量太轻，批判者得到的好处，也不大，但还是高升了一步。冤家路窄，进城以后，我当记者，到南郊区白塘口一带采访时，又遇到了这位同志。"（见《孙犁文集》续编三，第313页）

这里讲到的"我当记者"，涉及两个时间段，前者是解放前夕，后者是进城初期。前者的作品大多汇集到《农村速写》里，后者则汇集为《津门小集》。这两本小书，均可视为孙犁先生的"新闻作品集"。

在细读孙犁作品的过程中，我还发现一个有趣的现象：孙犁先生曾一度调离报社，但他却以记者的身份，参加了晋察冀边区的一次重要会议。孙犁把会议的盛况用一封书信的方式，刊登在《晋察冀日报》的副刊"鼓"上。孙犁写道："在今年（1943年）正月，我在这里参加了这个大会，当作一个记者参加了，你没有来。"（《孙犁文集》第五卷，第230页）这里所指的"你"，乃是孙犁的老战友王林。因为他当时还身处游击区，未能到平山参会，为保护其安全，孙犁特意把他的名字隐去了。

在这封《二月通信》中，孙犁详尽地"报道"了会上会下的情况，包括对边区司令员聂荣臻、副司令员萧克等首长在会上活动的目击实录，对各界参议员的发言讨论情况以及对当选为议长的成仿吾先生的评述……通篇文字既有现场感，又有文学性，可以说是一篇翔实的现场述评。我相信，孙犁先生在写作这篇通信时，固然有向老朋友通报情况的意思，但更明显的意图，还在于以通信的形式，把这次大会的盛况尽快通过自己的版面传播出去。说到底，还是在尽一个现场记者的职责。

孙犁在20世纪60年代初为这封通信所写的后记中讲道:"在这封信里,说是以记者身份,实际上我已调到边区文联工作。"这一注脚刚好清楚地表明,孙犁即使不在记者岗位了,但其记者的责任心和新闻敏感,依旧是他写作此信的源动力。同时,在信中他也提到"要宝贵我们的'鼓'的篇幅",当时《晋察冀日报》副刊"鼓"是由孙犁主编的,他身在文联,却主编着报纸的副刊,这种一身兼二任的情况,当年在冀中区也曾出现过。可见,这在当时是一个普遍现象。从这个角度来看,孙犁其实并未离开报纸副刊的编辑业务,而且,他还在利用记者的身份,参与采访重大新闻,并以自己的方式披露在自己编辑的副刊上,让报纸副刊也凝聚起浓郁的新闻气息。

(2022年8月27日—30日,于北京寄荃斋)

第二辑

编者·作者

孙犁的"编辑部"

　　孙犁先生的编辑生涯,几乎贯穿着他的一生。除了进城以后,长期在《天津日报》"耕耘"报纸副刊的名牌老字号"文艺周刊",其坐标还算相对稳定之外,此前十多年的编辑工作,照孙犁自己的说法,是"向来萍踪不定"的——在冀中平原,在阜平山地,在抗战烽火中,在衣食不继时……孙犁先生又是怎么一边当记者,一边编副刊,还要抽空搞创作的呢? 近来重读孙犁,我一直沉浸在他那淡雅平实的文字中。我一直在寻觅着孙犁早年的编辑路径,一心想"探看"一下:他当年的"编辑部"是个何等样貌,他又是如何在今人难以想象的艰险环境中,编辑出至今还被新闻和文学史家们所看重的一篇篇佳作、一本本期刊的?

　　孙犁先生在1982年曾给朋友写过一封《关于编辑工作的通信》,信中简要谈及他的"编辑阅历":"我编过的刊物有:1939年晋察冀通讯社编印的《文艺通讯》;1941年晋察冀边区文联编印的《山》。以上两种刊物,都系油印。1942年《晋察冀日报》的副刊,以及此前由晋察冀边区文协编的《鼓》,也附刊于该报。1946年在冀中区编《平原》杂志,共六期。1949年起,编《天津日报·文艺周刊》,时间较长。这些刊物,无赫赫之名,有的已成历史陈迹,如我不说,恐怕你连名字也不知道。"

　　那么,这些曾经发散在村镇山乡、机关部队的报纸副刊或文化期刊,又是怎样"编辑出炉"的呢? 作为编者的孙犁,晚年曾多次忆起当年的实况。

孙犁参与编辑的第一份刊物，是油印的《文艺通讯》。在孙犁的《在阜平》一文中，他写道："1939年春天，我从冀中平原调到阜平一带山地，分配在晋察冀通讯社工作。这是新成立的一个机关，其中的干部多半是刚刚从抗大毕业的学生。通讯社在城南庄，这是阜平县的大镇，周围除去山，就是河滩沙石。我们住在一家店铺的大宅院里。"这应该就是晋察冀通讯社的编辑部了。孙犁在这里写下了那本《论通讯员及通讯写作诸问题》。据我初步考证，这应该是全国解放区最早的一本新闻理论专著，也是当时晋察冀少有的铅印书之一。

不过，在战争环境中，一个大机关是无法在一个大镇长久驻扎的，孙犁说："机关不久就转移到平阳附近的三将台。这是一个建筑在高山坡上，面临一条河滩的，只有十几户人家的小村子。"这样一个小村庄恐怕容纳不下一个大的编辑部。因此，据我推测，这里应该就是孙犁等人编辑《文艺通讯》的"编辑部"了。孙犁对这个小小的编辑部有过非常真切的回忆："我们在这村里，编辑一种油印的刊物《文艺通讯》。一位梁同志管刻写。印刷、折叠、装订、发行，我们俩共同做。他是一个中年人，曲阳口音，好像是从区里调来的。那时虽说是五湖四海，却很少互问郡望。他很少说话，没事就拿起烟斗，坐在炕上抽烟。他的铺盖很整齐，是离家近的缘故吧。除去被子，还有褥子、枕头之类。后来，他要调到别处去，为了纪念我们这一段共事，他把一块铺在身子下的油布送给了我。这对我当然是很需要的，因为我只有一条被，一直睡在没有席子的炕上。"

这，就是孙犁在彼时彼刻的生活状况了。从行文中分析，即便有了这块油布，孙犁依然是没有褥子、没有枕头的。我在文章中通篇都没见到诸如"困难""艰苦"之类字眼，但细细品咂一下，其苦涩之味却淡淡溢出。

然而,孙犁写到此处却笔锋一转,写了一段当地的农家景致,好似苦茶饮后的"回甘":"阜平一带,号称穷山恶水。在这片炮火连天的大地上,随时可以看到:一家农民,住在高高的向阳山坡上,他把房前房后,房左房右,高高低低的,大大小小的,凡是有泥土的地方,都因地制宜,栽上庄稼。到秋天,各处有各处的收获。于是,在他的房顶上面,屋檐下面,门框和窗棂上,挂满了红的、黄的粮穗和瓜果。当时,党领导我们在这片土地上工作的情形,就是如此。"(见《孙犁文集》第三卷,百花文艺出版社2002年10月,第194—198页)

1941年,孙犁从阜平山地回到冀中平原,被王林等老战友拉去编辑大型征文《冀中一日》。其"编辑部"就设在冀中南郝村。关于当时编辑们的工作情形,曾任冀中抗联主任的史立德,在自己的回忆录中,曾写下一段"目击实录":"他(指孙犁)为《冀中一日》的出版,付出了极大的心血。一天,我和梁斌、齐岩、白力行、刘大风等同志去看他,只见他和王林、李英儒、路一等同志,都打着赤膊,肩上搭着毛巾。在一个庭院槐树下,围着炕桌,用砖头压着大堆稿件,在紧张的工作着。"(见史立德《历史的记忆》,民族出版社1993年4月)

如果说,编辑《冀中一日》是一次有组织的、多人参与的"编辑战役"的话,那么,编副刊和编杂志,更多的就是"单兵作战"了。孙犁对此,曾有一段"夫子自道",他说:"很长时间,我编刊物,是孤家一人。所谓编辑部,不过是一条土炕,一张炕桌。如果转移,我把稿子装入书包,背起就走,人在稿存,丢的机会也可能少一些。"(见《孙犁文集》续编三,百花文艺出版社2002年10月,第285页)

这一句"人在稿存",虽朴实无华,却内含坚质,我读到此处,几乎落泪。是啊,战争年代,随时可能遭遇生死险境,孙犁作为一个编辑,把作者来稿视同生命,"人在稿存",既是一种信念,也是一句誓言。真该请所有从事编辑事业者,铭之座右!

在编辑冀中文联出版的油印刊物《山》的时候,孙犁对编辑部的描述十分具体:"编辑部设在牛栏村东头,一间长不到一丈,宽不到四尺,堆满农具,只有个一尺见方的小窗子的房子里。编辑和校对就是我一个人。……我已经忘记这刊物出了多少期,但它确实曾经刊登了一些切实的理论和作品。著名作家梁斌同志的纸贵洛阳的《红旗谱》的前身,就曾经连续在这个刊物上发表。"(见《回忆沙可夫同志》,《孙犁文集》第三卷,第285页)

对编辑《平原杂志》,孙犁先生也曾做过详细的回述:"1945年8月,日本投降。……区党委要我编辑一个刊物,这就是《平原》杂志。我接受了这个委托,邀请冀中区各有关方面的同志,在冀中导报社开了一个座谈会,大体规定了刊物的性质和编辑方针。关于时事、通俗科学方面的稿件,大都是请冀中导报社的同志们执笔。……文艺方面的稿件则请冀中区一些作者帮忙。当时区党委好像要配备一个女同志帮助编辑工作,我感到这样又多一个人的人事工作,辞谢了。"

孙犁所辞谢的这位女同志,就是后来成为知名作家的柳溪。在给《柳溪短篇小说选集》所写的序言中,孙犁顺笔写到了他当时的"编辑部":"编辑部就设在冀中导报社的梢门洞里,靠西墙放一扇门板,是我的床铺和坐位,床前放了一张小破桌。……一天上午,女学生姗姗而来,坐在了我的门板上,这就是柳溪同志。"(《孙犁文集》第三卷,第536页)

孙犁说:"那时我的'游击'习气还很浓厚,上半月,我经常到各地去体验生活,从事创作,后半月才回到报社编排稿件,发稿以后,我就又走了。这种'个人主义'和'自由主义'的编辑方法,当然不足为训。但现在想起来,这个刊物也还不是那么随随便便就送到读者面前去的,它每期都好像有一个中心,除去同志们热情的来稿,围绕这个中心,我自己每期都写了梆子戏、大鼓词和研究通俗文学的理论文章,并且每期都写了较长的编后记。"

1962年8月，也就是在受命编辑《平原杂志》的十五年后，孙犁先生为朋友抄录来的第三期《编后记》，又专门写了一篇很长的后记，回忆这段难忘的"编辑生涯"。值得留意的是，他在这篇文章中所描述的"编辑部"，与前面所说又略有不同，显然，他从报社的"梢门洞"又"转移"到一户农家："只记得，当编辑这个刊物的时候，我住在一个农家，在烟熏火燎的小房间里，伏在房东的破旧的迎门橱上从事刊物的编写。在这微不足道的工作里，也有酷冬炎夏，也有夜静更深，并在这个编辑部里会见过当时往来冀中，后来成为当代知名作家的一些同志。"（见《编辑笔记》，山西人民出版社1985年8月，第16—17页）

遥想当年，刘禹锡在《陋室铭》中曾不无自豪地写下"谈笑有鸿儒，往来无白丁"的名句，而孙犁先生在多年之后，忆及自己这间"烟熏火燎的小房间"时，似乎也是不无自豪，且满含深情。因为，在这个小小编辑部里，当年也曾是名贤荟聚，集一时之盛也。

读文至此，不禁神往。

（2022年9月16日，于北京寄荃斋）

回望"冀中一日"

（一）

"去年九十月间，我住在冀中二分区文建会，等候过平汉路。……路却没得过成。后来，王隽闻同志（即王林）约我帮忙编《冀中一日》。"这段自述，出自孙犁先生为《区村、连队文学写作课本》油印本写的后记，时间是1942年1月12日，地点是在冀中南郝村。这是我所能查到的孙犁先生自述参加《冀中一日》编辑工作的最早记录。

可见，孙犁先生参与《冀中一日》的编辑工作，完全是因故滞留冀中，却被"截留"请去帮忙的。这一点，在后来王林的《回忆"冀中一日"写作运动》讲得更清楚："孙犁同志当时已经调到晋察冀边区文协工作，冀中虽然是他的故乡，在建制上算是'志愿军'。这个志愿军比地方军做的工作更多更好。"（见《冀中一日》下册附录，百花文艺出版社1963年2月，第429页）

何为"冀中一日"？需要略加介绍。"冀中一日"是抗日战争期间，在冀中区举办的一次大型的民众参与的征文活动。这种征文形式也可以说是当时文坛颇为时兴的一项文化活动类型——此前，高尔基曾发起组织了"世界一日"，茅盾曾发起组织了"中国一日"。于是，冀中区也发起了"冀中一日"。"冀中一日"的时间节点定为1941年5月27日，这是一个普普通通的日子，是策划者特意挑选的"寻常时点"，为的是不带任何纪念指向和特殊意义，忠实记录普通人的普通一天,汇集起来恰恰是当时冀中军民战斗生活的一个真实横断面。

当时,边区的领导者要求动员全区的党政军民各界人士全都拿起笔来,记录你这一天亲历亲闻的实况。如果说,"世界一日"和"中国一日"的参与者,主要还是有一定写作经验的知识人士,那么"冀中一日"的参与者则更多的是基层干部及普通民众。"当时也是采取的能动笔的动笔,不能动笔的请人代笔的办法。不少老大爷、老大娘和很多不识字的人,也都参加了这一群众性写作运动。于是各地送往'冀中一日'总编室的稿件,要用麻袋装,用大车拉。这一下子可真不得了,打起游击来,还得保护这些稿件。当然人们也抱定了宁使自己流血,决不能使稿子受到损失的决心……"(远千里:《关于"冀中一日"》,见《冀中一日》,百花文艺出版社1959年7月,第4页)

如今,在和平时期的写作者,实在想象不出当年"冀中一日"的作者和编者们,是在何等艰苦的状态下,写出了这些真实的记录。

(二)

按照事先对征文稿件的编辑纲要,全书分为四辑:"第一辑名为《罪与仇》(敌占区近敌区情形),第二辑名为《铁的子弟兵》(三纵队及地区游击队作战、生活情形),第三辑名为《独立、自由、幸福》(政权建设),第四辑名为《战斗的人民》(群众参展、进步生活情形)。"(孙犁《关于"冀中一日"写作运动》,见《孙犁文集》第四卷,百花文艺出版社2002年10月,第167页)孙犁先生说:"《冀中一日》工作布置时,笔者未知其详。"这也验证了他这个"志愿军"是在中途参与进来的。据当年的参与者李英儒回忆:"编委依据稿件性质分成四辑,前三辑由王林、孙犁、陈乔等同志负责,第四辑由我看稿。编完稿件付印时,由负责各辑的编委书写了封面。"(李英儒:《"冀中一日"欣逢圣世》,见《冀中一日》下册,第425页)

那么,孙犁先生对当时参与"冀中一日"前后的情形是如何记述的呢？在《文艺学习·前记》中,他写道：

　　当时我在山地工作,这年秋季回到冀中,我的母亲告诉我,她参加了一个由区干部召集的群众大会,在会上动员人们作文章,那个区干部并且举出我的一篇小文章,念给大家听。因此,我的母亲对那一次大会印象非常深刻。

　　那时在冀中人民的生活里,充满新生新鲜的热情,人民对一切进步现象,寄托无限的热爱和拥护,这种战斗的新生的气质,深深留在我的记忆里。

　　冀中区组织了《冀中一日》编纂委员会,王林同志是主任,他留我参加了这一工作。从秋天开始,我们在滹沱河边的杨各庄和南北郝村,安了一个伙食单位,调来一批刻写人员,工作起来。

　　那是一段值得回忆的日子。这一带村庄距离周围敌人据点,都不过十五六里路,虽然党政军的主脑机关也都住在附近,但随时都处在反"扫荡"的状态里。我们唯一的负担就是这些稿件。

　　我们守着麻袋工作,选好一篇就刻写一篇,后来就编成了四辑。

　　……

　　这是冀中全体人民给自己的战斗和成果写下的第一次记录,是人民新生后集体的写照。

　　（孙犁《文艺学习·前记》,见《孙犁文集》第四卷,第9—10页）

　　《冀中一日》编好以后,初版印出单行本四册。"全集文章共二百三十三篇（一辑二十八篇,二辑四十篇,三辑五十一篇,四辑一百一十四篇）,全集共三十五万余字"（孙犁《关于"冀中一日"写作运动》）。初版只油印了二百部,本意是先送给各有关单位审核修改,将来再出铅印本。谁知,刚刚送交出去,还没来得及回收审订修改的意见,震惊中外的"五一大扫荡"就开始了,日寇惨绝人寰的"三光政策"让抗日根据地蒙受了巨大的损失，而墨香尚未散去的《冀中一日》油印本也几乎荡然无存。

新中国成立后，百花文艺出版社准备正式出版这部著作，曾经大费周折，连续登报寻稿，先是征集到前两辑，于1959年1月出版，作为《冀中一日》（上册）；此后又花费数年时间，遍寻河北各地当事人，最后才在一位名叫周岐的"钢板战士"那里，找到一部完整无损的全本，1963年2月才将《冀中一日》（下册）出版。至此，这部饱经战火和岁月磨砺的、命运多舛的特殊纪实文学，才算重获新生。

倘若以初版油印二百本来计算，这二百分之一的保存概率，着实彰显出这部凝结着冀中军民鲜血和心智的著作的无比珍贵性——因为这些文章的作者和编者中，已经"有很多同志把血洒在冀中平原上了"（孙犁语）。

（三）

好几位参与策划编辑《冀中一日》的当事者，都一再提到"钢板战士"，对他们的创造性劳动赞不绝口。李英儒写道："提到付印，立即想到刻写印刷的同志，他们是工作越多越紧张就越感到高兴，几杆铁笔齐挥，铁画银钩，一泻千里。侧耳听去，既像机器作响，又如丝竹吟讴。付印时刻到了，油滚子在他们手中翩翩跳舞，带着香气的印刷品像长着翅膀的鸽子从魔术家的宝囊里蝉联飞出来。没有他们的辛勤劳动，《冀中一日》不能那么快速地制成成品。"（李英儒《"冀中一日"欣逢圣世》，见《冀中一日》下册）

孙犁在谈到自己的《区村、连队文学写作课本》时也赞扬当时负责刻写印刷的"钢板战士"："这本小书的印刷，简直是一个奇迹，那种工秀整齐的钢板字，我认为是书法艺术的珍品，每个字的每一笔画都是勾勒三次才成功的。一张蜡纸印一千份，保证清楚没点染，也是经过印刷同志们苦心研究的。"（孙犁《油印本后记》，引自《孙犁

文集》第四卷，百花文艺出版社2002年10月，第148页）

这些大作家都不惜以诗一样的语言来赞誉这些刻印该书的"钢板战士"，足见在艰苦的战争年代，刻制印刷对于书籍的编纂和传播是何等重要。

油印时代，似乎距离今天已十分遥远，对于现今整日里沉浸在电子键盘和手机屏幕上写字阅读的年轻人来说，油印的话题好像是方外奇谈一般。其实，那个年代并未走远。记得在我年轻的时候，油印还占据着相当重要的地位。我在中学时也刻过蜡板，出过油印小报，还编过油印本诗集。因此，当我读到孙犁及其同事们有关油印的文字，尤其是读到他们对"钢板战士"的由衷的赞美，我的内心是有共鸣的。因为，我那时刻的蜡纸，印到百来张就已经开裂了，纸面上已是墨迹斑斑。孙犁先生说他们的一张蜡纸能印一千张，依旧清晰整洁，实在是令人佩服的。因此，孙犁先生此后多次在文章中赞誉他们，说："我感激他们，没有这些同志，我的工作不会成为工作！"（孙犁：《油印本后记》，见《孙犁文集》第四卷）

后人在便捷地阅读这些文字时，很容易忽略当年的刻印环节。只有当事者才会对"钢板战士"们念念不忘。重读《冀中一日》，我们又仿佛在字里行间听到了"如丝竹吟讴"的刻字声。

（四）

《冀中一日》编完后，孙犁利用编辑过程中积累的鲜活素材和切身体会，写成了一本专供区村和连队文学爱好者学习写作的课本，即后来多次再版、影响深远的《文艺学习》。

关于这本小书的情况，孙犁先生有一段回忆写得很真切："《冀中一日》在年底大致编成，不用的稿子就要坚壁，还有一些伙食，还有一些土造的纸张，还有这批'钢板战士'。王林同志又叫我根据看稿的心得，写一本文学入门之类的书，供给投稿同志们学习参考，作为'冀中一日'伟大运动的副产。"

依照现有的时间记载,从1941年底"冀中一日"告竣到孙犁翌年1月12日写出该书的后记,满打满算只有一个多月的时间,孙犁竟然把一本十一万字的书写出来了。这不禁令人惊叹他的写作速度和质量水平。

孙犁确实有这个本事。他善于积累和利用现有的材料,善于理性思考和深入浅出地讲清道理,善于编写针对不同人群的学习课本。我这样讲,是因为我曾经认真研读过他此前两年在晋察冀通讯社,针对基层通讯员所写的那本新闻写作教材《论通讯员及通讯写作诸问题》。这两册小书有异曲同工之妙。我觉得,这与孙犁一直钻研文艺理论和写作评论文章,有着直接关系。事实上,他在开始文学创作之前,一直把主要精力放在文艺评论上,因此,他具有相当深厚的理论功底和逻辑思维的训练,这使他能够驾轻就熟地把新鲜资料梳理分类,并条分缕析地讲解清楚。

这本《文艺学习》的最大特色,就是具有很强的针对性。孙犁所运用的素材和例证,均出自"冀中一日"的写作实践中,尤其难得的是,因这样那样的问题而"落选"的文字,也在这本书中以典型案例的形式,得以部分的保存。孙犁对这些未能入选的稿件,同样予以关注。尤其是在经历了"大扫荡"之后,这些出自民众之手的文字,尽管有些瑕疵,同样弥足珍贵。孙犁写道:"书中所引的一些断片文字,包括当时的一些未用稿,在真实而生动地反映抗战时期,冀中人民所进行的战斗和经历的苦难方面,现在看来不是更值得珍贵了吗? 其中所表现的火花一样的激情,不是仍然在我的眼前闪烁,并能扩而大之,对我的思想感情起着鼓舞砥砺的作用吗?"(孙犁《新版题记》,见《孙犁文集》第四卷,第6页)

在孙犁看来,"这小书不是创作方法。这本小书只是记下了:我经历了冀中区那一时期的生活,和编辑了反映这种生活的《冀中一日》以后，我对文学——生活，或者说是人民——文学之间的血肉关联的一时的认识罢了。这本小书实际上是对这一时期冀中人民生活进展的赞歌，它保存我那一时期的激情。现在看来，我在其间叙述的冀中现实和引录的一些短稿，都保留着这种热烈新鲜的气息。我珍贵它，经过那样残酷的战斗，有人在地下埋藏了它，一直埋藏了五年，使它能在今天看见胜利，重新印刷，我就更珍贵它了"。

这段话写于新中国成立后的天津，是孙犁对过往艰辛的战斗生活的回望，也是他作为原作者收捡残存的昔年文稿的心语。

（五）

今年（2022年）是《冀中一日》编印出版七十年。当年的参与者今已日渐凋零，孙犁先生也已离开我们二十年了。我们今天追怀这次曾经在冀中大地上万民参与、轰轰烈烈的文学创作，重读这些已经泛黄的书页，梳理这些散落在时间深处的断简残篇，时常感到一种时空的错位，好像我们也重返当年的风云世事中。

有一个时间节点，引起我的格外关注，那就是：这部出自万千民众之手的文学作品，编成于1941年底，初印于1942年初。而此时刚好是毛泽东同志《在延安文艺座谈会上的讲话》（以下简称《讲话》）发表的半年之前。如果说，毛主席在《讲话》中号召广大文艺工作者到民众中去，到实际工作中去，到战斗第一线去，提出文艺要为工农兵服务的方针，是一个总动员令，那么，可不可以说，这次在冀中区兴起的万民参与的文学实践，正是应时应运而生的一次先期的实验，抑或是一个"暖场"的先声呢？

孙犁以"志愿军"的身份投身于《冀中一日》的编辑工作，来得虽然较迟，却离开最晚，不仅承担了整个编辑部的收官扫尾工作，而且以一部书稿对整个文学创作运动，做出了出色的总结。他对这些来稿的研究整理，他对来稿中暴露出的各种缺陷和问题的分析和解答,不但对参加征文的写作者有着最实际的帮助,而且对后来的众多文学爱好者,提供了一个入门的路径。他留下的这本《文艺学习》(即《区村、连队文学写作课本》),之所以在各个根据地一再翻印,新中国成立后又一再推出新版本,足以说明他的研究和分析,他的评点和解答,是具有长远的启迪意义和切合实际的指导作用。我以为,说它是一部文艺理论的经典之作,亦不为过。

我个人是在练笔写作之初,就受惠于孙犁先生的这本小书。在进入《天津日报》、与孙犁先生成为同事后,有了亲聆孙老教诲的良机,使我更加深了对他的文学观念的理解。为人民写作,特别是为农民写作,可以说是贯穿于孙犁创作生涯的一条红线,而他的现实主义的文学主张,与其早年直接参与"冀中一日"的文学运动,也有着血脉相通的内在联系。

七十年,岁月尘封,人事代谢。冀中大地,早已发生了沧桑巨变。然而,在这片曾经被血与火洗礼的热土上,曾经充满战斗激情,曾经诞生激扬文字,曾经留下过无数可歌可泣的英雄故事。在我的少年时期,曾读过那么多精彩的抗日小说,《风云初记》《野火春风斗古城》《敌后武工队》《烈火金刚》《平原枪声》……曾看过那么多难忘的抗日电影,《平原游击队》《小兵张嘎》《鸡毛信》《地道战》《狼牙山五壮士》……不都是出自燕赵大地吗? 写的不都是晋察冀边区的抗日题材吗? 这么多精彩的文学作品集中涌现绝非偶然,或许都与七十年前的那次全民参与的文学启蒙运动息息相关,或许,这些日后的名作家名编剧名导演,最早都是在"冀中一日"的写作运动中种下最初的文学籽种,并由此萌芽和成长,逐步长成栋梁之才的。或许,这只是我一个外行人兼外地人的主观臆想,但这个臆想并非空穴来风,是否值得河北的文学史家们再做一番深入研究呢?

(2022年6月12日—20日,于北京寄荃斋)

"人在稿存"

"我编辑的刊物虽小，但工作起来，还是很认真负责的。如果说得具体一点，我没有给人家丢失过一篇稿件，即便是很短的稿件。"这段话，出自孙犁先生总结一生编辑生涯的一篇文章《关于编辑工作的通信》，是写在开篇部分。

"按说，当编辑，怎么能给人家把稿子弄丢呢？"（孙犁语）退一步说，按照现在信息时代的思维习惯，稿子一旦传给编辑部，即使这边弄"丢了"，那边一般还可以追踪传稿的路径，把它找回来。丢稿？好像已经是"前朝旧事"了。

然而，在重读孙犁的过程中，我们却看到了一幕幕触目惊心的"稿件浩劫"——就拿孙犁先生参与编辑的《冀中一日》的稿件来说吧，那是在1941年冀中抗日根据地组织的一次大规模写作活动，稿件是冀中党政军民学"全民参与"写来的，多到用麻袋装运，孙犁与战友们分头编辑、刻写、油印，编辑完成后，只试印了一小部分征求意见的初稿，日寇的"五一大扫荡"就开始了。据主持编辑工作的王林先生回忆，"在'五一大扫荡'初期，补选和校正好的稿本就装在背包里打游击，后来敌寇越来越疯狂，我唯恐自己一旦遇到危险，会使经过大力补正的稿本和补选的稿件也同归于尽，就把这些文稿坚壁在堡垒户的夹壁墙里。不料，在反扫荡中，坚壁稿本的夹壁墙在反扫荡中被敌寇捣毁，所有文稿荡然无存……"（参见王林《回忆"冀中一日"写作运动》，《冀中一日》下册，百花文艺出版社1963年2月，第419页）

在作家李英儒的回忆里,他所参与编辑的一部分文稿,"坚壁在安平县南北郝村,想不到短短半月的时间回去一看,上述东西都做了'扫荡'中的牺牲品。……丢掉加工稿本当然是个重要损失,有的同志深为惋惜。其实,在大'扫荡'中我们的损失远不止此……"接着,他列举出在反扫荡战斗中牺牲的作者们、编辑们,痛心不已。(见《冀中一日》下册,第427页)

当我们了解到当时编辑工作的真实情况,就会重新掂量出孙犁先生那句"没有给人家丢失过一篇稿件",具有多么沉重的分量了。据孙犁先生回忆当时的情形:"这一带村庄距离敌人据点,都不过十五六里路,虽然党政军的主脑机关也都住在附近,但随时都处在反'扫荡'的状态里。我们唯一的负担就是这些稿件。我们守着麻口袋工作,选好一篇就刻写一篇。"(孙犁《文艺学习》前记,《孙犁文集》第三卷,百花文艺出版社2002年10月,第9—10页)

孙犁先生在编辑《冀中一日》的工作完成之后,又依照王林同志的建议,根据编辑这些来稿所得到的体会和实例,埋头写出了一本《区村、连队文学写作课本》(即后来的《文艺学习》),这本书还有一个副题——"给'冀中一日'的作者们")。据此推断,他应该没有直接参与稿本的后期装订和分发工作,也就没有承担保存稿本的任务。如其不然,恐怕也难以保证其所保管的稿件不受损失。

当然,战争中的损毁,超出了人们的预料,绝非人力所能抗拒。这与编辑因疏忽大意和责任心不强而丢失稿件,完全不可同日而语。我在这里特意举出《冀中一日》的例子来一斑窥豹,只为说明在彼时彼刻,稿件要完好无损地保存下来,是多么的不容易。

孙犁先生一生写作,都是手写;他所经手的稿件,都是手稿,独此一份,丢失了就难以复得。这是当今的年轻编辑和作者们所难以想象的。在漫长的抗日战争和解放战争中,孙犁先生编辑过多种报纸副刊和文学期刊。应该说,他当时所处的环境,与编辑《冀中一日》是大体相同的，也经历过不知多少次转移、行军和避险。正因为经历过如此严酷的艰难险阻，孙犁先生对稿件的重视乃至珍惜程度，是近乎苛刻的。他认为："丢失稿件，主要是编辑不负责，或者是对稿件先存一种轻视之心。"而这皆与职业素养有关。身为资深编辑，他对编辑丢稿这件事情是难以容忍的，以致于他对自己稿件的"被丢失"，同样是铭记不忘，始终挂怀。

> 我一生，被人家弄丢过两次稿件，我一直念念不忘，这可能是自己太狭窄。1946年在河间，我写了一篇剧评，当面交给《冀中导报》副刊的编辑，他要回家午睡，把稿子装在口袋里。也不知他在路上买东西，还是干什么，总之把稿子失落在街上了。我知道后，心里很着急，赶紧在报上登了一个寻物启事。好在河间是个县城，人也不杂，第二天就有人把稿子送到报社来了。1980年，上海一家杂志社的主编来信约稿，当时手下没有现成的，我抄了三封信稿寄给他，他可能对此不感兴趣，把稿子给弄丢了。过了半年，去信询问，不理；又过了半年，说"准备用"。又过了半年，见到了该杂志的一位编辑，才吐露了实情。

> （《编辑笔记》，山西人民出版社1985年8月，第77—78页）

推己及人，我们就不难理解，为什么孙犁在这篇总结自己几十年编辑生涯的文章中，不谈发现了多少好稿，不谈编辑了多少名刊，也不谈培养了多少名家，却如此浓墨重彩地把"没丢失过一件稿件"，作为一件最值得自豪的"高光"业绩，写在开篇之处了。因为这的确是旁人和后人都难以企及的。

在孙犁先生的"夫子自道"中，有几段文字是令人感动的，譬如，他写道："在过去很长的年月里，我把编辑这一工作，视作神圣的职责，全力以赴。久而久之，才知道这种工作，虽也被社会看作名流之业,但实际做起来,做出些成绩来,是很不容易的。"

再如,他写道:"很长时间,我编刊物,是孤家一人。所谓编辑部,不过是一条土炕,一张炕桌。如果转移,我把稿子装入书包,背起就走,人在稿存,丢的机会也可能少一些。"(见《孙犁文学》续编三,百花文艺出版社2002年10月,第285页)

是啊,"人在稿存",将稿件与自己的生命"捆绑"在一起,要与自己的稿件共存亡,这样的编辑,乃至他所体现的编辑态度和认真敬业的精神,如今安在哉?!

重读孙犁,不唯令人感动,更发人深省,启人深思……

（2022年10月29日,于北京寄荃斋）

"六朝元老"

（一）

孙犁先生是资格很老的老干部,是老八路、老延安、老革命;据他的女儿孙晓玲透露,进城后进行薪资定级时,孙犁被定为十级(当时高干的标准是十三级)。然而,孙犁的行政职务却一直不高,至少是与他的资历以及与他相类似的战友们相比,他一直处于不太相称的层级上。

孙犁一进城就被任命为《天津日报》副刊科副科长,这也就是孙犁常常自我调侃的"天津日报二副"。当时的副刊科科长是方纪,再上一级的分管领导,则是编辑部副主任郭小川。这两位都是孙犁的老战友。孙犁甘当他们的下属,对他们都非常尊重。

事实上,在进城以前漫长的战争年代里,孙犁先生对当官这类事情,也是从来不以为意。在他一路留下的文字中,好像从不讳言自己的"级别低",还时常以幽默的笔调,自我调侃几句,譬如,他说:"在八年抗日战争和以后的解放战争期间,因为职务和级别,我始终也没有机会得到一匹马。我也不羡慕骑马的人。"(《平原的觉醒》,见《孙犁文集》第三卷,百花文艺出版社2002年10月,第216页)他还说:"直到1947年,冀中文协成立,公家才给我从一个小贩那里,买了一辆自行车。虽然是一辆光屁股破车,我视如珍宝,爱护有加,骑了二三年,进城以后才上交。"(《孙犁文集》续编三,百花文艺出版社

2002年10月，第261页）还说他当记者时，曾随同两个领导下乡考察，"他二人骑马，我骑一辆破车，像是他们的通讯员。"（《孙犁文集》续编三，第16页）

对于自己这个"二副"的官职，孙犁先生后来也曾几次写到，如在晚年写的《记邹明》一文中，他说："既是官职，必有等级。我的上面有：科长、编辑部正副主任、正副总编、正副社长。这还只是在报社，如连上市里，则又有宣传部的处长、部长、文教书记等。这就像过去北京厂甸卖的大串山里红，即使你也算是这串上的一个吧，也是最下面，最小最干瘪的那一个了。但我当时并未在意。"

孙犁先生这种淡泊名利，不以官场系念的心态，可以说是终生未变，一直保持到晚年。我曾读过一篇老同事耿文专所写的文章，回忆孙犁晚年与老诗人鲁藜经历十年暌违，久别重逢的情形，其中有一段写到这两位在延安鲁艺时期就已熟识的老战友的对话，令我印象极为深刻——

　　孙说：我干不了这个，你回来后还归你，我就交差了。（孙说的"这个"是指作家协会主席职务）

　　鲁直摇头，我也干不了那个。都这个岁数了，时间有限，只想写点东西。

　　……

　　孙说：只有方纪行，又能当官，又能当作家。咱们都做不到。可是他现在不行了（当时方纪重病缠身，口齿不清，行动不便，正苦心练习左手书法）。

　　看来，找个当官的替身也不容易。

　　话到此处，孙犁说，有方纪在，我永远不迈他的苗。

　　孙犁说的是河北农村的土话，鲁藜不懂这句话是什么意思。

　　孙犁站起身来，把右腿一抬，做了个向后骗腿的姿势，不迈他的苗,就是不从他的头顶上漫过去。表演完了,孙犁放声哈哈大笑。

（引自耿文专《贵相知心》,见《百年孙犁》,百花文艺出版社2013年5月,第64页）

用孙犁先生晚年的这一幕生动"活剧",回头印证他在进城之初的心态,不是可以一目了然了吗?

顺便在这里说句题外话,耿文专先生在这篇文章中写道:"1980年春天到来的时候,鲁藜特地从农场进市,到报社找我,结伴去看望孙犁先生。"而在当时,偏巧我与耿文专在农村部办公室里坐对桌。那天下午,只见一个满头白发,脸色黝黑的老者,手里拿着个大草帽,穿着一身沾着泥土的白土布衣服,径直走到老耿面前(离我不足半尺),大声说:"咱们走吧!"耿文专正在埋头书案,见到来者,立时起身招呼。大概是见到我面带疑惑,他赶紧介绍说:"这位就是著名诗人鲁藜同志……"

这是我与鲁藜先生唯一的一次见面。今天,由这篇文章,倏然联想到当时的情景,顿时感到莫名的惆怅。如今,这三位当事长者,均已仙逝了,只留下当时的文字,还是那样"活灵活现"……

(二)

孙犁先生曾对我讲过一句分量很重的话:"文人当以文章立命。"战争年代,他是"以笔为枪"的战士;和平时期,他是笔耕砚田的"耕夫"——他给自己取的斋号和笔名,若耕堂,若芸夫,皆有此意。只要给他一张书桌,让他能静心写文章,凝神编稿件,他就心满意足与世无争了。

世间文人,若想知道什么是淡泊名利,什么是居卑处微,品一品孙犁先生的文字,大抵就知道了。

然而,孙犁对自己的"文章事业",却是无比看重。自己写文章就不必说了,那叫一丝不苟,精益求精;对编辑别人的稿件,同样是心怀敬畏,敬业勤勉。他曾说:"在过去很长的年月里,我把编辑这一工作,视为神圣的职责,全力以赴。"(见《孙犁文集》续编三,第291页)

孙犁一生大部分时间,都是在新闻单位(报社、通讯社)任职,内外兼顾,外出采访就当记者,回到编辑部就是编辑。"很长时间,我编刊物,是孤家一人。"(见《孙犁文集》续编三,第285页)但他却从不在意是不是挂上个"主编"之类的头衔。

进城以后,他在《天津日报》担任"二副"不久,就"升任"了编委,即《天津日报》编辑委员会委员。这就是孙犁一生当过的最高"官职",也是他在任时间最长的一个岗位了。

1982年8月,已年近七旬的孙犁给友人写了一封长信,其中写道:"进城以后不久,我就是《天津日报》的一名编委,三十二年来,中间经过六任总编,我可以说是六朝元老。但因为自己缺乏才干,工作不努力,直到目前,依然故我,还是一名编委,没有一点升迁。现在年龄已到,例应退休,即将以此薄官致仕。其他处所的虚衔,也希望早日得到免除。"(《孙犁文集》续编三,第288页)

一个编委,经历六任总编辑,履职三十二年,直到六十九岁尚未离休……孙犁这个"编委",实在是当得"受命不迁",安稳如山。然而,同样是在这封通信里,孙犁却以不露声色的幽默笔法,给我们讲述了一件有关"编委"的趣事——

前不久,全国进行人口普查,我被叫去登记。工作人员询问我的职务,我如实申报。她写上以后,问:

"什么叫编委?"

我答:"就是编辑委员会的委员。"

她又问:"做哪些具体工作?"

我想了想说:"审稿。"

她又填在另一栏里了。

但她还是有些不安，拿出一个小册子对我说："我们的工作手册上，没有编委这个词儿。新闻工作人员的职称里，只有编辑。"

我说："那你就填作编辑吧。"

她很高兴地用橡皮擦去了原来写好的字。

在回来的路上，我怅怅然。看来，能登上仕版官籍的，将与我终老此生的，就只是一个编辑了。

在我一生从事的三种工作（编辑、教员、写作）里，编辑这一生涯，确实持续得也最长，那么就心安理得地接受承认吧。

（见《孙犁文集》续编三，第288—289页）

（三）

由这个"编委"所引发的这场"小插曲"，令孙犁发出一声感叹："就是这个小小的官职，也还有可疑之处。"（同上）

什么"可疑之处"呢？孙犁文中所指，当然是人口普查登记这件事。而我在这里，则是借用他的这个说法，另有所指。

疑点之一，孙犁的编委之职是何时任命的？

在滕云所著《孙犁十四章》中，有这样一段语焉不详的文字："孙犁何时当的编委，在报社老人里说法不一。有一种说法是未见诸编委会记录，现在已无从查考。"难道孙犁先生这个"卑微"的官职，竟然也成了一个无头悬案？真是有点令人匪夷所思了。

滕云先生虽然提出了问题，却没有提供答案。他对此的解释，还是以事实为依据的："郭（小川）、方（纪）调离后，以孙（犁）的资望，包括'文艺周刊'在内，主管报纸所有文艺副刊者，非孙（犁）莫属，则是无疑义的。他不只是看稿定稿而已，到50年代中期他大病以前，都是'文艺周刊'和其他文艺副刊办刊的思想主持者兼实际主持者。"在写完这一段文字之后,滕云得出的结论是:"本来,依孙的本性,他根本没有把副科长当成什么官儿。……孙犁在这'无冕之王'的'国度'里,在报社人们心目中,虽无显赫冠冕,却有布衣王者之尊。"(见滕云《孙犁十四章》,人民文学出版社2012年3月,第518页)

话虽说得没错,但疑点似乎并未解决。只能留待有心人从当时组织部门的文献档案中,去稽考实证了。

疑点之二:孙犁在离开副刊科之后,果真不再参与"文艺周刊"的任何编务了吗?

之所以提出这个问题,是因为就在2022年夏天,我与一位津门老学者在微信上聊天,偶然谈到孙犁先生。他的看法令我暗自吃惊,其大意是说,孙犁担任副刊科副科长不过两三年,说他一直在管着"文艺周刊"是不准确的。他离开副刊科后就没有主持过任何部门的工作,也没担任过任何版面的编辑,连他自己都说不再管事了。他先是去养病,后来主要就去搞创作了……

这位老学者是搞文学研究的,他的持论一向谨慎,所说也是言必有据的。我相信,他的观点也有一定的代表性。我当然不能与老学者直接论辩,只能靠重读孙犁原著,以及翻阅相关的文献,力求从中寻找到最接近事实的答案。

这位老学者的观点,显然是源自孙犁先生的一篇文章《我和文艺周刊》,他在文中写道:"记得1949年进城不久,《天津日报》就创办了文艺周刊。那时我在副刊科工作,方纪同志是科长,'文艺周刊'主要是由他管,我当然也帮着看些稿件。后来方纪走了,我也不在副刊科担任行政职务,但我是报社的一名编委,领导叫我继续看'文艺周刊'的稿件。当时邹明同志是文艺组的负责人,周刊主要是由他编辑。"(《孙犁文集》续编三,第302页)

这段话,说得清清楚楚,孙犁先生虽然不在副刊科任职了,但作为分管的"编委",依然"继续看'文艺周刊'的稿件"。这样的编辑流程和管理架构，凡是在报社编辑部工作过的人，都是不言自明的。然而，在那些比较偏重于孙犁的文学创作，有意无意中淡化乃至忽略孙犁在办报办刊方面成就的学人那里，"编委"是个啥东西？"编委"不就是个可有可无的虚衔吗？对于"编委"在报社编辑部中的作用和地位，人们或许就如那位人口普查员一般，并不十分清楚，以致得出一个与报社实际运作有些脱节的结论。

滕云先生曾任《天津日报》副总编辑，调来报社前是天津社科院文学所所长，可谓文学与新闻的"双栖学者"。他在一篇文章中指出："解放后，他（指孙犁）成了'《天津日报》二副'，副刊科副科长，成为编委。他参与'文艺周刊'编务，有即有离，亦断亦续，却始终不可分。他为'文艺周刊'写的编者启事、说明、按语，他为'文艺周刊'的作者作品所写的评论文字，他总结'文艺周刊'办刊经验的文章，就有二三十篇。"

这就是说，孙犁虽然离开了副刊科，却并未离开副刊。他作为编委，与"文艺周刊""始终不可分"。对当时"文艺周刊"的运作方式，我们不妨引用一段早年参与过"文艺周刊"编务的老编辑的文字，来看看孙犁以编委的身份，分管"文艺周刊"的实情——

　　每次召开业余作者座谈会，事前，编辑部都做了充分的准备，比如，开会的内容、涉及的问题、与会人员，等等。这些都向孙犁同志及报社有关领导同志作详细汇报。孙犁同志及报社有关领导，往往也提出具体意见和要求。于是，便定出时间，发出通知。到了开会的时候，往往都是部里的领导同志主持会议，没有什么招待品，清茶一杯，香烟自备，主持人说几句开场白之后，参加会议的有关编辑人员按照事前的准备说明情况，介绍内容，提出意见并提出下一步的要求，然后由业余作者们自由发言。最后，总是由孙犁同志做总结性发言。这时会场上鸦雀无声，只听孙犁同志侃侃而谈。孙犁同志发言完毕,必定是报以热烈的掌声。

（见张家珠《孙犁同志和业余作者》,《孙犁文集·天津
日报珍藏版》下卷,文汇出版社2008年12月,第1140页）

显然,在会上作总结性发言的,才是真正把关定调的人物。由此可知,孙犁在离开副刊科后,在《文艺周刊》的编务当中,依然具有不可替代的重要地位。

即使在他养病归来之后,也并非对"文艺周刊"不再过问了。事实上,他还在利用各种机会,为"文艺周刊"约稿。1964年4月7日,孙犁在"文艺周刊"上发表了一篇《业余创作三题》。据查,这是他在"文革"前发表在《天津日报》上的最后一篇文章。这篇文章还有一个副题"在一次座谈会上的发言",从文章的口气来推测,这应该是一个业余文学爱好者的座谈会吧。孙犁在发言中特意说道:"《天津日报》的'文艺周刊',希望大家多为它写稿。"这说明,此时的孙犁,还在尽职尽责地履行着分管编委的职责。

而这篇文章给我留下印象最深的,则是孙犁先生的这样一句话:"从事写作,应该像爬山一样,要有'处下不卑,登高不晕'的气概。这也可以说是'艺术修养'吧。"

这,不啻是孙犁先生一生为人为文的自我写照!

（四）

在十年内乱中,孙犁被剥夺了写作和编报的权利。并且因为他身上挂着一个"编委"的职衔,就被当成了走资派,被关进"牛棚",不得不长期搁笔。"文革"后期,他被有限度地"解放"了,被安排到文艺部去当"见习编辑",每天从登记稿件、初审和退稿做起。但他与新老同事相处和睦,谈笑风生,相安无事地实践着"处下不卑"的信念。

更为难得的是,就像当年一样,孙犁先生以一双慧眼,不断从自由来稿中,发现林草间的好苗子。即使在那样一个"非常时期",孙犁先生依然是在其位、谋其政,尽其所能、恪尽职守地维护着《天津日报》的文学苗圃,耕耘着几近荒芜的土地。他从未放弃自己的编辑职责。

据20世纪70年代中期进入文艺部的宋安娜回忆:"唐山大地震后,孙犁就不再上班,但他的家却成为我们的'第二编辑室',许多版面的大政方针都是在这里制定出来的。"(《孙犁文集·天津日报珍藏版》下卷,文汇出版社2008年12月,第1176页)

我相信,无论是早期的张家珠还是后期的宋安娜,编辑们所说的都是《天津日报》副刊运作的实情。或许有些细节,单凭记忆,说得未必准确。譬如,说孙犁先生在唐山大地震之后就不去报社上班了,就可能不太准确。孙犁先生在1978年11月20日写给韩映山的一封信中,他还说:"在报社上班,看到你给我的信。"而这时已是在唐山大地震两年多以后的事情了。

我是1977年冬天调入《天津日报》的。我还清楚地记得,刚到报社就职不久,部门就传达了市委有关重新组建《天津日报》编委会的正式文件,在编委会组成人员的名单中,编委孙犁赫然在列。而在此后出入报社编辑部的过程中,也时常可以见到孙犁先生的身影。我第一次见到孙犁先生(虽然只是一个背影),就是在"张园"搭建的那排临建房的小路上。如果孙犁先生已经不上班了,我也就无缘见到这位仰慕已久的老前辈了。我想,比较准确的判断应该是,自唐山大地震后,孙犁先生就不再那么定时定点去报社坐班了。不过,对副刊的各项编务,他还是关心如故,发挥着不可替代的作用。

(五)

前文引述孙犁先生所说:"现在年龄已到,例应退休,即将以此薄官致仕。"其时是在1982年8月。两年以后,他在致丁玲的信中写道:"前不久,我已向报社编委会和市委宣传部申请,辞去《天津日报》的顾问名义,以及其他事务,要求离休。前此,并已提出辞去天津作协分会的职务。"信末注明的日期是1984年9月11日(见《芸斋书简》,山东画报出版社1998年6月,第282页)。他之所以对丁玲谈及辞职之事,是因为丁玲邀请他出任由她主编的某大型刊物的编委,孙犁向其力陈原委,婉谢盛邀。

当时,市委是否批准了孙犁的辞职申请呢?我没有听到过任何正式的传达。只知道在80年代中期,《天津日报》编委会进行过一次改组,有几位年轻同志进入了编委会。大概就是在那次调整时,孙犁先生不再担任编委,而改任报社的顾问。至于是何时为他办理离休手续,我就无从知晓了。滕云在《孙犁十四章》中也讲:"笔者未稽考报社是否给他办了离休手续,但自1992年市委调笔者任报社副总编,到2004年笔者退休,一个始终一贯的印象是,报社一直是宣布孙犁为终身顾问、终身同事、终身职工的。"(滕云《孙犁十四章》,第585页)

晚年的孙犁先生,对报社包括"文艺周刊"在内的各种副刊版面,依旧非常关心,并且一直承担着"把关定向"的关键角色。我还留意到,在《孙犁文集》中收录的有关副刊版面改进、新设栏目说明、刊物改名以及缩短刊期等编者启事类文字,全部是其晚年所作。这说明,孙犁先生这位"终身顾问",确实做到了既"顾"且"问"的。

在孙犁先生"封笔"之前的若干年中,其大量的稿件都是在《天津日报》的副刊版面上发表的。1995年3月,孙犁先生的《曲终集》后记在《人民日报》"大地"发表,那篇文章被认为是孙犁先生宣布"封笔"的前兆。而其最后的作品《理书四记》于1995年9月11日在《天津日报》副刊发表,这应该是老人家封笔之后的一声"绝唱"。

然而,在重读孙犁的过程中,我却常常感到不解,并由此引发深思和喟叹：孙犁先生对于自己倾注了如此多的心血的报纸副刊，却为何一再申明并非他在主编、主持、主管呢？这难道只是表现出一种谦虚揖让的高风亮节吗？固然是，但又似乎不是这样简单。

"报纸的副刊是报纸的组成部分，大政方针都由总编室定。我虽然负责看稿选稿，但最后还要送给一名副总编审定。……后来我病了，稿子也就看不成了，文艺组的负责人也屡经变动。'文化大革命'以后，'文艺周刊'复刊，我就再也没有管过。现在有的同志，在文字中常常提到，'文艺周刊'是我主编的，是我主持的，有的人甚至说直到现在还是由我把持的，这都是因为不了解实际情况的缘故。"

孙犁先生类似的"申明"，说过写过不止一次两次。这又是为什么？我的不解和喟叹，直到读了孙犁先生的一段"真切剖白"，才算更深刻地理解了孙犁先生的深意："对于自己参加编辑的刊物，……（我）没有想过在这片园地上，插上一面什么旗帜，培养一帮什么势力，形成一个什么流派，结成一个什么集团，为自己或为自己的嫡系，图谋点什么私利，得到点什么光荣。"（见《孙犁文集》续编三，第303页）

原来，孙犁先生真正要否认的，是这些"浮世物议"。这当中固然体现出他不肯"贪天之功""掠人之美""居功自傲"的谦谦君子的美德。更重要的是，当我们环视当今的文坛官场，到处弥漫着争名夺利、争功诿过、抢功占位之类浮躁的世风，回过头来，再来细品孙犁先生的这段"真切剖白"，就不难读出一个老革命的襟怀，老报人的风度，老作家的坦荡，老"编委"的境界——我们不禁对这位"六朝元老"肃然起敬了！

（2022年9月20日初稿，10月15日—16日改毕，北京）

"见习编辑"

1972年国庆节期间,孙犁先生给韩映山写信,其中写道:"我一切如常,每天到报社上班看稿,弄得很累。但好的稿件实在少有。"(见《孙犁文集》第五卷,百花文艺出版社2002年10月,第203页)

看似简单的一句话,实则透露出一个重要信息:此时的孙犁已从"牛棚"中被放出来了,可以到《天津日报》上班了。至于为何会"弄得很累",孙犁自己没说,想来也是事出有因的。

多年之后,孙犁先生在《文字生涯》一文中,正面描述了他当时的境况——

这时,我从劳动的地方回来,被允许到文艺组上班了。经过几年风雨,大楼的里里外外,变得破烂、凌乱、拥挤,但人们的精神面貌好像已经渐渐地从前几年的狂乱、疑忌、歇斯底里状态中恢复过来。一位调离这里的老同志,留给我一张破桌子。据说好的办公桌都叫进来占领新闻阵地的人占领了。我自己搬来一张椅子,在组里坐下来。组长向全组宣布了我的工作:登记来稿,复信;并郑重地说,不要把好稿退走了。

(见《孙犁文集》第三卷,百花文艺出版社2002年10月,第221页)

于是,这位在"牛棚""干校"里栉风沐雨干了好几年农活儿的老人,总算是重新"上岗"了。不过,这个所谓的"岗",却实在是滑稽可笑——孙犁本是《天津日报》文艺组的开山元老,这里的副刊都是他亲手参与创办起来的。如今,他"归来"了,却要从最基层的工作"登记来稿"做起,他内心怎么能没有"落差"呢? 然而,老编辑孙犁在这个"见习编辑"的岗位上,却做得有板有眼,一丝不苟。他写道:

> 我是内行人,我知道我现在担任的是文书或见习编辑的工作。我开始拆开那些来稿,进行登记,然后阅读。据我看,来稿从质量看,较之前些年,大大降低了。作者大多数极不严肃,文字潦草,内容雷同,语言都是从报上抄来。遵照组长的意旨,我把退稿信写好后,连同稿件推给旁边一位同事,请他复审。
>
> (见《孙犁文集》第三卷,第221页)

当时,与孙犁"搭档"的同事,一位是生寿凯先生,同事们都叫他达生,当时司职"二审",也就是孙犁的"顶头上司";另一位是董存章先生,一位胖胖的、总是笑眯眯的老先生。在此不妨插上一句:当我1977年进入《天津日报》时,这两位老编辑都还在文艺部,我与他们都有过一些交往。在我看来,他们都是心地善良、非常厚道的知识分子。在他们的笔下,也都涉及他们当年与孙犁"搭档"的真实情形,正可与孙犁先生的记叙相映成趣——

达生写道:"记得在'文革'期间,经历过批斗、抄家、进'牛棚'之后的孙犁先生,又被责令到《天津日报》文艺组坐班,做一般的编辑工作。说是'落实政策',但不彻底、不公正,留了一个惩罚性的尾巴。对于这位谦和宽厚、诚恳率真、极富幽默感的老作家、老领导的到来,文艺组同人自然欢迎。先生对他'下放'文艺组,并不介意,跟我们有说有笑,排遣了不少烦恼。"(达生《孙犁先生三题》,见《孙犁文集·天津日报珍藏版》下卷,文汇出版社2008年12月,第1146页)

董存章写道:"孙犁先生在'文革'后期恢复工作后,每天上半天班,和达生我们仨人桌子对在一起,和我们一起看稿。他看了稿觉着可以选用的,总是拜托我们再帮他看一看,把把关,然后再送领导审。为先生看稿方便,我和达生都提出,让他的桌子摆在靠窗户的地方,他非要把头儿,并幽默地说:'三面为上,不要礼让了。'仨人只好一场哈哈大笑了之。"(董存章《孙犁先生》,见《孙犁文集·天津日报珍藏版》下卷,第1157页)

由此可见,虽然彼时寒冬尚未过去,外面的大气候还相当肃杀,但在文艺组,特别是文学作品版内部,"小气候"还是有些暖意的。因此,孙犁在这里,尽管做着最烦琐、也最繁重的"见习编辑"的差事,每天都"弄得很累",但"工作了一个时期,倒也相安无事"。(孙犁语)

在这个"非常时期",倘若哪位作者有幸与这位"见习编辑"的一双慧眼相遇,那将会发生怎样的人生传奇呢?

一天,孙犁拆阅了一份写在小学生作文本上的来稿,是两篇小说习作。这个署名为"曾伏虎创作组"的作品,被孙犁一眼看中,马上提交给"二审",建议采用。稿件被层层审阅并通过了。孙犁给这个作者写了一封充满热情的复信。当时,他还无权个人署名,落款是"《天津日报》文艺组"。信中说,寄来的两篇小说都通过了,写得不错,希望多读多写,创作出更多更好的作品来。孙犁还建议作者改一个像笔名的署名。

当时,他根本想象不到,这个"曾伏虎创作组"其实是河北省束鹿县一个贫困的青年农民,因为出身富农,政审总是不合格,写了许多稿子都被退稿了。于是,这次给《天津日报》投稿,他就故意起了个好像造反派组织的名字。偏偏他遇到了这位只认稿子不认人的"见习编辑",他的"好运"真是来了。当孙犁的复信寄来时,这个农家小伙子正在海河工地上出"河工"。他遵嘱改了个"飞雁"的笔名,很快,他的习作就见报了。从此,这个"飞雁"从泥淖中奋然起飞,并终于成长为一个专业作家。正是孙犁的一双慧眼,改变了这个"海河民工"的

命运。(飞雁《一封改变命运的信》，见2000年10月3日《天津日报》)

而彼时彼刻，孙犁对这些情况还全然不知。他每天依旧在尽心尽力地完成自己的岗位职责。他生性敏感，虽然在组内"小气候"有些暖意，但终究无法抵挡窗外的肃杀和寒冷，他不时还能感受到威压的气息："我只是感到，每逢我无事，坐在窗前一张破旧肮脏的沙发上休息的时候，主任进来了，就向我怒目而视，并加以睥睨。这也没什么，这些年我已经锻炼得对一切外界境遇，麻木不仁。我仍旧坐在那里。可以说是既无戚容，亦无喜色。"(见《孙犁文集》第三卷，第221页)

行文至此，善于捕捉细节的孙犁，还绘声绘色地讲述了在一段"非常时期"所发生的一个善意之举。

他写道：

> 同组有一位女同志，是熟人，出于好心，她把我叫到她的位置那里，对我进行帮助。她和蔼地说："你很长时间在乡下劳动，对于当前的文艺精神、文艺动态，不太了解吧？这会给工作带来很大困难。"
>
> "唔。"我回答。
>
> 她桌子上放着一个小木匣，里面整整齐齐装着厚厚的一叠卡片，她谈着谈着，就拿出一张卡片念给我听，都是林彪和江青的语录。
>
> ……等她把所有的卡片，都讲解完了，我回到我的座位上去。我默默地想，古代的邪教，是怎样传播开的？是靠教义，还是靠刀剑？世界第二次大战之初，为什么有那么多的人，跟着希特勒这样的流氓狂叫狂跑？除去一些不逞之徒，唯恐天下不乱之外，其余大多数人是真正地信服他，还是为了暂时求得活命？

这段文字很有意思，前前后后，孙犁只说了一个"唔"字。然而，在这个沉默无语的老人内心,却是翻江倒海、纵横中外,激荡着无限的忧思和愤懑……

在孙犁笔下,有一个镜头也透露出他当时在办公室的生存状况:"中午,在食堂吃过饭,我摆好几张椅子,枕着一捆报纸,在办公室睡觉。这对几年来,过着非常生活的我,可以说是一种暂时的享受。天气渐渐冷了,我身上盖着一件破旧的抗日战争时期的战利品,日本军官的黄呢斗篷。触景伤情地想:在那样残酷的年代,在野蛮的日本军国主义面前,我们的文艺队伍,我们的兄弟,也没有这几年在林彪、江青等人的毒害下,如此惨重的伤亡和损失。"(见《孙犁文集》第三卷,第221—222页)

这位饱经沧桑的"见习编辑",此时此刻所牵念的,却是我们整个文艺队伍的遭遇,他身上盖着的"战利品",那件陪伴他从抗日战场走进大都市的黄呢斗篷上,应该还浸染着战斗的烟尘吧,而今却无法阻挡阴风邪气对这位老战士的袭扰……

大概在1975年前后吧,上面来了新的精神,要进一步"落实政策"。孙犁用一段幽默感十足的文字,描写了这件"趣事"。他写道:

就说"十年动乱"后期吧,我在报社,仍做见习编辑使用,后来要落实政策了,当时的革委会主任示意,要我当"文艺组"的顾问,我一笑置之。过了一个时期,主任召见我,说:"这次不是文艺组的顾问,是报社的顾问。"

我说:"加钱吗?"

他严肃地说:"不能加钱。"

"午饭加菜吗?"

他笑了笑说:"也不加菜。"

"我不干。"我出来了。

在这样的大环境下，孙犁在"文艺组"内部的境遇，自然也发生了潜移默化的变化。刚好在1975年进入文艺组的宋安娜，在她的题为《大师的手》的文章中，详细记录了名义上依然是"见习编辑"的孙犁，在彼时的实际境况——

> 孙犁却只能做一审。这属于实习编辑的差事，他却一如既往地认真，遇到能用的来稿，诚心诚意地与二审商量，不能用的，则一丝不苟地退稿。……同事们个个心照不宣，对孙犁都很尊敬，他的审稿意见往往便是终审意见。

唐山大地震是1976年7月28日发生的。据同事们回忆，以此为"分水岭"，震后的孙犁就被准许不用每天再到报社坐班了，由此，他的"见习编辑"的生涯，也就"无疾而终"了。一年以后，当我调入报社时，亲耳听到报社传达市委的正式文件，在重新组建的报社编委会名单中，孙犁的名字赫然在列，他终于"官复原职"。此时的孙犁先生已经六十四岁了。

（2022年9月16日，于北京寄荃斋）

"像写情书那样写退稿信"

做编辑,无论是编报纸还是编杂志,退稿是无法绕过的一个环节。在远离信息时代的时候,最常见的退稿方式,就是写退稿信了。

孙犁的文字生涯,一直与编辑工作相伴而行,也可以说是贯穿终生。自然的,写退稿信也就成了他做编辑的重要组成部分。

孙犁编的第一份刊物,是1939年在晋察冀通讯社油印出版的《文艺通讯》,那是他进入新闻媒体后经手的第一份工作。他在回忆文章中说,他当时的日常工作就是"通讯指导","每天给新发展的通讯员写信,最多可写到七八十封,现在已经记不起写的是什么内容"。(《孙犁文集》第三卷,百花文艺出版社2002年10月,第195页)

新发展的通讯员,抱着投石问路的心态,给编辑部寄来自己的"处女作",肯定毛病很多,需要编辑予以指导。这些指导的信件,应该也包括不少退稿信。据此推断,孙犁的编辑生涯,其实是从给通讯员(新作者)写指导信(包括退稿信)开始的。

由此发端,孙犁后来编辑了众多刊物,有报纸副刊,有综合性杂志,也有文学期刊。自然免不了总要写退稿信。据他自己回忆:"我当编辑时,给来稿者写了很多信件,据有的人说,我是有信必复,而且信都写得很有感情,很长。这些信件,经过动乱,保存下来的很少。我自己听了,也感慨系之。"(《孙犁文集》续编三,百花文艺出版社2002年10月,第288页)

孙犁在《天津日报》编辑"文艺周刊"的时间最长,应该也是他写退稿信最多的一个时期。当时，在他手下担任编辑的副刊同人，一谈起孙犁的编辑风格，几乎无不谈及他对"退稿信"的严格要求和身体力行。曾在20世纪50年代担任"文艺周刊"编辑的张家珠回忆说："退稿是采用两种办法来进行的，一种是把作者请到编辑部来，向其说明退稿原因，并指出毛病所在。……再一种方法，就是给作者写一封较为详细的退稿信，其内容也和前面说的一样。……这两种做法，孙犁同志是身先士卒的，他亲自约请作者到编辑部谈话，对稿件提出修改意见、看法或要求。他也亲自动笔给作者写过不少退稿信，不仅态度诚恳，语言恰切，而意见也十分中肯。所以，有的作者反映：孙犁同志对稿子的意见，往往是一针见血。"（《孙犁文集·天津日报珍藏版》下卷，文汇出版社2008年12月，第1139页）

王佩娟是20世纪60年代初进入《天津日报》文艺部的。当时，孙犁因病去外地休养，并未在"文艺周刊"坐镇。但是他所制定的编辑规范和行为准则，依然被同事们延续着，包括他对退稿的要求。王佩娟在《珍贵的回忆》一文中写道："当时的文艺部，每月来稿多达数千件。……我是新手，分到的稿件都是初学写作者的习作，每月近千件。我和一般年轻人一样，浮浅而自信，自认为面对这一大堆绝大部分都无法采用的来稿，自己的任务就是沙里淘金。……淘剩的稿件，则是沙，弃之即可，不值得为此耗费心力。因此，退稿时常常是附上一纸铅印退稿信，即使自己动手写的退稿信，也往往是冷冷淡淡、公事公办。一天午后，那位负责培养我的老编辑笑吟吟地来到我身边，和颜悦色但又很认真地对我说，小王，我们对待通讯员的来稿一定要热情。孙犁同志主持《文艺周刊》的时候，曾经对我们说：'要像写情书那样认真地写退稿信。'老编辑的话虽然语气和善，态度和蔼，但其中所包含的分量还是使我心头一震。"（《孙犁文集·天津日报珍藏版》下卷，第1152页）

"要像写情书那样认真地写退稿信"，这当然是一种"极致要

求"，一般编辑很难做到。然而,孙犁既然提出了如此极致的要求,
那他本人肯定就是这样想的,也是这样做的。只有不一般的编辑,
才能编出不一般的版面。"文艺周刊"之所以成为全国报纸副刊界的
"常青树""老字号",正是因为有这样一套不一般的"极致要求",而
且持之以恒,长期坚守。

世间事,常有不可逆料者。"文革"后期,孙犁从"牛棚"放归后,
又被允许回到文艺部上班,但工作岗位却是最底层的"见习编辑",
主业就是登记稿件和退稿。

假使给孙犁写退稿信的"漫漫征程"也作一个分期,那么,他在
战争年代,应该是第一个高峰期;初创《文艺周刊》,应该是第二个高
峰期;而此时担任"见习编辑",应该排为第三个高峰期了。孙犁究
竟写了多少退稿信,大概谁都无法统计出来。倘若当年的某位作
者,能够多个心眼儿,把孙犁亲笔写来的退稿信"收藏"起来,那对今
天的读者和研究者,岂不是一笔独特的、不可替代的财富吗?

随着孙犁先生年事渐高,自20世纪70年代中晚期,具体说来,
就是唐山大地震后,他就很少再到编辑部去直接处理作者来稿了。
然而,他对编辑们如何处理退稿,依旧十分关心,时常直接过问。孙
淑英大姐是我在《天津日报》农村部的老同事,她在1978年前后被调
到文艺部当编辑。我读到一篇她写的回忆文章,题为《我的编辑老
师——孙犁》,其中一段也写到"退稿信"——

……我起身告辞的时候,老孙交给我几封读者来信,里面有
来自全国各地初学者的文艺作品,他请我代为处理。

一星期以后,我又来到老孙家。……老孙问我,前几封信是
否处理过了? 我回答说,那几个作者的稿子都退回去了,里面加
了一封铅印的退稿信。老孙"哦"了一声,给我拿过一杯白开水。
他略有所思,然后温和地对我说:"这些作者,对我们的报纸很有

感情,对我们编辑都充满了信任,我们也要尽力地关心他们,爱护他们。"老孙的话并没有责怪和批评我的意思,但我一下子感悟到了自己工作中的失误。脸上也觉得发热。老孙没有再说什么,他又将两封读者来信交给我,并说其中一篇作品写的不错,另一篇也有基础。

当我第三次走进老孙家门的时候,没等他问,我主动向他汇报说:"那两个作者的稿子,我都仔细读了,一篇咱们副刊准备用,另一篇需要修改,我也写了修改意见,寄给了作者。""好,好!"老孙听了连连点头,脸上带着微笑。

（《孙犁文集·天津日报珍藏版》下卷,第1179页）

此时此刻,孙犁脸上的微笑是意味深长的。令他感到欣慰的是,他似乎又看到一个晚辈"像写情书一样",给他们的作者发出了一封信件。在这位老编辑的眼里,那些信件岂止是"退稿信",分明是编辑寄送给作者的一份鼓励一份加持一份情意。倘若收信者是一个年轻的、刚刚出道的作者,当他收到这封带有编辑手温的退稿信时,他还会因投稿失败而沮丧吗? 他还会从此一蹶不振、放弃自己的文学梦想吗?

同行们每每津津乐道:在孙犁的扶掖和培养下,从"文艺周刊"走出了多少知名作家。而我在这里想告诉同行们的是:这一切或许正是从孙犁乃至他的同事们,像写情书那样给每一位作者发出退稿信开始起步的。

（2022年9月22日,于北京寄荃斋）

"一字之师"与"一字之失"

"真正读书的人,最怕有错字。一遇错字,就像遇到拦路虎,兴趣索然。"孙犁先生这段话,出自《谈校对工作》一文,本来是说校对工作重要性的,移来说明他自己对写作的态度,也完全适用。

孙犁先生对自己的文章,似乎有一种与生俱来的"洁癖"。他在一篇题为《谈慎》的文章中写道:"新写的文章,我还是按照过去的习惯,左看右看,两遍三遍地修改。"(《孙犁文集》续编二,百花文艺出版社2002年10月,第311页)文章排出了清样,他还要再次校读。文章见报之后,他还要从头至尾再看一遍,确认无误,方才放心。这是他当编辑几十年养成的习惯,不光对自己的稿件是如此,对他所编辑的稿件和版面,均是如此。

古人把发现并指正自己文中错字者,习惯于称作"一字之师"。可见对高眼纠错,历来十分重视且尊敬有加。孙犁先生曾称赞"北京某大报主编文艺副刊的某君",说:"最近我给他寄去一篇散文,他特地给我贴了两份清样来,把我写错的三个字都改正了,使我非常感动。"(见《编辑笔记》,山西人民出版社1985年8月,第82页)孙犁先生晚年,眼睛老花日渐加重,阅读的难度明显加大。他常常嘱咐熟悉的编辑们多看几遍,以免疏漏。这时,就发生了一件在报社内被后来人津津乐道的"小田挑错"的趣事。

田晓明,20世纪80年代中期曾任《文艺》双月刊的文书,一个稚气未脱的圆脸小伙儿,我跟他也熟识。他当时的本职任务之一,就是担任孙犁与编辑部之间的"信使"，帮助传递信件和稿子。在孙犁先生去世后，他写了一篇回忆文章，这才首次披露了这桩趣事的原委，他写道：

在与孙犁同志的交往中，有一件事给我留下了最难忘的印象，以至对我后来的工作都产生了巨大影响。那是 1987 年春季里的一天，我像往常一样，带着孙犁同志的信件来到他家，把信件放在写字台上，他也照例热情地招呼我坐下。他从写字台的抽屉里取出刚写完的稿子，递给我："晓明，这篇稿子复印后先别寄出去，你看看，有没有错别字。"我接过稿子，有些不知所措："那可怎么行？我没有资格给您的作品挑错别字。"孙犁同志却一本正经地说："我年岁大了，稍不留神也可能出现错别字。年轻人眼神儿好，你试试看。"我拿着稿子，慌忙与孙犁同志告辞后，回到报社，把这件事讲给主编。邹明同志笑着说："好啊，这也是一种锻炼！"复印完稿件，我认真地读了三遍，才发现了一处别字。经查词典后，才敢确认。我用铅笔改过后，将稿件送给孙犁同志。他看见那个改过的字后，一边高兴地说："晓明，多读点东西是有好处的。"一边用钢笔将那个字改正过来。

（《孙犁文集·天津日报珍藏版》下卷，第 1209 页）

一个小文书给大作家改错别字，不但被接受，还受到赞许，这件事本身不仅表现出孙犁先生的虚怀若谷，也体现着老人家对青年人的信赖和关爱。

当然，在孙犁身上发生这类被"挑错"的概率，还是比较罕见的。更多的情况是，他的文章被别人"改错"了，而孙犁先生又是如何处理的呢？

《人民日报》编辑刘梦岚在《近之如春》一文中，写到她曾改错一字的事情："一次,孙老的文章排错了一个字,我写信道歉,他却自己承担了责任:'那个小错,不算什么。主要是因为我写的那个是字,太草了,容易看错。'"

在《天津日报》编辑葛瑞娥的记忆里,这样的"一字之失",她曾亲历了两次。

第一次发生在1995年2月,孙犁先生《甲戌理书记》在她责编的"文艺评论"版上发表,反应很好。事过三个月后,5月的一天,孙老的保姆杨姐打来电话,让她去孙家取稿。落座后,孙犁对她说,我年纪大了,报纸的大样字小,眼睛看着费劲儿,你们几个老同志看稿仔细,以后签付印就不要等我的大样了,有问题我会给你们打电话的。接着,又聊到上期《甲戌理书记》,老人说,见报后我仔细看了一遍,基本没什么大错,在《秦淮广记》篇里,"余前有题识"一句中,多了个"回"字。说着他先笑了,安慰我说,多个字也讲得通,对这句话无大碍。可能是我没写清楚。

孙老虽然轻描淡写,过了三个月才提出来,显然也没把它当回事儿。可是作为责编,在孙老的文章上出错,岂能轻松略过?葛瑞娥回到编辑部,立即找来原稿核对。这才发现,在"余前"二字的后面,老人标示要把"回"字去掉,但因复印件不太清楚,校对时念起来也通顺,编辑根本就没打问号,就以"余前回有题识"见报了。虽然当时孙老把责任揽了过去,但葛瑞娥心里还是挺不舒服。

第二次的"一字之失",发生在1995年7月,也是在"文艺评论"版上。葛瑞娥将孙犁先生《理书三记》首篇罗振玉的《丁戌稿》,改成了《丁戊稿》。编辑如此修改也不无道理:因为按照通常的干支纪年法,第一个字为天干,第二个字应为地支,由此组合成一个年份。而"丁戊"二字均为天干,不合常理,所以,编辑认为可能是"丁戊"之误。

葛瑞娥改过之后,还有点吃不准,就打电话向孙老请示。适值老人正在如厕。保姆杨姐在厕外转达问询后,给葛回电说:对,没错。于是，"丁戊"二字就见报了。

又是过了若干天，葛瑞娥再去孙老处，他才谈及此误。老人说，用相连的天干二字纪年，意思是记述"丁""戊"两年间发生的故事或事件，古时有这样用的，罗振玉的《丁戊稿》也是这个用法。葛瑞娥这才明白是自己改错了。老人仍安慰她说，杨姐不大认字，没说清楚，我在厕所里也没听明白。不要紧，等出集子时改正过来就是了。从始至终，依然没一点责怪的意思。（参阅葛瑞娥：《记孙犁先生二三事》，见2012年7月9日《天津日报》）

孙犁本身就是编辑，他理解文字工作的甘苦。因此对编辑们的"无意之失"，他是理解的，也是宽容大度的。但是对那些自以为是不懂装懂，大笔一挥胡编乱改的做法，他就不那么容忍了。在《编辑笔记》一书中，孙犁举出两个实例，表明了他的态度。

实例之一：孙犁写道："那是短短一篇文言文，两千来字，其中一句是'余于所为小说，向不甚重视珍惜'。'所为'误为'所谓'。好像我不是对自己所作小说，而是对一切小说，都不重视珍惜了。为什么这样改？我还想得通，可能是编者只知'所谓'一词，不知'所为'一词所致。"

实例之二：孙犁写道："令人费解的是，文中的文言'亦'字，全部改为白话的'也'字，共有六处。这显然不是排错，也不是抄错，而是改错的。这岂不是胡闹？"

两个例子，都是改错一个字。对前者，孙犁说"还想得通"；对后者，显然就想不通了——于是，他忍不住愤怒地斥责一声："胡闹"！

在孙犁先生看来，"文章一事，不胫而走，印出以后，追悔甚难。自己多加修改，固是防过之一途；编辑把关，也是难得的匡助。……有识之编者，与作者能文心相印，扬其长而避其短，出于爱护之诚，加以斧正，这是应该感谢的。当然，修改不同于妄改，那些出于私心，自以为是，肆意刁难，随意砍削他人文字的人，我还是有反感

的。"(《编辑笔记》,山西人民出版社1985年8月有,第93页)

　　从这段"夫子自道",我们可以清晰地看出:身兼作者和编者的孙犁先生,对待"文章事业"是何等看重,何谓"一字千钧",斯之谓也!

　　　　　　　　　　　　　　(2022年10月22日,于北京寄荃斋)

编辑五题

——重读孙犁编辑论著的札记

孙犁先生是世所公认的编辑家，他对编辑这一"为人作嫁"的职业，有着深切而精微的体验；对编辑工作的全流程都有践行和感悟，并行之于文字；对一些编辑常犯的毛病，他苦口婆心地规劝，可谓动之以情，晓之以理；当然，对这一行中存在的问题和弊端，他也是洞若观火，看得真切，而且评点尖锐，一针见血。据不完全统计，他所撰写的有关编辑工作的专论、散论及杂论，就有三四十篇，内容丰富，见解独到，观点深邃，令人感佩。

作为一个同样从事编辑职业的晚辈，我对孙犁先生这些论述编辑工作的文章，真是一读再读，从毛头小伙一直读到两鬓如霜；从稚嫩新手一直读到退隐谢幕。每读皆有新的收获，感悟也是越来越深。尤其是，我有幸在孙老晚年与其同在一家报社十多年，不仅时常亲聆教诲，而且在天津日报社内部，经常能够感受到孙老所建树起的无形而深厚的编辑传统，孙老率先垂范，言传身教，香远益清，芬芳远播。我作为曾亲沐芳馨的后来者，深感有责任有义务将孙老的编辑思想，承继下来，阐释开去，让其文化薪火，惠及后昆。

兹将重读孙犁先生对编辑工作的诸多论述的感想和体会，略加归纳，并辅之以同人之回忆，文献之搜集，而成此"编辑五题"，惟期以管窥之一斑，得见全豹耳。

（一）对待来稿要"像对待远方兄弟的来信"

1951年冬季,孙犁先生随同中国作家代表团赴苏联访问。这是孙犁一生唯一的一次走出国门。对于早就深度浸润于苏俄文学氛氲中的孙犁而言,这是一次非常重要的文学探源之旅,也是一次抵近观察和体会诸多文学大师成功之路的感悟之旅。

在他的诸多感悟中,苏俄文学大师之间的代际传承,令他印象深刻,尤其是契诃夫作为已经成名的长辈,对年轻的高尔基的悉心关怀和培养,无疑让孙犁深受启发。而老托尔斯泰对契诃夫和高尔基这两代晚辈的关心和扶掖,更令孙犁受到感动。为此,他结合自己的编辑工作,写下了一篇重要的文章《论培养》。

他在文章中写道:"我们在同一时期,看到了三位伟大作家的亲密关系,好像看到了一个可敬的家庭里的三辈老小一样。"受此启发,他谈到了自己所编辑的《天津日报》"文艺周刊",他说:"今天我们的刊物和作者,是一种完全新的关系,是一种亲密的家庭的关系。编辑对待作者的投稿,应该像对待远方兄弟的来信一样。编辑要知道作者在这一时期,生活和工作的全部情况,来研究他在文学上所达到的反映。对作者的生活和经历,要具备充分的同情心,才能看出作品的优点和缺点。"

既然刊物编辑与作者之间,是一种"亲密的家庭的关系",那么,双方自然就是平等的,不存在高下之分。故而,孙犁反对编辑对作者(即便是新手)持居高临下的态度。他要求编辑"对待投稿者不摆架子,不板面孔,但也不因为他有所呈现而青眼相加"(《关于编辑和投稿》,见《编辑笔记》,山西人民出版社1985年8月,第38页)。他还提倡编辑与作者"交朋友"。老编辑张家珠回忆:孙犁"要求副刊编辑特别是'文艺周刊'的编辑要和业余作者交朋友。……交朋友的先决条件是编辑必须真心实意地向工人业余作者学习,也就是虚下心来,甘当小学生。有了这个，才能和他们建立起真正的友谊，从而就能产生朋友的感情，才会有共同的语言，才能互相了解，彼此信任"（《孙犁文集·天津日报珍藏版》下卷，文汇出版社2008年12月，第1137页）。

应当说，在20世纪50年代乃至60年代前期，这种编辑与作者如家人一般的融洽关系，为"文艺周刊"带来了源源不断的优质稿源，并涌现出一大批文学新秀，人气很旺，文风很正，使得那一时期的副刊办得生机勃勃，很有吸引力和凝聚力。但是这种如家人般的融洽气氛，在十年浩劫中被消解了，甚至被破坏了。孙犁在70年代初期，从"牛棚"中被解放出来，重回文艺部当了好几年"见习编辑"，亲眼目睹了在社会风气变得污浊的大环境下，编辑和作者之间那种如家人一样的关系，已荡然无存，转而变成一种互相利用的交换关系。这让孙犁痛心疾首。重读他在80年代所写的编辑论述，时常可以见到他对当时编辑部内的不正常风气的斥责和抨击——

"作为编辑，他的工作对象就是稿件。编辑和投稿者——作者的关系，应该是文字之交；双方面关心的问题，应该是稿件，而不应该是其他。这种关系，前些年叫'四人帮'给搅乱了。最初，以'工农兵占领文艺阵地'为旗号，一个刊物的编辑部，整天座无虚席，烟雾弥漫，高谈阔论，门庭若市，加上不停的电话铃响，送往迎来的客气话套，编辑是没法坐下来安静看稿的。"

这是对编辑部内部环境的污染，更是对编辑与作者正常工作关系的破坏。接着，孙犁谈到编辑与作者交谈内容的变化："来客所谈，并非尽是关于稿件的问题，或者，简单地谈几句稿件的问题，就转到了别的方面，如探听小道消息，市场情况，有什么新产品出售，或根据来客的职业，问编辑们要捎带什么物品，等等。这样，编辑部里充满了交易所的气氛，美其名曰：开门办报，接近群众。而且不断有商品出现在编辑部里面，有时是处理牙膏，有时是妇女头巾，有时是裤衩。都是由各行各业的作者带来，编辑们围上去，你挑我拣，由一人负责收款。每买一次货物,半天的时间,群情振奋,不能工作。"
(《关于编辑和投稿》,见《编辑笔记》,第37页)

对这种"变味儿"的关系,孙犁的厌恶是溢于言表的。他郑重地对编辑们进行疏导和规劝,他给开出的药方包括:"参加工作不久的青年同志,除去加强政治学习,应急起直追地学习业务";"要熟悉社会各行业的生产、生活和语言。要熟悉农村、工厂、部队,包括种地、生产、作战的具体知识";"要参考前人编辑刊物的经验,也包括反面的经验。当务之急,是先学习鲁迅主持编辑的刊物。……从鲁迅编辑刊物中,我们可以学到:对作者的态度;对读者的关心;对文字的严肃;对艺术的要求。"

此时的孙犁,显然已不再奢望编辑和作者"如家人一般"的亲密关系了,他只希望双方能够恢复到正常的"稿件"关系上——"对待作者要亲切也要严肃。这主要表现在对待他们的稿件上。熟人的稿件和不熟人的稿件,要求尺度相当。不和投稿者拉拉扯扯,不和投稿者互通有无(非指意识形态,指生活资料)。"(见《编辑笔记》,第38页)

经历了十年搁笔的世态炎凉,孙犁已不得不"降格以求":昔日,他要求编辑像对待兄弟来信一样对待来稿,像对待家人一样对待作者,如今,那种理想状态已成"前尘梦影",不可复得。但是孙犁对编者与作者关系的基本准则,如平等相待、文字之交,以稿件为核心等,均未改变。这是孙犁先生始终不渝的信念,也是一代名编的"职业操守"。

(二)"对稿件严肃认真,就是尊重作者"

编辑对稿件的态度,反映了他的职业素养,也表现着他对作者的尊重。故而,孙犁直言:"对稿件严肃认真,就是尊重作者,其他种种,都是无谓的客气。"(见《编辑笔记》,第40页)

孙犁谈到自己对来稿的"严肃认真",可谓不厌其繁,不厌其细,那么小心谨慎，那么细致入微，甚至让人觉得有些絮絮叨叨、婆婆妈妈。

他说："看见编辑把我交给他的稿件，随手装进衣服的口袋时，要特别嘱咐他一句：装好，路上骑车不要掉了！特别是女编辑，她们的衣服口袋都很浅。她们一般都提着一个手提包，最好请她把稿子装在手提包里。但如果她的手提包里已装满点心、酱肉之类，稿件又有被油污的危险。权衡轻重，这就顾不得了。"

他还以自己对稿件的态度，来以身示范："我的习惯，凡是到我手下的稿件，拆封时，注意不要伤及稿件，特别不要伤及作者的署名和通讯处。要保持稿件的清洁，不要给人家污染。我的稿子，有时退回来，稿子里夹杂着头发、烟丝、点心渣，我心里是很不愉快的。至于滴落茶水、火烧小洞，铅笔、墨水的胡涂乱抹，就更使人厌恶了。"

编辑对稿件要秉持一种恭敬之心，所以，孙犁说："推己及人。我阅读稿件，先是擦净几案，然后正襟危坐。不用的稿子，有什么意见，写在小纸条上，不在稿件上乱画。我不愿稿件积压在手里，那样就像心里压着什么东西。我总是很快地处理。"

从孙犁先生这些看似琐细的记叙中，我分明感受到一种仪式感，进而产生出一种庄严乃至神圣的感觉。我相信，孙犁先生这样描写自己对稿件的恭谨敬重，并非做做样子，而是发自内心的真诚。

事实上，他如此强调编辑对来稿的尊重，是因为他眼见一些编辑的做法，如对稿件"随便乱丢乱放，桌上桌下，沙发暖气片上，都可以堆放。这样丢的机会就很多了"。而这恰恰是孙犁最担心、也最看不惯的事情："按说，当编辑，怎么能给人家把稿子弄丢了呢？现在却是司空见惯的事。"

孙犁希望用自己对稿件的严肃认真的态度，来强调和彰显一个编辑对作者起码的、理所应当的尊重。而这种对他人的尊重，恰恰也折射出编辑对自己所从事的这一职业的尊重。因为，在孙犁看来，"对待作者，对待稿子，缺乏热情，不负责任，胡乱指挥的编辑，要他编出像样的刊物,是不可能的"(上述引文均引自孙犁《关于编辑工作的通讯》,见《编辑笔记》,第77—85页)。

同样的道理,孙犁反过来也对投稿者(作者)做出了细致入微的提点,譬如,他嘱咐新的作者"投稿前,要经常阅读一些报刊,看看它的水平、内容、要求"。这当然是为了"知己知彼",减少投稿的盲目性;再如,他特别叮嘱投稿者:"稿子一定要抄写清楚,字体不清楚是很吃亏的。常常发现,稿子乱得很,内容也就不好。内容好的,稿子一般抄写得也工整。"他甚至对投稿者的邮寄环节,也没有忽略,告诉投稿者:"投稿,最好是按照邮局规章,把稿子寄到编辑部,下面用清楚字体注明姓名地址,以便联系。有些人名字写得很潦草,编辑认不出来,大家传阅、猜想,这是很不好的。"(《关于编辑和投稿》,见《编辑笔记》,第41页)

这些告诫和叮嘱,非常实用,也切合实际。这是一个经验丰富的编辑对自己的"服务对象"的悉心忠告,如同给一个初入城门的旅人,指引路向,标示路标。其核心意思,依旧可以套用前文所引用的那句老话:"对稿件严肃认真,就是尊重作者"。这是对编辑而言的;而对投稿者(作者)而言,若要别人尊重你的心智劳动,那你自己不是更应该对自己的劳动成果精益求精、一丝不苟吗?有人说,寄出的稿件就如同嫁出自己的闺女,你难道不应该把自己的"宝贝闺女",打扮得漂漂亮亮再送出门去吗?

孙犁对自己投出去的稿件,就是这样一丝不苟。《人民日报》副刊编辑刘梦岚在回忆孙犁时,专门讲到编辑孙犁稿件的感受:"孙老无论写稿、写信,字迹都很清楚,绝不潦草应付。有的稿子我们甚至觉得可以一字不易了,但孙老还是精益求精,如寄《记陈肇》一文后,又写信来,将文中的'既不伸手,从不邀功'改为'从不伸手,更不邀功'。"看似简单的"二字之易",却真切体现出孙犁对自己出手的稿件,质量要求之高。

无论编者还是作者，稿件是连接两端的中心点。在孙犁先生看来，尊重稿件，就是尊重人。而编者与作者的互相尊重，就体现在对这个中心点的态度上。

(三)编辑改稿，要像对待自己的作品一样

编辑对稿件，握有生杀予夺之权。用与不用，常常是一言出而乾坤定。此外，编辑对稿件还有删改之权，一支红笔，是增色生花，还是伤筋动骨，也常常在一念之间。

改稿是编辑的基本功。看一个编辑水平的高低，一个重要标准，就是看他是否有本事为作品修枝剪蔓、删繁就简、贯通文气、画龙点睛。孙犁先生对于编辑的改稿问题，曾在多篇文章中加以论说。有些观点，个性鲜明，不与人同，具有鲜明的"孙犁色彩"。

譬如，他在《论培养》一文中写道："编辑对于来稿的修改，应该非常细心，像对待自己的作品一样，删除一个字或是添改一个字，都要多番斟酌，照顾文情。编辑使作者伤心的地方，常常不在于删除，而在于他锄掉了一棵苗，却在行间留下了一棵草。"（见《编辑笔记》，第23页）

在《关于编辑与投稿》一文中，他这样告诫编辑："改稿时，知之为知之，不知为不知。不认识的字，不知道的名词，就查字典，或求教他人，或问作者，这都是工作常规，并不丢人。作者原稿，可改可不改者，不改；可删可不删者，不删。"他还要求编辑："不代作者做文章（特别是创作稿）。偶有删节，要使上下文通顺，使作者心服。"（见《编辑笔记》，第38页）

正因为孙犁本人就身兼编者和作者，深知写作之不易，也亲身尝到过被删被改而导致伤筋动骨、违背原意的痛心和无奈。故而，他的言谈是真正的设身处地，恳切进言，令作者们感同身受："敝帚自珍，无论新老作者，你对他的稿件，大砍大削，没有不心痛的，如砍

削不当或伤筋动骨,他就更会难过。如果有那种人,你怎样乱改他的文章,他也无动于衷。这并不表现他的襟怀宽阔,只能证明他对创作,并不认真。"(见《编辑笔记》,第38页)

孙犁在文章中,既谈到不少自己的稿件经编辑删改,更加准确和妥帖的实例,表现出由衷的称许(如《改稿举例》);也并不讳言,有些编辑把自己的文章改得"驴唇不对马嘴",斥之为"胡闹"(《谈校对工作》)。他还曾根据自己的编稿经验,举例说明一般编辑常犯的改稿错误——

改错稿举例:

(一)把原来字数相当的一副对联,改成一句长、一句短,这是不对的,因为对联不是标语。

(二)把一个解放区作者自传性的文章中的"回到冀中",错改为"回到北平"。这很可能是因为字体易混排错了,编辑没有看出。而当时北平为敌占区,如以后有人根据此文,审查作者历史,岂不麻烦?

例(一)为常识欠缺;例(二)为粗心大意。

例(一)是编辑只求文字中内容无错误,忘记了这是一副对联。例(二)是编辑对历史背景不大了然,看到主人公从张家口出发,"经过宣化",就以为他一定是坐火车到北平去了。其实,主人公是坐火车到宣化,然后步行,经涿鹿、易县回到冀中。

(《编辑笔记》第39页)

我猜想,孙犁先生所举的这两个例子,应该都是实有其事,是他在编辑实践中亲身遇到的问题。孙犁先生是一位非常留意资料积累和总结规律的编辑——当年,他曾以在编辑稿件中"留存"下来的许多鲜活例证,写出了《文艺学习——致〈冀中一日〉的作者们》一书。如今,他从自己以往编稿所遇到的实例中,信手拈来,举一反三,就使他对改稿这一环节的论述,增加了可读性和实用性。

李牧歌是《天津日报》"文艺周刊"的资深编辑,后来成为文艺部主任,是孙犁的得力助手之一。她曾忆起孙犁对编辑改稿的严格要求,她写道:"从解放初期至1956年,我的工作几乎都是在孙犁的严格领导下做的。孙犁不许随便改动作者的稿子,你改错了,他要在稿签上批评的,他也不许你在作者的稿子上做什么记号或沾上什么脏东西。"(李牧歌《秋天的回忆》,见《孙犁文集·天津日报珍藏版》下卷,文汇出版社2008年12月,第1124页)在《点点滴滴话孙犁》一文中,李牧歌还举了一个例子,说明孙犁对编稿的细心和严格:"'文周'的编辑工作一贯认真严格,修改作者稿件一丝不苟。这是在孙犁的严要求下,竭尽所能逐步完善的。那时每周见报的周刊,孙犁一定从头到尾,包括每个标点符号读一遍,一旦发现文字、标点有误,立即用铅笔画出,找人送到文艺部给我。有一次,在一篇小说中,通篇均用副词'地'字,唯独一处用'的'字,他通通画出,问这个误差是怎么出现的? 这是无声的严厉批评,至今记忆犹新。"(同上,第1120页)

很多由孙犁经手编发过作品的作者,都会珍藏着一些难忘的记忆。其中,韩映山对孙犁传记作者郭志刚谈起过一个非常典型的孙犁编稿的实例——这是一篇郭与孙的对话录,其中,郭志刚谈道:"我从韩映山同志一些介绍里边,是受到了益处的。例如他说:'从前孙犁同志帮我们改稿非常认真,我有篇《鸭子》,那条小河是朝西流的。孙犁同志一看,一般的河都是往东流啊,怎么会是冲西流呢? 就想改过来。后来又想,也许有特殊情况,他那儿水是朝西流的。'他说,您亲自把他找到报社里去,一问,是朝西流的,就没有改。这件事很说明问题。"(《和郭志刚的一次对话》,见《孙犁文集》续编三,百花文艺出版社2002年10月,第320页)

一个作者，遇到如此"较真儿"的编辑，他写稿子怎么能不加倍认真呢？

（四）披沙沥金，一视同仁

一般而言，报纸副刊的编辑流程，不外乎是"组稿、编稿、发稿"三部曲。其中最重要，也是最能显现编辑成果的环节，就要数发稿了。因为组稿也好，改稿也好，都是为了最终能够把好稿子发出来，给读者提供一份精神食粮。每个杂志都有自己的发稿标准，每个副刊都有独特的选稿风格。制定标准和形成风格，并非一个普通编辑的职责范围，正如孙犁所说："报纸的副刊，是报纸的组成部分，大政方针，都由总编室定。"（见《编辑笔记》，第87页）这是千真万确的。从这个意义上说，编辑只是一个执行者。

不过，当编辑（尤其是责任编辑）每天面对着大量来稿时，选这篇还是选那篇，取舍之间，还是有极大的自主空间，足以显示这位编辑的水准和眼力。一个好编辑，常常能够从诸多来稿中，慧眼识珠，披沙沥金，推出佳作，发现新人；而一个水准不够高或心思不够正的编辑，则有可能错失佳作，乃至因为某种偏见而"沉埋"一些有潜质有新意有价值的作品。这样的例子，在过去和现在都是存在的。一旦作者们发现自己遇到了这样的编辑，他们就会扭头而去。前几天，曾在我所主持的《中国副刊》公众号上，编发了一位多次获奖的老作者的文章，他谈到自己的某篇作品，在本报被"枪毙"，而他一气之下拿到另外一家报纸，结果人家拿出一个整版全文刊发。这类例子，在我个人的从业经历中，也曾遇见。

由此，更加反衬出孙犁的编辑思想之可贵——

"我看稿子，主要是看稿件质量。不分远近亲疏，年老年幼，有名无名，或男或女。稿件好的，立即刊登，连续刊登，不记旧恶，不避嫌疑。"（《关于编辑工作的通信》，见《孙犁文集》续编三，第287页）

这简简单单几句话，说起来容易，做起来极难。毕竟，副刊版面也是一种社会资源，甚至在相当一段时期里，还是一种稀缺资源。编辑手里掌握着这份资源，分配给谁并不完全是水平问题，从某种意义上说，也反映着编辑的职业道德水平。谁没个仨亲俩厚？谁能免厚此薄彼？谁能完全做到一碗水端平？更何况，自古"诗无达诂""文无定法"，虽说世上自有公论，但在文章获得公开发表的"通行证"之前，"秤杆"却捏在一个个编辑手里……

所有作者在投出自己的稿件时，都会认定自己的文章是"天生丽质""绝色美人"。但哪个初学写作者没遇到过退稿的事儿呢？即便像孙犁这样早已成名的老作家，也时常遭遇退稿，这在他写给朋友们的大量书信中，经常可以看到。对此，孙犁表现得十分达观：他写文章劝慰投稿者："稿件被采用或被退还，都是正常的事。稿子退回来，对初学者来说，自然是质量较差的可能性多些。但也不一定完全是这样。稿子不用，常常有多种情况。有时是不适合刊物当前的要求，这叫没赶上时候；有时是编辑一眼看高，一眼看低，这叫没遇见伯乐。如果自己有信心，过一个时期或另投他处，稿子终归有出路。"

孙犁先生在自己几十年的编辑生涯中，究竟从素不相识的作者来稿中，发现并编发了多少稿件，这显然是无从计数的。一是他自己从来不说也不写，二是周围的同事们早已司空见惯，也不怎么说起。唯有那些身沾其惠的当事者，对孙犁先生当年的"恩惠"念念不忘。作为研究者，也只能从众多回忆孙犁的文章中，去寻觅蛛丝马迹了。

山西作者侯桂柱在孙犁先生逝世之际，给《天津日报》写来一篇回忆文章《孙犁先生一件往事》，披露了一件此前不为人知的故事："1982年，我在家乡山西翼城县文化馆内部编印的《翼城文艺》上，写了篇小说《河边趣事》。一次我因事去县城，文化馆的同志叫我看一封信，信是《天津日报》《文艺》双月刊写给《翼城文艺》编辑部的。信中说,你们给孙犁同志的《翼城文艺》已收到。我们的《文艺》双月刊准备选用侯桂柱的《河边趣事》……"

《翼城文艺》是一本县级内刊,小三十二开,薄薄的只有四十六页,印刷装订都很粗糙。他们给包括孙犁在内的一些作家寄赠该刊,希望扩大一些影响,并未指望得到回应。没想到,孙犁不但认真读了,还选出佳作推荐给《文艺》双月刊发表。倘若不是文化馆的同志转告,作者本人对此竟全然不知。

侯桂柱惊喜之余,给孙犁先生写了一封信表示感谢。不久,就收到了孙犁的回信,信中写道:"你的小说,写得很质朴,当我从《翼城文艺》上看过后,即很喜欢。当然它也有些像生活速写。过去我也写过不少这样的小说。它是从生活出发的,也是作者亲眼所见的。这样,就自有它的生命力。所以,并不像你所说,写得太实,就缺乏空灵之感,等等。当然,写作的思想天地,越广阔越好。这恐怕与读书有关,如认真地广泛地多读一些好书,对打开思路,是有好处的。"(《回忆孙犁先生》,中国文史出版社2006年7月,第531—532页)

可以想象,一个年轻的业余作者,在接到孙犁这封来信时,会是何等欣喜……

比这件事更加传奇的"往事",同样是在一篇题为《一封改变命运的信》的回忆文章中首次披露。

1971年底,一封署名"《天津日报》文艺组"的来信,寄到了河北省束鹿县某个小村庄,收信者是"曾伏虎创作组"。这是一个农村文学爱好者的"笔名"——因为出身不好,他写了许多文章却屡投屡退,无法通过"政审关"。无奈之下,他故意起了一个类似"造反派组织"的名字,直接寄给了《天津日报》。他做梦也想不到,当时孙犁刚刚从"牛棚"放出来,被派到文艺组当"见习编辑",负责拆信登记、初审来稿。这就使他的来稿有机会遇到一双"识货"的眼睛,从众多来稿中被"拎"了出来,推荐给二审、三审,并最终被刊发……而在这位

"飞雁"写来这篇悼念孙犁先生的文章时,他已经是一位小有名气的专业作家了……(《回忆孙犁先生》,第562—563页)

一个作者寄出的稿件,倘若能遇到像孙犁先生这样的编辑,岂不是莫大的"幸运"!

(五)慧眼识珠,婉拒"殊荣"

关于孙犁先生甘当文坛"伯乐"的故事,在文坛上流传甚多且甚广。如20世纪50年代初期,他对两位中学生刘绍棠和从维熙的稿件,青眼相加,连续刊发,使得他们迅速"蹿红",一时间,构成"现象级"的影响力。更有评论家将其视为文艺刊物"培养新人"的典型案例。而孙犁先生对此却是轻描淡写,婉拒"殊荣":"近几年,人们常说,什么刊物,什么人,培养出了什么成名的作家,这是不合事实的。比如刘、从二君,当初,人家稿子一来就好,就能用。刊物和编者,只能说起了一些帮忙助兴的作用,说是培养,恐怕是过重了些,是贪天之功,掠人之美。"(孙犁《成活的树苗》,见《编辑笔记》,山西人民出版社1985年8月,第62页)

这是孙犁先生一再申明的观点,作为后人,必须尊重。然而在其晚年,另有若干发现和举荐尚未成名的青年后进的故事——可以说,像我这个年纪的报社同人,都曾看到或知道这些事实——这,就不能不佩服孙犁先生的"火眼金睛"、目光如炬了。

其例一:铁凝的小说《灶火的故事》。

铁凝:我写了一篇名叫《灶火的故事》的短篇小说,篇幅却不短,大约一万五千字,自己挺看重,拿给省内几位老师看,不料有看过的长者好心劝我不要这样写了,说"路子"有问题。我心中偷偷地不服,又斗胆将它寄给孙犁先生,想不到他立即在《天津日报》的《文艺》增刊上发了出来,《小说月报》也很快做了转载。当时我只是一个刚发表几篇小说的业余作者,孙犁先生和《天津日报》的慷慨使我对自己的写作"路子"更加有了信心。虽然这篇小说在技术上有着诸多不成熟,但我一向把它看作自己对文学的深意有了一点真正理解的重要开端,也使我对孙犁先生永远心存感激。(铁凝《怀念孙犁先生》,引自《百年孙犁》,百花文艺出版社2013年5月,第157页)

其例二:贾平凹的散文《一棵小桃树》。

孙犁(致贾平凹的信):"五一"节在《文艺周刊》,看到你短小的散文,马上读了,当天写了一篇随感,寄给了《人民日报》副刊版。……文章很短,主要是向你表示了我个人衷心的敬慕之意。也谈到了当前散文作品的流弊,大致和你谈的相似。这样写,有时就犯忌讳,所以,我估量他们也可能不给登。近年来我的稿子,常常遇到这种情况,不足怪也。你的散文的写法,读书的路子,我以为都很好,要写中国式的散文,要读国外的名家之作。泰戈尔的散文,我喜爱极了。中国当代有些名家的散文,我觉得有一个大缺点,就是架子大,文学作品一拿架子,就先失败了一半。这是我的看法。我称你的散文是不拿架子的散文。(《孙犁文集》第五卷,百花文艺出版社2002年10月,第228页)

这封信写于1981年5月15日。信中所说的就是孙犁评论贾平凹《一棵小桃树》的短文《读一篇散文》,后来登在《人民日报》"大地"副刊上,并收录在《孙犁文集》第四卷里。在孙犁先生逝世后,贾平凹撰文说:"当我仅仅是文学青年,在我不认识也毫不知晓的情况下,接连为我的散文写了评论的是孙犁先生。我一生专门去拜见的作家是孙犁先生。而通信最多的也是孙犁先生。二十多年里,孙犁先生一直在关注着我,给过鼓励,给过批评,他以他的杰出的文学作品和清正的人格使我高山仰止,我也以能认识他而为荣幸……"

贾平凹的这篇文章,题目就是:《高山仰止》。(《回忆孙犁先生》,第112页)

其例三:莫言的小说《民间音乐》。

　　1984年，莫言的短篇小说《民间音乐》在河北的《莲池》杂志刊出。这份孙犁家乡的杂志是他经常阅读的。读到莫言的这篇小说，孙犁敏锐地感觉到这个年轻人的文学潜能。在《读小说札记》一文中，他写道："去年的一期《莲池》，登了莫言作的一篇小说，题为《民间音乐》。我读过后，觉得写得不错。……小说的写法，有些欧化，基本上还是现实主义的。主题有些艺术至上的味道，小说的气氛，还是不同一般的，小瞎子的形象，有些飘飘欲仙的空灵之感。"（《孙犁文集》续编二，百花文艺出版社2002年10月，第175页）

　　孙犁这篇评论大约写于1984年3月。他在文中分别评述了李杭育、关鸿、汪曾祺、古华、张贤亮、铁凝等作家的作品（依照孙犁文章的排序），同时，也对当时文坛上的一些现象做出评论。孙犁把莫言的《民间音乐》列在第一篇进行评点，或许并非有意而为，但在客观上，却是对这位文学新人的一种"超常规"的提携。

　　在此需要强调的是，在孙犁先生率先推介上述三位文坛新秀的时候，他们都是刚刚出道。他们后来的崛起和获奖，都是在很久以后、甚至是在孙犁先生仙逝之后，才发生的事情。正因如此，当人们回溯数十年的文学源流时，却蓦然发现：原来这些如今已名闻遐迩的著名作家，当其"小荷才露尖尖角"的时候，孙犁先生那双爱才识才、唯才是举的慧眼，就已在关注着他们，并给了他们最初的奖掖和鼎助——那是在他们攀登高峰最吃力的阶段，是他们非常渴望从身前伸来一双手、从身后助推一把力的时刻——孙犁先生出现了！或许，当他们功成名遂之后，发表一篇小说，得到一篇评论，听到一段赞语，皆已无足挂齿。然而，在彼时彼刻，能得到孙犁先生的慧眼青睐，却是何其难得，何等珍贵！

　　这是属于编辑这一职业的殊荣与快乐！

　　　　　　　　　　　（2022年11月2日—8日，于北京寄荃斋）

晚年孙犁与报纸副刊

孙犁先生的晚年,从一个报纸副刊的编辑者,变成了一个投稿者。很长时间中,与他打交道最多的,除了家人、老友和文学爱好者之外,大多是编辑——期刊编辑、出版社编辑以及报纸副刊编辑。这一点,只须翻看一下《芸斋书简》附录的"孙犁书信年表",即可一目了然。

20世纪70年代末,当孙犁先生经过"十年搁笔",重新拿起笔来开始写作时,其投稿的路向还是以期刊为主的。但是因彼时的政治环境以及人们的思想观念等,还没有完全摆脱极左思潮的禁锢,他的投稿并不顺畅,常常遭遇"退稿"。譬如在1977年6月16日,他在写给韩映山的一封信中就写道:"我写了四篇小文以后,就没有再动笔。其中纪念郭(小川)的一篇,曾头脑一热投寄《人民文学》,后又摘出其中诗,寄《诗刊》,都善意地退回来了。这还是几经修正过的稿子。这样,就知道,多年不写,确实不行。以后再说吧!"

需要留意的是,这封信是写于十一届三中全会全面"拨乱反正"之前。而在翌年三中全会之后,情况就大为改观了。孙犁与众多老作家一样,那压抑已久的创作能量,如炽热的熔岩喷发而出。孙犁不仅写得多,而且非常精彩,开启了其晚年创作的又一高峰。于是,找他约稿的编辑纷至沓来,与他约谈的中青年作家们也接踵而至。作为投稿者的孙犁先生,再也不必自叹"多年不写,确实不行"了,他的文章成为众人争抢的"香饽饽",常常有应接不暇的势头。

应当说，孙犁先生这一阶段的投稿路径，依然是期刊与报纸副刊并行的，并无厚此薄彼之意。但是持续的时间不长，人们渐渐发现，孙犁的文章投向，开始发生微妙的变化：投给期刊的文稿逐渐减少，而寄给报纸副刊的却日渐增多。也就是说，投稿的"天平"，越来越多地偏向各大报纸的副刊版面。究其原因，其实也很简单：相较于报纸副刊，期刊的出刊周期太长了。

孙犁本人对此并不讳言。他在1982年4月19日回复《人民日报》副刊编辑姜德明的约稿信中，曾对期刊出刊之慢，做出过委婉的抱怨："《昆仑》多次约稿，我无以应之，所以就把那序（指孙犁为《田流散文特写集》所写序言）给他们了，这刊物也太慢，9月才能登出。"孙犁有感于姜的热切约稿之盛情，就给他出了一个主意："请你和田流同志商量一下，如觉得'田序'在报纸发表好，可就近与《昆仑》说一下，用'玛序'（关于诗的，他们也合适）把'田序'换回。不知他们同意否。"（见《孙犁书札：致姜德明》，百花文艺出版社2013年5月，第30页）

后来的事实证明，孙犁的这个建议被各方所采纳，《〈田流散文特写集〉序》在1982年5月17日的《人民日报》刊发，这比原刊预计的刊登时间，确实快了四个多月。

如果说，在给姜德明的信中，孙犁的抱怨还比较委婉，那数年之后，他在1986年4月29日写给杨栋的信中，就已经是直言不讳了："《中国》上有一篇稿子，是他们电报约写的，寄去八个月才刊出。发表一点东西，如此之慢，真使人写作兴趣大减了。"（见《芸斋书简》下册，山东画报出版社1998年6月，第379页）

相比之下，报纸副刊的"时效性"和"新鲜度"，要高出许多。还以《人民日报》副刊为例：孙犁为《孙犁文集》出版写了一篇自序，写好后寄给了"大地"（《人民日报》副刊，编者注）。几天后就见报了。孙犁兴奋地给姜德明写信说："序文见报如此之快，甚为铭感。"

（见1981年9月4日致姜德明信，《孙犁书札：致姜德明》，第22页）

　　这一快一慢，就决定了晚年孙犁的稿件，自然而然地"流向"了报纸副刊。据《羊城晚报》副刊编辑杨振环回忆。孙犁曾跟他说过这样一段话："我老了，写的稿子希望能快点发，自己看得见，就是一种安慰。要想发得快，刊物不行，周期太长，最好报纸。"（见《百年孙犁》，百花文艺出版社2013年5月，第212页）

　　类似的意思，孙犁在1984年12月31日写给山东作家李贯通的信中则表露得更为清晰："我有一个急躁性子，写了文章，就想争着发表，又在报社工作，所以有些文章出去得很快。"（见《芸斋书简》上册，山东画报出版社1998年6月，第347页）

　　孙犁先生的"急躁性子"，客观上说，对全国各地的报纸副刊而言，委实不是一件坏事。由此，报纸副刊成了晚年孙犁的"主战场"，他大量的小说、散文、杂感、信札、读书记、书衣文等，流光溢彩、云锦天章，纷纷散落在大江南北的报纸副刊版面上。由此，孙犁先生与各地的报纸副刊，又增添了一层深缘。

（2022年10月7日，于北京寄荃斋）

孙犁与"大地"

——晚年孙犁与报纸副刊（续一）

2022年10月5日，我专程去人民日报社宿舍，看望了93岁的副刊界老前辈姜德明先生。我特意带着一本网购来的《孙犁书札：致姜德明》，本想请姜先生签名留念的，但是眼前的情形使我打消了这个念头：此时的姜老已经捏不住笔，走不动路，甚至说不出话了……

这本书中收录的孙犁书札，十年前我来拜访姜老时，他曾一张张展开给我欣赏，并顺带着讲述了这些明信片、小纸条和各式信笺背后的故事。那是一段令人神往的岁月，那是一个作家与副刊编辑之间难得的真诚友情的记录，那是令后辈同行羡慕甚至钦仰的同道相重的传奇……

当然，更重要的是，这些书札分明昭示着孙犁先生与《人民日报》"大地"副刊绵延几十年的深厚情谊。

如果追溯一下孙犁与《人民日报》副刊的最早结缘，应该是从1965年9月18日发表《烈士陵园》一文起始。我还特意查验了一下孙犁长期供职的《天津日报》的发稿记录，他在"文革"前登在"文艺周刊"的最后一篇文章《业余创作三题》，是在1964年4月16日。两相对照，可以推断出，孙犁"文革"前发表文章的"终结点"，是在《人民日报》而非《天津日报》。

在《人民日报》副刊编辑刘梦岚怀念孙犁的文章《近之如春》中，她也写到了一个日子：1995年3月6日，这一天是孙犁给她写来最后一封信的日子，"这一天也正是在《人民日报》发表最后一篇文章——《〈曲终集〉后记》的日子"(见《百年孙犁》,百花文艺出版社2013年5月,第222页)。这样算来,孙犁与《人民日报》副刊的文字之缘,跨越了三十年。

孙犁与"大地"结缘,并非因其地处"高地",牌子响亮,也非因其"来稿不拒,速收速发"。如若单凭这几点,未免过于简单化了。他对副刊的整体质素是非常"挑剔"的,对副刊编辑的水平,亦如火眼金睛一般,一处改动、一字删节乃至一个标点,他都看在眼里,记在心上,并以此来掂量这个编辑的斤两。对水平高的编辑,他不仅十分尊重,还会念念不忘,有了满意的稿子还会交给他。而对那些漫不经心、自以为是、胡编乱改、不负责任的编辑,那就只能是"一锤子买卖"了。他与"大地"能够保持这么多年的友谊,显然是因为他既看重这块"金字招牌",更看重这里高手云集的编辑队伍。在孙犁与姜德明的一百多封通信中,我们不时会读出孙犁对编辑们的赞赏和感谢,他提到过的"大地"编辑,除了刘梦岚,还有刘虓、罗雪村等人,都是赞赏有加。

孙犁写过一篇《改稿举例》,专讲给他改过稿子且被他认为改得好、删得有道理的例子,一共举出五例,其中有两例出自《人民日报》。

第一例是《文集自序》(即孙犁先生为《孙犁文集》撰写的序,编者注):"这篇稿子,投寄《人民日报》。文章有一段概述我们这一代作家的生活、学习经历,涉及时代和社会,叙述浮泛,时空旷远。大概有三百余字,编辑部给删去了,在文末有所注明。在编入文集时,就是用的他们的改样。因为,文集既是自叙,当以叙述个人的文学道路、文学见地为主。加一段论述同时代作家的文字,颇有横枝旁出之感。并且,那篇文章,每节文字都很简约,独有这一节文字如此繁衍,也不相称。这样一删,通篇的节奏,就更调和了。"(见孙犁《编辑笔记》,山西人民出版社1985年8月,第91页)

这件事,孙犁不止说过一次。早在稿子见报之初,他就对姜德明说："所作删节亦为妥当。那一段原是我后来补写，有无均无关也。"
(《孙犁书札·致姜德明》，百花文艺出版社2013年5月，第22页)

第二例是《谈爱书》："是一篇杂文。此稿投寄《人民日报·大地》。文中有一节，说人的爱好，各有不同。在干校时，遇到一个有'抱粗腿'爱好的人，一见造反派就五体投地，甚至栽赃陷害他以前抱过，而今失势的人。又举一例，说在青岛养病时，遇到青年时教过的一位女生，常约自己到公园去看猴子。文约二百余字，被删除。既是谈爱书，以上二爱，与书有何瓜葛？显然不伦不类。作者在写作时，可能别有寓意，局外人又何以得知？"（见《编辑笔记》，第92页）

这两个例子，均涉及删稿。一般作者都不愿意被编辑删稿，孙犁也不例外。但是如果你的删节有道理，不仅无损于作者原意，甚至予原文有益，那就是编辑的"技高一筹"之处了。孙犁先生一向"鳞羽自珍"，对自己出手的文稿，字斟句酌，从不草率。编辑"动"了他的文字，一字一句，他都看得分明。而《人民日报》的编辑，一下子删掉他二三百字，删掉后不但没有受到责难，还收获了作者的赞赏，还要编入自己的文集、写进自己的文章，作为正面的例证，一再加以"赞扬"，这至少说明，孙犁对"大地"的编辑艺术是高度认可的。

1988年6月7日，孙犁给刘梦岚写了一封信。从行文看，这应该是刘梦岚"奉命"邀请孙犁为《人民日报》四十年大庆，写点祝辞或寄语。于是，孙犁先生借复信之机，写下了一段十分动情的"感言"：

"得知贵报四十年大庆，我衷心地向你们祝贺！几十年来，我在你们的副刊发表了虽然不是很多，也算不少的文章。就是说占了副刊不少宝贵的篇幅，得到了你们的热情关怀，我们之间，建立了工作友谊。对我来说，是值得纪念和感谢的。你们的工作，是严肃认真的。例如我在副刊发表的《芸斋小说》，其中一篇删去三百字。我看了以后，觉得删了比不删好。在结集出书的时候，就按你们的样子发排了。"

接着,他写道:"现在,'文章赏析'这一名词很流行。但文友之间,编辑和作者之间,真正的、有见地的、大公无私的分析和讨论,是太少了。有时使人感到寂寞。写文章,谁能下笔千金不易?有时感情冲动,有时意马心猿,总会出现一些枝蔓。编辑能够看出来,能够认真地给他改正,他不会不服气的。"最后,孙犁让刘梦岚"就把我这封短信,作为对副刊的祝贺吧"!(《孙犁文集》续编三,百花文艺出版社2002年10月,第442页)

这段话,写得如此中肯,如此真诚,确实是孙犁先生的肺腑之言。读罢而思,或许,正是因为"大地"的编辑们能够与作者之间建立起这样一种"真正的、有见地的、大公无私的"文友关系,像孙犁先生这样"目光独到"的名家,才会对"大地"副刊"不离不弃"三十年吧!

(2022年10月8日,于北京寄荃斋)

孙犁与"东风"

——晚年孙犁与报纸副刊(续二)

孙犁先生好像没有记日记的习惯。他晚年的文稿流布情况,除了从各报副刊的刊发情况中可略见踪迹之外,更多的是从他给友人的书信中,窥得他稿件往来的蛛丝马迹——至少,我是希望由此"拼接"出晚年孙犁的一个"文章分布概略图"。

《光明日报》是孙犁非常看重的一份报纸,其"东风"副刊更是晚年孙犁投稿较多的副刊版面。这一点,从他给《人民日报》文艺部主任姜德明的信札中,可见一些零星的记载:

在1981年8月10日的信中,孙犁说:"《农桑之事》系散文一篇,也寄'光明'矣。"在1987年4月20日的信中说:"散文一篇,已寄《光明日报》,题为《鸡叫》。"在1988年7月10日的信中说:"近日写了两篇散文,一在《人民日报·大地》,一在'光明'。"……(以上引文均见于《孙犁书札:致姜德明》,百花文艺出版社2013年5月)

可见,在孙犁的心目中,《光明日报》的"东风"副刊,是与《人民日报》的"大地"副刊等量齐观的。

孙犁曾给他的高中老同学邢海潮写信,推荐他订一份报纸——"乡村不知看报方便否? 如能订一份报纸,亦解闷之一方。《光明日报》办得不错,适于读书人看。"(见孙犁1992年2月27日致邢海潮信。《芸斋书简》下册,山东画报出版社1998年6月,第545页)

孙犁本身就是办报人,他很少向别人推荐订报。这次推荐老同学订《光明日报》,是我重读孙犁所见到的唯一一次。

在读信过程中,我还发现了一个具体稿件的"实例",是在孙犁写给河北老友徐光耀的三封信件中"连载"的——

第一封写于1991年12月7日:"前些日子,我心血来潮,写了一篇短文,题为《寄光耀》,已投《光明日报》,如能刊出,请您看看。"

第二封信写于1992年2月18日:"《光明日报》迟迟未发我写的那篇《寄光耀》,可能是我写得太消沉了一些。说是二月一日发,可我又没有收到报纸,也不知到底发了没有。文章也没有说什么,前边是我写给你的两张明信片,后面是叙你我的交往。这次复信迟,是等着那篇文章发表,请你原谅。"

第三封信写于1992年3月13日:"今转上《光明日报》复信,可知该小文发表日期。此稿去年11月26日寄出,迟迟不登,也不能怪人家,是文章质量,均不大好。您看后,也不一定满意。"

我们未能见到其他相关的信件。但可猜测一下,一定是文章见报后,编辑忘记通知孙犁,也未给他及时寄送样报。而老友这边又总是急于看到文章,孙犁不得不再发函探问,这才得知稿件已然发表。孙犁赶忙写信告知老友……

彼时,通信联络远不如现在方便,既没有互联网,更没有微信、QQ。老一代文人们只能靠一封封书信传递信息,互诉衷肠。这倒给后人留下一笔可知可感的文字资料,使我们得以窥见当年稿件流转过程中的一些实况。

一篇《寄光耀》,从上一年的12月寄出,到转年的3月才得到刊发的信息,周转的时间确实太长了一些。但孙犁只是一个劲儿地自责"文章质量,均不大好",并无丝毫抱怨编辑的意思。这体现出孙犁一贯的谦逊和包容。

"东风"副刊编辑单三娅对孙犁的这种谦逊和包容,有着更直接更真切的体会。她在一篇怀念孙犁的文章中,写到了一件她给孙犁"退稿"的往事——

大约是在 20 世纪 80 年代中期，孙犁先生寄来一篇文章，具体内容不记得了，只记得好像是批评了一种文艺现象，我吃不准如何处理，就把稿件在编辑组传阅了一遍。大家都认为，在孙犁只是阐发一贯的文艺主张；而在我们，却怕由此产生什么其他影响。权衡再三，决定退稿。退稿信自然由我来写。这是我第一次给他退稿，因为没有明确的理由，提起笔来万般踌躇，实在作难，心怀歉意，最后含混地说了几句，就把信寄出去了。过了些日子，他又寄来了新的稿件，还说了上次的稿子不用没关系的话。他的宽容，使我对他更加敬重。

其实，这是孙犁先生对于退稿的一贯态度。他有一篇短文题为《投稿》，其中讲道："稿件被采用或被退还，都是正常的事，不要大惊小怪。"

对退稿如此，对删稿同样是如此。这次重读孙犁的文稿，我发现，对于《光明日报》的删稿，孙犁有过两次态度截然相反的记载：前一次是不以为然，后一次却颇为赞赏。前者发生在 1978 年，他在 7 月 1 日给韩映山写信问："《光明日报》登出的稿子你看到了吗？足足删了三分之一，也不商量，看来大报架子是够大的。"（见《芸斋书简》上册，山东画报出版社 1998 年 6 月，第 164 页）

因为是私人信件，所以话说得非常直白。不过，细细分析就会发现，孙犁在此所表达的"不以为然"，主要是抱怨编者"也不商量"——作为文章的作者，被删掉三分之一，编者竟然不跟作者打个招呼，这自然会让他感到这位"大报编辑"，架子够大，对自己不够尊重。而孙犁本人也是编辑，也常常要处理来稿，他一向主张能不删改则不删改。即便要删要改，也必须与作者当面沟通或写信商量，他自己多年来就是这样做的，对自己属下的编辑也是这样要求的。

相形之下,"光明"当时的做法,确乎欠妥。在此,还是要强调一个时间概念:此次"删稿事件"发生时,党的十一届三中全会尚未召开,全面的"改革开放"尚未启动,彼时彼刻,出现这种情况,也就不足为奇了。

后一次为孙犁认同并加以赞赏的删稿,发生在1983年。这是孙犁在《改稿举例》中所举出的五个正面例证之一,所涉文章题为《吃饭的故事》:"此篇系散文。投寄《光明日报·东风》。刊出后,字句略有删节。一处是:我叙述战争年代,到处吃派饭,'近乎乞讨'。一处是:我叙述每到一村,为了吃饭方便,'先结识几位青年妇女',并用了'秀色可餐'一词。前者比喻不当,后者语言不周密,有污染之嫌。"

编辑删稿,原因固然很多。难得的是,孙犁先生在被删之后,还要反思自己的文字为何被删。当他确认编辑的删改事出有因,且有理有据时,他就会心悦诚服——我翻检了《孙犁文集》续编一,所收录的《吃饭的故事》,文中并未发现孙犁在举例中提到的那些文字。这说明,"东风"编辑的删节,已被孙犁完全认可并虚心吸纳了。

(2022年10月9日,于北京寄荃斋)

孙犁与"花地"

——晚年孙犁与报纸副刊（续三）

"近年,我的工作,投稿多于编辑。在所接触的编辑中,广州一家报纸的副刊,给我的印象最深刻。稿件寄去,发表后,立即寄我一份报纸,并附一信。每稿如此,校对尤其负责。我是愿意给这样的编辑寄稿的。按说,这些本来都是编辑工作的例行末节,但在今天遇到这种待遇,就如同见到了汉官威仪,叫人感激涕零了。"(《孙犁文集》续编三,百花文艺出版社2002年10月,第290页)

这是孙犁晚年谈及编辑工作时,写下的一段极富感情色彩的文字。文中所说的那家广州报纸副刊,即是《羊城晚报》的"花地"。

应该说,身为报纸副刊"元老级"编辑的孙犁,选择哪家报纸副刊作为自己的投稿对象,一向是极为严格,甚至有些苛刻的。除了要看这家报纸的品牌和品位之外,更重要的是看编辑的水平和素质。从孙犁的上述文字中,所举看似"例行末节"的小事,寄样报、精校对,皆非难事,但长期坚持不懈以致形成传统,则殊为不易。孙犁是很看重细节的。当社会风气的大环境已然改变,一些编辑的职业操守也越来越趋近于实用化市场化流行化,这也无可厚非。然而,偏偏在商风炽热的岭南,却还屹立着这样一家副刊,依旧保持着老报社老传统的那套"编辑做派",这使孙犁感到一种被尊重、被亲近的暖意,以至于用上了"感激涕零"这样不无夸张的字眼来加以赞许,可见其在老人心里的分量之重。

回顾自己的投稿生涯,孙犁写过一篇《改稿举例》,对各报编辑删改自己的文稿,为其首肯服膺者,加以表彰。其中第三例就举出在"花地"发表的《还乡》。他写道:"此篇系小说,投寄《羊城晚报·花地》。文中叙述某县招待所,那位不怎么样的主任,可能是一位局长的夫人。原文局长的职称具体,编辑给改为'什么局长'。这一改动,使具体一变而为笼统,别人看了,也就不会往自己身上拉,感到不快了。其他为我改正写错的字,用错的标点,就不一一记述了。"

写罢这一例证,孙犁就此话题引申议论,发表了一段后来经常被研究者引用的"夫子自道",他写道:"我青年时,初登文域,编辑与写作,即同时进行。深知创作之苦,也深知编辑职责之难负。不记得有别人对自己稿件稍加改动,即盛气凌人的狂妄举动。倒是曾经因为对自己作品的过度贬抑菲薄,引起过伙伴们的不满。现在年老力衰,对于文章,更是未敢自信。以为文章一事,不胫而走,印出以后,追悔甚难。自己多加修改,固是防过之一途;编辑把关,也是难得的匡助。文兴之来,物我俱忘,信笔抒怀,岂能免过?有时主观不符实际,有时愤懑限于私情,都会招致失误,自陷悔尤。有识之编者,与作者能文心相印,扬其长而避其短,出于爱护之诚,加以斧正,这是应该感谢的。当然,修改不同于妄改,那些出于私心,自以为是,肆意刁难,故意砍削他人文字的人,我还是有反感的。外界传言,我的文章,不能改动一字,不知起自何因。见此短文,或可稍有澄清。"

这段论述,言虽简要,用意殊深,在我看来,确实写出了孙犁先生对编辑与作者之间,建立平等的、健康的互动互学、互证互助之关系的深刻感受,值得所有从事编辑工作的后来者认真体会和咀嚼。

翻检孙犁晚年写给诸多友人的信札,可以清晰地看到,他晚年确实把相当数量的稿件,交给了《羊城晚报》。

譬如,在写给《人民日报》文艺部主任姜德明的信中,多次提到他给"羊城"寄稿:

"羊城"小说,以4月11日寄出,本月25日方至,所以还没有刊出。

（《孙犁书札：致姜德明》,百花文艺出版社

2013年5月,百花文艺出版社2013年5月,第46页）

外出则写些散文,家居则写些读书札记之类,这一办法我很赞成。但我不外出,所以就要多写些读书随笔。然近日所作甚少,"羊城"陆续发几篇,便中希注意及之。

（同上,第53页）

本月共作《芸斋小说》三篇,或可在《羊城晚报》陆续发表。

（同上,第56页）

我一切如常,有时写点小文,近寄"羊城"四节,"新晚"两篇,未审能用否?

（同上,第82页）

再如,在写给青年作家杨栋的信件中,也有相关的记载:

我去年在《羊城晚报》,发表一篇《我的金石美术图画书》,不知你读到过没有?

（见1988年12月18日致杨栋信,《芸斋书简》,山东画报出版社1998年6月,第384页）

我有时仍给"羊城""光明""人民"及《天津日报》、(今)《晚报》写些文章,不知你能见到否?

（见1990年9月2日杨栋信,《芸斋书简》,第387页）

此外,在致邢海潮、徐光耀、邓基平等人的信件中,都有投稿"羊城"的文字踪影。简单排梳这些投稿的日期,就可看出,孙犁交

给"羊城"的稿件,频次甚高,一段时间里,甚至超过他所供职的天津诸报。

更值得关注的是,孙犁还曾把自己非常看重的稿子,交给他所信任的《羊城晚报》"花地"刊发,进而引起全国文学界的高度关注。其中最典型的,就是20世纪90年代初,围绕"病句事件",孙犁发声反击的一系列文稿。《羊城晚报》"花地"编辑万振环是当时经手编发这些文稿的主要当事人,他在回忆中"揭秘"了这一事件的原委——

　　1992年西安《美文》杂志创刊,发表了孙犁写给该刊主编贾平凹的一封信。信中孙犁指出:"我仍以为,所谓美,在于朴素自然。以文章而论,则当重视真情实感,修辞语法。有些'美文'实际是刻意修饰造作,成为时装模特儿。另有名家,不注意行文规范,以新潮自居,文字已大不通,遑谈美文!"接着随手举出一个"病句"。孙犁的用意,无非是用来说明,作家写文章要注意修辞。不料竟得罪了某"名家",此公多次在天津报刊上发表文章,含沙射影,指桑骂槐,攻击孙犁。孙犁被纠缠了三年之久。他感叹当前文坛只讲好话,听不得批评的不良风气,于是,在"花地"连续发表了《"病句"的纠缠》《我和青年作家》《反嘲笑》等文章,摆事实讲道理,进行了有力的回击,宣扬了正气,表现了他的铮铮铁骨的精神。1994年10月7日,孙犁给我写信说:"蒙您及时为我发表了几篇文稿,甚为感谢。我非好斗之人,实在忍无可忍,才略微反击一下。

这段文字,引自万振环在孙犁逝世之际所写的回忆文章《一棵参天大树》。当时距离这件"公案"的发生,已近十年。

一个"病句",引发一场论战,尽管时过境迁,却很难一下子尘埃落定。譬如,2003年,为纪念《美文》创刊十周年,该杂志重新发表了孙犁《四月二十五日致贾平凹书》;2007年1月5日的《广州日报》副刊,也以《孙犁给贾平凹的一封信》为题,重新刊发了引发论战的那封信札……

这些延伸的文事,均发生在孙犁先生辞世之后。我相信,由此引发的余波微澜,还会继续荡漾于文海涟漪之中。

而《羊城晚报》"花地"副刊,也因此而被全国报纸副刊界所瞩目。

(2022年10月11日,于北京寄荃斋)

孙犁与"夜光杯"

——晚年孙犁与报纸副刊(续四)

1995年4月中旬的一天,在《新民晚报》主持"夜光杯"编务的严建平收到了孙犁先生的一份"厚赠":一幅写于前一年的书法——"何必刻鹤图龙,竟惭真体"(语见唐代孙过庭《书谱》),同时还附有一封短札:"寄来信件,昨晚奉到。甚为感谢。寄上拙字一幅,谈不上书法,您留个纪念。'狱档'稿,后来没有写,俟写好即寄上。匆匆,祝春安!"信的末尾,注明日期是4月11日。

信中所说的"狱档",是指孙犁晚期所写的《读〈清代文字狱档〉记》,已写成的两篇均在《天津日报》上发出。看得出,孙犁原本是计划写成一个系列的。敏锐的"夜光杯"立即发函,索求续篇。孙犁此信,就是对严建平问询的一个回应。

孙犁在信里答应"俟写好即寄上",但严建平等了许久,却再也没有收到来自孙犁的只言片语,随后就听到了孙犁先生"封笔"的确凿信息。事实上,早在孙犁寄出这封信之前,即1月30日,他就为自己最后一部散文集《曲终集》写好了后记,其中讲道:"人生舞台,曲不终,而人已不见;或曲已终,而仍见人。此非人事所能,乃天命也。"这篇后记发表于1995年3月6日的《人民日报》"大地"副刊。由此推断,严建平收到的这封信札,乃是孙犁先生"封笔"之后的数声"绝响"之一,是大音初歇之际偶尔留下的袅袅余音,真是弥足珍贵。这,既体现出"夜光杯"在孙犁心目中的位置之重要,也体现出他与严建平这位副刊编辑的感情之深厚。

严建平至今还记得他第一次拜访孙犁的情形。在前往孙宅的路上，陪同的《今晚报》副刊编辑赵金铭告诉严建平："要约孙犁写稿，首先是你这张报纸的品格要得到他的认可，然后是约稿的编辑要得到他的信任，他投稿是'认人'的。"而今，在孙犁宣布"封笔"之后，依然心念着这个小小的版面，心念着这位并非能说会道、只知埋头做事的副刊编辑，可以说，严建平和他背后的"夜光杯"，已然被孙犁先生高度认可了。

查阅《芸斋书简》中的发稿记载，可知《新民晚报》与京津各报乃至"羊城""文汇"相比，其实是一个后来者。直至20世纪90年代初，才开始被列入孙犁投稿的重点副刊行列，但很快就成为孙犁最为看重的平台之一。一个细节足以说明问题："20世纪90年代，时任《新民晚报》副刊'夜光杯'编辑严建平到天津专程拜访了父亲孙犁，约他为《新民晚报》写稿，父亲慨然应允。严建平从北方返沪，刚踏进办公室，就看到了父亲寄去的《耕堂读书杂记》，此后稿件不断，两人之间也结下了深厚的友谊。"这段话，出自孙犁先生的女儿孙晓玲的追忆。可以想象一下：一个副刊编辑，从上海专程来津约稿，辗转数日，返回沪上。一进办公室，竟然发现孙犁的稿件已赫然摆放案上。如此奇遇，一方面说明孙犁先生对"夜光杯"的高度重视，另一方面，则说明约稿者的专业与真诚，打动了孙犁先生，几乎是编辑前脚出门，他老人家后脚就把稿子"投寄"沪上了……

那么，严建平是如何让孙犁"认可"的呢？在纪念孙犁先生逝世二十周年之际，《中国副刊》约请已经退休的严建平先生，回顾一下当时的"约稿实况"，他在专稿《怀念孙犁先生》中，披露了当年他与孙犁先生的一段对话——

交谈中，他说他知道《新民晚报》影响很大，也知道赵超构先生。他坦率地对我说，一个作者，总希望能早日见到自己发表后的作品,但有些报纸字太小,自己眼睛不好,看不清楚,这是有点遗憾的。很显然,他知道我们"夜光杯"用的是六号字。我当即回答道,您的文章我们会尽快刊登,发表后,放大复印两套给您。

我想,正是因为严建平这个看似细微的承诺,让孙犁切实感受到编者的热情和诚恳,当下就对这位当时还很年轻的副刊编辑"刮目相看"了。此后四五年间,"夜光杯"的编辑们一直恪守这个承诺,每篇稿件都不厌其繁地放大、复印,连同原稿样报,一并寄回。孙犁先生深感其诚,遂把"新民"视为"优选",接二连三地把自己的得意之作,发往"夜光杯"。我还留意到,孙犁投给"新民"的文章,多是成组的系列短文——我觉得,这种把长文拆开,改编成系列短文的做法,应是孙犁为"夜光杯""量身定制"的。毕竟孙犁先生也是办报出身,对四开小报的版面自然深谙熟知。他为了适应"夜光杯"的版面,不惜拆解分装,"以短示人"。

对于"夜光杯"的编校质量,孙犁也深表赞赏,他在一封写给严建平的信中,亦有提及:"前后寄来信、件均妥收无误。四篇读书随笔,顺利刊出,校对精审,甚为感谢。报纸亦能按时收到,勿念。"这封来信,后来也被编入《孙犁全集》。

孙犁先生去世后,严建平把孙犁历年写给他的十五封来信,详细作注,公之于世。其中,有一封关乎"改稿"的信件,引起了我的关注。孙犁在信中说:"上次'一月'之误,是我自己写错了。老年文字,已不能自信,时有错乱。您看出后,可径自改正,千万不要客气。"严建平在信后注解说:"'一月'之误,是指发表在1991年4月15日'夜光杯'上的《耕堂题跋》,其中一则《知堂谈吃》末尾署日期为'1991年1月15日,旧历元旦,晨记。'而实际上旧历元旦应为2月15日。当时编者看出而未改,事后又觉不妥,写信说明,故有此回音。"这件"小事",既体现出编者的严谨审慎,又体现出作者的虚怀大度——这样的作者和编者，既互相尊重，又各留余地；既有专业水准，又能坦承相见，他们的关系，想不和谐都难了。

（2022年10月13日，于北京寄荃斋）

第三辑

学者·报人

一本新闻专著的"传奇"

（一）

　　一定会有很多喜欢孙犁的朋友感到奇怪：为何文学大师孙犁"出道"后的第一本专著，竟是《论通讯员及通讯写作诸问题》？这分明是一本新闻学专著，而且是诞生于战火纷飞的抗日战争中。这件事本身，就是一个值得新闻和文学史家们关注并研究的谜题。

　　孙犁先生是1939年被分派到晋察冀通讯社工作的。对于这段经历，他在后来的文章中也屡有论及："1939年春天，冀中区的形势已经紧张，组织上叫我到晋察冀边区去工作，由王林同志到七分区，对我传达了这个指示，并代我办理了过路手续。但等我到了阜平，安排好工作，已经是夏天了。我被分配到晋察冀通讯社工作，这个通讯社刚刚建立，设在城南庄。我在那里读了一些书，并写了《论通讯员及通讯写作诸问题》小册子。封面上写的是集体讨论，实际并没有讨论，系我一人所作。"（《二月通信》，《孙犁文集》第五卷，百花文艺出版社2002年10月，第234页）

　　晋察冀通讯社是一家新建的新闻单位。显然，在创业之初，如何扩大稿源、组建队伍，乃是尽快运转起来展开新闻业务的当务之急。这恐怕也是当时的通讯社领导者优先考虑的事项。对此，通讯社的刘平主任在该书的前记中说得很清楚："我们就曾经接到过我们不少的青年通讯员的这类信件，他们一致热烈地要求我们能够写出一本关于通讯写作问题的书籍供他们参考。他们一再地向我们忠恳(中肯)地表示,他们愿意从事通讯写作,但不晓得怎样动手,就是说他们不晓得怎样去使用自己的武器,进行有效的射击,希望我们能够给予帮助。我们不愿意放弃自己的义务,因此,决定大胆地尝试这种新的工作。这本由孙犁同志执笔写出的小册子,就是完全根据这种客观的实际需要产生的。"(《孙犁文集》续编二,百花文艺出版社2002年10月,第5页)

正因为适应了社会的急需,故而此书一问世,就受到了"超常规待遇"——在晋察冀极为艰苦的条件下,这本小书竟得以铅印出版。要知道,当时孙犁编辑的《文艺通讯》是油印出版,稍后参与编辑的《冀中一日》也是油印出版,而这本小书却得以铅印出版,这也从一个侧面,反映出该书的"应运而生"是多么受到重视和青睐。

这本书的后记,没有作者署名。我推测是出自孙犁的手笔。从文章中那飞扬的文采和带点欧化的句式,可以断定这一点——孙犁晚年曾谈到自己早期的文风,说"我当时的文字、文风,很不规则,措词也多欧化生硬"(《青春遗响》序,见《孙犁文集》续编三,百花文艺出版社2002年10月,第258—259页),而孙犁完成这本小书时,年方二十六岁,正是风华正茂激情燃烧之时,我们摘录这篇短小的后记中的几个段落,刚好可以窥得青春焕发时期的孙犁文笔——

　　站在民族解放战斗的行列里,一个青年通讯员,应当是大军的尖兵,他应该具有优秀的品质,勇敢和理想。他应该有一个艺术家的心和历史家的敏感,战士的忠烈!

　　民族予青年通讯员,以焦渴的希望。优秀的通讯员正在膺受着这希望而坚决地走上征途了。

　　他们要在全国各地,各战场上奔走,他们要把抗战的每一个细微,写到他们的通讯里去,向全国人民报告,向全人类报告。……

抗战时期的新闻工作,不但由少数专门家,分配到了广大的青年身上,而且更需要分配到大量的工农士兵通讯员身上去!中国的新闻事业,经过民族抗战,将在全国造成一幅广密的网。中国的新闻,将渗入中国的每一个细微。广大的工农士兵通讯员,将成为一簇新闻钢琴的键,弹奏着光荣、完整、旋律复杂的歌。

(《孙犁文集》续编二,第64页)

这篇后记写于1939年10月10日,作者注明是在阜平山区的百花湾。该书出版后,由边区抗敌报社经销,其流布的范围应该主要就在晋察冀抗日根据地。然而,该书刚一问世,就赶上了日寇的"五一大扫荡",在所谓"三光政策"的荼毒之下,这本小书的命运也就可想而知了。

(二)

《论通讯员及通讯写作诸问题》(以下简称《论通讯》),篇幅只有四万多字,薄薄的只有55页。与孙犁此后几十年写出的煌煌大著相比,不过是早年留下的一个浅浅的"雪泥鸿爪"。然而,孙犁本人对这本青春少作却是心心念念,始终挂怀,在后来的文章中,曾一再谈及。

在1977年秋天所写的《在阜平》一文中,他写道:

1939年春天,我从冀中平原调到阜平一带山地,分配在晋察冀通讯社工作,这是新成立的一个机关,其中的干部,多半是刚刚从抗大毕业的学生。通讯社在城南庄,这是阜平县的大镇。周围除去山,就是河滩砂石,我们住在一家店铺的大宅院里。我的日常工作是作"通讯指导",每天给各地新发展的通讯员写信,最多可写到七八十封,现在已经记不起写的是什么内容。此外,我还编写了一本供通讯员学习的材料,堂皇的题目叫作《论通讯员及通讯写作诸问题》,可能是东抄西凑吧。不久铅印出版,是当时晋察冀少有的铅印书之一,可惜现在找不到了。

(《孙犁文集》第三卷,百花文艺

出版社2002年10月,第194—195页)

1982年,孙犁在为《田流散文特写集》写序时,对这本《论通讯》依然萦绕于怀:

> 抗日战争开始不久,在各个根据地办起了报纸,同时成立了通讯社。例如,在晋察冀边区,就于1938年冬季,成立了晋察冀通讯社,各分区成立分社,各县、区委宣传部,都设有通讯干事。我那时在晋察冀通讯社通讯指导科工作,每天与各地通讯员联系,写信可达数十封,我还编写了一本小册子,题为《论通讯员及通讯写作诸问题》,铅印出版,可惜此书再也找不到一本存书了。
>
> (《孙犁文集》续编二,第190页)

为寻找这本散失于烽烟动荡中的小册子,孙犁找过故乡的熟人,问过当年的战友,也探询过有关的机构,但都是杳无踪影。几十年过去了,他越来越感到希望渺茫了。

然而,事情的转机似乎就在一瞬间出现了——

机缘系于一个名叫曹国辉的老人。他早年在《晋冀日报》做校对,离休前在盲人印刷厂任厂长,离休后对研究晋察冀文艺工作产生兴趣。一天,他在老北京图书馆善本室查阅其他资料时,偶然发现了孙犁的这本小书。他立即把这个信息告诉了孙犁的老战友、也是他在《晋冀日报》的老领导陈肇先生。陈肇立即写信把这个喜讯告知孙犁,他写道:"报告你个好消息:几十年来未曾找到的,你在通讯社写的那本《论通讯员及通讯写作诸问题》,今天在北京图书馆找到了(不是原本,是翻印本)。他们可供复制,可供抄写,你考虑一下用什么办法复制下来?"

孙犁闻知这个消息,喜出望外。他写道:"对于这本小书,我可以说是梦寐以求的。随即给他复信,如果精力来得及,希望设法复印一本,费用由我来出。又考虑,他是有病之人,就又给在北京工作的二女儿写信,叫她去陈伯伯那里商量这件事。"(孙犁《一本小书的发现》,见《如云集》,百花文艺出版社1992年3月,第151—152页)

孙犁的二女儿名叫孙小淼。她见到父亲的来信,立即前往拜见陈肇先生。在写给父亲的回信中,她如实汇报了这次拜访的情况:"我坐定后,和陈伯伯谈起了有关复印您的书的问题。他随即给曹国辉同志(发现您的书的人)通了电话,曹同志讲,善本书不外借,只能在北图复印。曹同志与我通了电话,他把书名、书号都告诉了我,并叫我开一张我们单位的介绍信,前去北京图书馆新善本室接洽有关复印问题。爸爸,我明天上午就到北京图书馆办此事,请您放心,书复印好后,我用挂号给您寄去。"(见孙小淼1990年6月8日致孙犁的信,引自孙晓玲《逝不去的彩云》,百花文艺出版社2013年5月,第261页)

然而,孙小淼显然低估了办妥这件事情的难度。她在1990年6月12日写给孙犁的信中,详细记录了复制此书的曲折过程,她写道:"事情不像我想的那样简单,北京图书馆善本室清规戒律、规章制度很多。经过各种各样的手续及善本室主任批示以后,我见到了五十年前由您执笔的小册子《论通讯员及通讯写作诸问题》(三十二开,五十五页,铅印),封皮、封底用一种黄色薄牛皮纸包着。封皮用毛笔写的书名(竖写),封底有一个依稀可见的方戳,写着北京东安市场旧书店。小册子经历了五十多年的历程,它已经很破旧。由于时间太久和过去印刷质量太差,小册子(有几页)字迹十分模糊,我怕拍照、复印后看不清,我用上下贯通的手法,把最不清楚的前言及1—3页重新抄了一下。由于时间紧,太匆忙,抄得不对的地方望您指正。

"北图规定：为了保护善本，所有善本室的书都不外借，不准复制，只能把书按页拍成胶片后，再进行复印（拍照复印必须经过善本室主任批示）。我已在北图复制部办完了手续，请他们全书拍照、复印（包括前言和目录6月21日取）。

"从查阅到拍照、复印，共计填了七次申请单，我把手续全部办完以后，已经到了北图闭馆的时间了。"

孙小淼在亲眼见到这本小书之后，还针对此书是原版还是翻印版的问题，与父亲进行了一番讨论。她写道："您信中提到，据陈肇叔叔讲，此书是翻印本，不是原本。我针对此问题和曹叔叔通了电话（6月19日下午）。我与他讲：'我爸爸昨天来信了，他很感激您对他作品的关心，叫我代表他向您致谢。另外，有一个问题想问您一下，我爸爸来信讲，据陈肇叔叔讲，这本书不是原本是翻印本。不知他讲是翻印本的根据在哪？'曹叔叔讲：老陈讲，此书是翻印本，他当时是听我说的。后来，我看了目录和书目（估计指北图善本室编的《馆藏革命历史文献简目》）之后，肯定这本书是原本，而不是翻印本。"在问明这些原委之后，孙小淼说："爸爸：我也认为此书是原本，而不是翻印本。原因是，书已非常旧，纸已变黄，书钉已锈蚀，有两页已经脱落。我认为您这本书是孤本。"（见孙小淼9月20日致孙犁信，引自孙晓玲《逝不去的彩云》，第263页）

孙犁依据女儿的转述和直观的描述，也断定这本书是原版，而非翻印本。他迫不及待地把这种欣悦的心情写成一篇短文，发表在《人民日报》"大地"副刊，并由衷地感叹道："难得呀，难得！经过五十多年，它究竟怎样（被）留存下来？谁保存了它？怎样到了北京的古旧书店？又怎样到了北图的善本书室？都无从考查，也没有必要去考查了。我只在这里，感谢善本书室，感谢曹同志，感谢肇公和我的女儿，他们使我临近晚年，能够看到青年时期写的，本已绝望的书。"（孙犁《一本小书的发现》，见《如云集》，第153页）

（三）

孙犁先生的这篇短文是在1990年7月2日见报的。时隔几日，孙犁又收到了中国现代文学馆杨犁写来的信件，说在他们的馆藏中也有一本——"这真是'无独有偶'的好消息"（孙犁语）。孙犁立即函托他再复制一本。孙犁将两个版本互相对比校读，并委托张金池先生校录出一个清本。他为此专门写了一篇《校读后记》，审慎地记下了自己重读这本小书的感想——

> 这本小书，初发现之时，兴奋之余，我还信心不足，以为青年时的文字，今日读之，或无足轻重。但等我校完，印象和原来想的，大不相同。认为它是我在那个特殊的时期，写下的一本有特殊内容的书。
>
> 它不只片断地记录了中国人民反抗日本帝国主义的斗争；也零碎地记录了全世界人民反抗法西斯的斗争。在这本薄薄的小书里，保存了全世界被侵略、被压迫、被剥夺、被杀戮的弱小之国的人民，奔赴、呼号、冲击、战斗的身影，记录了四十年代之初，蔓延在整个地球上的一股壮烈的洪流，一股如雷鸣般喷发的正气。……
>
> （《如云集》，第156页）

在写完这篇《校读后记》的次日清晨，孙犁先生又意犹未尽地补上一笔："那时周围是炮火连天的，生活是衣食不继的。这次，肇公对我女儿说：'我清楚记得，你父亲每天在那个破败的小院里，认真地写作这本小书的情景。'那年我二十六岁，它是我真正的青春遗响。"（《如云集》，第157页）

孙犁这本《论通讯》的失而复得，在天津新闻界引发了高度关注，同时也令我感到异常兴奋——因为我一直对"记者孙犁"这一课题兴趣浓厚，不仅写过文章，也与孙老就此话题进行过专题对话，在对话中，孙老也曾提及这本小书。而此次《论通讯》一书重见天日，我立即掂量出它的分量，这本《论通讯》的发现，不啻是为研究这一课题，开辟了一条前所未有的路径。只要深入探讨下去，很可能为"记者孙犁"的研究，打开一片新的天地——对我而言，这既是一个上天赐予的良机，也是一份责任和使命。那些天，我一直在默默地进行着内心的权衡和考量，说得大一点，是在人生路向的取舍之间，颇费琢磨——一年前，我刚刚生过一场大病。住院治疗和养病期间，我一直无法上班，也就无法正常履行我所担任的《天津日报》政教部主任的岗位职责。而今，身体基本痊愈，而我却面临一个"二难选择"：一边是原先担负的重要岗位一直在"虚席以待"，一边是"从天而降"的重要课题，亟待全身心投入。而我却分身乏术，无法兼顾，只能二者择其一。怎么办？

依照惯常的思维定势，自然是岗位职务对于个人前途发展更为重要。而且我也深知：位子一旦"出让"，就再难"赎回"。我在政教部主任的任上，已付出了五六年的心血和时光，成绩的大小姑且不论，单从新闻业务和各方面人际关系而言，均已驾轻就熟。回归其位，属于顺理成章之举。然而，就我个人兴趣而言，我更倾向于集中精力和心智，把"新鲜出炉"的这本小书，认真钻研一番，拿出一份有价值的研究成果。孰轻孰重，是舍是得，一时间进退维谷。我相信，在这次具有人生意义的选择中，孙犁先生的"榜样力量"，给了我一种无形的导向性指引——孙犁先生处事，从来是轻官场、重实绩。一个官职，一份权力，固然得来不易，但换个人来照样能做；而学问之事，却不是随便谁都能做好的。对我个人来说，做官与做学问，轻重之判，早已分明——早在20世纪80年代中期，我就在政教部内大力倡导"学者型记者"，但应者寥寥。我当时就曾决心"以身试法"，辞官问学。如今,岂非正当其时也?

于是,我给《天津日报》鲁思总编辑写了一封信,申请调到报社新闻研究室,从事"记者孙犁"的专题研究。鲁思同志非常重视我的报告,专门把我叫到他的家里,长谈了两次。当他确认我的所思所想,并非一时冲动,而是权衡利弊、深思熟虑的抉择时,他深表理解,并赞赏我是"有想法,有追求,确实不愿当官,只想做学问的人"。有了这样的共识,后面的事情就"一路绿灯"了:报社编委会给了我一个"离岗暂休"的名目,把理论部主任张绍祥兄调来"代理"我的职务,同时把我安排到报社新闻研究室,首选课题就是对孙犁先生《论通讯》的专题研究……

人生在世,真正按照自己意愿来选择人生走向的机会,其实是极为稀少的。而当我做出自己的人生抉择的时候,又偏巧遇到了孙犁先生、鲁思老总这样的忠厚长者,使我的抉择得到理解和尊重,并稳妥地得以实现,这实在是我的幸运。转岗之后,我深感如释重负(指摆脱了行政职务所带来的繁重琐碎之杂务),同时,又令我倍感重压在肩——毕竟对孙犁这本新闻专著,此前还无人研究过,我必须从零开始从头起步,其难度可想而知。

没工夫计较得失,我当即进入新的角色,开始了对孙犁这本《论通讯》的研读。

(四)

《天津日报》早在20世纪80年代初期,就成立了一个由一群孙犁爱好者自发组建的业余研究会,我算是最早的参与者之一。在承担《论通讯》一书的研究课题之前,已在《天津日报》"文艺评论"版发表过《孙犁早期报告文学的阳刚之美》,在《天津社会科学》杂志发表过《浅论孙犁的报告文学创作》等论文,并得到过孙犁先生的赞许和鼓励。当然,那些文字都是纯粹的业余创作,而此次承担《论通讯》

的课题，算是第一次"全职"从事孙犁研究，我对此自然是十分珍惜且全情投入的。

我在认真通读了《论通讯》及与该书相关的孙犁作品之后，对这篇论文的基本框架已经有了初步的设计，但也发现了一些不甚清楚的"疑点"。依照以往的惯例，我在动笔之前，把这些需要厘清的"疑点"，归纳成四个问题，写信向孙犁先生请教。为保存当时的真实记录，我把这封致孙犁先生的信，全文引述如下——

孙犁同志：

您好！

《新闻史料》准备全文刊发您写于抗战时期的《论通讯员及通讯写作诸问题》及校读后记。鲁思同志知道我一直想研究您的记者生涯和报告文学，故特意嘱我在文稿付排之前，认真研读一下，并写一篇有点深度的研究文章。我虽自知学浅才疏，但既是自己早有兴趣的题目，以往又曾得到过您的热情支持和鼓励，我也就不揣浅薄，欣然接受了这个任务。

《论通讯》一书的失而复得，不仅是您个人的一桩幸事，也是天津新闻界的一桩幸事。我一直认为，您作为长期立足于新闻岗位，多年从事新闻工作的作家，如果单从文学艺术的角度去研究，而忽略新闻事业对您创作的影响，那是绝对无法全面而准确的。只有把作家孙犁同记者孙犁统一起来，从总体上把握，才有可能窥得孙犁艺术的全貌。而目前，对记者孙犁的研究实在太薄弱了。对此，天津新闻理论界很应该检讨一番，然后从零开始，一步步把这项研究扎实地开展起来。作为新闻后学，我素来推崇您的艺术，有志于研究"记者孙犁"，并已从您的报告文学入手，开始了初步尝试。但苦于工作繁忙，时间紧张，进展甚微。现在，因健康原因，我已申请调到报社新闻研究室，选定的首要研究课题,便是您的报告文学和新闻理论,而您的《论通讯》,不啻是您早期记者生涯最重要的文献,它的重新发现,正可视为我们此项研究的吉兆开端。

这部书,我已经通读了两遍,并与您同一时期的作品作了初步的比较分析,按一般情形,已可以动笔了。但我深知您历来主张治学要严谨,在没有搞清楚全部问题之前,不可妄作断语。因此,在动笔之前犹豫再三,还是决定给您写这封信,澄清几个单从史料上还看不清楚的问题——明知您近来身体不好,还来打扰,实在于心不忍,敬请原谅。

问题之一,关于《论通讯》一书的写作缘起,您曾在几篇文章中分别谈到过,如《耕堂杂录》中的《二月通信·后记》、《晚华集》中的《在阜平》以及去年7月2日发表在《人民日报》上的短文《一本小书的发现》,等等。其中,对这本书刊印时何以要采用"集体讨论、孙犁执笔"这样一种署名方式,均未讲得很清。从这本书的文字风格及克明同志对当时写作情形的回忆等材料分析,可以肯定这本书是您一人独立完成的,这就自然产生了一个疑问:为什么一人写成的著作,偏要署上"集体讨论"? 当时的具体情况如何?

问题之二:为这本书作序的刘平同志是什么人? 为什么请他作序?

问题之三:本书的第81至82页,有一个小注:"我们过敏的提示,西班牙是暂时失败了,然而中国不是西班牙,如果有人从这里生出这样的联想:'这样的预告啊……'可就太怪了!"由于时代背景和历史环境的变迁,这段注文夹在书中,显得有些突兀,令人不解。我推测这可能和当时的西班牙内战的结局有关,具体情况尚需澄清,否则青年一代会感到莫名其妙。

问题之四:这本书是在极端恶劣的战争环境中写成的。但是令我感到惊诧的是，书中竟然还能广征博引，纵论中外，仅书中出现的中外名人（包括政治领袖、军事统帅、作家、记者等）就有十多位，而且所引用的都是当时最新的资料。当时边区图书、报刊资料匮乏，通讯手段落后是众所周知的，我很想了解一下：您当时是怎样搜集到这么丰富的资料的？如果实际并不丰富，那么您又何以运用得恰到好处，让人看不出"拮据"呢？

您瞧，不知不觉已经写了这么长，不能再多占用您的宝贵时间了。对上述问题，不一定都详谈，怎样回答，一切视您的身体和时间情况而定，方式也视您的方便，我恭候您的赐教。

另，感谢您惠赐墨宝，只是因为孤陋寡闻，虽经多方查找，亦未找到先生条幅中的那段话，出自何处。浅薄至此，实在汗颜，乞便中指点迷津。

祝您健康长寿！

学生侯军谨上

1991年8月7日

这封信，依旧是请住在我家楼下的孙晓玲大姐，转交给孙犁先生的。我没想到，转天中午，孙犁先生的复信就写来了，还是由晓玲大姐的胖儿子张帆给我送上楼来的。

孙犁先生的复信写了四页稿纸，毛笔竖写，一一回答了我的疑问。全文如下：

侯军同志：

8月7日大札奉悉。您对这本小书如此用心，甚为感谢！希望您的文章写得圆满和成功。

我尚在病中，兹简复所题问题如下：

一、30年代，"集体——执笔"这一写作方式很时髦。另，当时重视集体。三,可能开过一两次会,如写作前讨论一下提纲,及写成以后,征求一下修改、补充意见等。最后请通讯社主任刘平审阅等等。

可举另一例,我的文集中,有《怎样下乡》一篇文章,文后列了五六位当时同事的名字,说是集体讨论,也是这个意思。

再,《冬天,战斗的外围》一篇发表时,还署有曼晴的名字。而同时他写的一篇则也署有我的名字。这是因为当时在一起活动,表示共同战斗之意。

二、有关西班牙的一段文字,可能是有人提出意见后,加写的。可移到该节之后。取消是不合适的。

三、当时通讯社有些资料,其余可能是我那时有一些读书笔记小本子,从冀中带到山里。

四、通讯社可能还有几位老人在世。近年和我有联系的,只有张帆同志。他在北京中国新闻社工作。但我记不清他是否参加过讨论。

五、此次在新闻资(史)料重印一下,其主要目的是严格校正一下文字,使它成为一个清本,便于今日阅读。所以,在审核内容、校正文字方面,务希您多加帮助。

六、至于大的形式及内容,以及"集体——执笔"均按原样,以存时代风貌。

七、我给你的字幅,我忘记是几句什么话,如果是搬家以前写的(1988年),则大多是抄自《诗品》一书。

专此,祝

夏安!

孙犁

8月8日

侯军同志：

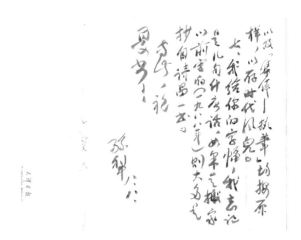

孙犁先生的复信,解答了我的全部疑问,使我的思路也一下子清晰起来。一旦思路清晰了,写起来就很顺畅了。那段日子,我全神贯注,穷原竟委,心无旁骛,焚膏继晷,全情投入于《论通讯》一书的阐释和研究,一篇一万三千字的长文,只用了一个月左右就完成了。

孙犁先生在给我复信的同时,把我给他的来信原件也退还给我,他还叮嘱要把此信和他的复信一起刊发。若干年后,我有一次与孙犁先生见面闲聊时,他还谈到这次书信往还,他说你那封信写得很长,我的回复也不能太简单了。你是用毛笔写的,类似蝇头小楷,我也只能用毛笔回复……说罢,老人家仰头哈哈大笑。他笑过之后,又补充了一句,你用的信笺很讲究啊。我说,给您写信,哪敢怠慢?我是从收藏多年的各式信笺中,挑选出这种由北京荣宝斋木版水印的张大千画笺,认认真真给您写的信。孙老点头赞许,说:"看得出,你是用心的。"

(五)

通过研读原著和写作论文,我对自己以往的一些观点,也有了一些新的认识和完善。譬如,我以往只是强调"记者孙犁"的概念,研究的重点偏向于孙犁的报告文学。而此次着力研究《论通讯》这本新闻学专著，势必要将研究视野拓展到孙犁早期的新闻实践和新闻观念，进而延伸到其后来的办报历程和诸多论著，我逐渐感到原先提出的"记者孙犁"的概念比较狭窄，并不全面。应该从一个更加广阔的层面，来定位孙犁先生与新闻媒体的关系，进而深入探讨新闻与文学这两个方面相互作用、相互融合，对孙犁所产生的深刻影响。于是，我在这篇论文中，率先提出了"报人孙犁"的新概念，并把这一概念，非常醒目地用在了论文的标题上——《报人孙犁及其新闻理论的再发现》，还加上一个副标题——"兼评失而复得的新闻专著《论通讯员及通讯写作诸问题》"。

这篇论文写成之后，依照程序，先请《新闻史料》杂志的主编邹仆先生审阅，并由他上呈给《天津日报》总编辑鲁思审阅。鲁思看后，非常高兴，专门给我打来电话，大意是说，有了这样一篇论文，我们重新刊发孙犁这本书，就不是简单地原文照登，而是有文有论，那分量就不一样了。他还对此发了几句感慨，说："看来，让你来做学问，比让你当个部主任更有意义啊……"

孙犁先生的《论通讯》一书与这篇论文一起，刊发于1991年12月出版的《新闻史料》上，同时配发了孙犁先生的《校读后记》和我们的往来信函。拿到样刊后，我问邹仆同志：是否给孙犁先生送到家里？老邹说：不用，他那里每期都会有人送去的。

我是12月15日拿到的样刊。此后几天，一直处于忐忑不安之中：不知孙犁先生能不能看到这篇东西？看后又会有什么意见和反馈呢？毕竟，这是我第一次驾驭这个题材，而且，这也是第一篇论及"报人孙犁"的长文，我心里确实没底……

12月19日傍晚时分，有人扣响了我的家门。开门一看，又是小胖子张帆，手里拿着一个信封："我姥爷叫我送来的！"我连忙接过来，连声"谢谢"都没顾上说，立马打开了来信，信中写道：

侯军同志：

昨日见到新闻史料,当即拜读大作论文。我以为写得很好。主要印象为：论述很广泛,材料运用周到。实在用了功夫,很不容易。衷心感谢！

我心脏近亦不稳,浅谈如上。

即祝

保重！

孙犁

12月19日

读罢此信,我长舒一口气。有几分欣慰,也有几分满足。毕竟自己的心血之作得到了孙犁先生的赞许,对于我这样一个后生晚辈来说,还有什么比得到一向尊崇的前辈的肯定和赞扬,更令我开心的呢？

几天以后,《天津日报》文艺部的张金池编辑找上门来,向我索要孙犁来信的复印件,他说是孙老告诉他刚刚给我写了一封信,希望在《天津日报》副刊上发一下……

我闻言,心中顿时涌起一股暖流：心细如丝的孙犁先生啊,您是要用这种方式,来褒扬一个年轻晚辈的工作实绩吗？

由此,我不禁联想起此前种种：把我的原信精心保管、及时退还、还叮嘱要与原文一并发表——据我所知,孙犁先生的晚年信札,各地报刊均视如珍品,争相索要刊发；然而,各报刊发《芸斋书简》时,却极少同时刊发收件人的来信。而我的来信却两次被先生特意叮嘱,要与他的复信一起发表(1988年亦有一信被先生指定在"报告文学"专版与他的复信一起发表)。这无疑是先生对我的特殊关爱和青睐,令我备受鼓舞。此次,孙老又让张金池先生前来索信,再次令我深切感受到老人家对年轻人的殷殷护佑之情。春风化雨,润物无声,这种感动足以让人感铭终生!

张金池先生读了孙犁先生这封来信,禁不住啧啧称道,对我说:"小侯,太难得了——我编孙老的文稿这么多年,很少看到他在一封信里,用上这么多'好词儿'来表扬人啊!"

一本失而复得的小书,使我得到如此宝贵的机缘,亲炙前辈之教诲,沐浴大贤之雨露,此非人生之大幸欤! 三十年后,回望那一段专心致志、探微发奥、殚精竭虑、研读孙犁的难忘日子,不禁心生感叹。恰如我在一首小诗中所说:"大贤门下立雪迟,老树参天护幼枝。遥望文星悬皓夜,恭聆泰斗启神思。……"只可惜,这样的机缘往往是倏然而至,又稍纵即逝,如今已成绵绵无期的追忆了。

几年后,《论通讯员及通讯写作诸问题》一书及相关文献,被收录到《孙犁文集·续编二》中;而孙犁先生因此书而写给我的两封信,则被收录在先生"封笔"前出版的最后一本书《曲终集》中。

我当时所撰写的那篇论文《报人孙犁及其新闻理论的再发现》,存录于本书第四辑中,有兴趣的读者可去参阅,文章的内容则不再本文中赘言了。

（2022年11月10日—12月6日,于北京—深圳寄荃斋）

孙犁的"策划文案"

报人是当然的策划人。无论办报，还是办刊，均需策划先行。没有策划，难称"报人"。

一般而言，策划须有具体方案。策划方案大多只在编辑部内部传阅运行，外界很难看到。一个策划方案一旦被实施，转化为办报办刊的实际运作，方案文本也就算完成了历史使命，很快就销声匿迹了。

孙犁先生参与创办了诸多杂志、副刊，在冀中、在天津都曾主持过诸多报刊的笔政，自然也写过很多策划方案。可以肯定的是，相当多的策划方案也都在实施以后"销声匿迹"了。不过，所幸的是，孙犁先生办报办刊有一个良好的习惯，就是常常把自己的策划思路，变换成启事、说明、按语及编后记等形式，直接告知读者，以增进编读双方的沟通和理解。这就给后世的研究者，提供了一些宝贵的"策划资料"。虽说这类文字，只能算是"策划资料"而非完备的策划方案，但因其皆是从策划方案"脱胎"而来的，甚或本身就是策划的一部分，具备策划方案的诸多要素，如办刊宗旨、读者定位、栏目设置、风格特色等，均有所涉及。故而，我们完全可以从中看出孙犁的策划思路和办刊特色。

本文意在从孙犁先生所留存下来的这些启事、说明、按语、编后记等文本研究入手，对孙犁作为一代报人的策划思路、办刊方略、风格取向诸方面，进行初步的探讨和论述。

（一）

孙犁早期创办及主编的《文艺通讯》《山》《鼓》等杂志和副刊，因岁月久远，资料散失，已无法追觅其办刊之初的策划文献了。我们今天所能见到的最早的策划类文字，始于20世纪40年代中期，即孙犁在冀中区创办《平原杂志》时幸存下来的几篇启事和编后记；止于20世纪80年代，即孙犁为《天津日报》各种副刊和增刊所撰写的策划文献。时间跨度近半个世纪，虽数量不多，但信息量和独特性则足够丰富，值得认真研读。

策划一个新生的报刊（包括整体策划和特定版面的策划），最重要、也是最关键之点，就在于确立办刊宗旨，明确目标读者。在创办《平原杂志》时，孙犁在刊物的征稿启事中，就明确宣布："本刊为通俗的综合性的文化杂志。"在创刊号刊出的《平原杂志》为组织读者小组启事上，则明确宣布："本杂志为广大人民服务，系统地介绍各种文化知识，丰富农村的文化生活。"基于这样的杂志定位，孙犁以非常明晰的指向性，勾画出本刊的目标读者群："它的主要对象是小学教师、中学高小学生、村剧团、农村干部。"在《征稿启事》中，则进一步明确："杂志的主要对象为广大农民、区村级干部、中学高小学生、小学教师。"由此可见，这是一本非常通俗、很接地气的文化知识类杂志。有了明确的办刊宗旨和目标读者，其栏目设置、稿件要求、风格特色等安排，便都有了遵循和归依。譬如，对稿件的文字务求通俗，通俗到什么程度呢？孙犁写道："最好做到经过念诵，使文盲也能大致听懂的地步。"此外，对文章的表现形式，也有具体要求："要采取活泼多样的形式。经过灵活趣味的形式，灌输有用的知识和思想。"（《编辑笔记》，山西人民出版社1985年8月，第2—3页）

这样的读者定位和文字要求，绝对是我所见过的"身段"放得最低的杂志了。显然，孙犁是在充分调查当时当地目标读者的文化水平和阅读能力的基础上，才制定出这样的宗旨和定位的。毕竟，当时冀中区的民众普遍文化偏低，文盲的占比还相当高。而这一群体又是最迫切、最急需普及文化知识、也最渴求精神食粮的大众群体。我相信，冀中区党委之所以要创办这本杂志，其目的要求也是十分明确的。孙犁要精准地贯彻杂志的主旨，完成这项异常艰巨的使命，他就必须放下知识分子的架子，真正地扑下身去，贴近民众，把自己的杂志办得越土越好，越接地气越好。为此，他以一个名作家的手笔，每期都要编写农民喜欢的梆子戏、大鼓词。他还给自己取了一个"土豹"的笔名，显然就是"土包子"的谐音梗。在第三期的编后记中，他还就自己的大鼓词自谦地写道："土豹同志说，这只是一次习作，也太简单，因为叙述的时间太长，以致缺乏场面的精细的描写。"这一段自评，实则是为了引出下面一大段文字："《平原杂志》欢迎这类大鼓词，人民非常爱好这种形式，各村的广场街头，在月夜风凉，正有鼓音板响。但最近收到的鼓词，大半都空洞直浅，缺乏故事性和人物场面。我们希望大家多创作一些好的鼓词来。"

孙犁在杂志的通俗易懂上，真是下足了功夫。为此，他还热心研究通俗文学，以致引起一些同道，对其创作前途产生了疑虑（见《编辑笔记》，第17页）。毕竟，此时的孙犁已写出了《荷花淀》等名篇，又刚从延安回到冀中，却转而从事这种"土得掉渣儿"的通俗文学，难免令人费解和惋惜。

而孙犁却坚守杂志的定位，将"为广大人民服务"的办刊宗旨落到实处。为了促使作者们改变文风，尽量通俗，孙犁在第三期编后记中曾不客气地指摘道："我们这刊物是通俗实在刊物，在文体文风上要求通俗实际。但是我们的文字有很多还是那么文绉绉，古今中外大合炉的作风，希望作者同志们注意一下。"如此直言不讳的提醒，恐怕也是历来编者文字中所罕见的！

（二）

与《平原杂志》形成鲜明对比的，是孙犁为《天津日报》诸多版面和增刊所写的策划类文献。如"文艺周刊""文艺评论"及"文艺增刊"等。这些副刊版面，宗旨和定位与《平原杂志》大不相同，其策划思路也就迥然各异了。

在这些策划文献中，尤以孙犁为《天津日报》"文艺评论"版所写的《文艺评论改进要点》，最为全面而精要，堪称是一篇策划文案的经典文本，值得认真研读。

首先，孙犁确立了该版面的办刊宗旨和功能定位，他写道："本刊既名文艺评论，对文、音、美、剧各领域，均将涉及。评论重点，在于文学。在文学领域中，又以当代为主，本市创作，优先顾及，然不受地区限制。"这就从覆盖范围和核心区域上，厘清了这个版面的办刊重点和读者对象。接着，他对版面的功能定位进行了具体论述："本刊发表有关文学创作的各种形式的研究、评论文章，如对于作家、流派的专题评论，对新出版的文学书籍及期刊作品的评论、介绍，对文学创作经验及规律的研究探讨，对文艺工作正、反两方面经验的总结等。"

上面几段皆属于正面论述，带有开宗明义的意味。而下面几段则强化了力度，明确提出了该版提倡什么、摈除什么，其态度之鲜明、语言之精粹，显然是经过了编者的深思熟虑，令人一目了然，过目难忘——

本刊力求办成学术性的期刊。对于一般政治说教式的，引经据典、诗云子曰式的所谓文艺评论，少登。因为学术固然不能脱离政治，而政治实不能代替学术，亦不能混合出之。偏重于政治的论文，自可于报纸其他版面刊出。

　　本刊力求办成"文艺"性的评论刊物,即评论本身,亦要具备文艺性。因此文风、学风,都要改进。文艺评论是一种文学题材,也是一种朴素的文艺科学。评论文章,要力求做到有学有识。只有学而无识,文章容易成为材料罗列,无活泼流动之气,学术亦不得光大发扬。然而,识自学出,无学而自诩识高,虽满口教训口吻,凌厉姿态,其收效亦微。

　　文艺评论也是一种学术,学与术的关系,亦如上项所谈,学是基础,术是方法。只标榜用的是革命方法,而无实际收获成果者,本刊不收。而勤勤恳恳,所作确有新意和新的收获者,虽无所标榜,本刊也欢迎。切实去做,刀耕火种可以生产粮食;空喊"放卫星",则要饿死人。这个道理,生活已经昭示过。

　　孙犁先生在这里所强调的学术性、文艺性和实践性诸问题,不只是申明本刊的价值取向和阐述所秉持的办刊理念,而且是对多年来评论界弥漫的种种错误观念和恶劣风气的矫正和摒弃,在当时确实具有正本清源、激浊扬清的理性力量,体现出编者对"文艺评论"版的取法高标与品质定位。尤其是其"欲取欲弃"的鲜明爱憎,以及对流风时弊的痛加鞭笞,令人读来痛快淋漓。

　　那么,"文艺评论"版倡导什么文风,欢迎什么稿件呢?编者自有主张,孙犁在接下来的几个段落所论甚详——

　　既是学术,就要提倡百家争鸣。本刊主张,对于作家、作品,评论者可以各抒己见,见仁见智,情理之常,毫无足怪。对于作家或作品,本刊既反对"棒杀",亦反对"捧杀"。自由讨论,方可促进文艺发展繁荣。既不能为突出"政治",随意压制作品;亦不能借口"保护"作家,随意压制批评。侧重一方,必有后患。

孙犁先生本身就是文艺评论家,对此前若干年的流弊和积习,洞若观火。他毫不留情地直戳穴眼,设立警戒线,绝不允许自己主管的版面陷入恶浊世风的泥淖。他写道:"本刊发表文章,不采取'群众表态''座谈会'或'发简报'的形式。历史证明,这些做法,常常是以'群言'之虚名,掩'一言'之实质,流弊甚多,对于文艺工作,有切肤之痛,深可戒鉴。"

又说:"本刊将不采用那种结为'战线'、一呼百应的围攻性文字。也不欢迎墙头草,顺风倒的论点,不崇尚大块文章,而要求实事求是,符合文艺规律,用科学态度写出的短小精悍作品。"

在这篇《文艺评论改进要点》的结尾,孙犁对编辑人员也郑重提出严格的"自律性"要求:"本刊发表文章,全凭稿件质量。不存成见,不搞派性,不看名位,不作交换。从本身做起,摒除目前编辑工作中存在的不正之风。因此风不只伤害文艺创作,亦伤害文艺评论也。愿广大读者、作者共鉴之。"(本节引文均见《孙犁文集》第五卷,百花文艺出版社2002年10月,第186—188页)

孙犁先生的这篇《文艺评论改进要点》,写于1980年10月25日,当时正值改革开放之初,新旧思潮交叠涌动,文艺理论界各执一词众说纷纭之际,孙犁先生力倡改版,为"文艺评论"重新调校准星,梳理思路,固为编报之必需,亦为文艺理论界澄清认识,导入正源,发出一家之言。不唯勇气可嘉,而且思辨之精粹,文笔之犀利,申论之明晰,谋划之周密,堪为策划文案之典范也。

(三)

无论办刊还是编报,对青年群体的倾情关注,可以说是孙犁先生数十年间一以贯之的风范。这一点,在前后两个时期的策划文献中,都体现得十分明晰。

《平原杂志》的读者定位,除了乡村干部和农民大众之外,孙犁先生专门把中小学教师和高小与中学学生单列出来,作为重点目标读者。他在第二期的编后记中写道:"我们觉得,不管费多大力量,我们也应该给可爱可敬的新一代儿童们找一些学习材料来读。"为此,孙犁开设了"青年儿童读物"专栏,并且不断扩大和推介这个栏目。譬如,孙犁重点推介了陈肇寄来的十六首儿歌,他写道:"陈肇同志是《冀晋日报》的总编辑,远道寄来十六首儿歌。他热爱乡土和关心儿童的精神,大大感动了我们。我们觉得这些儿歌编得非常好。完全是儿歌的传统。这传统不只表现在它的音韵上,而且表现在它完全适合了儿童的幼稚的心灵,清脆的口吻,和那歌跳的姿势和动作。"为了征集适合孩子们阅读的文稿,孙犁先生还特别发出稿约:"我们欢迎中学教师们、小学教师们,编写一些适合学生阅读的辅助教材来。我们欢迎中学生小学生同志们,经常把你们的日记作文寄给我们。"从字里行间,我们不难体会到孙犁先生对孩子们的作品,那种殷切期待的心情。

如果说,在策划《平原杂志》时,孙犁先生的关注重点还在青少年学生等初级读者层面,那么,在策划《天津日报》等诸多报刊时,他的目光已调整为较高端的青年作者层面了。

在《文艺评论改进要点》中,他在文章的开头部分就写明:"本刊愿以此小小园地,为培养青年文艺评论队伍,献其绵薄。"在结尾部分又特别写了一段与青年文学评论者的共勉之言,他写道:"文艺评论,一如文艺创作,我国自有优良传统。曹丕之《论文》、陆机之《文赋》、钟嵘之《诗品》、刘勰之《文心雕龙》,文采斐然,垂教千古,固无论矣,即如近代之王国维、刘师培诸人,其拥有材料之富,治学态度之严,皆足为我辈楷模。文章以学而成,即如俄国之柏、杜、车三大批评家,虽号称天才,亦无不从博学博览而出。有学方能有识,真知灼见之作,必产生于勤奋好学。本刊愿以此旨,与广大青年文学评论者共勉之。"

在起草《天津日报〈文艺增刊〉启事》时，孙犁先生非常明确地将杂志的宗旨和定位表述为："继承本报文艺周刊传统，努力办成以培养文学青年，辅导业余作者为中心内容的文学期刊。开辟青年文学园地，发表新人新作，配合评介分析。提供青年文艺学习材料，借鉴作品。"在此后的办刊实践中，这本略感简朴的杂志，确实刊发了许多青年作者的新作，其中就包括初登文坛的铁凝的短篇小说新作《灶火的故事》。

在《〈文艺增刊〉开辟"创作经验"专栏的几点说明》中，孙犁对这个栏目的宗旨阐述得更为明确："本刊志在为广大文学青年服务，从本期起开辟专栏，交流创作经验。"随后解释了本栏所说的创作经验的具体指向："本刊所录创作经验，包括正反，即成功与失败两个方面，既欢迎老、中年作家的经验谈，亦欢迎青年作者甚至初学写作者的经验谈。或谓初学写作有何经验？初学写作，遇到什么困难，遇到什么阻碍，有什么向往？如何克服，是否实现？这就是他们的宝贵经验。"

把初学者的写作实践纳入"创作经验"之中，这是非常罕见的安排。孙犁先生的意图非常明显，就是要为青年写作者提供一块畅谈感想、交流心得的园地。而如此定位，对于初试身手的文学青年来说，不啻是雪中送炭。

（四）

对孙犁先生的策划文献认真研读之后，我充分感受到了他的编辑思路之清晰，办刊定位之精准，策划阐释之晓畅。概括起来，有以下三个特色：

一是孙犁的策划文案，是与办刊主旨相对应相协调的。《平原杂志》定位为普及型综合杂志，面对的是文化水平偏低的乡村大众，孙犁所写的稿约、启事、编后记等，都是平白如话，通俗易懂的；而为

《天津日报》诸副刊所写的策划文案，则文辞整饬，文风典雅，文论深刻。不只要讲清办刊的方略，而且要讲清为何要如此办刊。两相对照，可见孙犁先生作为编辑家的独特匠心与缜密设计。

二是鉴于两个刊物的性质不同、功能各异，执笔政者的关注点也截然不同，其迫切需要解决的"当务之急"，也必然存在差异。譬如，《平原杂志》创办之初，最大的难点是稿源缺乏，因而在孙犁的文字里，常常流露出恳切的求稿之意："同志们，把一切的稿件寄给我们吧。""我们欢迎在各种实际工作岗位上的同志们，就本身经历，所见所闻，给我们写稿来。"他甚至坦率地向读者直言相告："读者可以给我们提意见，怎样把杂志编好，但更重要的是多给我们写稿来。稿件缺乏，是无论如何也编不出好杂志来的，'巧媳妇做不出无米的粥'呀！"

而在《天津日报》诸副刊的策划中，孙犁更多地是阐明刊物的志向所在，意在划定选稿的标准，凡不符合这些标准者，一律敬谢不敏。单看那篇《文艺评论改进要点》，文中就出现了一系列带有"回绝"意味的字眼："少登""不收""不采取""反对"……

我由此戏言：前者突出的是"要什么"，后者突出的是"不要什么"。刊物的时代不同，功能不同，定位不同，读者不同，则其策划文案的设计和表述，也展现出孙犁先生娴熟运用的两套笔墨。

三是两者的站位一低一高，决定了其策划的视角也有明显差异。《平原杂志》对读者采取的是一种低姿态、接地气的平视站位，既要吸引读者，又要争取作者，故而，编者把身段放得很低，态度也很诚恳；而报纸副刊的站位，显然不能泯于大众的水平线下，它们承担着党报副刊的引领和指导功能，站位必须要高一些，其策划的视角也势必要高一些。因此，取舍稿件的门槛，也不能设定过低。在这里，策划者的眼光和对版面的设计，必须体现出高屋建瓴的气概和"导夫先路"的意识。而孙犁先生的这两套策划文献，恰好给我们提供了"亲民务实"与"高端大气"这两类办刊策划的典型案例。

　　细细品味孙犁先生的这些策划文献，我们不难体味到他在办报办刊方面的高超技巧和谋篇布局上的深厚功力。

（2022年12月16日，于深圳寄荃斋）

孙犁的"时评"

评论是报纸的眼睛,也是报人的"看家本领"。当然,这里的评论,主要是指时事评论,而非一般的文评、艺评、书评。

孙犁是文艺评论家。他"出道"进入文坛时,就是先以文艺评论而在冀中区崭露头角,曾被誉为"冀中的吉尔波丁"(见《陌巷集》,百花文艺出版社1987年4月,第7页)。不过,他随即进入晋察冀通讯社,成为一个媒体人。此后,虽一度在学校、文联、报刊之间游走,却始终没有远离过新闻媒体。在战争年代,他创办过杂志,主编过报纸副刊。进城以后,长期担任《天津日报》编委和顾问,可以说,他是与新闻事业相伴始终的。

(一)

要深入研究"报人孙犁",就必须关注他所写的时事评论。照理说,以孙犁在文艺评论方面的特长,转而撰写时事评论,应是手到擒来之事。然而,在搜集孙犁时评作品的过程中,我们却遇到了两大难关:一是孙犁的文学创作享誉文坛,其作家之名远远盖过了报人之名,因而研究"作家孙犁"的文献资料汗牛充栋,而研究"报人孙犁"的文献资料则寥寥可数,更遑论对其时评的专题研究了;二是几乎所有报刊在发表时事评论时,依照惯例,都不署实名。这就使得很多时评的作者,因岁月推移而淹沦无考。孙犁先生同样如此,他在办刊办报的过程中,肯定写过不少时评,只因当时没有署名,后来也未能编入文集，半个多世纪后，后代学人已很难稽考。这很可惜，也很无奈。

因此，我们只能在杂糅着各种文体的选本和文集中，去寻觅那些带有时评特性的文字，据以管窥孙犁先生的时评风貌了。挂一漏万自是难免，但即便是这些存量甚少的作品，亦可看出孙犁先生作为一代报人，在关注文坛艺事之外，纵论时政，指点江山的文笔和风采。

目前，可以断定是出自孙犁手笔的最早的时评，应该是写于1946年六七月间的两篇文章：《反对美国军事援蒋》和《怎样认识美国？》。依时推断，这两篇文章应该都是刊发在当时由孙犁主编的《平原杂志》上。当时的时代背景是：重庆谈判之后，蒋介石军队大举进攻解放区，掠夺抗战的胜利果实，我军民奋起反抗。恰在这时，美国又向蒋军提供了大规模军事援助，这就激起了解放区军民的震惊和愤怒。当此之际，孙犁适时写出了这两篇时评，旗帜鲜明，评骘时局，义正辞严，指斥美帝。在第一篇文章中，他一边释疑解惑，一边严正发声。他写道：

美国在冀中老百姓的印象里是个朦胧的东西，只是从小学校里得到一些地理知识，人们才知道美国就在我们脚底下的那一面。

......

农民对于外国人，常常是因为侵略到了他的家门，才有了清楚的了解。对于刚刚灭亡不久的日本人就是这样。

但因为它们背叛人民，和民主自由做对头，它们都烟消火灭了。

世界上最强大的力量是人民。人民为了争取民主和自由的伟大的力量，顺昌逆亡。德意日的例子，摆得多么近呀！

虽然搬一次石头砸一次脚，帝国主义分子还是一再地搬搬放放。他们没有一次不失败的。他们做着殖民地的梦，曾经帮助波兰反动势力进攻过波兰人民,曾经帮助南斯拉夫反动势力进攻过南斯拉夫人民。

但是帝国主义每一次都悲惨地失败了。它一次又一次地丧失了他的国家,在世界人民心目中的威信。它一次又一次地抱着砸痛的脚趾悲泣。

现在,它又在中国搬起了一块石头,它帮助中国的反动分子进攻解放区。我们应该早些警告它,在中国解放区人民面前,它将要遭受的失败,是空前的!(1946年6月)

(《孙犁全集》第十卷,人民文学出版社2004年7月,第414页)

这篇精悍锐利的时评,先是以冀中区农民的视角,向读者解释:为何昨天还是抗日盟友的美国,转脸之间,就成了国民党反动派的帮凶;接着,以慷慨激昂的笔调,表达了解放区人民的愤怒,进而宣示了我党我军在解放区人民的支持下,必胜的决心和美蒋反动派必败的下场。

孙犁的时评,语言是犀利的,多采用短促的、跳跃的句式。这固然是表达激愤情绪的需要,一改他写作《荷花淀》《芦花荡》时的行云流水风格。这是一套报人特有的"时评笔法",在孙犁手里,可谓运用得驾轻就熟,得心应手。

(二)

另一篇短评,题为《怎样认识美国?》,这是对前一篇时评的延伸和深化——

美国在冀中老百姓的印象里是一个大国,一个强国。

不错,美国是一个大国,也是一个强国。但这个"大"和"强",是因为美国有光荣的民主政治的传统,有广大的爱好和平民主的人士。在历史上有过华盛顿争取独立，林肯解放黑奴，罗斯福领导对抗法西斯的光荣的人民战争，美国才有了光荣的称号，在中国人民心里留下了可贵的印象。

如果美国背叛了民主自由的传统，一心要把中国做成它的殖民地，一心驱使蒋介石做他的清道人，进攻解放区人民，如果赫尔利的政策成了美国当权者的国策，那美国就无所谓强大，真是卑卑不足道了！

"强大"的国家，世界有过的，奴役西北欧洲十几个国家的法西斯德国，和东南亚太平洋"共荣"的法西斯日本，都曾是强大的国家。

现在美国在中国的行为，引起了冀中老百姓的注意，这注意是仇视的。这仇视是正义的。

因为美国无止境的直接帮助，仗恃国民党向解放区进攻，解放区人民自然把它当敌人看待。八年来，解放区的人民并没有得到美国的任何帮助，但是解放区人民对美国还是寄托了无限的友情和希望，对伟大的民主领袖罗斯福总统，表示了崇高的尊敬和景仰。解放区人民无数次地舍身救护了美国飞行员，不惜牺牲整个班的战士，掩护一个美国朋友。冀中的人民是朴实的农民，崇尚信义，他们以为美国既是我们的盟友，自然应该舍身相助！

他们甚至没有去追究：八年来，因为美国只供给了国民党武器，只装备国民党军队，国民党不去抗日，专门封锁坑杀解放区军民——美国所应该担负的道义上的责任！

抗战胜利以后，我们想美国应该收起这种反动的"援华"政策了。美国帝国主义分子却丧心病狂地加重了这个政策，直接杀到我们的身边来了。

这也是美国的不幸。它将因为帮助一个独夫，而丧失了广大人民的友谊。而且它休想凭借这种武器的力量来消灭解放区。解放区人民准备为保卫民主自由的生活战斗下去,一直战到国内的独裁者,和国外的反动势力,死亡为止!(1946年7月)

（《孙犁全集》第十卷,第420—421页）

这篇时评所讲的道理,显然比前一篇更有递进和拓展,尤其是对解放区人民舍生忘死救助美国朋友的一大段论述,不仅讲理,而且动情,反衬出美国援蒋的无情无义和背信弃义。如此立论,不仅有利于为百姓排疑解惑,认清时事,而且对于揭露美国援蒋的虚伪嘴脸和反动实质,更具有道义的力量。这种写法,无形中带出了些许作家的思维特色,笔底带出浓浓的爱憎分明的感情色彩。

"笔底常带感情"本是梁启超对时评写作的至高要求。对此观念,孙犁不仅完全认同,而且身体力行。他曾讲过:"章梁文体,实为后来报章文字之先声,影响新闻界至巨。"(孙犁《买章太炎遗书记》,见《孙犁文集》续编三,百花文艺出版社2002年10月,第98页)从这篇时评的立意和行文中,即可看出他笔端的感情。

（三）

如果说,从前面两篇谈论美国军援的时评中,可以清晰地感受到"山雨欲来风满楼"的大战前夜的形势,那么,几个月后,战火终于燃到了冀中平原——国民党军队对冀中解放区发起了大举进攻。我军奋勇抵抗,并获得了胜利。作为冀中区的刊物,《平原杂志》并未直接表现我主力兵团的正面战场(那不是这家地方刊物的目标定位),而是浓墨重彩地报道了地方政府组织大批民兵,支援前线,与正规军并肩作战,共同战胜敌人的侧面。为此,孙犁饱蘸浓墨,写下了一篇题为《向英雄的民兵们致敬》的时评——

10月我军出击平汉线,得到伟大胜利。民兵同志们的功劳是很大的,我们应该把这种神圣的为人民战争服务的精神更发扬起来,把他们的汗马功劳记在书上,载在历史上,永志不忘!

我们动员了将近二万的民兵勇士,他们有训练有组织地涌上战场,这种力量一到战场,就命里注定反动军要失败,我们要胜利!

他们的力量是暴风,谁能抵挡? 是黄河的滚滚巨浪,谁能逃过?

这样,蒋介石那些流氓军队就被我们消灭了,蒋介石的大腿上的筋就叫我们割断了。这样,我们胜利了,反动军知道了人民的力量。

取得这样伟大胜利的原因,就是我们主力作战,民兵助战,前前后后联合打击了敌人。在战场上,我们的民兵和战士们亲密得像兄弟一样。……这样配合作战,就战胜了敌人!

战争的日子是长的,蒋介石一天不停止进攻,一天不退回他的原来位置,我们就得和他打下去,打倒在我们的脚下……

以后的战争更是激烈的,我们不能松懈我们的斗志,我们不能因为这次胜利就骄傲起来。

"不要叫胜利冲昏头脑,"这是斯大林同志给我们的教训。

"战胜勿骄,战败勿馁!"这是毛主席给我们的教训。

"骄兵必败"这是中国的一句老经验。

打胜了不骄傲,再打,再获取更大的胜利,这才是英雄的本色。

更紧张的战争就要到来! 我们的民兵武装,要加紧训练,要扩大,要坚强组织,要研究战术,要开展竞赛!

我们向英勇的冀中民兵致敬! 并祝他们不断地胜利,更伟大的胜利!(1946年10月,载《平原杂志》1946年第五期)

（《孙犁全集》第十卷,第434—435页）

这篇时评,很像是后来报刊常见的那种"评论员文章":为一个重大事件命题而作,并围绕这个命题展开论述。孙犁的论述层层递进,先评点事件的过程,亮明文章的主旨;接着分析取得胜利的原因,即军民并肩作战,亲如兄弟,互相配合,战胜敌人;第三层则阐述了"胜勿骄、败勿馁"的道理,并对迎接更大更艰巨的战争考验提出警示。通篇气势贯通,语言平实而犀利,偶尔也会带出几个抒情诗般的句子,如"他们的力量是暴风,谁能抵挡? 是黄河的滚滚巨浪,谁能逃过?"这就使得容易呆板的评论文字,起伏跌宕,文采飞扬。

(四)

1949年1月,孙犁随解放大军进入天津,创办《天津日报》。一个新生的城市,一张新生的报纸。办报的宗旨非常明确,那就是荡涤旧社会的污泥浊水,开创新中国的崭新篇章。

孙犁在《天津日报》的主业是创办和编辑副刊,而当时的副刊同样要配合党的中心工作,发出时代正声。在这种大背景下,孙犁的时评也陆续出现在报端。其中,尤以写于1949年1月17日,发表于1月22日的《谈"就地停战"》最为典型。

这是一篇新闻性极强的时评,《天津日报》于1月15日创刊,孙犁在两天后就写出此文,随即刊发出来。在当时,可谓"反应神速",如及时雨一般,很好地发挥了驳斥歪理、以正视听的作用。

彼时,天津刚刚解放,反动报纸的舆论宣传,尚且阴魂不散。孙犁翻阅一两天前的《大公报》,发现上面登载着国民党"监委疾呼就地停战""北方议长通电呼吁请双方无条件停战",并称"和平未实现前,平津先休战"之类消息。这些无理的滥调虽已被解放军的炮火彻底粉碎,但在市民中依然会有一定的负面影响,需要及时予以澄清和驳斥。孙犁先生据此立论,激浊扬清,正本清源,尖锐地批驳了这些所谓"民意代表"的荒谬无理。

他写道："'监委'们在通电中说这是'为民请命''为后代子孙着想'。我们说，不管是'监委'或'议长'们都在执行蒋介石的意志，他们丝毫也没有想到我们老百姓。"

接着，孙犁列举出一件件实例来说明自己的论点："1946年，当我们忠实地执行和平的协议，而国民党匪帮却阴谋侵占了我们的沈阳、四平、长春、吉林、安东、承德、集宁、张家口的时候，当我们艰难地、然而是沈毅地抵抗这些强盗们的时候——在那个时候，自然听不见这些监委和议长们的就地停战的议论，在那个时候，他们不是主张停战，而是得寸进尺。"

接着孙犁谈到，我们"在任何艰难的时候，也不会对敌人有什么乞求，抱什么幻想。……千万不要听信敌人的花言巧语，千万不要半途而废，千万不要再给残忍的敌人喘息的机会"，这是一段正面的论述。随后，孙犁笔锋一转，又回到对"就地停战"的驳论上来："明显的，这些监委和议长们想到的只是他们自己，并非人民。甚至他们也不会为'子孙后代着想'。现在他们也来谈到'人民'了，甚至还提出了'20世纪是人民的世纪'。当1946年，他们进攻的时候，他们不会提到人民，在他们的天下里，有人提到人民，他们不是就拿来关在牢狱或就在街上枪杀吗？"

这一段反驳，论据充分，语调铿锵，写出了不容辩驳的气势。最后一段则收束全文——"北方的伪议长们提出：'和平未实现前，平津先休战，可是，当傅作义偷袭我们的张家口的时候，这些人不是呐喊助威的吗？我们自然不会上当，我们攻占了天津，并要攻占北平！'"（《孙犁文集·天津日报珍藏版》上册，文汇出版社2008年12月，第5—6页）

时评的语言特色，在于逻辑严谨，论辩有力，语句铿锵，掷地有声。用这样的标准来衡量孙犁先生的这篇评论，可谓深得评论文体的三昧真谛。

这一时期,孙犁还写了一篇介于时事评论与新闻述评之间的文章,即刊发于1949年2月15日的《人民的狂欢》。文章一开篇,就交代了一个重要的新闻背景:"天津人民狂欢地庆祝解放,在元宵节夜晚开始。这只是第二天解放大游行的序幕。"紧接着,孙犁以自己的亲身经历,回忆起当日寇宣布投降时,他在延安亲眼所见的军民大狂欢的情形,并将当时的狂欢与今日的狂欢作了历史性的比较——"今天想起来,那只是在我们伟大的战斗行程中的一个重大转折,而今天的狂欢,标志着中国人民的解放战争已经接近完全胜利。今天的欢乐对人民来说是空前的,是中国历史上破题第一次的人民狂欢的节日。"

接下来,孙犁把论题从眼前的狂欢,转到"解放平津"的艰难历程和重大意义。他写道:"解放平津,在中国人民革命战争里,将被辉煌的记载在人民的历史上。解放平津,人民付出了重大的代价。人民的光荣忠实的子弟,用他们的激奋才智,用他们的鲜血洗除祖国土地上的悲辱。后方的人民,在腊月寒冬,竭尽力量支援了解放平津的战争。……战争实现了他们的愿望。现在,光彩夺目,漫长的红旗在天津迎风招展。壮大的工人的行列,并举着高大的红旗,红旗举在他们手中,特别显得有力,旗在召唤。天津的工人同志,多少年来在心里向往着红色的旗帜。今天,他们从心里把红旗扯出来,招展在他们的厂里。每个人走在街上,都从自己的过去,了解天津的解放,对他的重大意义。"(《孙犁文集·天津日报珍藏版》上册,第15—16页)

此时的孙犁先生,与这些狂欢的人们一道,沉浸在欢庆胜利的喜悦氛围中。他的激情在炽热地燃烧,他的思绪飞向艰苦卓绝的战斗岁月,而他的目光也透过面前招展的红旗,投向了充满希望的未来。此时,他的文笔变得顿挫而洗练,他的文风也变得豪迈而粗犷。由此,留下了这些难得的范本,让后人看到了一个不一样的孙犁。

今天，重读孙犁先生的这些时评文章，至少可以使我们更深刻地领悟如下三点：

一是孙犁先生的文章风格，并非总是行云流水、阴柔秀美，在他的笔下，也有金戈铁马、激扬文字。这是孙犁的另一面，我们对此尚且认识不足，研究更是不够。

二是孙犁早期的文字，相当一部分都与时局紧密相连，是典型的新闻体裁。而他的时事评论，无疑是其报人文笔的集中体现。然而这些作品，长期处于被忽视乃至被漠视的境地——单以我的粗浅寡陋的见闻，甚至从未见过对他这类时评文字的哪怕是片段的评述，更遑论系统地研究了。这是亟待改善的，需要重新认识和评价的。

三是孙犁以报人身份所写下的文字，充满了时代感和阳刚之气，与其在小说散文中所表现出来的清新细腻、温婉多情的文字风格，恰恰构成了他的文章阵列的两翼。我们以往偏重于研究其文学之翼，而忽略其报人之翼，这是不完整不准确的。只有"两翼齐飞"，才能构成一个真实、立体的孙犁艺术的全貌。

（2020年5月5日—6日初稿于北京，2022年12月5日—9日完稿于深圳）

"要说实话"

（一）

姜德明先生在《读孙犁的散文》一文中，有一段文字值得特别关注，他写道："写说真话的散文，是巴金揭起了这面大旗，并且热情地身体力行，大声疾呼。孙犁没有站出来呐喊，却在默默地实践着。他们一南一北，不约而同地为文坛上鼓吹着这股正义的风气，为当代不同层次的作家们树立了楷模。两位作家走上文坛的时间不同，个人的教养和生活经历不同，认识社会、表现生活的方式，包括个人的习好和文艺观点都未必相同，但他们肯于讲真话这一点却是相同的。"（《孙犁书札：致姜德明》，百花文艺出版社2013年5月，第131页）

我对姜德明先生的这段论述是完全赞同的，因为他所说的确是事实。不过，世人对巴金先生"要讲真话"的大声疾呼，所知甚详所传甚广；而对孙犁先生的"要说实话"，却似乎未能深入地研究和论列，这多少有些令人惋惜。

我在这里引用的"要说实话"四字真言，出自孙犁先生的一篇文章《通讯六要》。其"六要"的第一要，标题就是"要说实话"。在文章中，孙犁写道："自从林彪公开提倡说谎话有利以来，对社会风气，对国家民族，对人民生活、思想的危害，大家是深有体会地看到了。但说谎话可以走运，说真话可能倒楣的思想流毒，一时还不能肃清。"所以，孙犁提倡"要说实话"！

孙犁先生的这篇文章，写于1979年4月17日。据此算来，孙犁提出"要说实话"，单就时间而言，还略早于巴金先生的"要讲真话"。

据查，巴金先生的《讲真话》一文，写于1980年9月20日。此后又连续写了四篇文章：《再论真话》写于1980年10月2日；《三论讲真话》写于1982年3月12日；《说真话之四》写于1982年4月2日；《未来（说真话之五）》写于1982年4月14日。可见，巴金先生确实是在奋力疾呼、大声呐喊的。他的声量和力度，显然要比孙犁大得多，影响也更为深远。

在此，我要特别申明一下：做这样一番回顾，绝非评点巴老和孙老二公之高下，两座高峰，各有其巍峨胜境，根本无法简单比较，似乎也无此必要。我如此回顾，只是在姜德明先生"一南一北"之论的启发下，对"讲真话"和"说实话"之先后出现，进行一个简单的"复盘"。由此引申出一个值得思考的现象，那就是：几乎在同一时期，南北两位文学大师，不约而同地提出了同一个命题，其意义显然是不同寻常的。

（二）

恰如姜德明先生所言："孙犁没有站出来呐喊，却在默默地实践着。"确实，孙犁并没有写成系列文章论述"要说实话"，但重读他的晚年论著，你会发现，他对真话的强调和对谎言的申斥，实际上也散落在他的散文、杂文、论文、序文以及书札和书衣文录中，可以说是贯穿于孙犁论著的字里行间，成为他晚年为文的一个重要主题。

他说："这些年来，有些文艺作品里的诳言太多了。作家应该说些真诚的话。如果没有真诚，还算什么作家，还有什么艺术？"（孙犁《奋勇地前进、战斗》，见《晚华集》，百花文艺出版社1979年8月，第177—178页）

他说："任何时候，正直与诚实都是从事文学工作必须具备的素质。如果谎言能代替艺术,人类就真的不需要艺术了。"(孙犁《〈紫苇集〉小引》,见《孙犁文集》第三卷,百花文艺出版社2002年10月,第511页)

他说:"大跃进的时候,你写那么大的红薯,稻谷那么大的产量,钢铁那么大的数目,登在报上。很快就饿死了人,你就不写了,你的作品就是谎言。"(见《孙犁文集》第三卷,第389页)

他说:"我们总结反面经验教训,是为了什么?就是教我们青年人,更忠实于现实,求得我们的艺术有生命力,不要投机取巧,不要赶浪头,要下一番苦功夫。"(见《孙犁文集》第三卷,第391页)

在写给铁凝的一封信里,孙犁写道:"创作的命脉,在于真实。这指的是生活的真实和作者思想意志的真实。这是现实主义的起码之点。现在和过去,在创作上都有假的现实主义。……他们以为这种作品,反映了当前时代之急务,以功利主义代替现实主义。这就是我所说的假现实主义。这种作品所反映的现实情况,是经不起推敲的,作者的思想意态,是虚伪的。作品是反映时代的,但不能投时代之机。凡是投机的作品,都不能存在长久。"(《芸斋书简》,山东画报出版社1998年6月,第252—253页)

在为《田流散文特写集》所写的序言中,他写道:"关于通讯、特写,现在我想到的,却还是一个真实问题。我以为通讯、特写,从根本上讲,是属于新闻范畴,不属于文学创作的范畴。……其真实性、可靠性是第一义的,是不允许想当然的。"(《孙犁文集》续编二,第190页)

在回答有关散文创作的问题说,孙犁同样强调真实、真诚、讲真话的重要性,他写道:"我们常说,文章要感人肺腑,出自肺腑之言,才能感动别人。言不由衷,读者自然会认为你是欺骗。……你有几分真诚,读者就感受到几分真诚,丝毫做不得假。"

他写道:"如果有时间,读一些旧报纸、旧期刊是有好处的。在三中全会以前，报刊上的文章，包括散文在内，虚假的东西太多了，现在找来一看，常常使人啼笑皆非。……但是，这种文风，曾经猖獗了若干年，要说是完全根绝了它的影响，也不是事实。"

他认为："就散文的规律而言，真诚与朴实，正如水土之于花木，是个根本，不能改变。……在一个不算短的时期中，在各个现实领域，虚假浮夸，不大遇到批评和制裁；而真实地反映情况，即说真话，却常常遭到难以想象的打击。这不能不反映到文学创作上。"接着，孙犁先生归纳出散文创作的四条不足之处：

"一，对所记事物，缺乏真实深刻感受，有时反故弄玄虚；

二，情感迎合风尚，夸张虚伪；

三，所用辞藻，外表华丽，实多相互抄袭，已成陈词滥调；

四，因以上种种，造成当前散文篇幅都很长。欲求古代之千字上下的散文，几不可得。"

在孙犁先生所列举出的这四条"不足之处"中，前三条皆与"说实话"的命题直接相关。可见他对这一问题是何等重视。(《孙犁文集》续编二，第202—203页)

(三)

孙犁不仅倡导"要说实话"，他自己更是身体力行，不论谈话还是作文，都是有话直说，从不拐弯抹角。为此，他遭遇过各种非难和不解，抱怨和物议，甚至老友断交，"名家"攻讦，令他深陷烦恼。但他择善固执，一以贯之，宁可忍辱负重，承受责难，也绝不说虚话套话，更不说谎话。这样的实例，在孙犁几十年的文字生涯中，真是屡见不鲜，俯拾皆是。兹举其晚年所遇三例以证之。

其例一：1978年，孙犁饱含深情，写出一篇回忆老战友远千里的散文《远的怀念》。写得很真诚，所有素材皆来自作者与主人公的直接交往，行文冲淡，感情内敛，情蕴于中，亲切生动。当然，孙犁也没有刻意拔高,甚至没用任何"高级"形容词。这篇悼亡之作,如今已经成为孙犁晚年散文的经典之作。然而,对这篇文章,远千里夫人于雁军却很不满意,认为评价不够高,要求改得完美一些,否则不宜发表。还说要另外找"大人物"再写。(见段华编著《孙犁年谱》,人民出版社2022年3月,第257页,又见谢大光《孙犁教我当编辑》,天津人民出版社2022年7月,第136页)

于雁军本人也是散文家,与孙犁也是老朋友。照理,她完全能看懂这篇文章的价值。然而事与愿违,璞玉未识。孙犁闻知,心情自然郁闷。但他坚持认为,对老朋友同样要实话实说,不可溢美。他在《近作散文的后记》中,对此做出直接而明确的回应:"我所写的,只是战友留给我的简单印象,我用自己的诚实的感情和想法,来纪念他们。我的文章,不是追悼会上的悼词,也不是组织部给他们做的结论,甚至也不是一时舆论的归结或摘要。我所写的是我们共同战斗经历的一些断片。我坚决相信,我的伙伴们只是平凡的人,普通的战士,并不是什么高大的形象,绝对化了的人。这些年来,我积累的生活经验之一,就是不语怪力乱神。……我谈到他们的一些优点,也提到他们的一些缺点。我觉得不管生前死后,朋友同志之间,都应该如此。"(《孙犁文集》第五卷,百花文艺出版社2022年10月,第147页)

事实上,孙犁不论评点作品还是记事怀人,他笔下流出的文字,皆是实话实说、不矫不饰。尽管他明明知道:"凡是提了些不同看法的,以后的关系就冷了下来;凡是只说了好处,没有涉及坏处的,则往来的多了一些。"文事关乎人情冷暖,笔底浸透世态炎凉,他的"实话",说得并不轻松。

(四)

其例二:1982年,孙犁应老友之请,为其诗集作一序文。依照他一贯的"实话实说"的原则,他在序文中没有拔高,没有溢美,也没有回避其不足，只写了一些亲见亲闻和真切感受。孙犁自谓："对诗作虽无过多表扬，然亦无过多贬抑。"谁知，这篇序文竟招致这位老友的极度不满，先是拍来加急电报，令孙犁"万勿发表"；随即发来一封长信，称如将此序用在书上，或在任何期刊发表，都将使他处于"难堪的境地"。孙犁一面急忙撤稿，一面写信解释和安慰。但对方回复的又是一封加急电报，要求一定把序文撤下，以免影响诗集出版云云……

孙犁先生彼时彼刻的心情不难想象——"这真是当头棒喝，冷水浇头，我的热意全消了。电报在我手里拿了很久，若有所悟，亦有所感。"他的所悟所感，就汇集成一篇剀切深痛的《序的教训》，他写道："序者，引也。评论作品，多说好话，固是一格，然此亦甚难，如胡乱吹捧，虽讨好于作者，对广大读者实为欺骗。"接着，他直言所感："我为人愚执，好直感实言，虽吃过好多苦头，十年动乱中，且因此几至于死，然终不知悔。老朋友如于我衰迈之年，寄希望于我的谀媚虚假之词，那就谈不上是互相了解了。"在文章的末尾，孙犁特意引述了一段这篇"遭拒"的序文的末段："我苟延残喘，其亡也晚。故友旧朋，不弃衰朽，常常以序引之命责成。缅怀往日战斗情谊，我也常常自不量力，率意直陈。好在我说错了，老朋友是可以谅解的。因为他们也知道我的秉性，不易改变，是要带到土里去的了。"引罢这段文字，孙犁慨叹一声："今天看来，我这些话说得有些太自信了。"于是，他断然宣布："从今而后，不再为别人作序，别人也不要再以此事相求。"（《孙犁文集》续编三，百花文艺出版社2022年10月，第254页）

这种决绝，有此后的岁月作证——孙犁先生真是说到做到了！

（五）

其例三：1992年，贾平凹创办《美文》月刊，向孙犁先生约稿。孙犁给他写了一封信，以致祝贺，同时也借机表达一下自己对"美文"

这一话题的看法。文章中,孙犁秉持一贯的"要说实话"的原则,对当时文坛的一些不良风气和做法,提出直言不讳的批评,其中有一段涉及修辞语法,他是这样写的:"我仍以为,所谓美,在于朴素自然。以文章而论,则当重视真情实感,修辞语法。有些'美文'实际上是刻意修饰造作,成为时装模特。另有名家,不注意行文规范,以新潮自居,文字已不大通,遑谈美文。例如这样的句子:'未必不会不长成青枝绿叶。'他本意是肯定,但连用三个否定词,就把人绕糊涂了。这也是名家之笔,一篇千字文,有几处如此不讲求的修辞,还能谈得上美文?"

孙犁是做编辑出身,对作品的语法修辞十分重视且非常敏感;他又是一个文艺评论家,评点各种文学作品和文化现象,向来直言说理,从不搞弯弯绕。基于这两点,在孙犁看来,指出文章中的瑕疵,原本是十分正常的。他曾给好友韩映山写信述及写作此文的情形:"我写文章,一向随便,也很少考虑后果。因为写时,确是无意得罪人的。比如信中那个病句。我与该人素不相识,也没有读过他的任何作品,这哪里谈得上恩怨?我给贾平凹写信,要举个例子,正好身边有一种南方赠阅小报,不知怎么,就有那么一句话,映进我的眼帘,就随手用上了,也没有看上下文。又因为是信,文字也未经修改,也没想到发表,就寄出去了。"

谁知,这一个随手用上的"病句",却捅了马蜂窝,招致原作者(姑妄称之为"病句名家"吧)连续三年的纠缠攻讦、讽刺挖苦,有些话已近乎人身攻击了,例如:1993年初,此"病句名家"发文,标题就是《要么回家,要么闭嘴》,文章并不直接回应"病句"之"病",却岔开话题,直接攻击"长者为文":"如果为了自己在文坛永领风骚,将一切后来人都扫荡干净,就剩下几位迎风掉泪,下楼腿颤,松竹梅岁寒三友,不觉得孤单么?"此后,他就一路抓住"老"字,大做文章,极尽挖苦奚落之能事,说"个别作家,一旦到了写不出什么作品的时候,便像妇女失去生育能力，进入更年期，开始不安地折腾了。折腾自己不算，还要折腾别人。这种折腾，便表现在文学的嫉妒上。诸如嫉妒来日方长的年青人；诸如指责年青人的变革尝试，诸如反感文学上出现的一切新鲜事物……老不是罪过，老而不达，则让晚辈讨厌了。"（转引自苑英科著《崛然独立：孙犁纷争》，河北大学出版社2014年1月，第169页）

别人指出你一个"病句"，你可以争辩此句一点病都没有，很好；但他不去争辩这个，因为无可争辩。于是，心中积怨生恨，却无端攻击指谬者之老龄，不断找出各种稀奇古怪的例证，去攻击对方"老而糊涂""老而张狂""老而失态""老而不识时务"，甚至讽刺是老年人"性别扭"："老实说，这世界上最难看的，莫过于那些老先生见到女士时的一对七老八十的眼睛，于晦暗木然中迸出的一股邪光了……"（同上，第173页）

不愧是"名家"，不愧是词汇丰富，才华过盛，却好像没用对地方。一个"病句"，引来如此无聊且恶毒的攻击和中伤，而且一直不依不饶，变本加厉。这样的事情在当时的文坛出现，本身就不太正常。孙犁先生一直沉默着隐忍着，一直忍到第三年，他的忍耐度达到极限，这才不得不提笔应战。

自1994年9月2日在《羊城晚报》"花地"副刊发表《病句的纠缠》一文开始，他连续在南方的《羊城晚报》《新民晚报》等副刊上，发出了八篇檄文，即《当代文事小记》《文场亲历摘抄》《我和青年作家》《我与文艺团体》《我观文学奖》《反嘲笑》《作家的文化》。这八篇文章，摆事实，讲道理，不温不火，绵里藏针，从对方立论中的荒谬处，撕开论题，深入剖析，层层剥茧，招招击中命门。且笔锋冷峻，行文老辣。他的文章，既不回避年老的话题，也不躲闪对方的锋芒，而是正面迎战，直对箭镞，依旧秉持着"实话实说"的精神，逐一批驳对方的论点，同时也尖锐指斥文坛乱象。如，针对对方讽刺"老说告退，又死盯着文坛"，孙犁直言：当今文场越来越像官场，他愤然写道："呜呼！文坛乃人民之文坛，国家之文坛，非一人一家、一伙人之文坛。为什么不允许别人注视它，这能禁得住吗？不允许盯着它，就可以为所欲为吗？可怜的是，文坛上的一些人物，不自爱自重，胡作非为，人民已经不愿意再关心和爱护这个坛口了。"（《曲终集》，百花文艺出版社1995年11月，第116页）

对于"病句名家"一再从生理上对老年人进行人身攻击，孙犁强忍内心愤慨，文笔却异常冷静："谈论文章，言不及义，不从文字上立论，反过来在生理上嘲笑老年人，这是鲁迅所说的'粪帚战术'。文格至此，其人可知，尚可与之争辩乎！我真的应该'回家闭口'，养养精神了。"（《曲终集》，第119页）

八篇文章密集发出后，对方顿时"哑火"，至少没有看到他再发什么纠缠文字。而孙犁这边也是一战收兵。他在写给《羊城晚报》编辑的信中直言："我非好斗之人，实在忍无可忍，才略为反击一下。至此，告一段落，再写则近于无聊。"在写给韩映山的信中，则说得更加实在："我9月份写了八篇文章，其中两篇为旧稿。因为是在激怒的情况下写的，可以说是大放厥词，百无顾忌，大有姜太公在此，诸神退位的味道。这还能不得罪人？这已不是四面树敌，而是八面树敌了。写了一阵，气消了，也就觉得无聊，就不再写了。"（以上两信均见《孙犁全集》第十一卷，人民文学出版社2004年7月）

有人把这场"病句"之争，归之为文坛的一场"论战"。其实，在我看来，这更像是孙犁先生以八十高龄，不得不奋起应对的一场"自卫之战"——他所捍卫的，不止是个人的人格尊严，更有他所珍视的"实话直说"的磊落襟怀！

（六）

孙犁先生晚年，曾就"说真话"之难，写下一段颇具深意的文字，那是在题为《文过》的短文中。在文章开头，他就解释清楚："题意是文章过失，非文过饰非。最近写了一篇文章发表，又招来意想不到的麻烦。"而在文章的结尾，他写下了自己对"说真话"的感慨——

　　大家都希望作家说真话，其实也很难。第一，谁也不敢担保，在文章里所说的，都是真话。第二，究竟什么是真话？也只能是根据真情实感。而每个人的情感，并不相同，谁为真？谁为假？读者看法也不会一致。我以为真话，也应该是根据真理说话。世上不一定有真宰，但真理总还是有的，当然它并非一成不变的。真理就是公理，也可说是天理。有了公理，说真话就容易了。

（《曲终集》，第80页）

　　孙犁先生以自己一生言行和煌煌论著，践行着他的"要说实话"的信念。为了说真话，也就是说，为了坚持公理，孙犁先生一路走来，身心俱疲，伤痕累累。但他初心不改，勇毅前行。每一次坚持，最终受到伤害最大的还是孙犁先生——这是"说真话"所必须要付出的代价，很沉重也很自伤。也许有人认为很不值。尤其是"病句"所引发的那场论战，正值孙犁先生身患重病之际，他在忍受病痛折磨，入院手术的同时，还要承受明枪暗箭的攻讦和人身尊严的羞辱，其痛苦和愤懑可想而知。然而，孙犁先生却是崛然挺立，奋然荷戟，独自一人，抵挡刀剑——他曾劝退跃跃欲试的青年人，也力阻愤而欲发拔刀相助的友人们，不让旁人参与这类"粪帚"之争，甘愿孤军奋战——他就像战争年代一样"以笔为枪"，奋力做此最后一搏！

　　想想看，是不是有些悲壮？

　　如果还是从时间上"复盘"一下，我们发现，这三个典型案例，分别发生在20世纪的70年代、80年代和90年代，横跨了近三十年。这就是说，在孙犁先生的晚年，为"说真话"而进行的努力和坚守，是贯穿始终的。进而言之,在孙犁先生一生的文字生涯中,"要说实话"这四字真言,他确是说到做到了。正如贾平凹在《孙犁论》中所说的:"一生中凡是白纸上写出的黑字,都敢堂而皇之地收在文集里,既不损其人亦不损其文,国中几个能如此?"(《百年孙犁》,百花文艺出版社2013年5月,第151页)

在此不妨借用一句佛家禅理:因其真实不虚,故而无有恐怖,远离颠倒梦想。

然而,同样令人喟叹的是:就在这场"自卫战"收兵之后,不到一年时间,孙犁先生就宣布彻底"封笔"了——依旧是那么决绝,依旧是说到做到!

如今,距孙犁先生"封笔",已近三十年;距孙犁先生逝世,也已二十年了。回望前尘,斯人永驻;抚卷思之,能不感喟!

(2022年10月24—26日,11月3日改定于北京寄荃斋)

敬畏文字

——重读孙犁先生《谈校对工作》

与编辑工作贴得最近的，便是校对了。孙犁先生曾写过谈校对的专文，所论不仅全面而且深刻。

谈校对，孙犁是从中华文化传统的角度破题的："我国的文化，优良的传统之一，就是重视书籍、报刊的校对工作。凡是认真读书的人，有事业心的出版家，有责任心的编辑人员，都重视校对工作。因为，有好文章，固然是第一义；但如果没有认真的校对，好文章也会变为不好的文章，使人读起来别扭，甚至难以卒读。至于写文章的人，当然就更注意校对了，因为这一工作的负责与否，直接关系到他的文章的社会效果。"

接着，他转而谈到"古人"对校对的看法："在古代，校书的人，都是很有学识的人。一般说，校书的人，比起写书的人，知道的还要多些。……有很多古书，抄写或刻印，都是作者或编辑者亲自校对，一丝不苟，一笔一画都有讲究。有很多好的版本流传下来，使我们祖国的文化，得以发扬光大。""在我国，历代的读书人，都重视书籍的版本，校雠成了一种专门的学问。"

随后，他谈到了近代印刷业发达以后，校对逐渐从编辑的专业范畴里分离出来，成为一个专业："近代印刷术进步，书报发行量大多了，流传更广了，校对工作，就更繁重。因此，大的出版业，都特设了专门校对的机构，校对工作才从编辑工作中分工出来。"写到这里，孙犁先生笔锋一转，针对如何正确看待校对人员的问题，直指一种普遍的社会偏见,"好像校对人员比起编辑人员要低一等,其实不然。有些老的校对,正像老的排字工人一样,是很有学问很有经验的,常常为一般编辑所不及"。从一个德高望重的老编辑的文章里,能写出如此笃实真切的评价,无疑体现出孙犁对整个校对专业的高度肯定和尊敬。

写到这里,孙犁结合自身的实际体验,举出正反两方面的几个实例,来进一步说明校对工作的重要性——

最近我看到《长春》文艺月刊,每一篇文章之后,都注明责任编辑,错字确实很少。最近一期,登了我的一篇短文,因为字句的问题,他们就曾两次寄信和作者商榷,非常认真。

一篇同类性质的文章,我寄给了《长城》文艺丛刊。他们把原稿誊抄一次。发排后把清样寄给我,其中错误很多。我马上把校样寄回,附信请他们照改。结果刊物一到,令人非常不快,并且非常纳闷。

那是短短一篇文言文,两千来字。其中一句是"余于所为小说,向不甚重视珍惜"。"所为"误为"所谓"。好像我不是对自己所做小说,而是对一切小说,都不重视珍惜了。为什么这样改?我还想得通,可能是编者只知"所谓"一词,不知"所为"一词所致。……

不认真读书的人,或者说,错个把字算得什么,何必斤斤于此呢?真正读书的人,最怕有错字,一遇错字就像遇到拦路虎,兴趣索然。

(上述引文均见于《孙犁文集》第五卷,百花文艺出版社2002年10月,第180—183页)

以上所举实证,皆是发生在别的刊物上。事实上,孙犁对自己所主管刊物的校对环节,同样要求得极为严格。据《天津日报》文艺部老编辑董存章回忆,在1979年筹办《文艺增刊》时,孙犁先生曾提出了《九条意见》,其中有一条就是:"校对要仔细认真,杜绝差错,是杜绝,不是减少。"(《孙犁文集·天津日报珍藏版》上卷,文汇出版社2008年12月,第570页)从如此严苛的言辞中,不难体悟到孙犁先生对此事的重视,绝对是超乎常情的。

孙犁对文字一向有"洁癖",对别的编辑是如此,对自己更是如此。他不容许自己的文章中存在哪怕是细微的瑕疵。他对校对的重视,当然是与这种"洁癖"有着直接的关系。及至晚年,眼睛花了,他有时会让女儿帮他抄写稿件。抄出的文稿,他也要亲自校读几遍,才肯交给编辑拿去发表。有一次,他的《耕堂读书随笔·东坡先生年谱》在《天津日报》发了出来,"第一次看,没有发现错字。第二次看,发现'他人诗文',错成了'他们诗文'。心里就有些不舒服。第三次看,又发现'入侍延和'错成了'入侍廷和';'寓意幽深'错成了'意寓幽深',心里就更有些别扭了。总以为是报社给排错了,编辑没有看出。"

过了两天,孙犁又见到那位编辑,就把发现错字的情况告诉了他。不过,"为了慎重,加了一句:也许是我女儿给抄错了"。可是,孙犁还是不放心,因为女儿的抄件,自己是看过的,还作了改动,怎么还会错呢? 于是,他又找出原稿再查,结果发现,女儿只是把"延和"抄错了,其余两处错误,都是自己写错的。而在看抄件时,竟然没有看出来。他顿时感到是错怪了编辑,"赶紧给编辑写信说明"。

这件事,让孙犁先生心生感慨:"我当编辑多年,文中有错字,一遍就都看出来了。为什么现在要看多遍,还有遗漏? 这只能用一句话回答:老了,眼力不济了。"

"这回自己出了错,我的心情是很沉重的,"孙犁写道,"今后如何补救呢? 我想,只能更认真对待。比如,过去写成稿子,只看两三遍,现在就要看四五遍。发表以后,也要比过去多看几遍。庶几能补过于万一。"

一方面是自己要加大校对的力度,另一方面,还是要冀望于校对人员多加"关照"。然而,孙犁马上就想到了另一个更深层次的问题,那就是:基于他的名望,和对他多年来严谨为文的信任,即便是很有经验的校对人员,也不敢轻易改动他的稿件——这又引发了孙犁的忧虑:"老年人的文字,有错不易得到改正,还因为编辑、校对对他的迷信。我在大杂院住的时候,同院有一位老校对,我对他说:'我老了,文章容易出错,你看出来,不要客气,给我改正。'他说:'我们有时对你的文章也有疑问,又一想,你可能有出处,就照排了。'我说:'我有什么出处?出处就是词书、字典。以后一定不要对我过于信任。'"由此,他得出一种推测——"这次的'他们诗文',编辑一眼就可以看出是不通的,有错的。但他们几个人看了,都没有改过来。这就因为是我写的,不好动手。"(孙犁:《老年文字》,见《曲终集》,百花文艺出版社1995年11月,第87—88页)

一个毕生与文字为伍的老编辑、老报人,从始至终,都对文字充满了敬畏,对校对工作如此重视,实在令人感动。反躬自省,我们这些延续着办报办刊之文脉,传承着煮字弘文之薪火的后来者们,是不是也该从中受到一些触动,进而增加几分对文字的敬畏呢?

(2022年12月17日—19日,于深圳寄荃斋)

"标题是一种艺术"

（一）

《天津日报》在1979年办了一份内刊——《天津日报通讯》，三十二开，薄薄的小册子，发表的都是报社同人的短文，有理论探讨、经验交流，也有策划方案、经验总结等。在当时，这份内刊很受大家的重视。

在编辑《孙犁文集·天津日报珍藏版》时，曾任《天津日报通讯》编辑的葛瑞娥，披露了她为这份内刊向孙犁先生约稿的内幕，她写道："虽然知道孙犁同志是作家，也知道文学创作和新闻稿件的写作是两码功，但考虑到孙犁同志一直在新闻单位，对于新闻通讯是熟悉的，于是，就大着胆子，在一天上午的九点多钟，走进当时的孙老寓所……孙老让座，我就势坐在方桌旁的凳子上。他又简单地问了问我的情况，并爽朗地答应了写篇有关通讯报道的文章。我惊喜万分，匆匆告辞了。大概过了一周左右的时间，忘记是谁了，从收发室给我捎来一封信，展开一看，正是孙犁同志答应写来的《通讯六要》这篇文章。"（《孙犁文集·天津日报珍藏版》上卷，文汇出版社2008年12月，第529—530页）

这是葛瑞娥第一次拜访孙犁并向他约稿，而她编辑的又是小得不能再小的内部刊物，孙犁先生竟不爽约，慨然应允，且很快就写好送来，这让她感到受宠若惊。

　　真要感谢当年的葛瑞娥"大着胆子",去找孙犁先生"跨界"约稿,我们才能读到孙犁先生晚年的这篇难得的新闻短论——说它难得,是因为孙犁虽然长期在报社任职,却一直是主管文艺副刊,对新闻业务参与不多,也很少发表直接的论述,而这篇《通讯六要》,可以说是彼时他在新闻业务方面的"孤踪独响"。

　　我们这一代人,在当时根本不知道,他早在20世纪40年代初就写出了新闻学专著《论通讯员及通讯写作诸问题》,对新闻诸体裁(尤其是通讯)的写作,素有研究。而葛瑞娥的这次约稿,恰好"点中"了孙犁先生的一道"拿手好菜"。他之所以如此爽快地答应并快速交稿,良有以也。

　　于是,在这篇文章的"第五要"中,我们读到了孙犁先生对新闻标题的一段论述,他写道:

　　　不止文章,就是标题也要讲求新颖。当然,报纸上的通讯标题,常常是编辑加的。有很多标题,长而且笨,成为内容的摘凑,一点秀颖生发的意思都没有。

　　　几十年前,《大公报》有一个标题,直到现在,我还念念不忘。那篇通讯是写"九·一八"事变后,顾维钧随国联调查团去东北后的讲话的。它的标题是:"东北之行,伤心惨目"。以上是右上方的引题,下面大字正题为"一字一泪之顾代表谈话"。这个标题,当时大大打动了关心东北沦亡后的情况的、广大爱国人士的心。

　　(《孙犁文集》第五卷,百花文艺出版社2002年10月,第178页)

　　从这段精短的论述中,我们不只看出孙犁先生对新闻标题是个绝对的内行,而且看出他对新闻标题的一个"美学要求"——"秀颖生发"四字,确实体现出孙犁独特的标题审美观念,值得晚辈新闻编辑们细细玩味。

（二）

大约在《通讯六要》发表十一年后（1990年），孙犁先生早年的新闻专著《论通讯员及通讯写作诸问题》才被偶然发现，得以重见天日。而我立即向报社申请，承担了对这本小书的专题研究任务。在研读过程中，我才读到孙犁早年关于新闻标题的一段论述——

通讯的标题，我们认为很重要。

目前，在一般初学通讯的作者中，发生这样一个现象，就是标题的公式化。许多人都这样标着："战斗中的……""燃烧着的……""斗争中的……"。当然，我们的现实，是在斗争、战斗、燃烧着，反映现实是对的。并且国际有名通讯中，有《燃烧着的马德里》《阿比西尼亚在斗争中》，不过千篇一律是不好的，减弱刺激性，减弱通讯的泼剌、新鲜性。

标题，绝对不是不可重复的。高尔基有一部《我的童年》，郭沫若也有一部《我的童年》，高尔基有一部《母亲》，丁玲也来一部《母亲》，依然是大方的，有力的标题。不过，你也来"我的童年"，我也来"母亲"，大家都这样标起题来，就没劲了。

所以我们主张，通讯员应该根据具体的现实材料，推敲适当的标题，发挥标题的多面性、浑厚性。

标题代表一篇文章的内容，但不是一语道尽文章的内容，它要简单、有力、新鲜，助长文章的情趣。标题是一种艺术。整个文章是这样，分段标题也是这样。有的通讯把文章分成几个小段，一段一个小标题，是很醒目的。

（见《孙犁文集》（补订版）第五卷，百花文艺出版社2013年4月，第47—48页）

　　把这段早写而后见的论述,与前面那段新写而后发的论述,做一简单的比较,我们就会发现,孙犁先生对于新闻标题,尤其是新闻通讯的标题,是深有研究的。而且,跨越39年,其观点既有一脉相承的延续性,也有一些创新和发展。譬如,对优秀标题的借鉴和传承,20世纪40年代时还是较多地引用西方的名篇,而三十九年后则引用《大公报》的精彩标题,说明的却是同样的论点,即好标题要做到"简单、有力、新鲜",要有"秀颖生发"的情趣;早年的专注点只在通讯,而后来的专注点,虽说还是偏重于通讯,而所引述的《大公报》标题,分明是一个消息标题。这显现出论题所涉及的新闻体裁有所扩大。而在我看来,最值得重视的则是孙犁先生的一句结论性论断:"标题是一种艺术"!

(三)

　　新闻标题既是特殊的"艺术品",也是绝对的"易碎品"。一经见报,拟题者便退隐幕后。读者们在标题的引导下,进入正文阅读,谁都不会再去关心这个标题的作者了。

　　因此,常年研磨标题艺术的媒体编辑们,却往往无人知晓,其"作品"也从不署名,很难流传——谁能说出当年草拟《大公报》那个标题的,是哪位编辑? 姓甚名谁?

　　故而,人们常说编辑是"无名英雄",是为他人做嫁衣的职业。这在客观上,也给我们今天研究"报人孙犁"这个课题,带来了很大的麻烦。新闻编辑的"主业"之一,就是拟定标题。而孙犁先生既为编辑,肯定也草拟过不少标题。可是他在战争年代办过的报刊,今已踪迹难寻;即便找到旧报,又如何断定哪个标题是出自他的手笔呢? 这使我们在当下,若想研究孙犁先生的"标题艺术",几乎成了"无米之炊"。

　　幸好,我找到了一条"别开之蹊径":在孙犁先生编辑自己著作的过程中，他时常利用这个机会，对原标题进行订正和修改，这不就是"重拟标题"吗？当然，我们单纯去读孙犁的结集、选本或文集，是无法辨识出哪些标题是重拟的。巧的是，我此时"幸遇"两部大部头专著，一本是出版于2012年的《孙犁文集·天津日报珍藏版》，一本是由段华先生编撰的于2022年3月"新鲜出炉"的《孙犁年谱》——这两部书的编者，非常精心地比对了原题与新题，并在书中一一标注出来，这就给如我一样的研究者，提供了极大的便利——真要感谢这些严谨认真的编辑们！

由此，我们可以间接地窥视到孙犁先生亲自拟题的特色和技巧。我花了几天时间，把两书中所有标明是由孙犁亲自重拟标题的篇目，一一罗列出来，进行分析和比较，并依照孙犁先生在论文中所提出的"简单、有力、新鲜"的标准，进行分类研读。虽无法窥其全貌，至少可以从一个侧面，依稀看出孙犁先生的"标题艺术"。

孙犁先生对标题的第一条标准是"简单"。而他对自己文章的"重拟标题"，正是突出体现着"简单"的原则。如原题为《忆晋察冀的火热斗争生活——〈白洋淀纪事〉重印散记》，在收入《晚华集》时，孙犁改题为《在阜平》(副题未动)；《一篇关于农村婚姻问题的报告》，在编入《孙犁文集》时被改为《婚姻》；一篇署名"编辑室"、由孙犁撰写的启事，原题较长：《为了加强"读者往来"告读者作者》，在收入1950年版《文学短论》时，被改为《关于"读者往来"》。同类的情况还有一篇未署名的启事，原题为《本报〈文艺增刊〉将辟"创作经验"专栏，兹摘录其辟栏说明如下》，在编入《澹定集》时，被改为《〈文艺增刊〉辟栏说明》……所举数例，皆遵循"简单"的原则，不唯文字更加精练，意思也表达得更加明确。

"有力"是孙犁为标题设定的第二条标准。一个标题能否"有力"，必须从文章的内容出发，在准确表达其内涵的前提下，增强其力度和响亮度。兹举两例，以见一斑：《吴召儿》的第一个小标题，原为"胜利回头"，在编入《孙犁文集》时，孙犁改为"得胜回头"，一字之易，力度增强；另一篇文章原题为《和青年谈谈文学和创作问题》，显得有些平淡，在编入《秀露集》时，孙犁改为《新年，为〈天津团讯〉作》，从句式和音节上，显得更加有力了。

在孙犁的三条标准中，最微妙也最难把握的是"新鲜"二字。编辑拟题，从来是以新颖别致为追求的目标之一。在事实准确、简明有力的前提下，标题自然是越新鲜越好，越出奇越妙。这是通常的理解。而孙犁在编辑文集时的"重拟"标题，针对的并非新闻稿件，而是文艺味道甚浓的散文、随笔、杂文、记事等文体，在这里，"新鲜"的内涵显然与新闻标题略有不同。在我看来，这倒正可用上他所提出的"秀颖生发"这个美学概念了。孙犁先生为书起名，就特别讲究诗意的表达，如《晚华集》《秀露集》《如云集》《远道集》，直至最后一本《曲终集》，等等，皆带有几分淡淡的诗意。而《书衣文录》《烬余书札》等书文的标题，则显得古雅典丽，具有浓郁的书卷气。而他为文章改题，同样具有这种特点，如《读〈作画〉后记》，在编入文集时改为《作画》；《京剧脚本〈莲花淀〉自序》在收进《秀露集》时改为《戏的梦》，成为孙犁先生"散文三梦"（《戏的梦》《书的梦》《画的梦》）的代表作。

孙犁先生晚年曾写过一篇《文章题目》，所谈偏重于文学作品的标题。他写道："近年读文章，姑无论对内容如何评价，对文章题目，却常常有互相因袭的感觉。例如杂文，几乎每天可以看到'从……谈起'这样的题目，散文则常常看到'……风情'之类。最近一个时期，小说则多'哼、哈、啊、哦'语助之辞的题目，真可说是'红帽哼来黑帽啊，知县老爷看梅花'，有些大杀风景之感。当然，文章好坏，应从内容求之，不能只看题目。但如果'千文一题'，也有违创新、突破之义吧？"（《远道集》，百花文艺出版社1984年3月，第142页）

孙犁先生此处所说的文学作品标题，虽说与新闻标题有着明显的不同,但却正可与其上述的"重拟标题",互为参照。我认真地核对了一番,像孙犁在文中所批评的那类"千文一题"之类的用法,在其自己的各种选集乃至文集中,皆未见。

标题本是"文眼"之所在。孙犁先生的标题,从不花哨,从不轻佻,朴实工稳,沉静深邃,还真有点像他那双深沉纯净的眼睛。

（2022 年 12 月 23 日—26 日,于深圳寄荃斋）

文章"以简练朴实为美"

"要写短文。现在我们的报纸,一面提倡写短小文章,一面又连登长达一版的通讯。特别是本报记者或本报特约记者署名的,好像非长不足以服众。这确是一个矛盾的、长期难以解决的问题。我并不一般地反对长文章,却常常感到,我们现在的长篇通讯,是可以更加精炼,再加缩短的。我还没有看到过,我们的本报记者、特约记者,署名写一篇可以为广大通讯员示范的,仅仅四五百字,而又可以生动地说明一个问题的短小通讯。我们提倡:本报记者、特约记者写短文章。"(《孙犁文集》第五卷,百花文艺出版社2002年10月,第177—178页)

以上所引,乃是孙犁先生在1979年4月17日所写的《通讯六要》中的一段论述。他所批评的长文之风,当然有所特指——由于这篇文章是应约为《天津日报通讯》所写,而这份内刊的读者,绝大多数都是本报内部员工。故而,文中所说的"本报记者和本报特约记者",显然是指《天津日报》了。

实话实说,初读此文,我是有所触动的。因为我恰恰在此前以"本报记者"的名义,在一版头条位置,发表了一篇长达七八千字的通讯,一版开了个头儿,转文到后边的版面。那是我第一次被准许冠以"本报记者"的头衔——当时新进报社的记者,能否挂上"本报记者"的头衔是要经过批准的——而我此前已干了一年多记者工作,也发表了不少消息和通讯,但上面总觉得"分量不够",而没有赋予我"本报记者"的殊荣。而今，正是凭着这篇够长、够分量的长篇通讯，我才得以跻身于"本报记者"的行列，心中正不免有些沾沾自喜。恰在这时，读到了孙犁先生的这篇文章，直觉得他说的就是我似的。从此，我写文章开始留意收敛篇幅了。

其实，孙犁先生未必注意到我的文章。他所指的是当时一种普遍的"长风"，这是很有指向性的一段评论。

办报的人，对文章的篇幅总是格外敏感。这是由版面资源的稀缺性和有限性所决定的。一般而言，报纸编辑们几乎无一例外地强调要短；而记者和作者们，则总是为"多占版面"而喜欢拉长篇幅。我个人的从业经历，前期当记者，后来做编辑，对这两方面感触都很深。无所谓对错，只是"屁股指挥脑袋"罢了。

孙犁先生时任报社编委，当然是站在编辑的角度思考问题；而他同时又是一个多产的作者，不断地给报纸副刊写稿。难得的是，以他在业界的名望和地位，他完全可以放纵文字，洋洋洒洒。而事实上，他写文章一直惜墨如金，简短平实，没有一句赘语。由此可见，他提倡写短稿，并非完全是从报纸版面的限定性出发，更多的是从文章本身而立论的。

孙犁先生在《谈简要》一文中，对文章的"简要"曾有更深层次的论述。他先是引述唐代史学家刘知几《史通》中的一段话："夫国史之美者，以叙事为工；而叙事之工者，以简要为主。"接着，据此阐发己见："他的这些话，是对写历史的人说的，他的要求是：一个内容，用一种途径表达过了，就不要再用其他途径重复表达了。我们写文章却常常忽视这一点。比如写一个人物，他的事迹，在叙述中已经谈过了，在对话中又重复一次，或者在抒情中又重复一次，即使语言稍有变化，但仍然是浪费。"

孙犁先生还从刘知几所举的《汉书·张苍传》中的一句话，引出一个"烦字"的概念："年老口中无齿"，"盖于此一句之内，去'年'及

'口中'可矣。夫此六文成句,而三字妄加,此为烦字也"。孙犁先生认为,像这位史家如此挑剔,有些不近情理,不足为训。他所希望的是:"能按照鲁迅先生说的,写好文章以后,多看两遍,尽量把可有可无的字、句、段删除,也就可以了。"

最为关键的是,孙犁先生在这篇文章中,引申出一个文章以"简练朴实为美"的重要观念。他写道:"文字的简练朴实,是文学作品的一种美的素质,不是文学作品的一种形式。文章短,句子短,字数少,不一定就是简朴。任何艺术,都要求朴素的美,原始的美,单纯的美。这是指艺术内在力量的表现手段,不是单单指的形式。"(《老荒集》,上海文艺出版社1986年2月,第81—82页)

由此观之,孙犁先生要求文章之短,并非单纯出于报纸版面容量有限的技术性要求,确实是"从文章本身而立论的"。

要写短文,单凭倡导显然是不够的;只是阐明道理,也不足以直接指导实践。为此,孙犁先生又写了一篇短文,提示文章作者们如何让文章短下来——"现在,有些报刊,有的人,在提倡写短文章了,这是很好的事。文章怎样才能写得又短又好?有时,千言万语也说不清楚;有时说起来也很简单,就是要'实事求是'。把实事求是这四个字运用到写作上,正像把它运用到一切工作上,是会卓有成效的。"

孙犁先生认为:"一般说,实事最有说服力,也最能感动人。但是只有实事还不够。在写作时你还要考虑:怎样才能把这一实事交代清楚,写得完美,使人读起来有兴味,读过以后会受到好的影响和教育,这就是'求是'。"接着,孙犁先生从初学写作的角度切入,分析了"长风泛滥"的一个诱因:"我们在课堂上,所学的课文,都很短小。初学作文时,老师也是这样教导的,我们也是这样去写作的。可是等到我们想当作家、想投稿了,就去拜读报刊上那些流行文章。那些文章都很长,看起来云山雾罩,也很唬人。正赶上自己的稿件没有'出路',就以为自己的写法不入时、不时兴,于是就放弃了自己原来所学,追赶起'时髦'来,也去写那种冗长的,浮浮泛泛的,不知所云的文章了。大家都这样写,就形成了一种文风,不易改变的文风,老是嚷嚷着要短,也终于短不下来的文风。"

孙犁先生的这段论述,可谓入木三分。难道不是吗?我们从上学识字开始,学的写的,不都是短文吗?我们之所以慢慢染上"长风"之病(即非正常的病态之长),还不是趋从于名利,效尤于时俗,沾染上流弊,以致分辨不清文章之优劣往往不在于长短,而在于内质,在于是否具备了"朴素的美,原始的美,单纯的美"。

鉴于此,孙犁先生提出了他的结论:"文章短不下来的主要原因,就是忘记了写作上的实事求是。我们提倡写短文,首先就要提倡这四个字。返璞归真,用崇实的精神写文章。"(《老荒集》,第79—80页)

难怪孙犁先生一再提倡"要写短文",难怪他本人的文章总是写得很短,原来这里不只缘于他身为报纸副刊编辑的职业要求,更蕴涵着他秉笔为文的返璞崇实的美学追求。

同样是实话实说,我对孙犁先生所倡导的"短文之美",绝对是满心赞同并努力研习的。然而,追随多年,研习多年,却依然差得很远。由此体悟到:他所倡导的"朴素的美,原始的美,单纯的美",乃是至高至纯的美学境界,难矣哉,难矣哉!

（2022年12月26日,于深圳寄荃斋）

文言的"活用"

三联书店出版过一本孙犁先生的文集《故事和书》,书前有一篇《写在前面》,论及孙犁晚年的文章风格:"孙犁晚年的文章特别讲求章法,讲究起、承、转、合。语言的锤炼,是孙犁晚年作品的巨大魅力之所在。他为自己找到了一种恰当、美妙的叙述方式。他以叙述的方式描写,以叙述的方式议论,以叙述的方式抒情,总是那样从容、矜持、高雅,表现出很高的修养。很多人读孙犁的作品,都是首先被他的语言所吸引。"(见《故事和书》,生活·读书·新知三联书店2010年1月,第3页)

我不知道这篇文章出自哪位高人之手,但是我很认同他对孙犁晚年文章风格的点评。如今,我把这段文字摘录在此,是想引出这样一个问题:孙犁晚年的文风,是如何修炼而成的? 他得益于哪些"文化营养"的滋润和化育呢?

研究者们肯定可以列举出若干个来源和渠道。然而,以我的浅见,有一个"源头活水"是显而易见的,那就是:中国古典文学的滋养。

(一)

在重读孙犁的过程中,我们可以得知他对古文的看法,有一个从排拒到接受、再到喜爱的过程。他的求学历程,恰值新学与旧学交织缠绕、此消彼长的时代转圜时期,西学的新潮汹涌澎湃,而传统的教育方式尚未褪去。当时的青年学子多有趋新弃旧的倾向,孙犁也不例外。他上的是新式学堂，"进校后所学的，还是新学制的课本，并不是过去的五经四书了。所以，我在小学四年，并没有读过什么古文。不过，在农村所接触的文字，例如政府告示、春节门联、婚丧应酬文字，还都是文言，很少白话"。

在高小的两年中，孙犁"读的完全是新书和新的文学作品"。但他父亲还是请了一位老秀才教他读《古文释义》，可谓用心良苦。但是这段私塾式的家教，并没有给他留下任何印象——"因为我看到他走在街头的那种潦倒状态，以为古文是和这种人物紧密相连的，实在鼓不起学习的兴趣。"

进入保定名校育德中学后，课本中才有一些古文。但是孙犁更感兴趣的是《南唐二主词》《苏辛词》和李清照的《漱玉词》，还有《封神演义》《红楼梦》《西厢记》等文学作品，对孔孟庄墨诸家文本兴趣不大。直到高中二年，"在课堂上，我读了一本《韩非子》，我很喜欢这部书。……高中一年的课堂作文，我都是作的文言文，因为那时的老师是一位举人，他要求这样。因为功课中，有修辞学，有名学（就是逻辑学），有文化史、伦理学史、哲学史，所以我还是断断续续接触了一些古文，严复、林纾翻译的书，我也读了一些。……以上算是我在学校期间，学习古文的总结。"（《与友人论学习古文》，见《故事和书》，第147—149页）

应当说，单凭在少年时期打下的古文基础，孙犁已完全具备了此后继续自学的基本能力。然而，在漫长的动荡年代中，读书并非易事，一是时间和精力不允许，二是书籍亦不易得。因此，他在相当长的时间里，一直处于"野味读书"的状态中——这是孙犁自造的名词。他有一篇专门讲述"野味读书"的文章，概括起来说，就是碰到啥书读啥书，没钱买就借来读，偶尔碰到没人要的破烂杂书，就拆捡出几本解解书渴，还自我解嘲说："这好像不能说是窃取，只能说是游击作风。"

孙犁认为,这种野味读书,因为书籍来之不易,所以用功甚勤。而"自拥书城,是不肯下这种功夫的。读书也是穷而后工的。所以,我对野味的读书,印象特深,乐趣也最大。文化生活和物质生活一样,大富大贵,说穿了,意思并不大。山林高卧,一卷在手,只要惠风和畅,没有雷震雨,那滋味倒是不错的"。(孙犁:《野味读书》,见《曲终集》,百花文艺出版社1995年11月,第98页)

我留意了一下,孙犁"游击"来的书籍,大半是各种民间散落的古籍旧本,很少新文学书籍。究其原因,大概新文学书籍,在抗日游击区,亦属赤色读物,不是被隐藏,就是被焚毁,世面上很难见到。而破烂古董们则不受待见,随处丢弃,反而能被到处游击的孙犁偶然碰到。孙犁后来逐渐趋近古文,也许与此有关。

孙犁本人对自己这种读书由新转旧的趋势演变,也曾有所论及,他说:"我的读书,从新文艺,转入旧文艺;从新理论,转到旧理论;从文学转到历史。这一转化,也不知道是怎么形成的。这只是个人经历,不足为法。"(孙犁:《我的读书生活》,见《曲终集》第94页)

"总之,青年读书,是想有所作为,是为人生的,是顺时代潮流而动的。老年读书,则有点像经过长途跋涉之后,身心都有些疲劳,想停下桨橹,靠在河边柳岸,凉爽凉爽,休息一下了。"这是孙犁先生对自己一生读书生活的概括。我读至此,也是感同身受。我猜想,对大部分读书人而言,也多有吻合之处吧。

(二)

读书,说到底还是为了学以致用,读古文亦然。对此,孙犁的见解十分明确:"学习古文,除去读,还要作,作可以帮助读。遇有机会,可作些文言小文,这也算不得复古,也算不得遗老遗少所为,对写白话文,也是有好处的。"(孙犁:《与友人论学习古文》,见《故事和书》,第152页)

这段论述，已经涉及学古文、写古文乃至写白话文这三者的关系了。孙犁自谓早期的文字，有些欧化倾向（参见《青春的遗响》序，《孙犁文集》续编三，百花文艺出版社2002年10月），这自然是受到早期翻译文学和新文学的影响。到中年时期，这种欧化的句式渐次减少。当其写出《白洋淀纪事》《风云初记》和《村歌》等小说散文之时，他的文学语言已然形成行云流水、清新自然的独特风格。这种语言风格，一部分来自对冀中大众鲜活的生活语言的萃取，一部分来自对五四以后的文学语言，特别是鲁迅先生小说语言的吸收。这一时期，似乎从古文中汲取的滋养还不明显。到了"文革"以后，孙犁劫后余生，重操旧业，此时他已年过花甲，其文笔亦如浴火涅槃，焕然大变：原先的清新渐入沉郁，原先的淡雅变得醇厚，原先的秀润化为深邃，原先的灵动转向低回……

这是一种脱胎换骨般的蜕变，是古人所谓"庾信文章老更成"的新境界，是书法界常说的"人书俱老"的新高度，也即本文开头所说的"孙犁晚年作品的巨大魅力之所在"。把古典文学之意蕴，古文辞章之韵律，文言句法之节奏，乃至古代经典之成句，不露痕迹地化入自己的文章，构筑起完全属于自己的文学殿宇——这，不正是孙犁先生晚年散文的独特语言风格么？除去其思想之深刻、观念之独到、风骨之凛然、诗意之丰蕴等之外，我以为，此时的孙犁文笔，已将古典文学之神韵，内化为自己的骨肉精血，转化成其语言文字的根基和血脉。孙犁文笔的难以模仿和无可替代，盖源于此也！

对于古代散文与现代散文之关系，孙犁晚年偶尔也会论及，譬如，他曾写道："有的青年说，中国古文已经成了古玩，在扫除之列，这也是不对的。中国古代文献，并没有成为古玩，而是越来越为广大人民所掌握，日益发挥古为今用的现实作用。"（孙犁：《关于散文》，见《孙犁文集》第四卷，百花文艺出版社2002年10月，第319页）

再如，他对古代散文与当代散文也进行过比较："古代散文，很少是悬空设想,随意出之的。当然,在某一文章中,作者可因事立志,发挥自己的见解。但究竟有所依据,不尚空谈。因此,古代散文,多是有内容的,有时代形象和时代感觉的。文章也都很短小。近来我们的散文,多变成了'散文诗',或'散文小说'。内容脱离社会实际,多作者主观幻想之言。古代散文以及任何文体,文字虽讲求艺术,题目都力求朴素无华,字少而富有含蓄。今日文章题目,多如农村酒招,华丽而破旧,一语道破整篇内容。散文如无具体约束,无真情实感,就会枝蔓无边。近来的散文,字数都在数千字以上,甚至有过万者,古代实少有之。"(孙犁:《欧阳修的散文》,见《故事和书》,第158页)

孙犁先生曾多次谈及自己喜欢的古文范本,如:他直言喜欢司马迁,说"他创造了这样一种形式,即客观地圆满地记述了人物的事迹以后,在文章结尾,写上一段'太史公曰'。在这一段文字里,他正面发表他对人物事件的看法。但就是这样,他还是变化各种各样的艺术手法,使他的议论,既不生硬,也不主观,发人深思,留有余想。对正文来说,他这段文字,又像是补充,又像是引申,又像无关紧要,又像关系重大,言近而旨远,充满弦外之音,真正达到了一唱三叹的艺术效果。后来一些史书,虽也运用这种形式,但多半变成了正面发议论,只有《聊斋志异》的'异史氏曰'才算得到了司马氏的真传。"(孙犁:《关于文学速写》,见《孙犁文集》第四卷,第304页)而蒲松龄的《聊斋志异》,同样是孙犁多次阅读并一再赞赏的古文范本。

再如,孙犁还说:"我很喜欢《岳阳楼记》,这篇文章,触景生情,因情见志,立意深远,文采斐然。它所说明的'先天下之忧而忧,后天下之乐而乐'的道理,直到现在还有用,中学里仍在背诵这篇文章。"(孙犁:《业余创作三题》,见《孙犁文集》第四卷,第369页)

此外,对韩愈、苏轼等人的文章,也是赞誉有加:"韩愈《送孟东野序》,第一句:大凡物不得其平则鸣,成为千古名句。文章也是名文，只有1000字左右。苏轼《潮州韩文公庙碑》，第一句：匹夫而为百世师，一言而为天下法，是有名的警策之句。文章也是名文，不到2000字。这已经是苏东坡散文中的长篇了。最近，因为学习李贺的诗，也读了杜牧写的序言。……他的序文，对李贺来说，我以为是最确切不过的评价，他用了很长的排偶句子，歌颂了李诗的优长之处，但也指出了他的缺点不足，这篇序文写得极有情致，极有分寸。"（孙犁《韩映山〈紫苇集〉小引》，见《孙犁文集》第四卷，第510页）

这样的文字，在孙犁晚年的篇什中，如海边拾贝、山间采花，多得不胜枚举。这是因为，孙犁晚年的文章题材，也出现明显的变化，在以往多见的小说散文之外，更多地转向写作《耕堂读书记》《书衣文录》《芸斋琐谈》以及大量的书信等文体。这些文体，直接承继了古代文人惯常使用的笔记、手札、小品、随感等的文风遗韵，文字凝练简朴，醇厚绵长。话多直质，时见精策隽语；辞参文白，品若陈年老酒。这些文体，显然更契合孙犁所谓"学习古文，除去读，还要作"的原则。或曰：正因为孙犁晚年的文章题材与语言风格，是如此同步地趋古而翻新，才会给读者带来如此鲜明的整体改观，以至于有评论家在谈及孙犁的风格转变时，用上了"前期孙犁"和"晚期孙犁"这样截然分野的说法。相形之下，似乎青年读者依旧喜爱孙犁"荷花淀"时期的"行云流水"，而上了一些年纪的读者，则更偏爱他的《芸斋小说》《书衣文录》等的"苍浑沉郁"。这无疑构成了现当代文学史上的一个独特而突出的"夔一足"。

（三）

我们研究孙犁先生对古文的借鉴和融合，关键还是从中学习和吸纳他在办报实践中的"活用"。将传统的古典文言化为当代应用文字的"源头活水"，孙犁先生无疑是一个成功的探路者。他为后来者树立起一个个具有导向性的路标，使我们读其文字，知其源流，悟其内蕴,明其指向。

于我而言,最直接领略到孙犁先生文言活用的文字,应是他发表在《天津日报》的那些应用之文,如启事、说明之类。譬如,下面这段启事文字:"本刊以荆钗布裙之素质,自量不足与浓抹时装者斗艳争奇。页码单薄,亦不足侧身于大型期刊之林。然仍希以其微薄的努力,无间寒暑,不计阴晴,继续在此小小园地,扶犁执耰,播种耕耘。"(孙犁《〈文艺增刊〉缩短刊期、更易刊名启事》,见《孙犁文集》第五卷,百花文艺出版社2002年10月)当初此文刊发在本报副刊的角落里,虽无署名,但我立刻就猜到是出自孙犁先生的手笔。因为,别人不会这么写,也写不出这样的文字。

最难做到的是,在孙犁先生的文章中,这种文言段落或语句随处可见,却与整篇白话文"不隔"。你在阅读过程中,几乎是在浑然不觉中,就被带入他所设定的自然转换的语境之中。譬如这段文字——

　　抗日战争年代,每天行军,轻装前进。除去脖项上的干粮袋,就是挂包里的这几本书最重要了。于是,在禾场上,河滩上,草堆上,岩石上,我都展开了鲁迅的书。一听到继续前进的口令,才敏捷地收起来。这样,也就引动我想写点文章,向鲁迅先生学习。这样,我就在鲁迅精神的鼓舞之下,写了一些短小的散文,它们是:有所见于山头,遂构思于涧底;笔录于行军休息之时,成稿于路旁大石之上;文思伴泉水而淙淙,主题似高岩而挺立。

　　(孙犁《关于散文》,见《孙犁文集》第四卷,第318—319页)

读者几乎感觉不到文体和句式的变化。这就是孙犁的本事——白话文中,因时因地,顺势加入几句文言,不仅不觉生硬,反而贴切自然:或强化了力度,或增添了诗意,或引申了哲理,或变换了节奏。文章因此而变得摇曳多姿,出奇制胜。

在孙犁晚年的《芸斋小说》中，他把司马迁的"太史公曰"和蒲松龄的"异史氏曰"的行文风格，直接移植到自己的文章结尾处，化身为"芸斋主人曰"，纯用文言，臧否人事，略抒感慨，每每读之，发人深省，堪称是全篇的画龙点睛之笔。这可视为孙犁"活用"古典的经典范例。

在《耕堂读书记》系列书话中，孙犁引述古人妙论，阐发个人见解，经常是通篇文白纷披，浑然一体，读来高雅典丽，警句迭出，兹举一则论名人的文字，以窥一斑——

名人都有时代的特点，为历史所铸造，与英雄同。当其一旦成为名人，则追逐者日众，吹捧者日多，军阀官僚商贾皆争先利用之，或赠以高楼，或赠以骏马，黄金不求自得，美女纷至沓来。于舆论优势之外，往往亦得实利。本人亦以不同凡俗自居，人之阿谀，不以为怪，人之厚赠，以为应当。日久天长，主观客观上，名存实亡，变成偶像。言行不顾，见利忘义，有些名人，遂成为不名誉之人。名人既败，毁之者亦众，过去誉之者，必转而造谣，投井下石而后快。此名人兴衰之通则也。

近世之名人，为数甚众，流品角色亦甚杂，根基牢固者少，忽起忽落者多，如章氏之人品学术贯彻始终者，并不多见。我读他的著作，是怀着虔诚尊敬之心的。

（孙犁《买章太炎遗书记》、《孙犁文集》续编三，百花文艺出版社2002年10月，第99页）

这段文字，细究起来，第一句和最后一句，是纯正的白话文句法。而内文部分，则采用文言体式。然行文之间，亦不避个别现代语句，若"主观客观上"、若"有些名人"等等。可谓学古而不泥古，随心所欲，游刃有余。我以为，这种将文言与白话"混搭"，古文与今文

"融合"，创造性地熔炼出独属于孙犁的散文范氏，可姑妄称之为"现代文言"或曰"孙氏文体"。这是孙犁先生以学养、识见、睿智与个人气质熔铸而成的独特文风，亦可视为探究其晚年语言巨大魅力的一条路径。

（2022 年 12 月 30—31 日，于深圳寄荃斋）

孙犁点评黑板报

孙犁是有名的作家，早在延安时期就以《荷花淀》等名篇闻名遐迩了。同时，他又是一个很接地气的作家：他写小说，语言常常是冀中农民的家常话；他编刊物，要让不识字的农民也能听得懂；他办副刊，在冀中办就倡导乡村文艺，到天津办又倡导工厂文艺；他本来可以高踞于文学之高端，但却自觉自愿地把身段放得很低，积极倡导"墙头小说"，热心于给农民乡亲写大鼓词、写小剧本、写民谣小调；他还给初学新闻的通讯员写小册子，给《冀中一日》的业余作者们写辅导材料……

他是个经验丰富的编辑，却用心撰文来推介"土得掉渣儿"的"办报形式"——黑板报。

孙犁所写的推介黑板报的一段文字，出现在他主编的《平原杂志》第三期的编后记里，他是这样写的：

我们这一期介绍了葛洛同志的《桥镇乡的黑板报》一篇文章，这篇文章在介绍黑板报工作上，是最好的、最有完整意义的典型材料，而且它也给了我们一个怎样去开创一种工作，总结一种经验的可珍贵的范例。

黑板报看来是一件小工作。实在，它在工作里可占多大的地位呀。记者从去年冬季到今年秋季，有机会在冀中的村庄走过几趟，就记者所见到的黑板报，差不多全数还不具备一个黑板报的规模,或者只是小小一块黑板冷冷清清挂在那里,或者从报上照抄了几段消息,作为长期新闻。

看看葛洛同志创办的黑板报,它的内容是多么丰富,它起的作用又是多么广泛,这一块小小的黑板,它和全村工作一起转动,而强有力地推动着工作的轮子,它是全村工作的声音!

而葛洛同志怎样热情全力灌(贯)注地创办了这么一个小小的黑板!毛泽东同志说:知识分子到农村去,只要于人民有益,不惜从任何小事做起。如果抱着这么一种精神去从事一种工作,任何小小不引人注意的工作也会发挥实际有助于全面工作的力量。

因此,我们介绍这篇文章,就因为它是办黑板报的最好的经验介绍,它是一篇知识分子下乡工作的范例,它是一篇出色的文字。

作者葛洛同志就是第一期《卫生组长》的作者,因为他在桥镇乡的成绩,他被选为陕甘宁边区的文教英雄。

另一篇则是介绍了群众对黑板报的要求,以供参证。

(《编辑笔记》,山西人民出版社1985年8月,第13—14页)

在一期杂志中,专门辟出专栏来介绍黑板报,并且写了这么热情洋溢的推荐文字,可见孙犁对这种办报形式的重视和支持。他是把这家黑板报作为一个典型,把创办这家黑板报的葛洛同志,当作一个"知识分子深入基层,做好实际工作"的典型人物来推荐的。正如他在文章中引述毛泽东的一段话:知识分子到农村去,只要于人民有益,不惜从任何小事做起。如果抱着这么一种精神去从事一种工作,任何小小不引人注意的工作也会发挥实际有助于全面工作的力量。

孙犁之所以如此看重黑板报,是因为他本人也曾是黑板报的作者。对此,他不但从不因其卑微渺小而讳言,反而在文章中不无自豪地屡次提及。在《文字生涯》中,他写道:"油印也好,石印也好,破本草纸也好,黑板土墙也好,都是我们发表作品的场所。"(《晚华集》,百

花文艺出版社1979年8月,第100页)在《题文集珍藏本》中,他写道:
"我的作品,曾用白灰写在岩石上,用土纸抄写,贴在墙壁上,油印、石
印和土法铅印,已经感到光荣和不易。"(《曲终集》,百花文艺出版社
1995年11月,第315页)在他看来,只要能被民众读到,作品的使命就
算达成了。而对冀中村镇的父老乡亲而言,报纸、杂志、书籍等印刷品,
时常还不及村头树荫下的那块黑板,更能入眼入心,进而口口相传,
流布民间——置身于当年的场域中,谁能轻视黑板报的重要性呢?

此外,孙犁还写过一篇《谈乡村文艺工作》的文章,其中特别批
评了一些文化人瞧不起乡村人的倾向,他写道:"我们更不能说乡村
人没文化,这些事,只是文化人们的事,这是不对的。真正懂艺术的
还是老百姓。假如我们自己写出了东西,光叫文化人看,只能从文
法上文字上提些意见;如叫老百姓看,他能提出具体意见,哪不合
适,哪不合他们的口味。应该多叫他们看,我们应确信老百姓会创
造,会有好材料好作品,老百姓什么事还不会做呢?"(《孙犁文集》续
编三,百花文艺出版社2002年10月,第480页)

值得留意的是,这篇文章首发于1946年4月8日的《冀中导报》,
后又被《平原杂志》第六期"文艺增刊"转发;而孙犁为黑板报写下的
那段文字,则写于1946年8月25日。可见,这两篇文章差不多是同一
时期成文的。这反映出孙犁在彼时彼刻,对普及乡村文化是何等重
视,对普通民众的阅读生活是何等关心。他是真正的身体力行,想方
设法地为农民大众送去精神食粮,这就像他为《平原杂志》所写的一
则启事中所说的:"本杂志为广大人民服务。"——他是说到做到了!

一个报人,不能只是眼睛向上,紧盯着庙堂;更要俯身向下,把
目光投向苍生——这,无疑是孙犁先生为办黑板报而热情鼓呼所带
给我们的一点启示。

(2022年12月25—27日,于深圳寄荃斋)

"建组"之道

编副刊,办杂志,除了编辑是主导者之外,还有必不可少的"两翼":作者和读者。一个高明的编辑,一定会想方设法把这"两翼"打开,只有打开这"两翼",你的副刊和杂志才能展翅飞翔。

孙犁无疑是一个高明的编辑,有思路,有宗旨,有定力,也有谋略。他是一个习惯于谋而后动的编辑,而一旦动起来,就要把事情做得很实,不浮不躁,有条不紊,先打基础,再建队伍,包括读者队伍和作者队伍。

孙犁建队伍,有一个妙招儿,说起来也不新鲜,就是组建小组。这个妙招儿,首创于冀中区的战斗烽火中,后来又带进了大城市,可谓一路"建组",屡见奇效,成为孙犁编辑实践中的重要一环。

1946年,孙犁接受冀中区党委的委派,创办《平原杂志》。工作人员就是孙犁一人,是主编也是记者,是校对也管发行,总之是杂志的"总管"。一份白手起家的杂志,最需要建立的,自然是读者队伍。于是,孙犁首先想到的是:要组建一个"读者小组"。在杂志出刊的第一期上,孙犁就写了一篇《〈平原杂志〉为组织读者小组启事》,文章很短,不妨全文引述如下:

本杂志为广大人民服务,系统地介绍各种文化知识,丰富农村的文化生活。为了更有效地发挥这个目的,贯彻这种精神,我们希望本杂志的读者们,能在同村、同街、同机关、同学校的范围里,自动地组织"平原读者小组"。读者小组和编者取得密切的通讯上的联系。它的任务是:按期研究讨论杂志的内容,并经读者小组的同志们的活动,组织附近的群众开讨论会,使杂志的内容,传播到不能直接阅读和不识字的群众中去。

读者小组要在本社登记,读者小组有权利向本刊作者提出各种建议,本社当给各小组以读书上的帮助和负责问题的解答。

(见《编辑笔记》,山西人民出版社1985年8月,第4页)

从行文看,孙犁把杂志的"身段"放得很低,因为在彼时彼刻,冀中乡村里文盲还很多,识字的人较少。杂志要想在乡村站稳脚跟,盲目追求"高端路线"肯定不行。孙犁在讲清杂志的宗旨后,对组建读者小组提出了几条非常切合实际的建议,譬如"希望本杂志的读者们,能在同村、同街、同机关、同学校的范围里,自动地组织'平原读者小组'",还希望"使杂志的内容,传播到不能直接阅读和不识字的群众中去"。

如此接地气的文字,大概在古今中外办报办刊的各类启事中,都是极为罕见的。这体现着孙犁的编辑思想,即"本杂志为广大人民服务"。这句话,说起来很普通,对读者也是就低不就高;但细细品味,就会发现,这其实是一个非常有高度也相当有难度的要求。而孙犁组建这样"不择细流"的读者小组,显然是为培育杂志的目标读者"量身定制"的。

七十多年后的今天,《平原杂志》已很难见到,它的"读者小组"是如何组织活动的,在当时起到的效果如何,也已无从查考。孙犁自己也没有详细记述,就连这篇启事都是一位"犁迷"从冀中地区的旧报刊上抄录出来,才免于流失的。但是作为编辑,孙犁先生组建"读者小组"的做法,却因这篇短短的启事,存留在其漫长的编辑生涯中,成为一个可供"溯源"的标记。

进城以后,孙犁征尘未洗,就参与创办《天津日报·文艺周刊》。办报环境变了,所面对的读者群也变了。对于这时的报纸副刊来说,报纸发行、扩大读者,已然不是优先的选项,而迅速组建一支作者队伍成为当务之急。于是,孙犁又着手组建"业余作者小组"——这既是以往组建读者小组做法的延伸与活用,更是适应新环境快速培养新的作者队伍,从而扩大稿源的方便法门。

组建作者小组,不像组建读者小组那样需"广泛撒网",广而告之;而是以点带面,重点吸收。当时参与"文艺周刊"组建作者小组的编辑张家珠,曾在一篇《孙犁同志和业余作者》的文章中,回忆了孙犁组建作者小组的"详情":"天津是一个工业城市,是工人集中的地方,那么培养、发展工人文学创作者,自然又是'文艺周刊'义不容辞的责任。……于是,在这样的历史背景下,《天津日报》文艺部组织的以工人为主体的业余写作小组便应运而生了,并逐步发展起来。这个业余写作小组成员的来源有这样几个方面:一个是从来稿中发现的作者,一个是从报社新闻部介绍过来的通讯员,一个是有关部门推荐的人选。有了这个业余写作小组,当然得组织活动,比如定期开个会,根据报纸在一个时期宣传的要求,给小组成员们发放写作提纲一类的东西,请业余作者写稿子。负责具体工作的编辑,看完这些业余作者的稿件,能够利用的,便认真进行修改,然后分期分批送到孙犁同志那里做终审审定。"

显然,组建这个业余写作小组,稿件是"龙头",发现人才则是关键。张家珠写道:"编辑还要把业余写作小组的活动情况,写作中出现的问题,稿件的质量和数量,等等,都一一向孙犁同志做出较为具体的汇报。每次汇报,孙犁同志都讲了许多很好的具体意见和具体要求,其中包括对编辑本身和对业余作者两个方面。"

孙犁在20世纪50年代曾写过一篇《论培养》,谈及培养新作者的问题,他是这样说的:"培养新的作者,当然有各种方式和机构。

在目前，我觉得一个文艺刊物的编辑，实际上负着这方面的光荣的责任。我们的文艺刊物就像一个训练新角色的科班一样，许多小演员经常在我们的舞台上操演，有很多人初露头角了，有很多人已经接近业满出师。没有充分地发表作品的刊物，想发现很多作家是困难的，正像不设备舞台想得到演员一样。文艺刊物既是一块实际的园地，它就必须经常具备适当的土壤、雨水和气候。如果园丁不耐心，或是由于缺乏经验，气候有时不正常，肥料有时施得太多，有时施得太少，对于幼苗都不适宜。而且，培养一个新的作家，比培养一种植物困难得多，他不是一年一季就可以成功的东西。"（《孙犁文集》第四卷，百花文艺出版社 2002 年 10 月，第 264 页）而组建这个业余写作小组，正是他的这种想法在编辑实践中的应用。

孙犁先生当年的这些做法，如今已被学界称为"布衣孙犁的办刊之道"，并写进了研究专著。其中也对他的"业余写作小组"有一段专门的论述："孙犁本人还积极将周刊青年作者组成'副刊写作小组'，亲临讲课。这些'创作经验谈'有些整理后发表在周刊上，如1951 年 1 月 21 日刊出的《作品的生活性和真实性》和 1952 年 5 月 12日刊出的《怎样把我们的作品提高一步》。在后文中，孙犁讲了怎样表现'新鲜事物'，怎样观察、描写，怎样遣词造句以求'生动'。这种优秀写作者的'夫子自道'，对初学者极有教益。孙犁还先后邀请方纪、康濯等友人参与指导写作小组。"（张均著《中国当代文学报刊研究（1949—1976）》，北京大学出版社 2022 年 7 月，第 74 页）

在孙犁和编辑们的默默耕耘和精心培育下，"文艺周刊"这块园地，生机勃勃，新苗苗壮，在当时的报纸副刊乃至文艺期刊中，异军突起，形成了一种风格独特的新气象。张均在文章中写道："在创刊后短短两三年内，'文艺周刊'就切切实实培养了一批优秀的年轻作家，'文艺周刊'的版面上，新人新作如雨后春笋般地不断涌现。青年作者如刘绍棠、从维熙、房树民、韩映山；工人作者如阿凤、董廼相、滕鸿涛、郑固藩……"（张均著《中国当代文学报刊研究（1949—1976）》，第68页）尤为难得的是，这位学者还专门做出详细的统计，把当时在"文艺周刊"上出现的新作者与其基本概况、发表作品篇目等，都列出表格，整整两页还没列完，真是洋洋大观，令人惊叹！

在这些文学新秀中，有多少曾是孙犁组建的"业余写作小组"的成员？今已无从考证。但我相信，占比会相当的高。对孙犁先生而言，他始终都不认为这些新秀是自己培养的，他在晚年写了好几篇文章，一再申明："人们常说，什么刊物，什么人，培养出了什么成名的作家，这是不合事实的。……刊物和编者，只能说起了一些帮忙助兴的作用，说是培养，恐怕是过重了些，是贪天之功，掠人之美……"（孙犁《成活的树苗》，《编辑笔记》，山西人民出版社1985年8月，第63页）

功成而不居，名彰而身退，这同样属于"布衣孙犁的办刊之道"！

（2022年10月30日，于北京寄荃斋）

孙犁主导的副刊转型

"1948年冬季，我们的部队正围攻天津，新闻战线的同志们，暂时集中在胜芳，筹备进城后的报纸工作。我们准备了第一期副刊稿，其中有一篇文章是《谈工厂文艺》。在农村工作了多年，我们对于农村文艺工作和部队文艺工作，积累了一些经验。天津是工业城市，现在想到的是如何组织起一支工人文艺队伍。"（孙犁《阿凤散文集》序，《晚华集》，百花文艺出版社1979年8月，第190页）

孙犁所说的这篇《谈工厂文艺》，刊登在1949年1月18日《天津日报》副刊上，距离解放大军如摧枯拉朽一般地占领天津（1月15日），仅仅过去三天。这也是孙犁先生在新兴的城市、新生的报纸、新鲜的环境、新型的读者面前，发出的第一声清脆的呼唤——此时的孙犁充满激情，风华正茂，满怀理想，血气方刚——再过几个月，他将满三十六岁，正是金色年华，大展宏图之年。

从这一天开始，由孙犁先生主导的全国第一个被解放的大城市报纸的"副刊转型"之路，正式登程了。

（一）

在这里，先要厘清一个概念："主导"，而非"主持"或者"主政""主抓"……这是因为这次"副刊转型"是个系统工程，并非孙犁一人独自完成，亦非短时间一蹴而就。这是在一个相对漫长的时间段里，经诸多同人一同探索，逐步实现，并一直延续下来的。孙犁的

"主导"作用,恰恰体现在当办刊方向突遇歧路,路向不明,众说纷纭之际,他以超凡定力和远见卓识,提出导向性意见,带领副刊同人或迎难而上,或探路而行,或缓步寻幽,或别开新径……终于探索出一条迥异于他人的、独特的办刊新路。

如今,孙犁先生已经作古,他当年的副刊转型实践,已经过去了七十余年,当年与他共同奋斗的副刊同人也已寥若晨星了。这固然给我们回溯历史,重启研究,造成了一些实际困难;然而,拉开了一段时空距离,拂去岁月烟尘和人事纠葛的雾障,反倒可以使我们更容易、更明确、也更无顾忌地去探索、去追问、去还原当年的全貌,尽可能抵近孙犁先生当年的现实处境与心路历程,从而理解他当时为何如此讲述,如此推进,如此选择,如此规避,如此培养新人,如此制定编辑方略……

这是因为,当年他所处的政治环境、社会氛围、文艺路向、人际关系……凡此种种,都不是我们现在所能想象和体悟得到的,其复杂程度、斗争方式以及风云变幻的速度与力度,称得上是波诡云谲、瞬息万变。孙犁和他所主导的"文艺周刊",仿若一叶扁舟,在若隐若现的种种潮汐暗流中,能够寻路探险,一路前行,这当中既体现着一个报人对党的文艺方针总体把握的文化定力,也体现着目光敏锐、头脑清醒的政治判断力。同时,也不能不讲到孙犁先生那卓异的人格魅力……而这些"力",恰恰体现在孙犁先生的办刊"主导力"上。我说以《天津日报·文艺周刊》为代表的报纸副刊转型,是由孙犁先生"主导"的,其肯綮即在于此。

真实地还原孙犁创办报纸副刊时所处的大环境、小气候,对于研究和探索孙犁的办刊之道,显然是至关重要的。我在重读孙犁原著的过程中,也在尽力透过字面的平铺直叙,窥探隐匿在字里行间的诸多"潜台词",从而体味孙犁先生内心的隐秘和曲衷。这不是一件容易的事情,但却无法回避。

让我们还是从孙犁和他的战友们在胜芳镇集结待命,筹备第一期副刊之时,开始我们的回溯之旅吧——

(二)

谈到胜芳镇的集结,自然要引出另一个重要人物:方纪。当时,他是孙犁的"顶头上司"——孙犁从冀中区被召唤到胜芳镇参与筹备办报,是接到方纪的电话;大部队进城时,方纪和孙犁,这两位浪漫(亦可称为散漫)的文学家,执意要骑车进城,结果一路上险象环生,"几乎遭遇国民党散兵的冷枪"(孙犁语);进城以后,孙犁是《天津日报》副刊科副科长,方纪是正科长……这样两位相濡以沫的战友兼同道,在胜芳共商创办《天津日报》副刊的大计,他们都谈到了什么? 谋划了什么呢?

孙犁在三十年后,为《方纪散文集》写了一篇序言,用了一大段文字,回顾他与方纪的战斗友谊和难忘的过往:"我和方在青年时期,即解放战争时期,经常一同骑着自行车,在冀中平原,即我们的故乡,红高粱夹峙的大道上,竞相驰骋。在他的老家,吃过他母亲为我们做的束鹿县特有的豆豉捞面。在驻地农村的黄昏,豆棚瓜架下,他操胡琴,我唱京戏。同到刚刚解放的石家庄开会,夜晚,冒着敌机轰炸的危险,迷恋地去听一位唐姓女演员的地方戏曲。天津解放之前,我同方先到美丽的小镇胜芳,在一家临河小院,一条炕上,抵足而眠,将近一个月。……"偏偏写到这里,孙犁止住了笔,只用一句"这些情景,都一去不返了",就轻轻带过了。(《晚华集》,第182—183页)

可以肯定的是,他们在这"抵足而眠"的一月间,一定是畅谈了未来的城市,未来的报纸,未来的副刊……可惜的是,孙犁并没有写到这些,就像国画中的一片"留白",只能任由后人去驰骋想象了。

如今,答案只能到那篇《谈工厂文艺》中去寻觅了——这篇文章是孙犁专为进城后的第一期副刊准备的。动笔前,他一定与方纪交换过意见;写成后,也极有可能请方纪过了目。可以说,这是他们达成共识的一篇重要文献,是他们为新生的报纸副刊准备的一篇带有导向性的"开场白"。

孙犁在文章的第一段就引入论题:"文艺工作紧紧伴随着战争的胜利,愉快、雄壮地在乡村和城市展开,也紧紧伴随着乡村和城市的建设,使农村和城市,都产生了属于人民,为人民自己创作的文艺运动。"在这里,孙犁强调了两个"关键词":一个是"战争的胜利",毕竟这篇文章见报时,解放天津的战斗刚刚结束三天,硝烟尚未散尽,枪炮声犹在耳畔萦绕,这个时间点是必须要点到的;另一个就是"乡村和城市",把这两个地域名词并列排出,体现着一种视角的转换,即从以往的乡村,转向今天的城市。

接下来的几段论述,皆与这种视角的转换有关,也可以说是孙犁对未来的办刊理念的初步阐释——

"在天津,文艺工作主要是为工人服务,并在工厂、作坊,培养工人自己的文艺。我们从革命时代开始,就重视工厂中的文艺工作。十年内战时期,很多革命的作家,到工厂去接近、领导工人的革命运动,用文学和戏剧反映他们的英勇斗争和被残酷压榨的生活,工厂的墙壁上开始有了短小锋利的墙头小说和诗句。很多革命作家,在这样光荣的工作里,被当时的统治阶级枪杀了。我们现在应该继起他们的业绩,完成他们的遗志。"

这段文字,实际上是通过回顾革命文艺在工厂中的传承历史,昭告一个鲜明的志向,那就是"继起他们的业绩,完成他们的遗志"。接着,孙犁切入了当下的"头等重要的题目",他写道:"八年抗日战争,我们主要是建设了乡村的艺术活动。今天,进入城市,为工人的文艺,是我们头等重要的题目。我们就要有计划地组织文艺工作者进入工厂和作坊,也要初步建立自己的文艺工作。"

这个"头等题目",在进城后出刊的第一份报纸的副刊上,就做出公开的宣示,显然是非同寻常的。孙犁此时此刻的所思所想,直接或间接的,明晰或朦胧的,都在这些文字中传递出来了。

应当说,在这篇初试啼声的短文中,他还不可能完整系统地论及新报纸新副刊的办刊理念。写到文章的后半部分,他也只是回溯既往,把过去在乡村、在部队行之有效的一些做法,如街头诗、顺口溜、墙头小说、火线小报等成功的经验,讲给新生城市的读者们听,这似乎像是老生常谈,缺乏新意。然而重要的是,这些想法和做法,对于长期被反动统治者控制的报纸舆论而言,却是前所未有的新声音、新视角、新观点。作为副刊转型的序曲,更确切地说,是这首序曲的第一个音符,已经响亮地在新生的天津城奏响了!

(三)

显然,从乡村转入城市,就要把在战争年代形成的一整套革命文艺理论和实践,带入城市,带给城市的人们。事实上,1949年后,全国文协也是提倡要以"老解放区文艺"为基础,构建"新的人民的文艺"的。问题是,这些理论和内容,城市人能接受吗?是被动地接受灌输,还是主动地接受新思想、新文艺的洗礼,这当中的差别是显而易见的。

孙犁及其同人们不能不考虑到,天津不光是一个工商城市,也是一个具有深厚文化积淀和独特社会构成的"文化大码头"。单就报纸而言,这里毕竟是诞生过民国第一名报《大公报》的城市。自此之后,天津一直是一个报刊林立、文人聚集的舆论重镇。这里的读者从20世纪二三十年代起,就非常熟悉各种报纸的风格,他们不仅熟悉张季鸾的社评,范长江的通讯,刘云若、宫白羽的武侠小说,同时也非常熟悉从何心冷到沈从文、再到萧乾等一代代副刊编辑的文笔和路数……要让这样一个见过大场面的读者群,一下子接受并认可一份新的报纸，新的副刊，新的编辑套路，难矣乎哉！

如何赢得城市读者，如何在以往很少打交道的城市读者中间站稳脚跟，无疑是初进城门的方纪、孙犁们需要迫切解决的问题。

前文已经讲到，他们深知天津这座工业城市，产业工人占有相当大的比重。而党的方针一向是以工人阶级为领导阶级，以工农联盟为基础。那么，新生的副刊只要高举起"为工人服务"（前文所引孙犁语）的大旗，既可以摆正办刊的方向，又可以培养城市中的大批读者；再进一步，还可以培养出一批新的工人作者，如此一举三得，足以立于不败之地。由此观之，孙犁甫一进城，就率先提出"为工人服务"的口号，无疑是经过深谋远虑而做出的导向性选择。

孙犁曾在办刊之初，为贯彻与落实这一大政方针，花费了极大的心力——对此，我将另撰专文论述。

但是这一思路在实施过程中并不是一帆风顺的，遇到了重重难关和阻力。我们仅就其中要紧者，略举数宗为例。

首先是题材的陌生。尽管孙犁一再吁请从解放区满怀激情进入城市的文艺工作者，尽早深入工厂，体验生活，进行创作，拿出反映新中国工业题材的新作品。但是这些习惯于书写乡村生活和战争题材的作家们，要转换一个大境域改写新题材，实在不是一朝一夕能成功的。他们写的作品中出现了一些通病。针对这些普遍问题，孙犁在《略谈下厂》一文中，有过一段专门的论述："有些作者是把农村积累的生活、感情，拿来写工人的。这些积累对于作家来说，还包括过去文艺修养上的经验积累。因为这样，如果我们把作品里面的都市生活、工厂生活的背景代以农村的风景，就立刻变成一篇关于农民的故事了。"（《孙犁文集》补订版第五卷，百花文艺出版社2013年4月，第394页）

其次是语言的隔膜。这种隔膜表现在两个方面：一方面是习惯于把农民的语言加以"改装"，打上工人的标签，无论对话还是描写，都没有真实的、从工人生活中得来的鲜活性和生动性；二是作者本身受到旧文学的浸染较深，带有浓重的封建的、小资的、虚无的、颓废的……这些旧文学中常见的痕迹，并将其带到写工人的作品中，显得虚假而陈旧。针对这类问题，孙犁在1949年10月23日的一篇广播稿中，做出专门评论，他说："我们要学习工农兵的语言，语言实际就是群众生活的一部分。但在学习以前，我们还要清一清耳目，放下沉重的包袱哩！我们是在旧社会长大的，并且受到多年的陈旧的文学的教育，这些旧文学，不只影响着我们的思想，也影响着我们的情绪，更直接影响着我们的语言。……这些影响在我们身上根深蒂固，它的语言在我们的脑际萦回不已，写作的时候，时常争先恐后地在我们笔下问世。要抛弃这些语言，你的笔就停止不转，只好搁笔不写，简直是非常痛苦的问题。很多人为这个问题苦恼。"接着，孙犁为这些苦恼的人们开出他的"药方"："获得新的语言，这是艰苦长期的过程。但是，如果我们只是带一个本子，去记录工人或农民的语言，地方土语和成语，俏皮话和歇后语，新名词和专门术语，是不是能解决问题？当我们从事写作的时候，再像查字典一样，尽量把记下的这些土话、成语写进我们的文章，就能解决问题吗？那样做是很别扭的。……文学是生活、思想、语言的血肉的结合。真正学习群众的语言，是只有深入地同群众去一起生活，一起工作，一起思考和处理问题才能做得好。"（《孙犁文集》补订版第五卷，第508—509页）

然而，方纪与孙犁当初设想的这条编辑思路，在副刊推出后不久，就受到了来自圈子内部的诸多质疑——如果说，前面的诸如题材陌生、语言隔膜之类问题，都还属于技术性问题的话，那么，来自圈子内部（往往是更大名头、更高层级）的质疑之声，才是他们遇到的最大压力和阻力，甚至会直接动摇他们办刊思路的根基。这，才是孙犁他们所面临的真正挑战！

（四）

有一个时间节点，必须先做出提示：《天津日报》创刊于1949年1月18日，彼时，新中国尚未成立，北平城还没解放。也就是说，孙犁们所创办的副刊，是大城市报纸的第一个"样板工程"。他们的探索和实践，自然会受到各地革命文艺工作者的高度关注，这是理所当然的。而他们率先做出的副刊模样，既不同于老解放区的报纸副刊，也不同于国统区左翼报刊的副刊模样，初期亮相，生机勃勃，令人感到耳目一新。起初，大家都是抱着欣赏和探究的心态和眼光，来观望着、研究着乃至欣赏着。然而，随着时间的推移，尤其是随着全国解放的步伐逐步加快，直至以新中国开国大典为标志，一个新纪元开始了。随之而来的，则是新报纸、新刊物如雨后春笋，大量创刊。一大批从解放区和国统区走进北京的文化人，纷纷站到了办报办刊的前台。一时间，八仙过海、各显神通，多路高手、登场献艺。很快，《天津日报》的副刊路向，由以前的一枝独放，变成了花团锦簇中的一朵，其特异性和独创性，很快就被各路高人该拿去的拿去，该舍弃的舍弃。接着，各种议论和质疑，也逐渐从四面八方传到了方纪孙犁诸同人的耳中。其中不乏尖利的言辞，刺激着他们的神经，消磨着他们的自信，也阻碍着他们全身心地依照既定方针前行。他们不得不进行必要的解释，甚至不得不进行自我辩护……

在这里，我要引述学者张均所写的一篇有关《天津日报·文艺周刊》的研究论文，他在文中披露了一些重要的背景材料，可以加深我们对方纪和孙犁当时境遇的理解。"在1949年下半年，对'老解放区文艺'的不满甚至嘲笑，在平津等都市里渐成'暗潮'。对此，丁玲等文艺界领导人无不感到压力。最初与孙犁同为'文艺周刊'负责人的方纪愤愤地说：'有人说：老解放区的作品看一篇就够了，其余的大致差不多。这种说法当然是不对的，而且是刻毒的，是一笔抹煞不能服人

的。'"（方纪《真人真事和典型》，见1950年1月3日《天津日报》）

这段文字，不再隐讳解放初期文坛上的纠缠争斗，比较直白地"还原"了一部分当年文艺界的实际情况，因而值得重视。（上述引文见张均著《中国当代文学报刊研究（1949—1976）》，北京大学出版社2022年7月，第65页。以下凡引自该书者，均简称为"张均论文"）

这些对"老解放区文艺"的不屑之言，最大的源头应是那些来自原国统区进而登上新中国文艺舞台的"文艺精英"。而附和者中则囊括了新旧体制下的各种人群的声音。这种舆情和声浪是不能低估的，其能量之强、影响之广，足以令新生的报纸副刊不堪重负，裹足难行。

以孙犁的个性，他固然不会像方纪那样直接出面，撰文迎战和反击。但是他显然也不认同，更不会屈从于这种压力。而今，我们从他那段时间的文字中所看到的是：他在不厌其烦地讲解和澄清什么是"老解放区文艺"，老解放区文艺的特色和精神是什么，其历史贡献和在文学史上的地位应当如何认识，等等。孙犁不仅密集地写文章，还到学校去演讲，应邀去电台作节目……凡此种种，无非是对各种噪音以他的独特方式做出回应，意在从正面阐释真正的"老解放区文艺"是什么样的，告诉自己副刊的读者和作者们，"老解放区文艺"并非如那些诋毁和否定它的人们所说的那样。限于篇幅，我们无法展开和引述孙犁的这些论述。在这里，我只需举出一些孙犁当时所写的相关文章的篇目，即可略见一斑。如《怎样认识解放区文学的内容和主题》《抗日战争的文学作品》《解放区作品里的现实主义》，等等。

从今天的视角回望当时，我以为，孙犁当时所采取的这种态度和做法，除了具有其个性方面的原因之外，还有更深层次的考虑，即他不愿意正面卷入正在北京文坛酝酿并上演的"老延安派"和"老白区派"的权力争斗——从孙犁的革命经历和文学取向而论，他无疑属于"延安派"，他是老八路，也有在延安鲁艺从学和任教的资历，又是最先随着解放大军打进大城市的；他与北京的"延安派"头面人物丁玲、张光年等人皆有交往，很容易就被划入这一派别当中。但是孙犁的睿智就在于，他一直抱持着不介入权力旋涡，更无意从跟人站队中获取实际利益的超然立场。在冀中、在延安，他都是如此处世做人，从未改变。因此，当北京乃至其他地区的各路诸侯"明争暗斗"逐渐升级时，他却一直在警醒地观察，小心地避让。大路难免碰面，他就绕开大路走小路。当北京的各大"山头"争相紧跟政治风向，积极表现，不断地表态争宠时，天津这一隅却仿若"一潭波澜不惊的春水"（语见张均论文），只管埋头干着自己的事情；当京城以延安派占主导地位的《人民文学》（时任主编丁玲）、《文艺报》（时任主编张光年）等，不断地批评"周扬的人"（如夏衍等），而《光明日报》"文学评论"双周刊则因和周扬接近，不停地指摘丁玲的《太阳照在桑干河上》时（参见张均论文相关论述），此刻的孙犁除了正面阐述"解放区文艺"的主题和意义，用以昭示自己坚定的"文艺立场"之外，对京城的文事却不置一词。转而俯下身去，面向基层，花大力气去推进"工人创作"……这种以退为进、就低避高的做法，恰切地体现着一种"阴柔的进取策略"。这对保持孙犁创办副刊之初心不受外界干扰，实现既定的办刊思路，无疑是一种既高明又切实的选项。

几乎就在同时，孙犁也明确地拒绝了另外一种选项，即为了迎合城市读者的口味，重走旧体制下报纸副刊走了几十年的"轻车熟路"。张均先生在其论文中对此也略有述及："部分原本出身城市的'老解放区'作家（如萧也牧等）就逐渐放弃了已成为'旧的小说'的'老解放区文艺'"，转而去迎合"城市里的读者"的胃口（见张均论文，第66页）。这里提到的萧也牧先生，与孙犁早在解放区就已熟识，还曾被孙犁请到天津为工人作者们讲过课。他所持的观点，不可能不对孙犁提起过，但是孙犁显然不为所动。

照理说，在天津这样的老城，擅长舞文弄墨的人很多，要想办出一份能够"迎合"城市读者胃口的副刊，一点都不费力。孙犁从年轻时就喜读《大公报》，尤其对《大公报》的副刊耳熟能详。若想把副刊办得适合一般市民的口味，他只需把目标读者的准星略做调校，就能立竿见影——毋庸讳言，大部分旧式报纸副刊，刻意迎合的是"小市民文化"和"小资情调"，而专为工农大众发声的东西，则往往被打上"赤化宣传"的标签，也都不屑一顾。天津是个三教九流、五方杂处的大码头，"从俗"是非常容易的，也能换来廉价的掌声。然而孙犁等人，可以降低身段走向工厂、走向民间，坚决不肯动摇"革命文艺"的立场，也不肯降低自身的文化格调——这种坚守，显然是不可撼动的。

（五）

今天，我们重读孙犁当时的文字，不难发现，在当时的情势之下，他实际上也在适时地从另外两个方面来调校准星：一方面是苦口婆心地劝告自视甚高的文化人，不要总是沉湎于小资情调中不能自拔，如前文所引述的，孙犁希望他们"要学习工农兵的语言"，"要清一清耳目，放下沉重的包袱"；另一方面，他也在努力敦促和指导新进的青年作者，特别是工人、学生作者们改进缺点，提高作品的艺术水平。针对外界的批评，他循循善诱地给青年作者们"补课"——

他告诉他们："在一个轰轰烈烈的运动里，把群众单纯化，是我们作品的主要缺点。它降低了作品的思想性、指导意义、贯彻政策的积极意义。"

他引导他们："在现实里，作家首先体会到的是群众的力量，是英雄的性格，是抒情诗。但是，它不应该是单纯的美的抒情和抽象的英雄赞。应该说，现实里的美和英雄是在困难环境下的坚忍精神，危险关头的战斗献身勇气，是能扭转错误、坚定立场的领导力

量。"(孙犁《怎样认识解放区文学的内容和主题》,《孙犁文集(补订版)》第五卷,第392—393页)

他充满激情地鼓励青年作者们:"在这一个翻天覆地的变革时代里,在这个旧的已经死亡或正在死亡,新的已经诞生或正在诞生的时代,你一定看到不少和感到不少新鲜事物,如果你能把你所看到的所想到的新鲜事物,用最经济的笔墨,把它们形象化,就是寥寥几笔的速写也将是勾勒了时代和人类向上的轨迹,成为生命与活力的记录。"(《本刊征文启事》,见1949年12月23日《天津日报·文艺周刊》)

在不断地撰文和演讲的同时,孙犁也开始身体力行,用自己的创作和评论来做出"示范"。我将孙犁在1949至1956年(1956年孙犁因病而被迫离岗)数年间的创作和评论,略作梳理,可以看出他是从三个方向上进行探索、做出尝试和寻求突破的。

其一,他两次给市委打报告,申请下乡和下厂,体验生活,创作新作。据滕云《孙犁十四章》记载:"1950年6月6日,他给康濯写信,说'我已决定到河北农村,已在此间组织部提出函请。'孙犁并向康濯提出,如他的写作申请市委不批准,能否请中国文联的负责同志'外援一下'。二十天后他等到了市委的决定,市委同意孙犁本人的申请和周扬同志向市委来信的提议,孙犁可不用'长期做机关工作','于是决定我下厂(市委同报社不愿我下乡),兼编'文艺周刊'。"(滕云《孙犁十四章》,人民文学出版社2012年3月,第637页)这次被批准的"下厂假"(这是我杜撰的名词),实际上只是每日半天,另外半天他还要回到编辑部编稿、看版。孙犁兴奋地告诉康濯:"下星期就到此间中纺去,过一个时期再转重工业,并拟到唐山。我的工作法是写短东西,有收获就写,并不准备写长篇……"孙犁做事一向是扎扎实实,脚踏实地。随即,他的足迹深入到天津一家被他简称为"中纺"的纺织厂,报纸副刊上就陆续出现了一系列鲜活生动的工厂速写,若《节约》《宿舍》《团结》《保育》《厂景》,等等。这些来自生产一线及周边厂景的速写式短文,不啻是孙犁从下乡转为下厂,交出的第一批新闻性极强的"通讯速写",也是实践他的"为工人服务"办刊理念的一次成功的尝试。

只可惜,这次批准的"下厂假"只有短短两个月,他的雄心勃勃的对工业题材的采访写作计划,是不可能在这么短的时间里实现的。

1955年冬天,孙犁再次申请"采访假"。依照前例,他被批准了两个月的"下乡假"。这次,他把目光转向了津郊农村,又完成了六篇城市与农村结合部的城郊农村速写。

这两次深入基层的实地探访,对孙犁而言,具有两方面的意义,一是他用创作实绩,初步践行了"为工人服务""为工农兵服务"的办刊理念;二是为那些正在迷茫中的新老作者们,提供了一系列贴近新生活、反映新风貌的文章范本。

其二,他不惜时间和精力,从工人、农民、学生等青年作者中,发现好苗子,加意培养,不遗余力。他这样做,不仅仅是基于一个副刊编辑的责任心和敬业精神,更有其深远的战略考量——他要为自己的新刊物,培养一批既不同于老解放区来的那批老作者,又不同于习惯为旧报纸写稿的旧文人,完全是以新时代的新观念、新视角、新文笔来写作的作者队伍——孙犁不遗余力地在这块园地里辛勤耕耘着,也不断收获着新的创作果实,吸纳着新鲜血液,感受着丰收的喜悦。而更具深意的是,铺展在"文艺周刊"上的大量新作品,再也不会被讥刺为"看一篇就够了"——冀中农民常讲一句土语:"出水才看两脚泥。"——孙犁用自己数年间埋头垄亩、耕耘锄耨的实效,让那些质疑者、讽刺者乃至反对者,看到了"出水的两脚泥"。

其三,孙犁虽然在开辟新境域、新题材,发掘新作品,发现新人才等方面,毕力耕耘,殚精竭虑,但是他也从未放松对"老解放区文艺"的底线坚守。岂止是坚守,他还在努力开拓,精耕细作,让一度被矮化、被曲解、被轻视的乡村题材、战争题材,在新时代抽出新芽、发出新绿、结出新果——就在进城之后的三五年间,孙犁的创作成果之丰硕、人物形象之鲜明、主题开掘之深刻、语言风格之独特,均达到了前所未有的高度,其代表作《村歌》《山地回忆》《风云初记》《铁木前传》等,均诞生于这个阶段。他以自己的创作成果,让"老解放区文艺"焕然变为"新解放区文艺"。而这些作品中的大部分,都是在"文艺周刊"上首发,这对增强新副刊的影响力,昭示新副刊的深厚底蕴和文化品位,无疑起到了无可替代的作用。

至此,孙犁所主导的《天津日报》的副刊转型,为中国报纸副刊的悠久历史,增添了一个崭新的成功案例;在新中国成立之初争新斗奇、各擅胜场的文艺报刊之林中,异军突起,独树一帜,探索出一条风格迥异的"第三条道路";孙犁与他的同事们,凭着自己的睿智、凝聚力和奉献精神,把地方报纸的一块小小园林,莳弄得枝繁叶茂,硕果累累,更重要的是新人辈出,风格鲜明,影响京津,辐射全国,以至于在几十年后,被一众文学史家们称誉为"荷花淀派"——尽管孙犁先生本人并不认同这一流派的存在,也坚决婉拒去当这一流派的"开山盟主"。然而,客观言之,以一家地方报纸的小小的文学副刊,能赢得文坛同道的如此赞誉,能引起文学史家的如此重视,在全国报纸副刊中,确如凤毛麟角。难怪有学者据此将其称为"'文艺周刊'现象",更将"文艺周刊"的成功之路,誉之为"布衣孙犁的办刊之道"。(张均论文的副标题即为"兼议布衣孙犁的办刊之道")

作为一代报人,孙犁以心血浇筑的"文艺周刊",为新中国的报纸副刊同人,树立起一个无可替代的高标,其文化薪火至今依然在传承在延续。远望之,这是一块并非高耸入云的丰碑;近观之,则宛如路边一个默然而立的路标。

(2023年1月5—10日,于深圳寄荃斋)

苦心经营工人作者队伍

—— 再谈孙犁主导的副刊转型

在孙犁的办刊理念中，深入生活，贴近实际，采撷鲜活的生活素材，真实反映现实中的人物和故事，始终是其对副刊作品的一贯要求。翻开孙犁文集，在乡村办刊时，他写过《和下乡同志们的通信》；进城办刊时，他写过《略谈下厂》。这都是作为编者，对自己的作者们所做出的及时而切实的指导。

（一）

孙犁在"文艺周刊"创办初期，特别看重来自工业生产第一线的生活报告，因为在他看来，生活报告乃是文学创作（小说、散文、报告文学等）的素材和基础，也是发现和培养新的工人作者的一条重要途径。

他曾有一个特别殷切的期许，他说："如果我们能有十篇几十篇关于天津各个产业的深入全面的带有思想性的生活报告，那不只是我们编辑工作的收获，而是整个工作的收获。"（《孙犁文集》补订版第五卷，百花文艺出版社2013年4月，第397页）

他曾恳切地向作者们发问："今天的工厂现实生活，是处在新的、激动的、充满斗争的转变时代，它不同于农村生活，也不同于过去的工厂生活。我们不能写出这样一种气派的工厂小说吗？"（《孙犁文集》补订版第五卷，第395页）

为了达到这样的目标，孙犁对于发现和培养工人作者，倾注了大量的心血。其中一个典型案例，就是对铁路工人阿凤的具体而细微的点拨、扶掖和培养。

事实上，他的《关于生活报告》一文，就是对阿凤一篇散文的具体评点，其副标题就是"介绍《在列车行进中》"。孙犁的文章与阿凤的散文是刊发在同一期的"文艺周刊"上，也可以说是专为推介这篇作品而配发的一篇评论。孙犁写道："我们向读者推荐本刊今天刊登的阿凤写的《在列车行进中》。作者是在铁路工作的，他写的是关于这一职业的工人同志的生活，而不是写的一般的'社会现象'的见闻，确实地通过自己熟悉的生活，反映了自己的思想情况。但收到的效果，就不只是铁路职工看后觉得亲切真实，而能使社会各行业人士看后，都觉得亲切真实；就不只是教育他自己或他的伙伴，而是能教育全体读者。作品就是这样，越是具体的，效果就越会是全面的。

"这篇作品不同于别的报告，他是通过生活来表现思想，不是用抽象的认识说明生活的现象。但是，所写的生活，也不是漫无选择的，而是通过作者的业务生活的全段过程来集中地说明了一个完整的思想过程。"（《孙犁文集》补订版第五卷，第397—398页）

接着，孙犁对作品的内容提炼出几个要点，做了简单的介绍。这个介绍的过程，也是向正在学习写作的业余作者们，传授一些作文的技巧。最后，他又为大家解疑释惑，明确回答了"生活报告是不是文学作品"的问题："有人会说，这不是成了一篇文艺作品吗？我们是希望生活报告都能成为文艺作品的。但这一篇毕竟还不是一篇小说，它还可以修饰，还可以发展，但这一切并不妨碍它是一篇好的生活报告，一篇文艺作品。"（《孙犁文集》补订版第五卷，第398页）

这篇文章写于1950年3月，距离《文艺周刊》创刊不过一年多时间。孙犁对于出自工人作者之手、刚刚萌发的作品，如此呵护，如此精心点评和推荐，可见其用心之良苦。正如他在《论培养》一文中所阐发的一个重要办刊理念："一个刊物的职责，主要的是培养作者，发展创作，它本身应该具备工作的性格，应该形成它的艰苦缔造的过程。一个刊物想永远刊载的都是'头牌'作家的作品，是很困难的，但能够训练出一班新人来，却是切实可行的。"（《孙犁文集》补订版第五卷，第437页）

孙犁这段话中，隐含着一个办刊之初亟待化解的现实难点：一个初创的地方报纸副刊，无意也无法与国家级大报大刊去争夺所谓"头牌"名家的稿件，又不想把解放前旧报刊的作者网罗过来作为主要稿源。那么，它只有依靠自己的园地和编辑的努力，来发现和培养"一班新人"。他曾把这种运作模式，与梨园界训练名角来作比喻："我们的文艺刊物就像一个训练新角色的科班一样，许多小演员经常在我们的舞台上操演，有很多人初露头角了，有很多人已经接近业满出师。没有充分地发表作品的刊物，想发现很多作家是困难的，正像不设备舞台想得到演员一样。"（《孙犁文集》补订版第五卷，第435页）

按照这一思路，孙犁开始了他的"发现之旅"。很快，一批工人作者被发掘出来，推上了副刊的版面。不过，"一个新的作者，不是一年一季就可以形成，一个刊物对作者的帮助，就是一件持续不断的工作"（孙犁语）。还是以阿凤为例，孙犁一直在观察着他的新作，研究着他的进步和不足。在一段时间之后，借着报社给业余写作小组开会的机会，孙犁对他的作品又进行了一番更深入的点评："例如阿凤同志，从《在列车行进中》发表以后，写了很多题材类似的文章，人物总是张大车、小李儿，内容和写法凝固起来了。经过邹明同志和他研究，把取材的范围放开，从铁路上各种新的生活气象写起，形式灵活短小，变化多一些。这样一来，阿凤同志的创作道路展开了，最近发表的《慰问袋》和《罐头与牛》都是很好的作品。"（孙犁《作品的生活性和真实性——在〈天津日报〉副刊写作小组的发言》，《孙犁文集》第四卷，百花文艺出版社2002年10月，第344页）

对一个普通的工人作者,如此用心地启发和指导,阿凤当然不是仅有的个案,而是当时比较典型的一个例子。

(二)

据当年孙犁编辑"文艺周刊"的重要助手李牧歌回忆,孙犁"对青年作者写作的培养也十分重视。每周请十多位以至二十多位作者到报社来开会,时间安排在晚上或周日,让他们谈自己的写作计划和对'文艺周刊'近期发表的作品的想法、意见"(《孙犁文集·天津日报珍藏版》下册,文汇出版社2008年12月,第1121页)。在这种有针对性的作者会上,孙犁每次都要做一个总结性发言,很受大家的欢迎。因为他是有的放矢的,对作品的优点予以肯定,缺点也是一针见血,而态度则是与人为善的。而他的发言要点,大多被整理成文,公开登在"文艺周刊"上。这就使得小范围研究讨论的创作问题,扩散到更广泛的作者群里去,成为一种带有导向性的创作指引。这种编者与作者"相与细论文"的交流氛围,也被后世学者津津乐道。(见张均论文,第74页)

重读孙犁当时在业余作者会议上的一篇篇发言,你会看到,他对许多新作者都是如此关注、如此倾心、如此中肯地评点和指导。譬如,他评纺织工人大吕的新作:"大吕同志写过一篇《田玉兰搬宿舍》,新事并不多,但所写的工人的生活谈吐,家属住房的历史上的问题,都很生动;把棉纺工人的特征的、习惯的生活都写出来了。必须全面地熟悉生活,才能保证作品的真实性。对真实的追求,也能帮助我们进一步认识生活。"(《孙犁文集·天津日报珍藏版》上册,第218页)

再如,他评陈祥淑的小说,她是一个纸厂的工人业余学校的教师,先后写来两篇小说,第一篇不太成功,第二篇《家属工作组》比较成功。孙犁据此评点道:"这篇作品是写几个女工怎样做家属工作,业余学校的教员，就是作者自己也参加了。因为自己也参加了，就很自然地知道了运动的发展过程，遇到的困难，和扭转的方法。因为是自己参加了，就不是旁观者，是热烈地希望着获得成绩，亲身感到过失败的苦闷和成功的喜悦的。因为是自己参加了的，自己就是故事的一个成员，直接和故事里的其他人物有过关联，有过思想感情上的接触，痛恨过或是同情过，斥责过或是赞许过的。对于人物就不只是看到了她们的形体，而且观察过她们的面色；不只听过她们的言谈，而且掂量过她们的语气的。这样就是生动的故事，而且是符合运动实际的故事。这是一个基础，凡是切实的文学作品，都是这样产生的。"（《孙犁文集》补订版第五卷，第423—424页）

此外，他还评点过古冶车辆段工人郑固藩的小说《围剿》、纸厂工人刘西午的小说《破布》、私营仁立毛呢厂的职工陈慧翰的小说《生产委员》和《觉悟》及王淼石的《勇敢的孩子》……

如果把"文艺周刊"比喻成一座园林，那孙犁就是在这里勤奋耕耘的"首席园丁"；如果把报纸副刊比喻成一个舞台，孙犁就是这个舞台幕后的监督兼导演。他看着在自己的园子里，枝繁叶茂地成长起一茬茬新苗，收获了一批批硕果；他目送着在这个舞台上初显身手、业满出师的一个个新角儿，成功了，出名了，走向了更大的舞台，他打心眼儿里开心。在《祝一九五一年的创作》这篇评述中，孙犁曾以几分自豪的口吻向世人宣告："去年一年，本刊在反映天津人民同心同德建设祖国保卫祖国的劳绩上，尽了微薄的努力。在我们发表的稿件中，就内容来说，有百分之七十是反映天津工人阶级在各种产业上的努力和进展，种种光荣的努力和进展，又为汹涌的爱国情感所激荡。在作者中，有百分之八十以上是工厂工人和各个工作岗位上的人员，在文学创作的园地上，多是新的名字。他们深入生活，以比较切实的创作，获得了成绩。例如以反映工厂生活为主要题材的滕鸿涛、阿凤、昕如、金军、李离、史林碧、吴继云，以及更为读者熟知的王昌定、任伍、余晓、何苦、萧来、大吕和董乃相,以新的农村生活为题材的庞亚民、刘占鸟、葛文等。我们在和这些新起的,热情从事创作的同志们,保持了互相讨论、互相监督的联系,使得我们的刊物,不只在京津,而且在遥远的边疆,得到许多文艺青年的支持和关怀。"(《孙犁文集》补订版第五卷,第410页)

当孙犁先生以一个新生的报纸副刊"主导者"的身份,写下这张来之不易的成绩单时,我想,这应该是一个报人、一个编辑,最有成就感的时刻!

(三)

1956年3月,全国青年创作会议在北京召开。这是对新中国成立后,青年文学成果的一次全国性检阅。"从孙犁及其同事耕耘的'文艺周刊'园地成长起来的不少作者,被遴选出来,参加了这次青创会。然而翌年秋,'反右'开始。据韩映山的回忆,'参加过那次青创会的作者,几乎有百分之八十被错划为右派。天津工人作者中只剩下阿凤一人'。"(滕云《孙犁十四章》,人民文学出版社2012年3月,第633页)

而此时的孙犁也突发病况:在1956年3月29日,因写作《铁木前传》太过劳累,起身时忽然晕倒,跌破左腮,此后便长期地离岗养病了(参见段华编著《孙犁年谱》,人民出版社2022年3月,第134页)。翌年开始的"反右"运动,他没有直接参与,因而也就没有亲眼目睹他辛勤栽培的新苗和名角们,一个个被砍伐、被放逐、被戕害的实景。但是这些信息不断地传来,无疑使孙犁黯然神伤。在二十多年后,他在给《阿凤散文集》所写的序言中写道:"1957年以后,与他同时崭露头角的几位工人作者,都因为政治上遭到的坎坷,一蹶不振,报刊上再也见不到他们的名字,都到外省各地,去经受严重考验。……他是我们那个副刊的小小版面上,一时群星灿烂后残存的一颗寂寥的星；他是我们当时苦心经营组织起来的，那一支并不很小的作者队伍，兵折将损后，荷戟彷徨的一员'福将'；他是50年代，在这一苗圃里生根成长起来，未遭砍伐的一棵老树。"

在这篇序言的结尾，孙犁以剀切沉痛的语气，写了一段分量很重的话："很长时间，我不自量力，想总结一下我们办刊物、培养和组织新的作者，成功或失败的，回忆起来愉快或沉重的经验教训。结果，都力不从心地放下了。只是在去年整理的一篇《编辑笔记》中，简单地谈到两个工人作者，其中第一个就是指的阿凤。读者不嫌麻烦，是可以找来参考的。"（《孙犁文集》第四卷，第517—519页）

我自然是"不嫌麻烦"的。我找到了孙犁提到的那篇《编辑笔记》，读到了孙犁对阿凤的这段中肯且深刻的评论——

一位工人同志的散文，写得很好。他的特点是能细心体会各种重大政治运动中的某些人物的心情。他所描写的人物，他都是熟悉的；他所表现的人物的思想情绪，是比较具体的，概念化的痕迹是不多见的；他的文字技术，足以传达他的构思。这是他的优点。他需要提高的地方是：在描写这些日常生活的时候，应该把生活中间具有决定意义的那些重大节奏表现出来。就算文字的风格有如合奏中的粗细乐器，表现得有所不同吧，但无论是一支箫管，一面铜锣，在表现生活大乐章的时候，都不能忽略表现那决定乐章精神的主要的旋律。这位同志应该扩大他的人物的范围和取材的范围，应该突破以相类似的家庭故事反映社会生活的手法，扩展他的作品的组织。这一切，都是为了使他的作品，在主题的积极意义上，故事的丰富含量上，文字的严密结构上，得到更进一步的加强。

孙犁先生第一次推介阿凤的《在列车行进中》，是在1950年3

月；他整理《编辑笔记》再次评点阿凤的作品，是在1977年12月；直至六十六岁时为《阿凤散文集》写序，是在1979年3月。这些珍贵的文字标记着：一位老编辑对一位铁路工人出身的业余作者关注、指导、点评了整整三十年——在新中国的文学史上，我不知还能不能找到第二个如此经典的范例？

（四）

至于孙犁在前文"谈到两个工人作者"的另一位，就是以写短篇小说见长的万国儒先生。

在《编辑笔记》中，孙犁在谈过阿凤之后，紧接着就对万国儒写了这样一段评论："另一位工人同志的小故事，有很多篇写得很活泼。他的故事的取材比较广泛，文字也是很流畅的。他知道注意表现比较重大的事件和比较突出的人物。但有些篇，在结构上，有时也显得类似，描写有时显得肤浅，不够展开和深刻。但他的故事都是比较完整的。我觉得这位同志应该加强故事的广阔性，对人物的刻划画，再多用一番力量；对主题的发挥，要使它的抒情感觉更加充分。我觉得这些方面，是我们一些工人作者做得不够的地方。这些方面的加强，我觉得是和学习、提高技巧有关的。"

这段文字，同样出自《编辑笔记》中"新的作者"一节。值得留意的是，文章结尾，孙犁特意用了一个"录"字，刚好与前文所说的"去年整理的一篇《编辑笔记》"，互为印证，说明是从旧文中摘录出来的。我猜想，这些文字，或许正是孙犁当年"想总结一下我们办刊物、培养和组织新的作者……的经验教训"的草稿，或许它只是早年写下的一些片段的札记，后来才整理成文的。

万国儒成名于20世纪50年代后期，他比阿凤们要幸运一些，躲过了"反右"的风雨侵袭。而他的成长期，又得到了老一辈文学大师的关注和赞誉——在孙犁为万国儒的小说集《欢乐的离别》所写的小引中，就引述了茅盾先生的一段赞语，他写道："茅盾同志对万国儒的创作，精辟地评价为：'给了我们很多风趣盎然，而又意义很深的仅二三千字或者竟有千余字的短篇，这在短篇小说不能短的今天时尚中，不能不引人注意。'"孙犁说，"这可以说是不刊之论，我有同感。万国儒的小说，较之其他一些工人作者的作品，是多情趣的，涉及的生活，也比较广泛。他的思路比较广，也比较活泼。"但是孙犁并不满足于肯定他的这些成绩，而是一如既往地指出不足，提出希望。孙犁主要讲到了两点：

第一点，要扩大生活的视野，不要局限在"工人作家就应该只写工人"的框框里；"凡是一种人为的框子，总是像古语说的'城里高一尺，城外高一丈'，越来越加码的。……清规戒律一旦在头脑中生根，就会产生种种奇怪的现象""如果我们的创作，划界分片，只能是工写工，农写农，兵写兵，其他领域情况之糟糕，定与上述相同。因为这样主张，无形地限制了作家们的视野，限制了他们的生活之路和创作之路。使一些初学者，略有成就，就满足现状，或者长期打不开圈子，打不开境界，致使作品停滞不前"。

第二点，要扩大借鉴的范围。孙犁在这里强调了读书的重要性："我们都知道仰慕那些老一辈的革命作家，研究他们的创作道路的同时，须知他们都是学贯中西的饱学之士。他们一生，特别是在青少年时代，读了汗牛充栋的书。……我们读的书很少，这是我们创作上不去的一个重要原因。"因此，孙犁直言告诫如万国儒这样的工人作家："我们要摆脱愚昧半愚昧的状态。……以上云云，是我写出来，同他，同所有文艺伙伴们共勉的。"

这篇序言，写于1979年5月29日。当时，孙犁对万国儒的未来还充满期待——"万国儒同志，富于春秋，他今后的成就，还是不可限量的。"（《秀露集》，百花文艺出版社，1981年3月，第265—267页）

然而，命运弄人，比孙犁年轻很多的万国儒，却在十多年后，身染沉疴,先其而去。孙犁于1990年3月又写了一篇《悼万国儒》,在痛惜叹惋之余,也对他们这一代工人作家的坎坷命运,做了一番剀切而深刻的分析和总结。

孙犁写道:"前几天,张知行去世,得到消息,人已经火化,连个花圈也来不及送,心里很别扭。这件事还没有放下,昨天来了一位客人,又告诉我,万国儒也在前两天去世了。这两位同志,都是天津的工人作家。近年,和我来往较多,在我的心目中,都是老实人。"

孙犁见证了他们这一代作家的辉煌和落寞:"50年代,中国文坛,曾先后有两颗新星出现,一个是工人万国儒,一个是农民谷峪。谷峪当时风头更健,曾当过八大候补代表,出国访问。其以后的遭遇,比起国儒,就惨多了。前不久已死去。我想,国儒一定是知道的,自己会想开的。看来,国儒的性格很固执。"

孙犁在文中也分析了国儒的"固执":"50年代的热闹劲头突然冷落下来,国儒想不通,生活得很落寞。有些问题,第一次遇上,就容易想不通。比如国儒的小说,到底是写得好呢,还是写得不好?如果说,本来就没有什么意思,为什么在五六十年代,大家都异口同声地吹捧呢? 如果说,实在是写得不错,为什么现在又到处遭到冷遇呢?

"当然,也可以把小说比作服装,过时了,面料和款式,都不时兴,放到箱底去吧! 但文学作品,实在又不能和服饰之类相比。因为,如果是那样,就不会有永久性的作品了。这只能从更大的范围,更多的事例,去寻找解答。从天地之间,社会之上,去寻求解答。"

孙犁认为这种内心的郁闷,长期不得排解,致使万国儒积郁成疾:"国儒又好像缺乏这种哲学头脑,心里的烦闷不能迎刃而解。作品受冷遇,必然意味着人也受冷遇,再加上随之而来的一系列能影响敏感之心的问题,他的健康就受到了严重的影响。"

孙犁说:"他发现有病,进院手术之前,曾来看我一次。我深深

理解他的用意,我沉重地对他说:'国儒,砸锅卖铁,我们也要治病。人家送礼,我们也要送礼！国儒,我能对你有什么帮助吗?'

"'没有,没有。'他照例坚强地说。

"过去,他来了,我没有送过他;这次,我把他送到门外,并和他握了握手。"

我读到这段文字,几乎落泪——一辈子不肯给任何人送礼的孤傲的孙犁先生,面对重病的老友,竟然"沉重地"让万国儒"我们也要送礼";那一句"国儒,我能对你有什么帮助吗",何止重若千钧！

我从这种反常的态度中,读出了老人家对自己辛勤培养的工人作者无比深沉的感情,也读出了他内心的痛苦、不忍和无奈！

曾经的一树繁花,如今已凋零殆尽;当年苦心经营起来的那支并不很小的工人作者队伍,至此,连最后的残枝也折断了——孙犁先生彼时内心的苦况,谁人能知?

（2023年1月10—14日,于深圳寄荃斋）

附:两个"一面之缘"

我与阿凤和万国儒这两位前辈作家,都有过一面之缘。见到阿凤是在我弱冠之时,具体年月我记不清楚了,只记得那是在我小学即将毕业的时候,应是20世纪70年代早期吧,天津市的"创作评论室"开办了一期"儿童文学培训班",我被推荐入选,大概是因为我在小学三四年级的时候,写过一部二十万字的小说习作的缘故吧。参加这个培训班的都是天津市在儿童文学创作或评论领域,做出了一些成绩的成年人作家,只有我一个小孩子。带队的两位女作家,一位是马尚娴老师,一位是谷应老师。有一次,培训班在《天津文艺》编辑部上课,主讲人是创作评论室的负责人刘怀章先生。在开课前,刘、马、谷三位老师,带着我们参观编辑部,在一位头发花白的老编辑面前,刘介绍说:"这位就是工人作家阿凤同志,曾经很有名的。"老编辑站起身,似笑非笑地冲着我们点了点头。当时,阿凤已经从各种报刊上销声匿迹很久了,连他的名字我都是第一次听到。但是当时他那一脸忠厚的样子,却给少年时的我留下了十分清晰的印象。而对他的文章,我是在进入报社工作之后,读了孙犁先生的文章,才找来浏览了一下,觉得文如其人,与当年见到的那个忠厚面庞,完全契合。

与万国儒先生见面,是缘于一篇稿件。我在20世纪80年代中期,受命创办《天津日报》"报告文学"专版。一日,从众多来稿中,我发现一篇署名"万国儒"的报告文学。此时,我与孙犁先生已经有了一些交往,也读过他的文集,由此知道,万国儒是他很看重的一位工人作家。因此,我对这篇来稿看得格外认真。这篇文章描写的是一位宁河的农民在"文革"中因遭受迫害而被迫"闯关东",在改革开放后重返故乡的故事。当时感觉题材很新颖,反映农村的巨变,也有一定的典型性。只是写法上有点像通讯,不太像报告文学。

我应该是按照来稿上标明的号码,给万国儒打了一个电话,简单地提出了我的意见。我本来以为,这样一位有名的老作家,或许不会把我这个晚辈的意见太当回事儿的,谁知,电话里的回答却极其干脆:"嗯,我明白了,我可以改。我改好以后,把稿子给您送过去!"

我很吃惊:此前,我接触过很多专业的、业余的写作者,以如此爽直而恳切的口吻,接受编辑的意见,并谦恭地要亲自来送稿子的,只有万国儒先生这一位。几天后,一位圆脸微胖的老先生来到了报社,在我的办公桌前稳稳地坐下,谢绝了我要给他泡茶的美意,缓缓地从书包里取出一份抄写得工工整整的文稿:"按照您的意见，我改了一下，您再看看行不行？"

我匆匆看了一遍，确实比原稿清新活跃了一些。我说："我看行了，我会编辑好，交给领导审！"

他的嘴角略略闪过一丝笑意，只说了一句："让您费心了。"随即，就起身告辞了。

后来，我把这篇稿件的清样寄给他复核，并附上了一封信。很快，他就给我写来复信，字很小，写得很密，其中还谈到组建关于报告文学研究小组的设想——我想，这应该是对我在信中提出的某个建议的积极回应吧。

这篇作品刊发在1985年1月18日的《天津日报》"报告文学"专版的头条位置，最后改定的题目为《故土深情》。

这就是我与这两位前辈工人作家仅有的交往。如今，借着孙犁先生的笔触，唤醒了我少年和青年时期的一丝丝记忆。"人事有代谢，往来成古今。"万人丛中，因缘际会，给了我如此难得的机缘，让我与这两位当年孙犁先生看重的前辈作家有缘相见——尽管只有一面，却也是鲜活而难忘的。今日品读孙犁先生为他们写下的文字，不由得感慨系之矣！

特附记于此，幸读者诸公莫以蛇足相视耳。

孙犁组建的"学生军"

——三谈孙犁主导的副刊转型

当第一批工人作者如雨后春笋,拔节而起之时,孙犁的"发现之旅"又转向了一个新的群体,那就是数量庞大、潜力无限的学生群体。

孙犁办刊重视学生群体,并非自"文艺周刊"始。早在1946年他在冀中区创办《平原杂志》时,就把学生纳入刊物的目标读者之中。在《〈平原杂志〉征稿启事》中,他就写明:"杂志的主要对象为广大农民、区村级干部、中学高小学生、小学教师。"在第二期的编辑后记中,还专门写道:"我们欢迎中学生小学生同志们经常把你们的日记作文寄给我们。"可见,在孙犁办刊的理念中,从来就不曾忽略过凝聚学生读者和培养学生作者。

如果说,孙犁在创办"文艺周刊"后,第一步是集中精力和心血,开掘和发现工人作者,那么,当他们在这方面取得初步成功之后,他就立即把目光放远开去,瞄上了数量庞大、潜力无穷的学生群体。在《祝一九五一年的创作》这篇既回顾过去、又展望未来的宣示性文献中,孙犁写道:"应该特别提起的,在今年我们希望能选登学生的创作。在伟大的爱国运动中,天津同学们表现的青年卫国的高贵的品质,已经形成一篇壮观的史诗,在这一运动里,他们增加了对文艺的爱好,写作的热情和要求。……他们应该把这满腔热情,形成文字,并且在本刊发表。中学和大学的文艺小组,已经是普遍的组织,他们热情地学习写作,我们愿意和这些文艺小组取得工作上的联

系,帮助他们发表作品。"(《孙犁文集》补订版第五卷,百花文艺出版社2013年4月,第412页)

孙犁这段话,不是随便一说的。他和同事们立即把这一设想付诸行动。短短几年时间,"文艺周刊"的版面上,陆续出现了一批新锐作家和作品,择其要者,简列如下:

若刘绍棠,先后刊发了《完秋》《伏暑》《修水库》《摆渡口》《大青骡子》《运河滩上》《十字路口》《槐花夜奔》《布谷鸟歌唱的季节》等一系列新作;

若从维熙,先后刊发了《红林和他爷爷》《老莱子卖鱼》《七月雨》《红旗》《社里的鸡鸭》《合槽》《故乡散记》《夜过枣园》等新作;

若房树民,先后刊发了《秋天》《年底》《麦秋》《爱国售粮》《退粮记》《照相》《深秋之夜》《花花轿子房》《渔婆》《九月的田野》等作品;

若韩映山,先后刊发了《高洗子》《鸭子》《苑苇和小芝》《凤儿的亲事》《瓜园》《两条道路》《冰上雪花飘》《船》《兰燕娘》《姐妹们的信》等作品。

上面这四位作家,曾被有些评论家誉为"孙门四杰",也有人称他们为"文周四俊",还有人将他们称作"荷花淀派"的四大主力。诸多说法,皆可姑妄言之,姑妄听之。然而,一个不争的事实是,这几位作家确实是从"文艺周刊"这块小小的苗圃中脱颖而出,并迅速走向了更大的文化空间。他们本人也一直对孙犁先生执弟子之礼。这种文坛上少见的"成批量级"的新人新作辈出的现象,无疑是新中国成立初期中国文化大观园中一道亮丽而耀眼的风景。

需要特别关注的是,上述四位新锐作家,当其把自己的文学新作(且大多是处女作),投寄给"文艺周刊"之时,他们的身份无一例外,都是学生——刘绍棠是北京通州潞河中学的学生;从维熙是北京市立师范的学生;房树民是通县中学的学生;韩映山是河北保定中学的学生。

　　试想一下,当这些尚在求学阶段的十几岁的少年,怀揣着青春的梦想,把自己稚嫩的文稿,托付给一个遥远的报纸副刊时,他们大概做梦也不会想到:文学的大门会就此为他们敞开,一条铺满鲜花的道路,就此为他们铺展开来,他们的人生道路也将就此而彻底改变……

　　刘绍棠无疑是这批少年作家中的佼佼者,他在"文艺周刊"初登文坛时,年纪只有十四五岁,由于他连续在这块苗圃中开花长叶,结成累累硕果,很快就在全国文学界引发"现象级轰动"。有人统计过,从1951年9月至1957年春天,他在"文艺周刊"发表的作品在十万字以上。他还没有从中学毕业,作品已经被收入中学课本;中学一毕业就被保送到北大读书,也是没毕业就到河北省文联从事专业创作去了。那是他的"高光时刻",他被誉为"神童",成为无数青年文学爱好者推崇的偶像……

　　刘绍棠日后回望自己的成长经历,对孙犁和"文艺周刊"充满了感念之情:"孙犁同志把'文艺周刊'比喻为苗圃,我正是从这片苗圃中成长起来的一株树木。饮水思源,我多次写过,我的创作道路是从天津走向全国的。"(刘绍棠《忆旧与远望》,见1983年5月5日《天津日报》)

　　从维熙在后来谈到自己的成长过程时,也和刘绍棠相似,他说:"50年代初,我首先结识的是孙犁的作品,他的小说和散文那种清淡如水的文字,曾使我如痴如醉。如果说我的文学生命孕育于童年的乡土,那么孙犁的晶莹剔透的作品,是诱发我拿起笔来进行文学创作的催生剂——我的小说处女作,是在他编辑的'文艺周刊'上萌芽出土的……"(从维熙《荷香深处祭文魂》,《回忆孙犁先生》,中国文史出版社2006年7月,第91页)

　　韩映山是从《天津日报》上读到连载的孙犁长篇小说《风云初记》,接着又读到了刘绍棠、从维熙、房树民等人的新作,萌发了创作的欲望和激情。1952年，他这个十七岁的中学生大着胆子，把自己的两篇小说习作投到"文艺周刊"。"天哪！我做梦也没有想到，'文艺周刊'竟连续都登了……"（韩映山《饮水思源》，见1983年5月5日《天津日报》）

相比之下，房树民的文学创作，"星光闪耀"的时间较短。但是他后来调到《中国青年报》后，转而把主要时间和精力都放到了编辑工作上。他延续了孙犁作为编辑的"红烛事业"，走出了另外一条承继先贤的文字生涯。

七十年后，回望当年，我们不能不钦佩孙犁先生的远见卓识——文学评论界往往把研究的重点，放在这几位突出的少年才俊的成功道路上，却往往忽略孙犁先生当年组建"学生军"的动议，从最初提出到逐步落实的全过程。而今，我们将孙犁先生重新定位为一个报人，重新梳理和探究他的办刊方略，才算更清晰地梳理出一条他从萌发初念到逐步成型的组建"学生军"的发展脉络。设想一下，假若当初没有孙犁的率先谋划，或许就不会有后来"文周四俊"的勃然生发，至少，他们的成才路径不会如此相近、如此顺畅、如此辉煌。

事实上，孙犁组建的这支文学创作方面的"学生军"，并非只有这四位才俊，他们只是其中最为突出的代表而已。查阅早年的"文艺周刊"，我们会发现这支"学生军"，除了"四俊"之外，其实还有相当强大的后备力量，可谓是基础雄厚、梯队选出的。与上述"四俊"几乎同时冒头的，还有天津师范学校的安树勋、武邑中学的魏锡林、安国中学的苑纪久、邢台中学的青林；稍晚一些的还有南开大学的冉淮舟……

这些学生作者，可以说都是孙犁开发学生作者资源的战略安排的直接受益者，同时，也是当年"一时群星灿烂"（孙犁语）的"文艺周刊"作者群中，一颗颗绚丽夺目的新星。他们虽然后来走向了各自不同的人生道路，但是有一点却是相同的——"他们还坚决地自称为孙犁的弟子"（鲍昌《中国文坛上需要这个流派》，见《孙犁研究专辑——在〈河北文学〉关于"荷花淀"流派座谈会上的发言》，江苏人民出版社1983年9月）。

然而，令人深思的是，孙犁到了晚年，一再申明乃至谢绝自己对这些少年才俊的"培养"之功，还做过非常具体的说明："比如刘、从二君，当初，人家稿子一来就好，就能用。刊物和编者，只能说起了一些帮助助兴的作用。"（孙犁《成活的树苗》，见《编辑笔记》，山西人民出版社1985年8月，第62页）此后，孙犁又写了一篇《谈名实》，再加深论，其用意是强调"作家成才与否，全靠自己，培养一说，不太科学"。不过，当我在重读孙犁此文时，却对文中一大段论及植物成长的文字，感触颇深，不妨引述在此，以佐论题：

一树、一禾、一花，立于天地之间，其成活生长之机半，其夭折死亡之机亦半。其初生也，茕茕孑立，风摧之而雹毁之，洪水涝之而干旱蒸之。成材或不得成材，成活或不得成活，除自然之恩赐之外，自然也不能与人事无关。就不用说，当干旱之时，你引水浇灌，当风霜之际，你设屏障护卫。就是你旁观侧立，不乘他人之危，效流氓之砍伐，顽童之削割，对于一株植物来说，也算是恩高德厚，终生不能忘怀的了。

（《编辑笔记》，第73—74页）

这段话说得真好——倘以植物喻人，以苗圃喻刊，则孙犁不愧是一个杰出的"园丁"，"文艺周刊"亦无愧于一个出色的苗圃：按成活率和成材率来计算，他们皆应是彼时当之无愧的"文苑翘楚"！

（2023年1月14—15日，于深圳寄荃斋）

"离政治远一点"

——四谈孙犁主导的副刊转型

在《孙犁主导的副刊转型》一文中，我曾写下这样一段话："当年他（指孙犁）所处的政治环境、社会氛围、文艺路向、人际关系……凡此种种，都不是我们现在所能想象和体悟得到的，其复杂程度、斗争方式及风云变幻的速度与力度，称得上是波诡云谲、瞬息万变。孙犁和他所主导的'文艺周刊'，仿若一叶扁舟，在若隐若现的种种潮汐暗流中，寻路探险，一路前行……"

七十年后，回望当年，可知这段文字并非危言耸听。且一旦拉开时空距离，重新拂去岁月的烟尘，我们可以更加真切、客观而全面地认识到先辈们的办刊路向和勇气定力，从而得以更加深入地理解报人孙犁的坦荡胸襟和无欲无求的精神境界。

（一）

许多研究新中国文学史的学者早就清楚地指出：新中国成立之初的文艺生态，是一个政治激情和创作激情交织迸发的特殊时代。因革命成功而一步跨到文艺前台的众多革命文艺工作者，其本身就同时肩负着政治和文艺的双重身份和双重使命。那是一段政治与文艺你中有我、我中有你的密不可分的时期，是政治直接指导文艺，文艺也自觉贴近政治的"蜜月期"。当时，几乎所有的文艺报刊，都将为政治服务、为政治运动服务乃至为政治人物服务，视为自己义不容辞的分内之事。于是，在相当一段时间内，不少文艺刊物上充斥着激情四溢的口号式诗歌和图解政治概念的各类文学作品,一些文艺报刊更是步步紧跟政治动向,生怕因反应迟钝而落在人后。因此,"今日研究者往往将'十七年文学'目为'政治宣传读物'。"(语见张均论文,第71页)当然,这种看法未免有些以偏概全,但这种看法的出现,也并非完全是空穴来风。

在这样一种文艺自觉地"为政治服务",俨然成为一种时尚的大环境中,孙犁的办刊独特性和"主导性"就凸显了出来——"周刊(指《天津日报·文艺周刊》)力图避免卷入文艺批判运动,始终如'一潭波澜不惊的春水'。新中国成立初期风雨频作,但周刊对外界'风雨'有意'迟钝',在不得不表态之时才略作表态,绝不如《人民文学》《文艺报》那样或以大规模政治性文章为自己的错误'赎罪',或率为批判前驱。"(见张均论文,第82页)

有人据此论定:孙犁是一个革命文艺的"疏离者"和"多余人",这就不免又落入了偏见和误读的"怪圈"——因这个论题并不属于本书的论述范围,在此只是点到而止,不再做进一步深论——事实上,孙犁从来就不曾"疏离"于革命文艺(特别是"老解放区文艺"),更不是游离于革命文艺阵营之外的"多余人"。只不过,他对政治与文艺这两者之间的关系,并非如他当年的同行们所理解得那么直白肤浅,而是有着不同寻常的深刻思考和清醒定位。在他看来,"既然是政治,国家的大法和功令,它必然作用于人民的现实生活,非常广泛、深远。文艺不是要反映现实生活吗? 自然也就要反映政治在现实生活里面的作用、所收到的效果。这样,文艺就反映了政治。政治已经在生活中起了作用,使生活发生了变化。你去反映现实生活,自然就反映出政治,政治已经到生活里面去了,你才能有艺术的表现。不是说那个政治还在文件上,甚至还在会议上,你那里已经出来作品了,你已经反映政治了。你反映的那是什么政治?"(孙犁《文学和生活之路》,《秀露集》,百花文艺出版社1981年3月,第114页)

孙犁先生的这段论述,直率而犀利,具有明显的针对性,今日读来,依然具有振聋发聩的力度。当然,这番话是在拨乱反正的20世纪80年代,才敢清晰明确地表达出来。若在彼时彼刻,谨慎如孙犁先生,他是断然不敢如此明言的。不过,可以肯定的是,如此清晰的判断和冷静的阐述,一定是经过长期思考和对现实状况的深刻领悟,才能得出来的。我们由此可以推断,在新中国成立之初办刊时,他应该就是依照这样一套理论逻辑,来标定"文艺周刊"的"主导性"方略的。

（二）

孙犁先生对政治与文艺关系的清醒认识,并非无源之水,无本之木。在研读孙犁当时乃至此后的相关论述过程中,我发现:他在当时复杂多变的政治风云中,能够如此清醒和冷静,说到底,还是因为他的理论功底十分深厚,在看问题的深度和远见方面,确有过人之处。一般而言,有理论的支撑就有内心的定力,就不会人云亦云,就不会头脑发热,也就不会盲目地跟风起哄。"文艺周刊"在当时的五音嘈杂中,能够发出自己独特的清新优美的旋律,就是因为有孙犁先生在把关定调。

孙犁的理论定力,以我粗浅的分析,应来自一远一近两个主要的理论源点。

其远点,无疑是鲁迅先生。孙犁一生推崇鲁迅,研读鲁迅。对鲁迅的著作和观点,他深谙熟知,甚至可以说是深入骨髓。他曾说过:"鲁迅1926—1927年在广州看到了当时的政治和文艺情况。他写了好几篇谈文艺与政治的文章,我觉得应该好好读。他在文章里谈到,'政治先行,文艺后变'。意思是说,政治可以决定文艺,不是说文艺可以决定政治。"(《孙犁文集》第四卷,百花文艺出版社2002年10月,第388页)

　　我依照孙犁先生的导引,也去专门翻阅了鲁迅在那段时间所写的有关文章,证明孙犁所言不虚。譬如,在1927年4月8日,鲁迅曾到黄埔军校发表过一次演讲,题目就是《革命时代的文学》,其中谈到具体的文艺创作与政治革命的关系时,他说:"在这革命地方的文学家,恐怕总喜欢说文学和革命是大有关系的,例如可以用来宣传,鼓吹,煽动,促进革命和完成革命。不过我想,这样的文章是无力的,因为好的文艺作品,向来多是不受别人命令,不顾利害,自然而然地从心中流露的东西;如果先挂起一个题目,做起文章来,那又何异于八股,在文学中并无价值,更说不到能否感动人了。"(《鲁迅全集》第三卷,人民文学出版社2005年11月,第437页)

　　鲁迅先生的这类论述,还有不少。显然,对新中国成立初期那种一切"为政治服务"、热衷于紧跟形势、图解政策的文艺潮流,具有一定的冷凝剂的效用。孙犁先生之所以有底气有定力,与当时的世风保持一定的距离,就是因为他有鲁迅先生作为自己的理论后盾。

　　孙犁与当时的文艺潮流保持距离的理论勇气,就其近点言之,无疑就是毛泽东的《在延安文艺座谈会上的讲话》。众所周知,毛泽东《讲话》的精神核心,就是明确了党的文艺工作的方向,即"文艺是为人民大众服务的"。对此,毛泽东说得非常明确:"我们的文艺,第一是为工人的,这是领导革命的阶级。第二是为农民的,他们是革命中最广大最坚决的同盟军。第三是为武装起来了的工人农民即八路军、新四军和其他人民武装队伍的,这是革命战争的主力。第四是为城市小资产阶级劳动群众和知识分子的,他们也是革命的同盟者,他们是能够长期地和我们合作的。这四种人,就是中华民族的最大部分,就是最广大的人民大众。"

　　既然"文艺是为大众服务的",那就不能简单地为某种政治运动服务,更不能简单地为某些政治小团体乃至政治人物服务。孙犁在办刊过程中,牢牢把握着这个明确的服务方向:从他进城之初提出

"为工人服务"的办刊方针，到集中精力发现和培养工人作者，乃至在版面上大量刊发来自工人、农民等生产一线的作者的文章……所有这些努力，都不曾偏离《讲话》所倡导、所标定的文艺方向。

1952年5月，孙犁专门写过一篇题为《领会和收获》的长文，详论自己学习《讲话》的体会，其中有一段文字，尤其值得玩味。孙犁写道："最重要而最光辉的是，毛泽东同志在座谈会上阐述了生活与文艺、作家的实践和创作的关系。他科学而实际地解释了世界观、生活实践和创作方法的有机联系。毛泽东同志指导文艺工作者投入群众生活和群众的火热的斗争里去。……这就使我们见到了延安文艺座谈会以后，在文、音、美、剧各方面的重大成果。这些成果充满战斗生活的真实气息，也表现了文艺工作者深入生活结合群众的种种努力。"写到这里，孙犁笔锋一转，直接把矛头指向当时的某些论调："有的人，并不重视人民文艺的成果。他们对这些新的东西求全责备，不如苏联作品！没有托尔斯泰！他们忘记了，这是开在中国园圃里的花朵，是中国人民革命的反映。这些反映当然还不够全面，还不够典型，可是，如果联系着中国人民的斗争来阅读，我们对这些作品，就会理解得更深刻一些，写起批评来，也就会更切实一些。"这是我所读到的孙犁当时的文章中，比较少见的一段"锐评"。显然，他是在利用阐述《讲话》精神的机会，放言批驳当时的一些奇谈怪论，肯定是有感而发、实有所指的。

而在办刊实践中，孙犁和他的同事们殚精竭虑，苦心经营，很快就让"文艺周刊"的版面上铺满了反映新生城市工农生活的、鲜活实景的小说、散文、速写、报告……园丁们在扑下身子潜心于栽花种地，哪里还有空闲去"关照"文坛上的明争暗斗？更无暇去介入那些挂着各种政治标签和山头幡帜的文艺论战了。

几十年后，当孙犁不再心存忌惮，敢于吐露心声的时候，他是把当时的某些文坛争斗，作为反面教训来谈的，他直言："全国解放，名利之争,天地更广,油水更大。然在初期,慑于政治权威,一般人尚知约束自己。然以政治约束文艺,有利亦有弊,久之必弊多而利少。当时,为什么忽然出现了'一本书主义'(这是50年代批判丁玲时所用的'专有名词'——引者注)这个口号,就是因为文艺作品,完全以政治为权衡,一本书中式,则作者桂冠加顶;一书被批,则作者流于灾难。一举成名,则本无经验,亦必大写'我怎样创作'的经验。一旦失落,则本无错误,亦必从阶级根源做检查,于是许多'划时代'的作品,过不了多久,或已烟消火灭;许多'里程碑'式的名著,书店已不见其书名。"(《曲终集》,百花文艺出版社1995年11月,第122页)因此,他提出"我们应该总结我们在文学创作上的反面经验。这比正面的经验,恐怕起的作用还要大些。多年以来,在创作上,有很多反面的经验教训。我们总结反面经验教训,是为了什么? 就是教我们青年人,更忠实于现实,求得我们的艺术有生命力,不要投机取巧,不要赶浪头,要下一番苦功夫。"(《孙犁文集》第四卷,第391页)

我曾戏言:一个鲁迅,一篇《讲话》,这是孙犁办刊的两大"护身法宝"。手里紧握这两大"法器",他就足以在激荡风云中立定精神,站稳脚跟,不趋时,不跟风,也不弄潮,只管自立于各种派别、各种思潮的旋涡之外,耕耘这块小小的文学苗圃,使其成为当时喧嚣浮躁的文坛上的一股清流。

(三)

我们今天回溯当年,似乎可以很轻松很写意,"古今多少事,都付笑谈中"。但是当事者在亲历这些过程的时候,却要沉重得多、也复杂得多。

事实上,我们前面所探讨的,只是孙犁主导副刊转型的"台面故事";而在台面之下,却是充满苦涩与曲折的。单是当年各种"运动"对办刊的直接或间接的干预和影响,谁能回避得了? 尤其是一家地方党报的文艺副刊，你想超然于"运动"之外，谈何容易！

我们试图重新复盘孙犁实际主导"文艺周刊"的50年代前半段历程，至少可以窥探到两次政治运动对办刊的直接影响。

第一次是1952年的"三反""五反"运动。党报副刊对这样全国大规模的政治运动，不直接反映是不可能的。"文艺周刊"也顺应形势，刊发了几篇反映这些运动的小说。"但仿佛是为了'消毒'，孙犁特意在第156期（指'文艺周刊'——引者注）刊出长文《论切实——'三反''五反'运动以来对本刊发表的几篇小说读后》，特别强调要从'切实'中来，要有实际的经验和体验，'反对单纯的概念和凭空的编排'。"（引文见张均论文，第80页）而此时孙犁的主要助手、文艺部副主任邹明也在随后刊出的《关于文艺作品的政策描写》一文中，明确提出："我们强调为政策服务，但也强调政策思想与艺术加工成为有机的结合。文学作品应该不是政策的翻版，而是通过人物的行动和形象来感染人们，教育人们。"（见1952年6月29日《天津日报》）

这些论点，应该说依旧延续着孙犁此前所阐发的文艺与政治之关系的一贯看法，即"'生活'高于任务，艺术高于政治，实是'文艺周刊'恪守的用稿原则。……亦因此故，周刊上的政治'气味'强烈的作品稍闪即逝，蔚为风气的，则是'切切实实'之作"。（见张均论文，第81页）

孙犁经历的更为严峻的政治风浪，是1954—1955年的"反胡风运动"。孙犁与胡风并不熟识，也没有什么交往。但是孙犁的朋友中有不少与胡风往来较为密切，更要命的是，"文艺周刊"此前曾发表过不少所谓"胡风分子"的作品，如鲁藜、林希等人，都是周刊的基本作者，尤其是鲁藜，与孙犁早在延安时期就是要好的文友，"文艺周刊"先后发表过他的《战士与母亲》《未来的勇士》《红旗手》等作品，可谓"关系密切"。在当时的政治氛围里，写封信都被打成"胡风分子"，像"文艺周刊"这样"连篇累牍"刊发其作品，很容易就被牵连进去,孙犁自然也难以脱掉干系。但即便如此,作为一介书生的孙犁,还曾在运动初期为鲁藜"仗义执言"。

"我曾两次为朋友仗义执言。一次是'胡风事件'时,为诗人鲁君。……是因为我自觉与胡风素不相识,毫无往来。"(孙犁《我的仗义》,见《曲终集》,第74页)但是任何"仗义执言"都是有代价的。随着运动之风越刮越紧,天津文艺界也沦为"胡风事件"的重灾区。孙犁迫于压力,也不得不表明立场。在1955年5月21日,孙犁写下一篇题为《要更进一步揭露胡风》的文章(载于天津通俗出版社1955年版《胡风反革命集团在天津的罪恶活动》第一集),这是迄今我所见到的唯一的出自孙犁之手的批判文章。这可否视为他为自己的"仗义执言"所付出的代价呢?这篇文章后来被编入了《孙犁全集》,也使后人看到了他为人的坦荡和诚实。

就在孙犁撰文表态的十多天后,诗人鲁藜被列为"胡风分子"而被捕。由此发端,严酷的政治风云愈演愈烈:1955年12月,北京召开批斗丁玲、陈企霞集团大会。孙犁赴京参加了这次批斗会,精神上受到强烈刺激;1956年1月,天津召开会议,传达北京批判丁、陈集团的材料,并展开讨论。在讨论会上,孙犁因"社会主义积极性不够"而受到主管领导的批评。1956年3月,孙犁因突发眩晕跌倒,左腮受伤缝针,从此因病离岗,长期休养……(上述史实均见段华编著《孙犁年谱》,人民出版社2022年3月)

孙犁的离岗休养,并没有中断"文艺周刊"的办刊进程,也没有改变其办刊方略,也没有受到当时常见的诸如"整顿""改组"乃至停刊之类的实质性处理。这在当时的文艺界确是罕见的个案。学者张均对此有一段分析,可资参考,他写道:"孙犁和'文艺周刊'之所以能够在历次政治运动中略作敷衍就可以退回自己那方清新、优美的文学世界,很大程度上是因为孙犁在文艺界无私怨、无'敌人'。否则,萧也牧、鲁藜、刘绍棠随便一人,都会给人可乘之机,并给周刊

带来灭顶之灾。所以，事后看，孙犁无'拉帮结派'之欲，于周刊而言，实在是福莫大焉。"（见张均论文，第83页）

（四）

"事非亲历不知难。"今天，我们重读孙犁，重温历史，重新沉浸在彼时的社会大环境中，感受其氛围，体悟其情境，愈发感受到老一辈报人的不容易。由此，也就愈发真切地领悟到孙犁先生在晚年，何以会发出那么多深刻而痛切的喟叹——

他说："文人宜散不宜聚，聚则易生派别，有派别必起纷争，纷争必树立旗帜，有旗帜必有代表人物。因此，人物之争，实为文艺界纷争之关键。文人尤不宜聚而养之，养起来的办法，早已暴露出许多弊端。养则闲，即无事干；无事干必自生事，作无谓之争。有名即争名，无名即争利，困难时，甚至一口饭、一尺布，也会成为纷争题目，于是文化之地变为武化之区。"（《曲终集》，第121—122页）

他说："文艺界变为官场，实在是一大悲剧。我虽官运不佳，也挂过几次职称。比如一家文艺刊物的编委。今天是一批，明天又换一批，使人莫明其妙。编委成了'五日京兆'，不由自主地沉浮着。我是在和什么人，争这个编委吗？仔细一想，真有点受到侮辱的感觉。……文艺受政治牵连，已经是个规律。"（《曲终集》，第72页）

他说："文章是寂寞之道。你既然搞这个，你就得甘于寂寞，你要感觉名利老是在那里诱惑你，就写不出艺术品。所以说，文坛最好不要变成官场，现在我们有的编辑部，甚至于协会，都有官场的现象，这是很不好的。一定的政治措施可以促进文艺的繁荣，也可以限制文艺的发展。总起来说政治是决定性的。"（《秀露集》，第121页）

他说："过去强调写运动，既然是运动，就难免有主观，有夸张，有虚假。作者如果没有客观冷静的头脑，不做实际观察的努力，就很难写得真实，因此也就更谈不上什么艺术。文章写法，其道则一。心地

光明,便有灵感,入情入理,便成艺术。"(《秀露集》,第131—132页)

他说:"我写东西,是谨小慎微的,我的胆子不是那么大。我写文章是兢兢业业的,怕犯错误。在40年代初期,我见到、听到一些人,因为写文章或者说话受到批判,搞得很惨。其中有的是我的熟人。从那个时期起,我就警惕自己,不要在写文章上犯错误。我在文字上是很敏感的,推敲自己的作品,不要它犯错误。"(《秀露集》,第127页)

他说:"我的一生,曾提出过两次'离得远些',一次是离政治远一点,有人批这是小资产阶级的论点。但我的作品,赖此得存活至今。这一次是说离文坛远一点。"(《曲终集》,第123页)

…………

孙犁先生的这些论点、这些观念、这些人生经验的总结,如果单摆浮搁去看,似乎是平淡无奇的,甚至有些冷峻、有些消沉。然而,当我们追寻着他办刊办报的足迹,一路风尘、一路坎坷、一路涉险、一路颠踬,设身处地,重走一遍,再来细细品味其内涵之意蕴与感悟之深邃,禁不住心潮起伏,感慨丛生——孙犁先生无论作为一个作家,还是一个报人,都是一个无可替代的存在。他对后人的启迪和教益,或许会随着岁月的流逝,而愈发显现出理性的睿智和人性的光彩。

(2023年2月1日,于北京寄荃斋)

孙犁的党性原则

——兼以披露两份特殊的孙犁手稿

　　身为党报的工作人员,且身负决定报纸版面的办报方向的责任,那么,党性原则便成了一种必不可少、至关重要的政治素质。

　　孙犁先生一生的大部分时间,都是在党报党刊从事新闻编采、副刊编辑、文艺创作等业务工作。然而,由于其文学创作的影响越来越大,作家的名声越来越响,致使世人逐渐淡化乃至忽略了他同时兼有的报人身份,更很少顾念到他是一名党报的工作人员——社会上出现这种认知上的差异,当然是可以理解的。但是当我们把研究的重心转到"报人孙犁"这个以往很少被关注的课题时,作为一个党报报人的党性原则,这个有意无意中曾被"屏蔽"多年的视角,就成了一个无法回避的课题。本文试图以"党员孙犁"为切入点,进而透视一下作为党报报人的孙犁先生的"另一面",力求真实全面地还原一个"鲜为人知"的普通党员的形象——这对更加深入而全面地理解和研究孙犁的文学艺术,整体把握其精神实质,而不再被社会上某些"附着"在孙犁身上的谬说和臆测所迷惑,显然具有特殊的意义。

　　严格说来,我并非承担这一论题的合适人选:无论理论水平、思想认识及对孙犁先生漫长革命生涯的了解深度,我都难以担此重任。但是因缘际会,不仅使我曾有机会与孙犁先生有过一段时间的交往,并进行过几次并非浅层的对话,而且因为较早涉猎孙犁研究,并得到《天津日报》一些老同志的高度认可和信任,致使他们将两份出自孙犁先生之手的"思想汇报"和"自我检查"的手稿,托付给我进行保存和研究,这就如同使我无形中承担了一种责任和义务,势必要在适当的时机,利用这些难得的第一手资料,探索出一些前所未有的研究畛域,而不仅仅作为两件特殊的藏品将其埋藏箧底。

如今,当我开始撰写这本《报人孙犁》的时候,我就开始搜集这方面的资料。在重读孙犁的过程中,在孙犁著作的字里行间,探寻和梳理孙犁先生对党的认识逐步加深的过程,并在他的浩瀚文海中,分析出哪些部分属于"报人文笔"——这是一项艰苦烦琐的工作,也是旁人从未涉及、至少是很少涉及的领域。我不知道自己做得如何,那是需要读者来评判的。不过,令我聊堪自慰的是,我的这份努力,至少在层出不穷的孙犁研究专著中,是一个独特的存在,是一条虽狭窄但却通往堂奥的新径。而首次披露的孙犁手稿,则宛如指引这条新径的两块醒目的路标。

(一)

孙犁出身于华北农村一个家境还算殷实的农民之家,其父亲早年外出学徒,靠着勤劳和韧劲,积攒下一份家业。他从切身感触中,悟到学习知识的重要,因而力促孙犁发奋读书。在当时经济能力几乎达于极限的情况下,把孙犁送到河北保定最好的学校——育德中学读到高中毕业。这在当时当地,实在是一个卓异的举动。而使孙犁获益终身的,正是在育德中学的这段求学生涯,给他打下了坚实的文学、哲学、科学、语言、逻辑乃至古文、外语等基础。

更重要的是,在这个特殊的历史时期,孙犁开始接触到新文学思潮和各种进步的社科书籍。他如饥似渴,龙饮鲸吸,读了大量的书报杂志和文学作品,并开始学习写作。当时,还有两个重要的历史背景,需要特别关注:一是1931年"九一八"事变爆发,日军开始进攻东北,这标志着一场命运攸关的殊死抗战,已经燃起了第一缕硝烟;二是在孙犁的家乡一带,爆发了由共产党人领导的"高蠡暴动"——保定地区高阳、蠡县一带的农民大众，为反抗国民党反动统治，在中共河北省委的领导下，发动了一场声势浩大的武装暴动。这场斗争发生在1932年8月，而在此前一个月，与育德相邻的保定第二师范学校则发生学潮，成为"高蠡暴动"的先声。这些大规模的学潮和暴动，是中国共产党在北方领导的最早的学生运动和武装斗争，一时间，震撼华北，深入人心。虽然学潮和暴动最终都失败了，但在冀中人民的心中却从此埋下了革命的种子。几十年后，著名作家梁斌以长篇小说《红旗谱》生动地再现了那场声势浩大的农民运动和武装斗争。

当这一切发生时，孙犁年方十九岁，正在育德中学读高中。他不可能不受影响，也不可能不受触动。这一时期，他阅读了大量的十月革命后的苏联文学作品，"广泛接触那些进步书局出售的马列经典著作，并学习唯物辩证法和唯物主义常识，大量阅读鲁迅、茅盾等人的作品及译作，从此打下了为国家富强、民族独立、人民自由而奋斗的革命文学基础"。在高中毕业前，还写过一篇论文《唯物史观艺术论》，"投寄胡秋原主编的《读书杂志》，胡回信'稍迟即登'，但最后未登，亦未退稿"。（见段华编著《孙犁年谱》，人民出版社2022年3月，第7—8页）

高中毕业后，他一度到北京求职，投考过邮政局职员，但没有成功。后在北京市工务局谋得一个小职员的职位，干得也不遂心。回乡一段时间，又在同学的帮助下，来到白洋淀边的同口镇小学任教。在他的一篇忆旧散文中，有一段文字涉及当时的一件实事，值得加以引述，这篇文章题为《同口旧事》。孙犁在文章中写到一位初中时的同班同学黄振宗，他写道："有一次，张继到我校演讲，讲毕，黄即上台，大加驳斥，声色俱厉。他那时，好像已经参加共产党。有一天晚上，他约我到操场散步，谈了很久，意思是要我也参加。我那时觉悟不高，一心要读书，又记着父亲嘱咐的话：不要参加任何党派，所

以没有答应。他也没有表示什么不满。"(《孙犁文集》第三卷,百花文艺出版社2002年10月,第274页)

这段记载的重要性就在于,这是我们所能看到的孙犁最早接触共产党的一个实例。而他当时并没有加入共产党的意愿,给出的三条理由也是合情合理的:一是觉悟不高,二是一心要读书,三是父亲的叮嘱。

有了这个实例"垫底",我们就完全可以理解:为什么孙犁在参加抗日工作之后,对同事兼战友陈乔真心实意地劝他入党,也予以婉拒了。

(二)

1937年7月,日本发动"卢沟桥事变",抗日战争全面爆发了。很快,天津、北京相继沦陷,9月,保定沦陷。战火眼看着就烧到了家门口。在中共中央向全国发出全民族抗战的紧急通电的大背景下,冀中平原上迅速燃起了抗日救国的燎原之火。8月下旬,党中央派红军干部孟庆山(这是孙犁长篇小说《风云初记》中高庆山的原型)来到冀中平原,发动群众,组建抗日武装,开展游击战争;10月,由吕正操任司令员的人民自卫军在晋县成立,随即转战冀中,司令部就设在孙犁家乡的安平县城。

当时,学校刚好放了暑假,孙犁回到家乡东辽城村休假。抗战的浪潮席卷而来,他的爱国激情顿时被点燃,立即投身到抗战的洪流之中。他每天往返于县城和家乡之间,以自己在文学方面的特长,为抗战奔波出力。这期间,他开始编辑革命诗集《海燕之歌》,并写出一些配合抗战的文艺评论。他的文学才华立即被抗日队伍中的一双双"慧眼"发现了,在抗日工作中,他结识了王林、路一、陈乔、李之琏等战友兼文友,使他深感在抗战队伍中,不仅有知音有同道,而且有了"用武之地"。

1938年春,李之琏和陈乔亲自来到孙犁家里,正式邀请他到人民自卫军政治部工作,孙犁慨然应允,从此步入了抗日战争的战斗行列。

孙犁加入抗战队伍后,主要还是从事他所擅长的文化宣传领域的工作。而他的创作热情也空前高涨,在冀中人民自卫军政治部的《红星》杂志创刊号上,他发表了论文《现实主义文学论》。此后,又相继发表了《民族革命战争与戏剧》《战斗文艺的形式论》等一系列文艺理论作品。据《红星》杂志主编路一后来的回忆,他认为当时在冀中,孙犁几乎是唯一的文艺理论家,并将其誉为"冀中的吉尔波丁"。

1938年5月,冀中人民武装抗日自卫委员会成立,史立德任主任,李英儒任秘书长,孙犁被任命为宣传部长。这是孙犁参加抗日工作后,得到的第一个正式的"头衔"。不过,这个机构很快就被"抗联"所取代了,孙犁则被陈乔"挖去"担任刚刚成立的"抗战学院"文艺教官。

这个学院的院长是著名教育家、大学教授杨秀峰,陈乔担任政治教导主任兼总支书记。在孙犁研究专家刘宗武先生的一篇题为《孙犁与陈乔》的文章中,写到一个十分重要的细节:抗战学院"当时从冀中、冀南、冀西以及保定、平津等地广泛招生和聘任教师。这段生活,孙犁在《平原的觉醒》一文中有生动详尽的回忆描述,但他没有涉及:冀中区党委书记黄敬到学院视察工作,指示要大力发展党组织。陈乔曾从多方面争取孙犁入党。但孙犁对统战环境下半公开的党组织尚不甚理解,表示不愿参加组织,怕组织纪律严格,行动不自由。他要学鲁迅,做党外布尔什维克。当然,他的思想与深受父亲的教育和影响是分不开的。陈乔对他说:'你不参加党组织,也不一定很自由。'"(刘宗武《孙犁与陈乔》,见《长城》1999年第三期)

这是孙犁再次对入党表达了婉拒的态度。与前一次不同的是,这一次是发生在他参加革命队伍之后,而且与他谈及此事的又是老同事兼新战友,也可以说是他当时的顶头上司陈乔,其党内身份更是党总支书记，其分量显然要比当年的黄振宗要重得多。然而，孙犁依然坚持自我，不愿意受到组织纪律的约束。而此时他所拿出的理由中，则多了一个鲁迅先生，那是他心目中的"偶像"啊——连鲁迅都可以是"党外布尔什维克"，我为何不能呢？

然而严酷的现实，使他的"自由幻象"很快就化为泡影。孙犁在文章中偶尔写到几件"刺痛"了他心灵的事情——

1938年冬季，我和老陈又在深县马庄隐蔽了一段时间，冀中区的形势越来越不佳，次年初，就奉命过平汉路西去工作了。这是王林同志来传达的黄敬同志的命令。在驻定县境内七地委那里，开了简单的组织介绍信。同行的有冀中导报的董逸峰，还有安平县的一个到边区受训的区干部。我那时并非党员，除了这封信外，王林又用当时七地委书记张雪峰的名义，给我写了一封私函，详细说明我在冀中区的工作情况，其中不乏赞扬器重之词。这本来是老王的一番朋友之情，但是我这个人很迂挚，我当时认为既是抗日工作，人人有份，何必做私人介绍？又没有盖章，是否合适？在路上，我把信扔了。不知道我在冀中工作，遇到的都是熟人，一切都有个看顾，自可不必介绍，而去阜平则是人地两生之处。果然，到了阜平，负责组织工作的刘仁同志，骑马来到我们的驻地，分别和我们谈了一次话。老陈很快就分配了。而我住在招待所，迟迟不得分配。每天饭后爬到山头上，东迎朝霞，西送落日，颇有些惆怅之感。后来还是冀中区过去了人，刘仁同志打听清楚，才把我分配到刚刚成立的晋察冀通讯社工作。

另一件事情发生在个人之间，孙犁写道：

当时有一批所谓"来路不明"的人，也被陆续送往边区。和我同来的那个区干部，姓安，在没分配之前，有一天就找到我说："我和你们在路上说的话，可不能谈，我是个党员，你不是党员。"弄得我很纳闷，想了半天，也想不起在路上，他曾和我们说过什么不是党员应该说的话。我才后悔，千不该万不该把老王那封信撕掉，并从此，知道介绍信的重要性。"

> （《孙犁文集》续编一，百花文艺
> 出版社 2002 年 10 月，第 200—201 页）

一封以党委书记名义写的介绍信，竟然具有如此重要的作用，把它扔掉了，就等于把"党内同志"为其打下的"信用标签"丢失了。这问题实在够严重。而他的非党员身份，被一个同行者以"非我族类"的口吻，如此强调，自然也使孙犁很受刺激。他从切身感受中，体会到了没有组织的"不自由"。

我相信类似的事情，在孙犁的革命生涯初期，是经历过若干次的。以至于多年以后，孙犁对老战友陈乔忆起当年，还是感慨良深——

1951 年，陈乔到天津检查身体，之后到多伦道孙犁家中叙旧。回忆起在抗战学院的生活，孙犁说，那时我对入党存有疑虑，怕组织生活严格不得自由，你对我说："不参加组织，也不一定很自由。"这话很对。1941 年，我在晋察冀通讯社工作，同事们都是党员，每逢开会我不能参加，才真正感到不自由。想起来你对我的劝导，于是下决心，提高思想觉悟，以实际行动争取入了党。

> （引自刘宗武《孙犁与陈乔》，《长城》1999 年第三期）

这段心路历程，真实地袒露出一个知识分子对共产党的认识是逐步加深的，也是非常理性的。他的选择绝非一时的心血来潮，更不带有任何功利目的，而是经过反复体验、认真思考而做出的严肃抉择。这样的人生抉择一旦做出，就会坚定不移，矢志不渝，再不会出现动摇。孙犁此后的人生道路，完全证明了这一点。

（三）

孙犁入党后，最显著的变化就是，他的组织观念变得更强了。如果说，他此前的行事比较崇尚自由，喜欢我行我素，而入党以后，他的任何行事，皆以服从组织安排为归依，个人意愿如果与组织安排发生冲突，则毫无保留地服从组织的决定。

有一个实例可以看出这种变化："是1942年吧，文联的机关取消，分配我到晋察冀日报社去工作。当时，我好像不愿去当编辑，愿意下乡。我记得在街上遇到沙可夫同志，我把这个意见提了。那一次他很严肃地只说了三个字：'工作么！'我没有再说，就背上背包走了。这时我已入了党。"（孙犁《回忆沙可夫》，见《孙犁文集》第三卷，第286页）

此后数年间，我们看到孙犁的工作岗位屡经变换，从文联到报社，他"背上背包"就去了；在反扫荡战斗中，机关化整为零，他与曼晴一组，一边打游击与敌在山林间周旋，一边给报社写战斗通讯；此后，被调到华北联大高中班去任教，接着又开始编辑油印杂志《山》；当日寇扫荡到北岳区，他又随学校进入繁峙一带山区，打了三个月游击；刚刚回到阜平，又接到任务，到曲阳游击区去采访一星期；再次回到阜平，当晚就接到通知，立即准备奔赴延安……

这样频繁地调动，有些还是跨度很大的岗位变换，孙犁毫无怨言，都是"背上背包"就去了。此时的孙犁意志坚韧，信念坚定，脚步坚实。无论走到哪里，他手中那支生花妙笔，都不曾停歇。他挥洒着激情，记录着时代，也谱写着一个共产党员面对残酷战争的无私奉献之歌。

当然，孙犁也不是一路顺境。从延安回到冀中，他一度遭遇了巨大的逆境。在当时"左"倾路线的影响下，他写的两篇文章受到批判，《冀中导报》曾以一整版的篇幅，批评他是"客里空"，是混淆阶级立场

（详情见本书第一辑《同口镇的"纸上炎凉"》）。而他家因被划为富农也受到了冲击，这才是考验一个共产党员理想信念的关键时刻。孙犁虽然内心充满委屈，也很不平，但他除了通过正常渠道，向组织表达自己的申诉之外并没有闹情绪，也没有影响自己的工作，照常依照组织的安排，随土改工作组到饶阳县张岗开展土改。他曾在一篇文章中，委婉地写到了当时的心情："土改会议后，我冒着风雪，到了张岗。我先到理发店，把长头发剪了去。理发店胖胖的女老板很是奇怪，不明白我当时剪去这一团烦恼丝的心情。后来我又在集市上，买了一双大草鞋，向房东大娘要了两块破毡条垫在里面，穿在脚下，每天蹒跚漫步于冰冻泥泞的张岗大街上，和那里的农民，建立了非常难能可贵的情谊。农村风俗淳厚，对我并不歧视。同志之间，更没有像后来的所谓划清界限之说。我在张岗的半年时间里……留下的印象是很深的，值得追念的。"（孙犁《夜思》，《孙犁文集》第三卷，第324页）

在逆境中，孙犁从未抱怨，也从未在文章中流露丝毫怨言。他以自己的踏实工作和出色业绩，赢得了群众的赞誉，也赢得了同志们的情谊。他坚信，一时的"左"倾错误终究会得到纠正。而事实上，党中央很快就下达了新的政策，冀中区的土改运动重回正轨。他家的成分，也在新的政策下被更正为富裕中农。

（四）

报人的党性原则，最集中的体现，还是在其编辑的报纸版面上。孙犁在办报过程中，写了大量的文学作品，也写了不少新闻通讯，还有相当数量的散文、杂文和评论。然而，翻开《孙犁文集》，总会发现一些文章，是难以清晰归类的：文学研究者会认为这些文章不属于文学作品，很少被打量；新闻研究者也觉得这些文章亦非典型的新闻通讯，往往不予重视。而今，我用"报人孙犁"的视角，重新审视这些文章，就可以毫不犹豫地判定：这是典型的报人文笔，是孙犁作为一个党报办报者的"本工发声"。

所有党报报人都有这样的经验：当你所承担的岗位职责，需要你在自己所办的版面上，适时发出声音的时候，你不能保持沉默，必须立即准确无误地把党的方针、政策传播出去。而具备这种使命的文字，皆可称之为"报人文笔"。

孙犁在战争年代，曾经以一人之力，主办《平原杂志》，写过不少这样的文章；进城之后，在《天津日报》虽然主要从事文艺副刊的编务，但作为报纸的重要组成部分，副刊上也经常要配合中心版面，发挥所长，引导舆情。一般而言，这类具有较强导向性和政策性的文章，是不能假他人之手完成的，必须由主持编务的负责人亲自操刀。孙犁作为报社主管副刊的编委，自然是责无旁贷的。于是，我们在他的文集中，就读到了这样一些非文学类的文章，若《纪念党的生日》（1946 年 6 月）、《新生的天津》（1949 年 1 月）、《谈"就地停战"》（1949 年 1 月）、《人民的狂欢》（1949 年 2 月）、《捍卫祖国的任务》（1950 年 11 月）、《站在祖国的光荣岗位上——向天津抗美援朝志愿医疗队致敬》（1950 年 11 月）……

限于篇幅，我们不可能对这些文章进行条分缕析的论列，不过，单看文题就不难感受到其强烈的政论色彩和时评特色。没有哪一个报人不是写政论的高手，孙犁也不例外。虽然他很长时间因岗位职责所限，没有站到政论社评的前排，他个人的兴趣也并不在此，但偶尔"小试牛刀"，立即显露出其斫轮老手的锋芒——从上面所举例的这些文章篇目，我们即可以一斑而窥全豹。

我们很少在当下出版的研究孙犁作品的著作中，看到对这类文章的研究和评论，这是因为我们很少以报人的视角来审视孙犁、研究孙犁、欣赏孙犁。今天，当我重新研读孙犁先生的这部分"报人文笔"时，却分明读出了他鲜明的政治立场和坚定的党性原则——这是一代报人必不可少的一块重要"拼图"，缺少这一块"拼图"，他的形象就不能说是完整的，他的光彩就不能说是五彩斑斓的。缺少了这一块"拼图"，他就不免被一些"有色眼镜"后面的目光，视为"多余"、看成"隔膜"、臆断为"难以融入"……

如今，我们把孙犁先生"还原"为一位党报报人的身份，正像孙犁本人所直言的"让我归队了"，我们才能更深刻地理解孙犁先生在办报过程中所留下的这部分"报人文笔"。从某种意义上说，这些文章与其大量的小说、散文、文艺评论、新闻通讯一样，具有十分重要的认识价值和欣赏价值——这恰恰是其党性原则在办报方面的直接体现。

（五）

现在，让我们把目光聚焦到两件特殊的孙犁手稿吧——当孙犁写下这些文字时，历史已来到了20世纪80年代。此时，"四人帮"已被粉碎，"文革"也已结束，全党全国正在解放思想，拨乱反正，改革开放的大潮已经奔涌而来……

孙犁先生经历了十年磨难，正如凤凰涅槃，浴火重生，焕发出蓬勃的创作激情，大量新作从他的笔下喷涌而出。而在当时，党建工作也进入到新阶段，《党对若干历史问题的决议》刚刚公布，全党正在认真学习领会党中央的新政策新精神，并要求每一个党员都要"对照检查"自己的思想和言行，要和党中央保持步调一致。这是一个严肃的政治任务，孙犁作为一个普通党员，也毫无例外地要参与到这一任务当中——他所写下的这两份文献，就是在这样的时代背景下产生的。

在进入正题之前，我必须先交代一下这两份文献的"来龙去脉"——

依照文末注明的时间为序，标题为《检查》的那份文稿写作时间略早。这是由《天津日报》原总编辑鲁思同志，在1994年前后，在我回津探访他的时候，亲手转交给我的。当时，我刚刚从家住三楼的孙犁先生那里，探望过刚好手术一周年的孙犁先生，下楼就直接扣响了鲁思的家门（他住在二楼，就在孙犁楼下）。我自然要跟他聊起正在康复中的孙犁先生的情况。说着话，老鲁打开抽屉，取出一个信封，上面标明"孙犁手稿"。他把信封交给我，说："我这里有一份孙犁的手稿，是当年搞对照检查时，他交给报社编委会的。当时开会都讨论通过了，我就把原稿收了起来。我觉得，这是一个历史的记录，孙犁同志那么大年纪了，对党组织检查自己的思想情况，态度那么认真，满满当当写了四页稿纸，这太难得了。所以，我今天知道你要来，就特意找出来了。我知道你一直在研究孙犁，这件东西交给你，可能日后能用得着。"

我很感激鲁思老总对我的信任，从此也把这份责任装在了心底。

另一份标题为《思想总结》的文献，虽然写作的时间比前者略晚一些，但交到我的手上却要比鲁思那份《检查》早了两年多。把文稿交给我的是时任天津日报社办公室副主任的王佐周同志，他当时还有一个身份，是办公室党支部的负责人（具体是何职务，我也不清楚）。孙犁的党组织关系就在这个党支部。当时，我刚刚在《新闻史料》上刊发了研究"报人孙犁"的长篇论文。一日，他值晚班，我也加班，路过办公室时，被他叫了进去。他与我聊起了孙犁先生，聊起了我刚刚发表的论文，他说他读后十分赞赏。接着，他取出一个信封，是保定市文联寄给孙犁的，信封上"孙犁同志收"的字样被用红铅笔划掉，旁边写着"王佐周同志"。我一眼就认出这是孙犁先生的笔迹。王佐周说："这是孙犁先生的一份《思想总结》，在支部会上已经交流过了。我当时负责这件事，用完之后就保存下来。我看了你的文章，觉得这件东西交给你保存，比放在我这儿更有价值。今天叫你进来，就是想把它转交给你，希望对你以后研究孙犁，派上个用场——你还年轻，也有这个实力，我眼看就要退休了，把这件东西转交给你，我就安心了！"

这件事情发生在1992年春天。一年以后，我就南下深圳了，佐周同志不久以后也退休了。我后来再也没有见到过他，但我从心里感激他这份郑重的托付！

下面，就让我们依次来读一读孙犁先生这两份对党组织的"真情道白"吧——

其一：

检 查

我主要检查这些年来，我的思想和工作情况。

"文化大革命"中，我没有贴过一张揭发别人的大字报，也没有给造反派写过关于别的同志的小汇报材料，也没有在威胁面前，说过不利于党的无原则的话。但是心灵的创痛很深，很长时间不能平复。对于有些人的所作所为，对我的精神上的折磨和迫害，不得其解，不能理解他们何以要这样做，因为自己认为对报社的各种人，并没有宿怨旧仇。其实这些个人恩怨的想法，是狭隘地对这次所谓运动的理解。自从读了《党中央关于若干历史问题的决议》及其他文件，心胸开始有些宽阔，但有时想起来还是有些不愉快，耿耿于怀。

粉碎"四人帮"以后，我的精神开始振作起来，并开始创作，特别是三中全会以后，党重新恢复了实事求是的作风，我很高兴，接连写了不少文章，从1968年(时间有误，应为1978年之误——引者注)到现在，已出版了六本小书。对于党决定的对外开放，对内搞活经济的政策、方针、路线，衷心拥护，并在写作中，大力提倡实事求是、现实主义的创作风格。在经济领域、文化领域，我迫切地希望改革，并希望扎扎实实地取得成功。我们的大锅饭吃了这么些年，弄得人人不安其业，不乐其群，实在是应该改革一下了。我们社会生活现象，工作效率很低，知识基础差，道德观念差，都需要改革和整顿，改变这种状态。

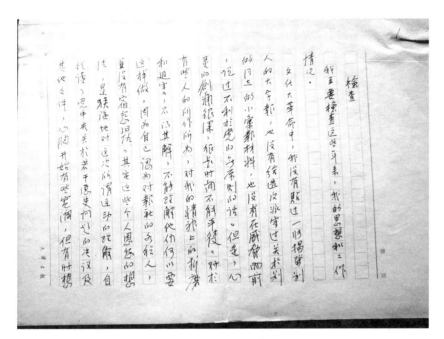

　　但在改革进程中，自己也有些顾虑，也有些地方看不惯，直至失望，例如市场现象、社会上的不正之风，文艺界的不正之风，特别是小报的泛滥，等等。有时，激于义愤，也曾无所顾忌地写文章加以抨击。但有时又想，现在有些事情，非哪一个人所能解决，何必去得罪人，不讨好，就有些心灰意冷，不愿意再写文章了。

　　还有一些担心，比如怕整党终于走了过场，真正的"三种人"查不出来，贻患无穷，等等。对于改革应该有充分信心，不只感到改革之必要，还要看到目前各种有利条件，必然会促使我国改革事业的成功。对于文艺工作也是如此，应当看到，健康的创作队伍、创作思想是主流，迷恋现代主义或封建主义的作者，究竟是少数。通过争鸣，现实主义的创作道路，五四以来的文学传统，必然会取得胜利，问题是要信心百倍地工作。

　　此外，因为年老体弱，近年接近群众、接近现实、调查研究的机会和愿望，越来越减少、越薄弱了，今后应该把写作与深入实际，尽可能地调整一下，使其不偏废才好。

以上,就想到的,检查得很粗略,望同志们批评指正,无任感谢。

孙犁

1985 年 4 月 12 日

其二:

思 想 总 结

孙 犁

一、经过整党学习,进一步认识到,我国经济体制改革的必要性和艰巨性,因为积重难返,改革的进行是很困难的,而且常常遇到意想不到的干扰,例如前一阶段,出现的新的不正之风,实际上是对改革进行的破坏和干扰,使很多人对改革能否成功,发生了怀疑。经过学习,认识到不改革,则我国经济没有前途,欲改革则必慎重稳妥地进行,要把情况摸准,要小步前进,要前后左右照顾。对经济改革要坚决,对不正之风,也要坚决刹住,才能顺利进行。

二、经过整党学习,认识到:只有党风的根本好转,才能带动民风的根本好转。党风的好转是关键。人民群众是看党员的,党员是看负责干部的。整党使党员受到一次教育,思想认识上有一定的提高。但今后自己的政治学习,还要经常进行,研究一些经济问题,做一些调查研究,以提高自己的认识,巩固整党学习的成果。

三、经过整党学习,进一步认识到当前文艺工作的重要。现在"通俗小说",可以说是泛滥成灾,这些小说不是学习发展通俗小说的传统,是滥用这个名目,贩卖一些不健康的货色,毒害青年读者。五四以来,文学界多少仁人志士,为新文艺付出心血,有的人甚至付出生命。面对目前这些庸俗的有害的东西,能不

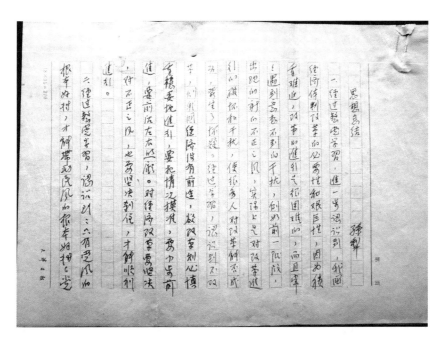

兴起予以批判？今后应该有计划地写些文章，阐明什么是文学，
什么是通俗文学，怎样欣赏文学，文学与人生观的关系等。让读
者眼睛清亮一下，不致再受欺骗。

1985 年 5 月 4 日

　　对于孙犁先生这两篇以普通党员的身份，向基层组织所作的
"真情告白"，我已无须置评，既没资格也没必要。我需要说明的只
是：这两件文献都是用《天津日报》稿纸竖写的，文字规整，前者无一
处改动，后者只有一处添加了两个字。我猜想，这两个文本都是事
先写好草稿，重新誊写清楚，呈交给党组织的。由此，可以想见孙犁
先生作为一个老党员的那份认真与庄重。

　　而且，对照研读孙犁先生在同一时期发表的文章，我发现他确
实多次谈及"通俗小说"乃至"通俗文学"的话题——这说明，孙犁先
生确实严肃认真地"兑现"了自己对党组织的承诺："让读者眼睛清
亮一下！"

（六）

文章写到这里，我觉得已把"孙犁的党性原则"这一特殊的课题，尽我之所能，表达清楚了。此文也该到了"止其当止"的时候了。然而，此刻我却想到了一件发生在孙犁先生生病住院前后的趣事，不妨在此披露一下。

晚年孙犁的固执和执拗是相当出名的，他认准的事情，任何人也无法说通。1993年，他的身体每况愈下，吃不下东西，虚弱无力，骨瘦如柴。所有见到他的人，包括家人和朋友，也包括领导和同事，都劝他要立即去医院看病，不能再耽误了，而他却一再拒绝，不肯就医。有时大家劝说得剀切一些，急躁一些，他就跟人家发火："我自己的身体，不用你们来管。我不怕死，我不去医院！"这种情况，我在深圳屡次听到不同的同事在电话中转告，都感到十分无奈。可是，忽然有一天，时任《天津日报》副社长的霍静同志电告："孙犁同志终于同意去医院看病了——说了你可能都不相信：最后竟然是于建军以党小组长的名义，向孙老宣布党的'决议'，让他必须立即去看病！没想到，孙老想了片刻，当场就答应了……"霍静兄慨然喟叹："到底是几十年的老党员啊，组织观念太强了，让人感动啊！"霍静当时兼任着报社机关党委书记，我相信他的感慨是发自内心的。

我对此事还有点将信将疑，马上打了一个电话给时任报社秘书长的于建军本人进行核实。建军兄在电话中十分肯定地说："对，是这么回事儿！连我都感到惊讶了——我一个党小组长的力量，在孙老那里，比好多大领导都要管用啊！"

于是，我把这段经当事人确认无误的"轶事"，郑重地用作这篇长文的结尾。

（2023年2月4—7日，于北京寄荃斋）

第四辑

我与孙犁

孙犁作品中的阳刚之美

——读孙犁的早期报告文学

对于作家孙犁的创作风格,论者甚多,但基调几乎是众口一词的,"大家公认孙犁是新的婉约派,阴柔派"(见阎纲《孙犁的艺术》,《孙犁研究专辑——在〈河北文学〉关于"荷花淀"流派座谈会上的发言》,江苏人民出版社1983年9月)。对这种评判,好像也从没有人提出过异议。

然而值得深思的是,作家本人却不止一次地谈到自己早期作品中所蕴含的那种激越、昂奋的情怀,孜孜于追寻那"青春的遗响",而且愈到晚年这种感情表露得就愈加明显。他在七十岁时为《孙犁文集》所作的自序中写道:"我不轻视早期的作品。我常常以为,早年的作品,青春的力量火炽,晚年是写不出来的。"作家为何如此偏爱自己的早期之作呢? 当我们改变已经习惯的研究思路,把孙犁作为一名年轻的战地记者所写下的报告文学作为研究重点时,我们立即从那泛黄的报纸中感受到了一种"青春的力量",并顿然悟到了这样一个隐秘——正是在孙犁的早期报告文学中,充盈着一股在他此后的作品中很少见到的浩然豪迈之气,其笔力之雄健,格调之激昂,情感之浓烈,语言之铿锵,都与他在其他文体创作中表现出的创作风格迥然不同。我认为,这恰恰是作家最真实地显示着"青春的力量火炽"的阳刚之美。这种洋溢着勃勃生机的阳刚之美,恰好向我们展示了孙犁创作风格的另一个重要侧面。以往我在读孙犁的小说、散文时,常常感到一种莫名的困惑,为什么一些寻常小事到了孙犁的笔下,就会产生震撼人心的力量? 单纯的阴柔之气,能有这种力量吗? 如今,当我从孙犁的报告中体味到他那特有的豪放风骨和阳刚气韵时,我顿时茅塞顿开,原来这就是他那阴柔之美背后所潜藏着的底蕴。抽掉了这种底蕴,余下的阴柔就会变得苍白无力。不理解这一点,就无法全面深入地理解孙犁的创作风格。

　　具有这种阳刚之美的报告文学,在孙犁的早期作品中是很多的,其中较有代表性的有《冬天,战斗的外围》《王凤岗坑杀抗属》及《光复唐官屯之战》等篇章。《冬天,战斗的外围》写于1940年冬。当时日寇对冀中平原进行了疯狂的大扫荡,边区军民奋起反击。在这场血与火的战斗中,孙犁作为晋察冀通讯社的记者,亲身投入到了残酷的斗争,实地采访,以笔为枪,和边区人民同呼吸,共命运。他的豪情凝聚笔端,对英雄的赞颂,对敌人的仇恨,一齐成为奔腾的潮水,宣泄而出,构成了这篇作品高亢奋发、雄浑激越的主旋律。在文章的第一节,作家写道:

　　　　战斗展开在沙河两岸了。在同一个时刻,所有边区的战士和人民都排成了队列,军纪如铁,猛如虎,矫健如鹿。

　　语言顿挫有力,展现了临战前的气势。接着,他以亲身见闻,粗线条地勾勒了我军战斗准备的镇定沉着和有条不紊。然后笔锋一转:

　　　　在一个陡峭的山顶上遇到一个熟人,他用年轻的热力握紧我的手说:"反扫荡开始啦!"兴奋盖罩着他的声音和颜面。我第一笔记录的是人民对战斗是奔赴,是准备妥当,是激烈的感情。

　　从这些描绘中,我们也不难感受到作者此刻内心翻腾着的"激烈的感情"。当他写到人民在日寇的洗劫面前所表现出的怒火和愤恨时,那"激烈的感情"也随之变得更为浓烈了——

> 我曾经到过平山的南庄,敌人退走了,人民走了回来,村里
> 已糟蹋得翻天覆地,每家的炕上,蔬菜上堆着粪尿,门全烧去左
> 边的一扇,家具毁坏一空。村长将残余收集起来,摆在街上,像
> 都市旧货摊,等候本主认领。几个老太婆诅咒着认取着自己的
> 锅碗。一个青年走过去,把还盛着敌人吃剩的面条的盆踢开了:
> "我什么都不要!"他嚷着,"我赌着一切和鬼子拼了!"
> 日本帝国主义,它那圆的旗号,用他的军队的粪尿在中国涂
> 上了污秽,这也是在世界的版图上涂抹了丑陋不堪的面影了!

从这段引文中,我想,即使十分熟悉孙犁风格的读者,恐怕也很
难找出他那一贯的清新淡雅、徐缓抒情的语言特征了吧。这里所有
的,是一个战士的战斗实录,是一个记者压抑不住的呐喊,是一个画
家浓墨重彩、线条粗犷的战地速写。

在这篇作品中,既有上面那种大笔勾勒,也有几处细节的描绘。
那位在紧张的战斗间隙还在津津有味地烧火做饭的自卫队小队长,
那位儒雅如书生、年仅二十三四岁的分区政委,都是寥寥数笔,神情
毕现。尤其感人的是,作者以浓重的笔墨,刻画了一位年轻区长的
形象——

> 一天夜里,敌人向他们的方向来了。他在暗淡的灯光下集
> 合了区干部讲话。他直直地挺立着,右手插进黑色棉袄口袋里,
> 垂下眼皮说:"……假如不幸,被敌人捕去,谁也不许透露一点儿
> 消息,死就好了……你要知道……"声音低沉,然而有如洪钟震
> 荡。在那样的寒夜里,一群干部答应着出去工作了。

作者不愧是白描的能手，他在这里抓住了年轻区长讲话时的神情和音调，摄取一斑，得窥全豹，使一个视死如归的青年干部形象跃然纸上。

《冬天，战斗的外围》写的是1940年11月底的事情，而12月24日便已开始在《晋察冀日报》上连载，当时反"扫荡"尚在继续。以这样快的速度采写报告文学，不要说在艰苦的战争环境，即使在今天也是十分惊人的。这虽然使作品在有些地方显得粗糙一些，但这同时也告诉读者，作家是以怎样的激情奋笔疾书、笔卷狂潮的。正是这种激情，使这部作品成了孙犁的艺术长廊中不可多得的阳刚之作。

我曾有机会就早期报告文学的风格问题，当面向孙犁同志请教。老作家回答说："我总是对喜欢我的作品的青年同志讲，你们去读一读我年轻时的文章。那时的东西虽然有些幼稚，但是很有激情。我现在重读那些东西，还常常被感动，那里边有一种让人振奋的东西。"说着，老作家一篇篇地回忆起那些至今依然记忆犹新的篇章。他特别难忘的是那篇千字短文《王凤岗坑杀抗属》。是的，这是一篇激情澎湃的报告，没有曲折动人的故事，没有贯穿首尾的人物，却饱含着作家浓烈的感情。孙犁说："感情是报告文学的灵魂。"而这恰恰在这篇作品中得到了充分的体现。

作品记叙的是一桩惨案。汉奸王凤岗的部队在抗战胜利后，摇身一变成了蒋军。趁我军追击日寇之机，在大清河边岸残酷地杀害了数十位抗属。血腥的暴行激起了作家不可遏制的义愤，他愤然写道："子弟兵的父母、妻子、姐妹流血了，血流在他们解放了的土地上。血流在大清河的边岸。那里山清水秀，是冀中人民心爱的地方。他们被活埋了，就在这河的边岸！""如果大清河两岸长大的青年战士们听到这个消息，我想他们不会啼哭，枪要永远背在肩上，枪要永远拿在手里。更残酷的敌人来了，新的仇恨已经用亲人的血液写在大地上，而他们有弟弟吗？有拿起枪来的侄儿们吗？死者的子弟们！能想象父母、妻子、姐妹临死前对你们的无声的嘱告吗？"

这一连串激扬跌宕的反问，像熔岩喷发，势不可当。我们都知道孙犁是崇尚含蓄的，行文也力求平稳而有韵律和节奏。然而在这里，怒火和悲愤冲决了理智的闸门，感情的大潮一泻千里，化成了这些音节急促的、似怒吼、似狂啸、似长歌当哭般的反问。正是这一腔男儿热血所鼓荡起的悲壮情怀，卷起了笔底的雄风，使他不由自主地一改平日的秀丽纤巧、意境绵长的表达习惯，代之以狂飙般的直抒胸臆，真是痛快淋漓。这，恰好熔铸成孙犁所独有的阳刚之美！

柔中有刚、刚中寓柔的美学现象，在中国文学史上屡见不鲜。陶渊明能写出"采菊东篱下，悠然见南山"这样充满阴柔之美的田园名句，同时也能留下"刑天舞干戚，猛志固常在"之类金刚怒目之句。苏东坡是世所公认的豪放词宗，一阕"大江东去"，顿使阳刚之气勃然升空，但他同时也吟出"小轩窗，正梳妆，相对无言唯有泪千行"这样愁肠百转、柔情似缕的悼亡名作。婉约派名家李清照，写尽了"寻寻觅觅""凄凄惨惨"的闺中情思，但当国破家亡之时，她竟唱出了"生当作人杰，死亦为鬼雄。至今思项羽，不肯过江东"这样令须眉汗颜的千古绝句，也留下了毫无阴柔之气的一阕豪词《渔家傲》。无数事实说明，作家的艺术风格从来就不是一成不变的，它虽然体现着作家的艺术个性和审美追求，一经形成便具有相对的稳定性，但是当外部的客观现实发生巨变，对作家产生强烈的刺激时，作家的固有风格便会随之发生裂变，这种裂变并不是偶然发生的，同样是作家潜在气质和艺术追求的外在表露。具体到作家孙犁，我以为，作为一个年轻的热血男儿，当其随着抗日的烽烟投笔从戎，迈进革命队伍时，他最先感受到的便是那充满慷慨悲歌、血与火交织的氛围，他的身心立即被炽烈的抗战热浪所鼓荡。于是，那一时代所特有的勇武豪迈、叱咤风云的阳刚之气便已浸入了他的血液。当他作为战地记者，直接用笔来描摹时代的真实图景时，这种阳刚之气便与时代精神相汇流，从而得到直接的宣泄，这就凝结成我们今天所看到的早期报告文学。而当他在战火硝烟逐渐散去之后，静下来创作小说、散文、诗歌时，也就是说，当他描摹的不再是眼前发生的战斗图景，而是经过时间沉淀的艺术形象时，作家个人气质，以及由这种艺术气质所决定的审美趣味、表现方法，便更多地融进了艺术作品。那种充溢于外的阳刚之气，此时便"潜退"到艺术的"幕后"，只能间接地渗浸在那些清新淡泊的柔美之中了。这或许就是孙犁小说所特有的"用谈笑从容的态度来描摹时代风云变幻"（茅盾论孙犁用语）的典型风格形成的一个原因吧。

孙犁在"文革"中历尽磨难，长期搁笔，当他在"四害"尽除之后重登文坛时，人们惊异地发现，他的固有风格，又一次发生了明显的变化，清新之中更多地掺进了冷峻，抒情的笔调常被隽永的哲理所代替，徐缓绵长的意境变成了透彻的解剖和力透纸背的刻画，无论是怀旧悼亡、深沉悲愤的散文，还是满含苦涩、犹嚼橄榄的"芸斋小说"，都使人感受到一种新的力、新的美。这不正是孙犁在年轻时代即曾表露过的阳刚之气，在饱经风霜、历尽磨劫之后，于晚年的再次复归和升华吗？

最后需要说明的是，我在这里强调孙犁作品的阳刚之美，并不是故意贬抑阴柔之美。在美的创造中，阳刚阴柔，绝无高下之分。抑柔扬刚或扬柔抑刚，都不是科学的态度。我在这里强调孙犁的阳刚之美，只不过是想借以说明：在孙犁同志那充满柔美的艺术园林中，还有另一种作品在！它们的存在和被发现，足以让人们发出这样的一声轻叹：哦，孙犁原来还是这样一位作家！

（首发于1988年10月14日《天津日报》第五版"文艺评论"，重新录入于2022年7月28日，于北京寄荃斋）

浅论孙犁的报告文学创作

　　步入孙犁为我们营造的艺术园林,人们最先注意到的往往是他的小说、散文、文艺理论,等等。评论家们常常醉心于品味他的作品的艺术之美和语言之精,徜徉于艺术画廊之侧,看行云流水,听空谷足音。而人们无意中却忽略了那些虽不耀人眼目,但却同样是构成这座艺术园林的一个重要组成部分,那一丛丛茵茵小草——这便是孙犁在几十年文学生涯中所创作的数量可观的报告文学。这部分作品,或者被笼而统之地归入散文的大类,而置它们所特有的新闻性于不顾;或者干脆归于短篇小说,让真实与虚构同居一列。人们似乎都没有留意这样一个事实:孙犁是从新闻工作步入文坛的,从20世纪30年代末直至今天,我们的作家大部分时间是在新闻单位(通讯社、报社)任职,他的作品绝大部分最先是在报纸上发表,并且有相当一部分是刊登在新闻版上的,这就不能不在他的文学作品中打下很深的新闻烙印。忽视孙犁与新闻工作的这种血缘关系,也就无法深入地体察、理解、进而研究他的文学创作的全貌。正是从这个意义上说,作为文学与新闻的"混血儿",报告文学在孙犁的全部创作中,有一种特殊的地位。

　　事实上,孙犁对报告文学也的确给予过极大的关注,做出了多方面的贡献。他不仅亲身参加报告文学创作实践,写下了不少作品,还对报告文学的理论做过精到的研究,并且参加组织编辑大型报告文学《冀中一日》——在同代作家中,能如此全面地参与、指导、研究、推动这一文体的,似乎并不多见。本文仅就孙犁的报告文学创作实践,做一些初步探讨。

(一)

孙犁的报告文学创作,是与他的革命生涯同步的。从现存的作品分析,大体可以分为抗日战争、解放战争(或称土改)和新中国成立初期三个阶段。

第一阶段,作家以一名记者的饱满热情和昂奋笔调,对抗日战争这一"伟大时代、神圣战争"(孙犁语)做出了真实的记录。在这部分作品中,既有他作为新闻记者的处女作,即他的第一篇报告文学《一天的工作》,也有在残酷的反扫荡战争中倚马立成的名篇《冬天,战斗的外围》,不仅如此,还有与脍炙人口的《荷花淀》同期完成,而且风格相近的报告文学《游击区生活一星期》。有趣的是,这篇报告文学的最后一节,恰好与《荷花淀》同一天见报(1945年5月15日),只不过前者是发在重庆《新华日报》,后者发在延安《解放日报》。这也从一个侧面,反映了孙犁的报告文学创作与其他文体之间的内在联系。

第二阶段,孙犁亲身参加了解放区的土地改革运动,与那些他一直深深挚爱着的农民兄弟姐妹,共尝了翻身的喜悦,也敏锐地感受到了经济地位的改变,给农民的精神世界带来了深刻影响。他以一贯的清淡的笔触,细腻地描绘了冀中农民的崭新形象,特别是勾勒出一个多姿多彩的妇女人物画廊,她们当中有外柔内刚,得知哥哥牺牲消息后,强忍悲痛不肯去领抚恤粮的生产组长张秋阁;有冀中有名的女劳模刘法文;有送子参军,再三叮嘱孩子"不要开小差"的抗属李大娘;也有在土改中涌现出来的斗争"领袖"王香菊,等等。这些真实人物,与孙犁小说中的妇女形象交相辉映,透视着他们之间的某些"血缘"上的渊源。

第三阶段,孙犁随解放大军进入天津。胜利的喜悦鼓舞着作家,他在繁忙的编辑工作之余,深入城乡,进行了大量的实地采访。收在《津门小集》中的部分篇章和以"农村人物杂记"为总题见报的一系列人物报告,就是他这一时期报告文学的代表作。

茅盾在论述报告文学的特殊性时曾经指出:"每一时代产生了它的特性的文学。'报告'是我们这个匆忙而多变化的时代所产生的特性的文学式样。读者大众急不可耐地要求知道生活在昨天所起的变化,作家迫切地要将社会上最新发生的现象(而这是差不多天天有的)解剖给读者大众看,刊物要有敏锐的时代感——这都是'报告'所由产生而且风靡的根音。"这段话精辟地概括了报告文学产生的共性方面的原因。其实也完全可以用来说明孙犁的报告文学作品。不是吗?孙犁作为一名记者,对采录他所经历的那个时代的风云变幻、世态炎凉,既具有职业的优势,又负有特殊的使命。当他在戎马倥偬、硝烟未尽的战争间隙,在人声鼎沸、诉苦翻身的群众运动中,在城市新生、万民雀跃的欢呼声里,展纸挥毫时,他最先选择的文体,自然是距离现实最近的文学"轻骑兵"——报告文学。翻阅他的报告文学,我们可以清楚地看到时代风云对他的影响。每个阶段,都记录了那个时期剧烈的社会变革的基本风貌。可以说,时代性强恰恰是孙犁的报告文学,比之于他的小说、散文等文体,有更为突出的特色。

有的评论文章在论及孙犁的创作时,曾提出他的作品缺乏时代色彩,离现实斗争太远,很少正面描写时代的巨大斗争场面,因而与高歌猛进的时代不太相称。我想,持这种观点的同志,恐怕尚未静下心来读一读孙犁的报告文学。孙犁的报告文学是当之无愧的"时代的报告",正如他在自己的一本报告文学集《农村速写》后记中所说的:"如果读者同志们从这些短文里指出,在哪些地方,我遗漏了生活的重要部分,在哪些地方,我没有把握住时代的基本精神、生活的前进方向,那对我的教益,就更深刻了。"

（二）

对于孙犁的创作风格，人们谈论很多，并且几乎是众口一词："孙犁是新的婉约派、阴柔派。"（语见阎纲《孙犁的艺术》，引自《孙犁研究专辑——在〈河北文学〉关于"荷花淀"流派座谈会上的发言》，江苏人民出版社1983年9月）对这种评判好像也没有人怀疑过。然而，值得深思的是，作家本人却不止一次地谈到自己早年作品中那种激越、昂奋的情怀，孜孜于追求那些"青春的遗响"，而且越到晚年越加珍视。他在七十岁时为《孙犁文集》所作的自序中写道："我不轻视早期的作品，我常常认为，早年的作品，青春的力量火炽，晚年是写不出来的。"作家为何如此偏爱自己的早期作品呢？当我们为研究他的报告文学而翻阅那些泛黄的报纸，当我们从那一篇篇报告文学中感受到那"青春的力量"的时候，我顿然悟到了这样一个"隐秘"——正是孙犁早期报告文学作品中，充盈着一股与他以后的风格迥然不同的浩然之气，其笔力之雄健，格调之激昂，情感之浓烈，都是在他的其他文体和此后的创作中所极少见到的。我认为这恰恰是一种洋溢着勃勃生机的"阳刚之美"，从中我们分明看到了孙犁创作风格的另一个重要侧面。

纵观孙犁的全部创作，我相信，倘若我们完全抽去这种阳刚气韵和豪放风骨，那也就无法窥测到他的"阴柔之美"的底蕴。不理解这一点，就无法全面地理解孙犁的创作风格。

据我初步分析，具有这种"阳刚之美"的报告文学，尤以《冬天，战斗的外围》《王凤岗坑杀抗属》及《光复唐官屯之战》等篇为其代表。

《冬天，战斗的外围》写于1940年冬。当时，日寇对冀中平原进行了疯狂的大扫荡，边区军民奋起反击。在这血与火的战斗中，孙犁作为《晋察冀日报》的记者，投身于那场残酷的斗争，与边区军民同呼吸、共命运，在反扫荡战斗中实地采访，他的激情和斗志涌向笔端,对英雄的赞美,对敌人的仇恨,一起如奔腾的潮水宣泄而出,构成了这篇报告文学昂扬奋发、雄浑激越的主调。在文章第一节,作者在粗线条地勾勒了我军民战斗准备的镇定沉着之后,笔锋一转:

> 在一个陡峭的山顶上,遇到一个熟人,他用青年的热力握紧我的手说:"反扫荡开始了!"兴奋地盖罩着他的声音和颜面。我第一笔记录的是:人民对战斗是奔赴,是准备妥当,是激烈的感情。

这是对我方军民精神风貌的真实写照,从中也不难感受到作者内心的"激烈的感情"。当他写到人民在日军的洗劫面前所表现出的怒火和愤恨时,那"激烈的感情"也随之变得更为浓烈了:

> 我曾经到过平山的南庄,敌人退走,人民走了回来。村里已(被)糟蹋得翻天覆地,每家的炕上、蔬菜上堆着粪尿,门全烧去左边的一扇,家具毁坏一空。村长将残余收集起来,摆在街上,像都市旧货摊,等候本主认取。几个老太婆诅咒着认取着自己的锅碗。一个青年走过去,把还盛着敌人吃剩的面条的盒踢开了:"我什么都不要!"他嚷着,"我赌着一切和鬼子拼了!"
>
> 日本帝国主义,它那圆的旗号,用他的军队的粪尿在中国涂上了污秽,也是在世界的版图上抹上了丑陋不堪的面影了!

从上面的引文中,我想即使十分熟悉孙犁风格的读者,恐怕也很难找出他那一贯的清新淡雅、徐缓抒情的语言痕迹了吧。这里所有的,是一个战士的战斗记录,是一个记者压抑不住的呐喊,是一个画家浓墨重彩、线条粗犷的战地速写。

我曾有机会就孙犁早期报告文学的风格问题,当面向老作家请教。孙犁回答说："我总是对喜欢我的作品的青年同志讲，你们读一读我年轻时的文章，那时的东西虽然很幼稚，但是很有激情，这是我现在所没有的。我现在重读那些东西，还常常被感动。"说着，老人回忆起至今记忆犹新的那些充满激情的篇章，他特别提到了那篇千字短文《王凤岗坑杀抗属》。

是的，这是一篇激情洋溢的报告文学，没有曲折动人的故事，没有完整鲜明的人物，但却有着浓烈的感情——而感情恰恰被作家视为"报告文学的灵魂"。作品所记叙的是一件惨案：汉奸王凤岗部队，在抗战胜利后摇身一变成了蒋军，趁我军追击日寇之机，在大清河边岸残酷地杀害了数十位抗属。血腥的暴行，激起了作家不可遏止的义愤，他怒火中烧，愤然写道："子弟兵的父母妻子姐妹流血了，血流在他们解放的土地上，血流在大清河的边岸。那里山清水秀，是冀中区人民心爱的地方。他们被活埋了，就在这河的边岸！""如果大清河两岸长大的青年战士们，听到这个消息，我想他们不会啼哭。枪要永远背在肩上，枪要永远拿在手里，更残酷的敌人来了，新的仇恨已经用亲人的血液写在大地上！而他们有弟弟吗？有拿起枪来的侄儿们吗？""死者的子弟们！能想象父母妻子姐妹临死时对你们的无声的嘱告吗？"

这一连串激愤跌宕的反问，像熔岩喷发，势不可当。我们都知道，孙犁是崇尚含蓄的，行文也力求平稳而有节奏。然而在这里，怒火和悲痛早已冲决了理智的闸门，一泻千里，凝聚笔端——正是这一腔男儿热血所鼓荡的悲壮之情，卷起了他那笔底的雄风，使他不由自主地一改平日秀丽纤巧，情意绵长的表达习惯，代之以狂飙般的怒吼，直抒胸臆，痛快淋漓。这也就熔铸成孙犁所持有的阳刚之美！

清代著名学者姚鼐曾专门论及中国古典美学中的阳刚之美，他说："鼐闻天地之道，阴阳刚柔而已。文者，天地之精英，而阴阳刚柔之发也。""其得于阳于刚之美者，则其文如霆，如电，如长风之出谷，如崇山峻崖,如决大川,如奔骐骥;其光也,如杲日,如火,如金缪铁……其得于阴与柔之美者,则其文如升初日,如清风,如云,如霞,如烟,如幽林曲涧,如沦,如漾,如珠玉之辉,如鸿鹄之鸣而入寥廓。"(《惜抱轩文集·复鲁絜非书》)应当说,姚鼐的这段论述是相当精彩的。然而他毕竟不懂辩证法,因而也就不可能透彻地论述阳刚、阴柔这两种美的互相渗透,互相依存,互相影响,互相参照。而柔中有刚、刚中寓柔的现象,在中国文学史上是屡见不鲜的,陶渊明能写出"采菊东篱下,悠然见南山"的田园名句,但同时也能留下"刑天舞干戚,猛志固常在"之类金刚怒目式的诗句;苏东坡是世所公认的豪放词宗,一阕"大江东去"顿使阳刚之气勃然升空,但他同时也留下过"小轩窗,正梳妆,相对无言,唯有泪千行"这样愁肠百转、柔情似缕的悼亡之作。同样是婉约派名家李清照,写尽了"寻寻觅觅""凄凄惨惨"的闺中情思,但当家亡国破之时,她竟也唱出了"生当做人杰,死亦为鬼雄。至今思项羽,不肯过江东"这充满男儿气概的千古绝句,并留下了无丝毫阴柔之气的豪放词《渔家傲》。无数事实说明,作家的艺术风格从来就不是一成不变的。虽然它体现着作家的艺术个性和审美追求,一经形成便具有相对的稳定性,但是一旦客观现实发生变化,对作家产生强有力的刺激时,作家的风格便会随之发生裂变。而这种裂变却并不是偶然的,它同样是作家潜在气质和艺术追求的外在表露。具体到作家孙犁,我认为,作为一个年轻的热血男儿,当其投笔从戎,迈进革命行列时,他立即受到那个充满慷慨悲歌,血与火交织的时代的熏陶,他的身心为炽烈的抗战热浪所鼓荡,于是,那一时代所特有的勇武豪迈,叱咤风雷的阳刚之气,便早已浸入他的血液。当他直接用笔来记录时代的真实图景时,这种阳刚之气便与时代的精神相汇流,因而得到了直接的宣泄,这就凝结成我们今天所看到的孙犁的早期报告文学;而当他在战火硝烟散去之后,静下心来创作小说、诗歌时,换句话说,当他描摹的不再是眼前发生的图景,而是经过时间沉淀的艺术形象时,作家个人气质及由这种气质所决定的审美趣味、表现方法,便更多地融进了艺术作品,而那种阳刚之气便潜退到艺术的"幕后",只能"间接"地渗浸在那清新淡泊的柔美之中了。这或许就是孙犁小说所特有的"用谈笑从容的态度来描摹时代风云变幻"(茅盾论孙犁用语)的典型风格吧。

需要说明的是,我在这里似乎过多地强调了孙犁作品中的阳刚之美,这并不是有意地贬抑"阴柔之美"。在美的创造中,阳刚也好,阴柔也好,并无高下之分。我之所以这样做,只不过是想借以说明这样一个简单却为人忽略的事实:在孙犁那充满阴柔之美的艺术园林中,还有另一种作品在!而它们存在的本身,就足以让人们发出这样的轻叹:哦,孙犁原来还是这样一位作家……

(三)

报告文学之所以能区别于其他文学题材而独立于文学之林,一个最重要的原因便是它的真实性。孙犁对报告文学的真实性曾有过许多论述。他在为《田流散文特写集》写的序言中,曾对战争年代的新闻真实性做过如下回顾:"在这一时期,新闻也好,通讯也好,特写也好,都不存在什么虚构的问题。其中更没有谎言。"接着,他谈到了报告文学,"现在有些报告文学,名义上写的是真人真事,而对人物只是一知半解,各取所需;对历史情况,又非常生疏无知,强加一些感情抒发,捏造一些生动的场面,采取一些电影手法,以此吸引读者,其结果,因为与事实相违,就容易成为虚无缥渺的东西了。"

孙犁的报告文学,常常采用记者目击的方式,表现所写的人物和事件,正所谓"耳听为虚,眼见为实"。这既反映了他作为一个记者采访作风的深入,同时也保证了他的报告文学能经受时间的检验。如《小陈村访刘法文》《访问抗属》《光复唐官屯之战》等。有的文章,为了做到准确无误,作家不惜舍掉作品艺术上的完整畅达,而让出篇幅去写细枝末节。《张金花纺织组》中就不厌其烦地罗列了各种计工办法,这样做,虽然行云流水般的文笔稍受阻遏,但其可信性却大大增强了。

　　谈到孙犁报告文学的真实性问题,我们似乎无法回避发生在1948年初的一桩"公案"。那年1月10日的《冀中导报》上,醒目地刊登了一篇题为《孙犁同志在写作上犯"客里空"错误的具体事实》的批评文章。望题便知,这是事关作品真实性的大问题。孙犁在哪些地方犯了"客里空"错误呢?文章主要列举了两点:一是在一篇文章中误把"东西街"写成了"南北街",二是在《一别十年同口镇》中,写了富农家庭的劳动情况,被认为是不真实的,是美化富农,阶级立场有问题云云。

　　据当年与孙犁一起生活工作过的老同志回忆,当时孙犁的心情是沉重的。他对第一点错误做了诚恳的检讨,但对第二点却拒绝做违心的检查,而且把自己的不同意见向上级党委做了汇报(克明:《一个作家的足迹》,见《孙犁研究专辑》,江苏人民出版社1983年9月)。

　　那么,《一别十年同口镇》是否失实呢?历史的风雨,荡涤了那个特定时代布下的观念上的雾障,使这篇文章也经受了时间的洗礼。让我们读一读引起这场麻烦的该文的结尾吧:

　　　　进步了的富农,则在尽力转变着生活方式。陈乔同志(陈是孙犁的老战友,富农出身——引者注)的父亲母亲妹妹在昼夜不息地卷着纸烟,还自己成立了一个烟社,有了牌号,我吸了几支,的确不错。他家没有劳动力,卖出了一些地,干起了这个营生,生活很是富裕。我想这种家庭生活的进步,很可告慰我那在远方工作的友人。

这段文字，不仅有作家的亲眼所见，而且有亲手所为（如品尝纸烟）。这些由目击者参与得来的新闻素材，其真实性是毋庸置疑的。然而这种如实记录的生活真实，却不尽符合当时的某些政治条文，于是有人就据以认定这是"客里空"。实质上，这正是那种片面强调文学只能为政治服务，进而演化成图解政策的"标签文学"的倾向。

正由于孙犁几十年来从不赶浪头，而是严格地按照生活的本质和逻辑去描摹现实，从事创作，才使他的作品，达到了更高层次的真实，并终于"以原有的姿容，以完整的队列，顺利地通过了几十年历史的严峻检阅"（孙犁：《孙犁文集》自序，百花文艺出版社2002年10月）这的确是值得作家引以为豪的。

（四）

现在的一些报告文学初学者，时常被这样一个问题所困扰：报告与文学这两者究竟怎样组合才更好？倘若过于强调报告，人们便常常陷于"真人真事"而跳不出来，致使作品没有"文学味儿"，形同通讯报道；而一旦偏重文学性，又难免笔下生"花"，或者用"合理想象"来弥补生活上的"不足"，文学味浓了，真实性却"贬值"了。我认为，读一读孙犁的报告文学，对解决这一问题是有借鉴价值的。

前边已经论述过孙犁作品的真实性，它们无疑是"报告"而它们也无疑是文学。对孙犁作品（包括被划归散文类的许多报告文学）的文学性，评论家们早已做出很多论述，在这里，我想针对上述问题，来分析一下孙犁的报告是怎样使"文学味儿"浓起来的。

文学是人学。写人是报告文学最重要的功能。孙犁的报告文学之所以具有较强的文学性，我以为首先得力于他所描绘的人物的多样性和选材的独特性。他的报告文学为我们展现了许多群像，也刻画了许多有个性的英雄模范形象。虽然涉及的多是农民和军人，但作家却总能从类似的人物身上，发现其独特之点，并抓住人物身世命运中的矛盾冲突,组织文章的波澜,使平凡的升华为艺术。孙犁在选材上还有一个特点,就是不把有缺点的人物排斥在外。在《诉苦翻心》和《杨国元》中,作家就精心地刻画了两个有着明显缺点的人物典型,即兰瑞的母亲(老大娘)和杨国元。

不知从何时起,报告文学也被划定了一些禁区,凡是能荣获"入选"报告文学的人物,不是完美无缺的英雄模范(起码是正面人物),就须是十恶不赦的大坏蛋,似乎不如此便不"典型"。这样一来,凡人小事自然就与报告文学无缘了。近年来有人试图冲破这一禁区,倡导"为凡人立传",但所立的凡人,似乎也很少有严重缺点的,更少见以揭示人物缺点为报告文学主体的。这倒使孙犁笔下的这两个人物,至今仍有其新鲜性和独特性。《诉苦翻心》写的是一个转变人物。兰瑞的母亲在土改的前期是积极分子,赢得了人们的尊敬。在她带动下,"这一家成了全村贫农的骨干"。但是当"怨气出了,仇也算报了",土地和宽堂大屋也分到手了,农民的狭隘眼界和守土观念开始冒头了。当独子冬学报名参军时,她却阻拦说:"你不能走,你走到哪里,我跟到哪里。"后来她的儿子果然当了逃兵,她却把他藏匿起来。独特的人物典型,构成了独特的矛盾冲突。作家顺势把笔伸向了人物的内心深处,细腻地刻画了老大娘的心理活动:

> 老大娘这几天来,心里烦搅得要命。从家里走出来,要到地里去。看看街上的人三三两两站在一起,用那样的眼光看她,她就脸红起来,身子也好像一下矮了半截。人们的态度和几天以前,大不一样。那时人们对这老大娘,是多么尊敬和羡慕!她带着满对不起人的神色,急急忙忙奔着地里走去,用袖口擦一擦这几天哭得红肿的眼。

这一段写得很有分寸。老大娘虽然内心感到"对不起人",但还仅限于"脸红"和自觉"矮了半截",她还未被刺痛。而当作家加重笔墨写到地主老欠"眼里放射着仇恨毒狠的光芒",恶狠狠地对她喊出"你儿子当兵去又跑了回来,这地你得退给我"时,她的心才猛地被刺疼了:"大娘忽然觉得气短起来,她一下就坐在地头上。"至此,作家对人物心理的刻画,达到了更深的层次。文章是以老大娘动员儿子归队结尾的,对此,作家没有浪费半点笔墨,点到为止。总的看来,兰瑞母亲这个形象的刻画,是可信的、完整的。作家的可贵在于,他敏锐地捕捉到农民心理上的微妙变化,并没有回避她儿子当逃兵这一犯忌的"阴暗面",而是利用这一典型,给翻身的农民敲响警钟,也在自己的人物画廊中增添了一个别具特色的形象。

《杨国元》的主人公是一个有着光荣历史,但却已经意志衰退的人物。作家以记者的敏感,以异常坦率的笔法,刻画了这一具有普遍代表性的典型。他不完成上级交给的打井任务,挨了批评;他拒不参加村里的整党会,却背着粪筐在村里溜达;他对别人提升得快,而自己依然是个村干部耿耿于怀,时常以自己伤残的左手向人们"示威";他不参加土地合作社,整天为此而吵架,等等。作家不客气地写道:"他现在的缺点主要是疲沓",并对他作了多次规劝。但作家对他并没有失去信心。在文章结尾,作家称他为"矗立在乱石中间的一块黑色的光亮的火石",希望能再激发他身体里包藏着的"无限火种",这样,"他就进步得快了"。

从上面两个人物,我们不难看出孙犁选材的广泛性。他并不偏爱"高大全",也不仅仅垂青于单纯的正面或反面人物,他所着眼的是凡人之不凡处,平常中之独特处。而这恰好为他在报告文学中挥洒文学的彩墨,提供了广阔的空间,并给那一个个平平常常的人物,赋予了文学典型的艺术魅力。

孙犁的报告文学的文学味道之所以浓厚,我以为还有一个关键之点,那就是作家非常善于从采访得来的真实素材中,精心地采撷细节,而细节又往往成了全篇的眼睛。孙犁在编辑《冀中一日》时,曾对初学写作者讲过:对着意突出的部分,要"反复提示它,用重笔调写它,于是使这些部分,从那个事物上鲜明起来,凸现出来,发射光亮,照人眼目"(见孙犁《文艺学习》,作家出版社1964年8月)。这里所指的,就是细节。一篇报告文学有了一个或几个"凸现出来"的细节,就会使全文"发射光亮,照人眼目"。在孙犁的报告文学中,我们随处可见这样的细节:在《采蒲台的苇》中,表现为群众面对敌人逼迫交出"八路"的刺刀,一次再一次地高喊"没有,没有"的义举;在《相片》中,表现为主人公准备寄给前方亲人那张从"良民证"上撕下的照片,以及在照片上留下的那张愁云密布的面孔和敌人的刺刀尖;在《齐满花》中,表现为那棵标志着道德水准高低的小香椿树;在《香菊的母亲》中,表现为她三番五次地叫香菊拿工作团干部坐的那个刚分得的"胜利果实"红漆小凳,等等。正是由于有了这些精选的细节,才使这些短小的报告文学,产生了灵动飞舞的"神气"。真是一"笔"得手,满"篇"皆活。这无疑是一条十分可贵的成功经验。

当然,孙犁报告文学的文学性,还体现在诸如人物对话的选择和运用,文学语言的锤炼等许多方面,限于篇幅,不再一一赘述了。

(五)

孙犁同志不喜欢别人吹捧自己,他曾自谦地讲自己不是一个好记者,并再三提出,希望对他的报告文学做出实事求是的评价,特别是不要忽略作品中的缺陷和弱点。

谈到孙犁文学作品的缺陷,评论界一般认为有两个方面:一是人物的立体感不够强;二是概括时代面貌还不够广阔。应该说,他的报告文学作品中也不同程度地存在这些问题。除此之外,我从一个读者的角度来看,似乎还有一些地方总让人感到某些遗憾,概括起来主要有三点:

1.孙犁的报告文学，相当一部分没有完整的故事情节。孙犁似乎历来不主张文学作品以曲折复杂的情节取胜，他的小说可以说是淡化情节的，但总还有一个支撑故事演进的框架。然而，在他的某些报告文学中，却往往连这个框架也不很清晰。依我的浅见，情节不论如何淡化，总还是报告文学的一个要素，读者经常是靠着情节的发展来认识人物形象，了解作品内涵的。新闻要求用事实说话，情节也是事实的一部分。故事情节的不完整或过简，有时会影响读者对人物形象或事件来龙去脉的认识和理解。

2.孙犁的报告文学好像不太讲究篇章结构。这或许是由于战争年代生活过于紧张、成稿过于仓促，没有时间冷静地谋篇布局吧。总之，许多作品是以个人访问或见闻为主线而展开全文的，显得变化较少，读得多了，有一种写法雷同的感觉。

3.短，是孙犁报告文学的一大特色，但有些作品却显得过于简略了。这可能是由于报纸版面处理造成的，如为了少占版面而削足适履，或为了适应限定的字数而对某些内容忍痛割爱，没有写进去，等等，这在报纸工作中都是常常遇到的。由于文章过简，有时使人读着很不解渴，有时使人产生疑问。

应当说明的是，上述看法，只是自己在阅读孙犁的报告文学时产生的一些直觉的感想，况且又是以现在的审美标准和欣赏习惯，去评论几十年前的文学作品，这就很难做到准确和公允了。

（此文首发于《天津社会科学》杂志1991年第一期，后收录于侯军所著《文化目光·点线面》一书，海天出版社2007年7月）

报人孙犁及其新闻理论的再发现

——兼评失而复得的新闻专著《论通讯员及通讯写作诸问题》

（一）

孙犁一向以作家的声名饮誉中外，而本文在标题上却将他称作"报人"。这个提法本身，便体现着我们对这位作家的研究视角不同于以往，也就是说，我们要在诸多的对作家孙犁的研究之外，着力于研究一下作为一代报人的孙犁，或者称之为记者孙犁。

我们从这样一个新的角度来观察孙犁，并不是故意标新立异，故弄玄虚。相反，我们有充分的理由来证明对记者孙犁的研究不只是应当的，而且是必需的——下述事实足以证明这种必要性：

众所周知，孙犁同志是从新闻岗位开始步入文坛的，而且从20世纪30年代末直到今天，半个多世纪以来，除了少数特殊时期之外，孙犁一直是在新闻单位任职。他参与创办并长期工作的新闻单位，既有新闻通讯社（如晋察冀通讯社），也有多家报纸（如早年的《晋察冀日报》、解放后的《天津日报》），这种独特的经历，在同代名作家中几乎是绝无仅有的。对这样一位有着半个世纪新闻龄的老新闻工作者，称之为一代报人是当之无愧的。

孙犁的新闻生涯几乎囊括了编辑部的各项新闻业务，他当过外勤记者，也当过内勤编辑；他曾经作为随军记者深入前线报道征战实况；也曾做过平凡而烦琐的通联工作，"每天竟能给各地通讯员发信十数封，甚至数十封"（《二月通信·后记》见《孙犁文集》第五卷，百花文艺出版社2002年10月）；他担任过报社的领导工作，也主编过各种副刊和杂志；在"文革"的特殊背景下，还被迫干过收发稿件之类文书和见习编辑等最基础的工作；他离休前夕还担任着天津日报社的顾问……有着如此丰富的新闻业务经历，精通编、采、通等各项新闻业务的报人，在当今的天津乃至全国新闻界，已是凤毛麟角。孙犁同志具有多方面的新闻经验，无疑是一笔宝贵的精神财富，亟待我们的新闻理论研究者下功夫发掘和总结。

孙犁同志一生的绝大部分时间，是在"报海"耕耘。他的作品，无论早年的小说、散文、报告、通讯，还是晚年的杂文、随笔、读书记，绝大部分是首先见诸报端的。他早期的许多作品，本是报告文学和文艺通讯，当时多是刊发在报纸的新闻版上的，然而，如今却往往被笼统地归入散文的大类，有意无意间忽略了它们的新闻色彩；更有些新闻作品，如孙犁同志作为新闻记者所采写的第一篇文艺通讯《一天的工作》，则被草率地划为短篇小说，让真实与虚构同居一列；各地发表的研究孙犁的文章，虽然屡出新作，洋洋大观，但是却找不到一篇论及孙犁新闻生涯的论文。评论家们似乎完全忽略了孙犁是报人和记者这个事实，他们往往醉心于在孙犁笔下的"行云流水"、诗意盎然的"白洋淀"中徜徉，却未曾留意在这田园牧歌般的文字之间，还曾有过戎马倥偬中倚马而就的"记者目击"和战况快报。尽管孙犁同志本人曾一再提醒人们：注意自己早期的"青春遗响"，但是研究者们却似乎始终不遑相顾。凡此种种，都说明世人对作为一代报人和记者的孙犁，不仅仅是重视不够，简直可以说是缺乏认识。这就愈发显出了从新闻的角度来重新认识孙犁、研究孙犁的重要性和紧迫性。

正是从这个意义上说，孙犁同志五十多年前所写作的《论通讯员及通讯写作诸问题》（以下简称《论通讯》），在淹没几十年之后重新被发现，实在是一件值得重视、值得欣慰的幸事。它的失而复得，使我们得以直接窥测到作为报人的孙犁,他在步入新闻岗位之初的新闻观念和新闻理论。如果说,在此之前,我们对于孙犁的新闻观点,还只能依据他的新闻作品、新闻经历等间接材料来透视的话,那么这本小书的重新发现,则为我们提供了最宝贵的第一手资料。它可以引导我们拨开岁月的雾障,直溯报人孙犁的发轫之点,来考察和研究他最初发源并绵延相继、贯穿至今的新闻见解,并由此探索这些新闻见解对他自身的新闻实践乃至艺术实践的影响。这对日益升温的"孙犁研究"来说,不啻是拓开了一条新的途径,起码提示了一些新的线索,而这或许正是这本早期新闻理论专著重新发现的重要意义之所在。

(二)

这本小书篇幅不过四万多字,薄薄的,只有五十五页。但是它能够在抗日战争最艰苦的险恶环境中铅印出版,实在是一件了不起的事情。有人考证,它是当时全国各抗日根据地,铅印出版最早的一本有关新闻学的专著,这个说法是否准确,限于史料的匮乏,尚难确定。但是它在晋察冀边区是最早的新闻文献之一,却是毋庸置疑的。这就使这本小册子除了自身的新闻理论价值之外,又增添了新闻史料的价值。而对于报人孙犁来说,更成了其新闻生涯的最初的,也是最珍贵的原始记录。

孙犁同志对这本小书的流失,一直是十分痛惜的。翻阅他各个时期的文章,会发现他对这本小册子牵念于心,从未忘怀。例如,在1962年9月22日写的《二月通信·后记》中,孙犁就谈道:

> 1939年春天,冀中区的形势已经紧张,组织上叫我到晋察冀边区去工作,由王林同志到七分区对我传达了这个指示,并代我办理了过路手续。但等我到了阜平,安排好工作,已经是夏天了。

我被分配到晋察冀通讯社工作，这个通讯社刚刚建立，设在城南庄。我在那里读了一些书，并写了《论通讯员及通讯写作诸问题》小册子。

在"四人帮"被粉碎后的1977年秋天，他在《在阜平》一文中，再次谈到了这本小书：

> 1939年春天，我从冀中平原调到阜平一带山地，分配在晋察冀通讯社工作，这是新成立的一个机关，其中的干部，多半是刚刚从抗大毕业的学生。
>
> 通讯社在城南庄，这是阜平县的大镇。周围除去山，就是河滩砂石，我们住在一家店铺的大宅院里。我们的日常工作是作"通讯指导"，每天给各地新发展的通讯员写信，最多可写到七八十封，现在已经记不起写的是什么内容。此外，我还编写了一本供通讯员学习的材料，堂皇的题目叫作《论通讯员及通讯写作诸问题》，可能是东抄西凑吧。不久铅印出版，是当时晋察冀少有的铅印书之一，可惜现在找不到了。

直到1982年，孙犁在为《田流散文特写集》写序时，依然对这本小书萦绕于怀：

> 抗日战争开始不久，在各个根据地办起了报纸，同时成立了通讯社。例如，在晋察冀边区，就于1938年冬季，成立了晋察冀通讯社，各分区成立分社，各县、区委宣传部，都设有通讯干事。我那时在晋察冀通讯社通讯指导科工作，每天与各地通讯员联系，写信可达数十封，我还编写了一本小册子，题为《论通讯员及通讯写作诸问题》，铅印出版，可惜此书再也找不到一本存书了。

　　众人咸知,孙犁同志一向珍视自己的每一片鳞羽,但是像对这本小书这样一往情深,几十年念念不忘、屡屡提及的,似乎并不多见。这,实在值得研究者深思。

　　上边所引述的作者对这本小书的片断回忆,还为我们了解此书产生的时代背景和写作缘起,提供了重要的直接线索和史料,从中我们不难归纳出这样一些大致情况:当时,晋察冀抗日根据地的新闻事业尚处于草创时期,晋察冀通讯社成立还不满一年。但是由于边区军民对新闻事业普遍有着饱满的热情,各区县又纷纷设立分社和通讯干事,使得通讯员的发现和培养,成了当时新闻事业的当务之急。恰逢此时,孙犁同志调到了通讯社"通讯指导科",专门从事通联工作,每天都要给各地的通讯员写大量的信件,指导他们的新闻写作。在同通讯员的实际交往中,他深感边区急需一本新闻方面的书籍,于是,这部边区新闻理论的"开山之作",便在城南庄的豆油灯下,应运而生了。

　　由此可见,《论通讯》一书,实际上是孙犁同志步入新闻队伍之后的第一部完整的新闻作品。而且,它的写作也是紧密结合当时"通讯指导"工作的实际进行的,它的服务对象也是相当明确的。

　　关于这本小书在当时边区新闻界所起的作用及影响,我们同样可以从同代人的回忆中窥得一些大致的踪迹。在老作家克明的《一个作家的足迹》中,有这样的记载:

　　1939年春天,孙犁调到阜平,分配在晋察冀通讯社工作……孙犁的日常工作,就是对新发展的通讯员进行通讯写作的指导,有时一天写七八十封信,晚上在如豆的油灯下,还编写了一本给通讯员的学习材料《论通讯员及通讯写作诸问题》。我还清楚地记得:这本书是三十二开本,铅印,内文用的是粉连纸,封面用的是较厚的白报纸，书名是横写的，还印了一个墨水瓶、蘸水笔、稿纸组成的图案。内容分为若干章，先讲了通讯工作和通讯员的重要性，以下分别介绍了通讯报道的各种形式：新闻、通讯、报告、素描、速写……还有技巧等问题。这本小册子，在当时敌后根据地很有影响，不少通讯员就是以这本书为"教材"开始了通讯写作的。

一本小书，记录了一个风华正茂的年轻记者，在烽火连天的抗战岁月，对一些新闻理论问题的所思所想，并由此影响了一代初出茅庐的新闻爱好者，这是多么值得珍视的文字啊！怪不得，孙犁在走过了漫长的文学之路以后，在已经创作了大量脍炙人口的文学杰作之后，依然会不断地、一而再再而三地眷恋着这本最初的小书；怪不得，当老人初闻这本小书被重新发现的消息时，会"喜出望外"，连呼"难得呀，难得"；怪不得，老人在逐字逐句地校读全书之后，会感慨万端地声言："它是我真正的青春遗响"……

孙犁同志之所以多年来对这本小书"梦寐以求"（孙犁曾语），复得之后又表现出异乎寻常的兴奋，显然不仅仅是出于单纯的自珍少作的感情。他重视这本书，还因为"它不只片断地记录了中国人民反抗日本帝国主义的斗争，也零碎地记录了全世界人民反抗法西斯的斗争。在这本薄薄的小书里，保存了全世界被侵略、被压迫、被剥削、被杀戮的弱小之国的人民，奔赴、呼号、冲击、战斗的身影，记录了40年代之初，蔓延在整个地球上的一股壮烈的洪流，一股如雷鸣般喷发的正气"。（见《校读后记》，《孙犁文集》续编二，百花文艺出版社2002年10月，第66页）

这段充满激情的话语，使我们看到了这本小册子在作者心中的分量。然而，这熔铸在书中的"洪流"与"正气"，不正是一个年轻的新闻记者，在那个特殊的激情澎湃的时代所放射出的心灵折光吗？

（三）

孙犁同志从来不赞成别人对他滥用溢美之辞，对他的作品一味拔高。他希望评论家们实事求是地剖析他的一切利弊得失。本着这样一种精神，我们将在这一节中，具体剖析一下《论通讯》一书在新闻理论方面的一些特点。

《论通讯》写于1939年10月，当时，孙犁同志只有二十六岁，从事新闻工作时间很短，我们不能奢望他在当时就构建起一整套体系完备的理论框架，或者提出什么一鸣惊人的新观点。事实上，这本书并没有形成完整的理论体系，甚至论通讯员（人）与论通讯（文体）这两者之间，内在结合也不很严密，这多半是由此书所担负的既要育人、又要论理这种双重使命所决定的。理解了这一点，我们便不会苛求于这本小书的某些不够严谨和不够完备了。

况且，在《论通讯》问世之际，我们党的新闻理论，总体上讲还没有形成。虽说党的早期活动家在建党前就开始了新闻实践，但是我党完整的党报理论建设，一般公认是在延安《解放日报》改版之后，才刚开始。而《解放日报》正式改版的时间是在1942年4月1日，也就是说，是在孙犁《论通讯》出版的整整两年之后。这就意味着，如果用后来已经形成体系的党报理论来衡量《论通讯》，同样是不科学的。

然而，正因为我们明确了《论通讯》一书的历史方位，我们才愈发感到这本小书的弥足珍贵。对书中提出的一些极具特色，并且为后来的党报理论所一再肯定的观点，尤感兴味。

首先，对通讯员政治修养的强调，是《论通讯》一书的一个最突出的特色。当然，书中所称的通讯员，也完全可以包括所有专业新闻工作者，这是无须赘言的。

任何新闻媒体都具有其政治倾向性，这是由这个媒体所代表的阶级集团的性质决定的。资产阶级新闻媒体一贯标榜自己是无倾向、无阶级性的，这实际上不过是掩人耳目而已。世界上只有无产阶级的新闻媒体，勇于公开宣布自己是无产阶级和劳苦大众的代言人。因此，这就成了无产阶级新闻媒体最显著的党性原则的标志。《论通讯》一书虽然不是全面论述宏观新闻理论的专著，但是在谈到通讯员的修养问题时，孙犁同志第一条便提出了"政治的修养"问题，他写道："一个通讯员，在走上正确的报告，即成为优秀的通讯员之前，是有一段路程需要履行的……而这段路途最艰苦的一段，也是最重要的一段，就是一个通讯员在政治上的修养。如果他跳过这段路程，企图讨懒，结果，他是一定失败，达到不了顶点的。"

那么，孙犁所提出的政治修养都包括哪些内容呢？他所列举的首要修养是"进步的世界观的确定"。"什么是进步的世界观呢？是辩证唯物论。是历史唯物论。"孙犁论述道："辩证唯物论是人类哲学上的最宝贵辉煌的收获，是一切宇宙观中最正确最先进的一种宇宙观，是世界一切英勇前进青年应当探求接受的。"孙犁认为："一个前途光明的通讯员，应该尽力把握这种方法与现实，把自己对宇宙、世界、社会、人生的观点，建筑于这种方法与观点之上。这种努力的结果，才能使你全面地看到各种现象，透视这种现象，你才能够真实地表现出它的基本内容及特点。这种努力的结果，使你报告忠实，分析恰当，估计正确。"显然，孙犁是把世界观问题当作"报告忠实、分析恰当、估计正确"的前提条件来强调的。

除了世界观问题之外，孙犁又单独提出了"精通革命伟人的主义"，认为"通讯员应该在学习革命理论上积极向前，从中国的革命伟人孙中山先生，从世界的革命伟人马克思、列宁那里探求一切"。在这里，突出民主先行者孙中山先生的理论，显然带有抗战时期的特定的历史色彩。但是强调通讯员要掌握马克思列宁主义理论，以更好地为无产阶级革命斗争服务，确是本书在体现无产阶级新闻工作者的党性原则方面的一个突出特点。尤其难能可贵的是,孙犁一再谈到不能把马列主义理论当成教条,而要当做行动的指南:"把握这些理论,决不是要我们死记一切公式和结论,拘泥于这些公式与结论的每一个字眼,而是要理解这些理论的实质,要能够在斗争的不同情况中,当决定斗争的实际问题时,准确地运用这些理论。"接着,孙犁还引用了列宁的一段话来强化这种观点。这也从一个侧面说明,当时党的理论联系实际的作风,在边区还是相当受到重视的。

其次,在《论通讯》一书中,表现出作者开阔的全球视野,渗透着浓郁的人类意识。这个特点是如此鲜明,如此强烈,以致使我们难以置信它是产生于荒僻闭塞的阜平山沟里。孙犁同志步入老年以后,常常自谦于自己年轻时曾好作大题目,好发大议论,有时还举出本书作为例证。其实,如今看来,这种开阔的视野,宽广的胸襟,这种心游万仞、吐纳八荒的气魄,正是一个青年记者最难得的素质。没有青年时代志存高远、心忧天下的怀抱,是很难想象日后会产生孙犁的艺术的。

《论通讯》一书所表现的作者开阔的视野,突出体现在他展开论述的起点是相当高的。通讯本是新闻诸多体裁中的一种,它在抗战时期的异军突起,固然有其深刻的社会历史根源。一般的论者往往是就通讯论通讯,至多是简单回述一下其源流和演变而已。然而,孙犁一开篇便不同凡响地提出一个论点:"人类对文字的运用,文学上的写作形式,是随了时代的进展而变化的,差不多每一个特定的时代,都有它的一种特定的文学形式。这种形式,特别适应着这个历史阶段,因而便在这个历史阶段里,特别活跃着。"这段议论,看似空泛,实则着眼点很高。接着,他在简述了从以荷马史诗为标志的古希腊罗马文学、以但丁《神曲》为终极的中世纪宗教文学及中国古代各个时期的典型文学形式之后,笔锋逆转,径直切入通讯的正题:通讯"这个形式,从1914年到1918年的世界第一次大战时,在英法美各资本主义国家的杂志报纸上面,初显活跃的姿态。经过苏联的国内战争,革命胜利,工业化和集体化,通讯在苏联的文化事业上,进步发展,达到近乎于英美的程度"。这样由远而近,简明扼要地引入了国内:"然而我们说,通讯这种形式,是在最近五六年来,才达到了登峰造极,在文学写作上睥睨一切地位,这不是偶然的,这是在这种时代基础上建立起来的。"接着,孙犁大段引用了当时苏联领导人对全球战争形势的分析,和波兰拉丁文合众社的电讯,阐明当时世界所处的时代特点,然后水到渠成地得出了他的结论:"全人类在战争中,一方面为了保卫、为了正义、为了生存;一方面为了侵略,为了愚蒙、为了贪婪;国际情势,正如敌阿部内阁政纲内所谓'复杂微妙'到极点了。而哪一方面都要迅速知道战斗全部情况。全世界的新闻记者、文学家,不在这面,就在那面,通讯成了战斗的摄影器……同时,新闻事业的技术方面、交通方面,也日见其进步了。通讯,于是就在这种基础上特别活跃起来了。"

这段论述,文字并不长,但容量却极大:世界风云、东西战势,古今文体乃至通讯兴盛的时代背景、物质条件……真是纵横开阖,起伏跌宕。这种高屋建瓴的开篇之笔,便决定了全书的一种基本视角:它是立足边区,放眼全国乃至全球的。这种出发点,作者在书中讲得很清楚:"一个通讯写作者应该着眼在这一点,把一个地方,一个部队的经验教训,扩展成为全国各抗日部队的经验教训,通讯在抗战中最大作用,就在于此。"事实上,作者在后边的具体论述中,确实从未拘泥于边区之一隅,书中所涉及的人物,大到世界各国的军事统帅、国内的著名将领、饮誉世界的文坛巨擘,声名显赫的著名记者,小到普通的农民、士兵、牧民乃至已经牺牲的先烈;书中引用的资料,既有政治家的报告、军事家的谈话,也有合众社、美联社、塔斯社等世界著名新闻媒介的电讯;既有中国名记者的名篇佳作,也有无名作者失败的作品片断。总之,这是一本思维开放、视野宽广,具有某种全球意识的作品。它能诞生于一个信息闭塞、通讯不便,传播媒介很难覆盖到的山区小院里,作者无疑需要付出加倍的辛劳,而且他能搜集到相对来说如此丰富的原始资料,在当时同样是难以想象的。

《论通讯》一书所渗透的浓郁的人类意识,同书中的全球视野是密切相关的。这种人类意识,集中体现在他所反复强调的为人的正义感和对善良人类的无限爱意。在"行动的修养"一节中,他专门列出了一个小标题"正义感·伟大的灵魂·对人类的热爱"。他写道:"一个优秀的通讯员,和一切伟大的文艺作家一样,在他的生命里,应洋溢着正义感,对人类的热爱。因为他要具备一个伟大的灵魂,充满对人类的热爱,多量的正义感。这不是抽象的内心问题,而是要在行动上表现、实践的问题。"孙犁举出了鲁迅:"我们说他是一个伟大的灵魂……在他一生的文章里,汹涌着、号啸着的正义感和对人类的热爱。"对于通讯员来说,"这是一种艰难然而是在向上的修养。一个通讯员,必须有这个特点。控告反动者,拥护正义,对人类热爱,因而打击一切妨碍人类进步幸福的力量与方面"。显然,孙犁在这里所讲的人类之爱,绝不是抽象的、空泛的,它是与对一切反动派、侵略者及一切压迫人类、戕害人类的行为的"憎"相对应,相依存的。这实际上是同孙犁同志始终坚持的人道主义精神一脉相承的。譬如,就在《论通讯》出版四十年之后,孙犁同志在《文学和生活道路》一文中,再次精辟地写道:"凡是伟大的作家,都是伟大的人道主义者,毫无例外的。他们是富于人情的,富于理想的。他们的作品,反映了他们对于现实生活的这种态度。把人道主义从文学中拉出去,那文学就没有什么东西了。"若将时隔四十年的这两段论述加以对照,就会发现,当年体现在《论通讯》中的这种人类意识,从某种意义上说,正是后来贯穿于孙犁大量新闻和文学作品中的人道主义理想的滥觞。

再次，《论通讯》中，非常强调通讯揭露敌人，抨击落后的战斗性，并且贯穿着一种批评与自我批评的精神。孙犁非常重视通讯的战斗性，他认为通讯应当"表现出作者对正确赞扬自己，打击对手的努力"，"是正义的叫喊，用热情悲壮的呼号，报告热情悲壮的斗争，用通讯协助了战斗"，同时，还要"有必要的、浓厚的批判色彩"。

在当时的战争环境里，敌人的凶残、丑恶、狠毒，他们对抗日军民的杀戮、劫掠、残害、奸淫等种种劣迹丑行，必然要在通讯中占据一定的分量。作者不赞成通讯回避这些血淋淋的事实，他明确表示应当真实地揭露这些暴行。他先后列举出外国的托连忒（国籍不详）描写西班牙战事的《最后的通讯》和国内的穆欣描写晋西地区日寇暴行的通讯，作为例证，然后论述道："我们不能说敌人屠杀、侮辱对我们已是司空见惯，不必再说出。我们要把这些最代表敌人兽性的事实，具体地用血泪控诉出来。"通讯应当"根据具体事实，扒去敌人的虚伪的外衣，暴露其赤裸裸面目，指出其不可医治的创伤、脓溃、揭露纸老虎"。当然孙犁也特别指出："控诉不是哀号，讽刺不是自欺，在控诉与讽刺前面，有我们的足以复仇的力量和蔑视敌人的条件。"

比强调对敌人的揭露更为可贵的，是孙犁非常重视新闻通讯对我们自己的缺点错误及落后方面的批评，这实际上是他所称的"批判色彩"的关键所在。

他写道："我们还有一个毛病，就是我们自己的一些缺点、落后、不良倾向，总是不愿意直说，在通讯上掩蔽过去，这也不好。"孙犁特意举出焦敏之的一篇通讯《西线上的敌军俘虏》，用来说明在通讯作品中直言批评工作的缺点，指出现实中的失误，对于引出教训，纠正错误，非但不会削弱自己，反而可以为大家提供借鉴，具有非常积极的成效。因此，他认为："我们要坦白地说出这些缺点，引起各方面注意，找出这些缺点的由来，并研讨克服的途径。"在谈到当时发表在《新华日报》上的一篇通讯时,孙犁更着重提出,"指出缺点",是"通讯的应有特点之一"。孙犁对新闻通讯中的"批判色彩"的见解,对我们今天正确而适当地运用批评报道,无疑具有启发和借鉴作用。

当然,《论通讯》一书的特点远不止于上述几点,值得研究和能够指出的特点还有许多,限于篇幅,一些属于微观范畴的问题,便不再详谈了。

（四）

《论通讯》一书的重新发现,还有一个超出其自身内容以外的价值,那就是为全面探讨和研究孙犁后期的新闻观念,提供了一个可资参照的最早范本。

孙犁同志既然长期处于新闻与文学这两大门类的交叉点上,身兼报人和作家的双重身份,那么他的许多著述,自然也是既有新闻方面的精辟见解,又有文学艺术方面的真知灼见。对于他在文艺理论方面的突出贡献,文学界已经给予了应有的重视和很高的评价。然而,对于他在新闻理论方面的建树,实事求是地讲,新闻界似乎还没有给予足够的关注,更不要说研究和评价了。如今《论通讯》一书的失而复得,恰好为我们提示了一条新径,它可以引导我们追溯到孙犁同志某些新闻观点的源头,由此,再反过来同他后来的论述相比较、相对照,便能够把这些散在的观点,串连成一个完整的理论框架,从而窥见到哪些观点是孙犁同志从青年时代直到老年始终坚持的,哪些观点是由浅入深逐步完善的。这种比较和对照,对于厘清孙犁新闻观念形成和发展的脉络,显然是极有意义的。

那么,孙犁同志都有哪些观点是贯穿始终的呢？先要讲清楚的是,上一节中所论及的那些观点,都是孙犁同志后来多次重申的,在这里不再重复。除此之外,至少还有下述几点：

第一,关于新闻必须真实的观点。可以毫不夸张地说,在《论通讯》一书中,谈论新闻真实性的次数和篇幅,都是最多的。足见孙犁对这个问题的重视程度。在第二章谈到文艺通讯的基本特征时,作者写道:"它不同于其他文学形式,如小说、戏剧等,它不能虚构故事,它具备最多的现实性";在谈到通讯写作的标准时,作者写道:"通讯的主要标准是忠实,这忠实,就只有现实主义才能获得……所谓忠实,就是要找出那件事的真正面、深刻面、核心;所谓忠实,就不是只看一个表面,只看一个断面,为其外表所蒙蔽。"当谈到通讯员修养时,作者又从另一个角度谈到了真实:"当侵略者与反侵略者进行战斗的时候,反侵略者有他的通讯员,而侵略者也有它的通讯员的。可是只有反侵略阵营中的通讯员或是同情于反侵略的通讯员,他才能看到真实,他才敢报告出真实。"在谈到通讯的具体写作方法时,作者通过举例论证,再次论及真实性问题:"根据这些具体的,真实的,不是吹牛的、两方的对比,通讯作者便可以预告着谁能胜利了。……我们有许多通讯,不根据具体的事实相比,总好在文章末尾说些我们一定胜利等等的话,近于标语,这是不对的。"直到全书最后一章"怎样采访",作者依然在不厌其烦地论述采访真实情况的重要性和具体方法,例如,在谈到摘引著名人士讲话问题时,作者就举出了一条周恩来同志当时在《新华日报》上发表的对某些新闻媒介"发表未经本人同意校阅之谈话或论文",表示"不负任何政治责任"的严正声明,作为例子,来说明原始材料真实的重要性。由此足以看出,真实性原则在孙犁早期的新闻理论中,就是最受重视的一个问题。而这个观点在他后来的新闻论述中,又被一再重申,而且提法也愈加精辟了。在《田流散文特写集》序(1982)中,已入晚年的孙犁不仅回忆起抗战时期的新闻工作,而且就新闻真实性问题,发表了一段发人深省的议论。鉴于这段议论的精辟性和现实性,我们不妨多引几段在下面,以便于读者同前面的引文两相对照,加深理解。孙犁写道:

在抗日战争和解放战争期间,我们的通讯报道,都是与群众的战斗和生产、生活和感情,息息相关的,都是很真实诚挚的,都是为战争服务的……因此,在这一时期,新闻也好,通讯也好,特写也好,都不存在什么虚构的问题,其中更没有谎言。

战争年代的通讯,可以说是马上打天下的通讯,是战斗的,真实的,朴素的,可以取信当世,并可传之子孙的。

但是,自从我们取得了全国性的胜利,下马来治理天下的时候,通讯报道工作,就遇到了不少新的难题:特别是1958年以后,我们的政策偏左,主观的成分多了。而这些政策,又多是涉及农村工作的。有时,广大农民并不很理解这些政策,但慑于政治的风暴,当记者去采访时,本来质朴的农民,也学会了顺风走,顺竿爬,看颜色行事,要什么给什么,因此,就得不到什么真实的情况了。更何况,有些记者,在下乡之前,自己先有满腹的疑虑和杂念。在这种主客观的交织下,所写出的通讯,内容的真实性,就可想而知了。这种情况,到十年动乱,已经登峰造极。只有在党的三中全会拨乱反正以后,才又逐步回到实事求是的路途上来……

关于通讯、特写,现在我想到的,却还是一个真实问题。我以为通讯、特写,从根本上讲,是属于新闻范畴,不属于文学创作的范畴。现在有一种所谓"报告文学",把两者的性质混淆起来,造成了不少混乱。通讯、特写都是新闻,是直接为宣传工作服务的。说得冠冕一些,是制定政策或修订政策的基础。其真实性、可靠性是第一义的,是不允许想当然的。现在有些报告文学,名义上写的是真人真事,而对人物只是一知半解,各取其需;对历史情况,又非常生疏无知。强加一些感情抒发,捏造一些生动的场面,采取一些电影手法,以此吸引读者,其结果,因为与事实相违,就容易成为虚无缥缈的东西了……

必也正名乎！我觉得通讯、特写要和当前有些报告文学划清界限，规规矩矩地纳入新闻报道的轨道。

（引文见孙犁著《尺泽集》，百花文艺出版社1982年12月，第167—169页）

我还没有见过有哪一位"纯粹"的作家，曾对新闻的真实性问题，发表过如此深刻而清醒的意见——这只能出自一位有丰富新闻阅历的报人之手。孙犁同志正是这样一位老报人，而比他的新闻阅历更珍贵的，是他的新闻理论的功底。如果说，在《论通讯》中，孙犁对新闻真实性的论述，还处于单纯强调其重要性的层面上的话，那么四十二年之后，他在目睹了许多"假大空"的新闻灾害之后，对"真实"二字的真谛已经多了一层历史的思考，其论述便已冷峻得多、也深邃得多了。或许正是基于孙犁同志对通讯的真实性，有了更深刻的思考，所以，在粉碎"四人帮"之后他所作的另一篇专论通讯的短文中，他开宗明义第一句话，便写下了掷地有声的四个大字——"要说实话"！（引自《通讯六要》，见《秀露集》，百花文艺出版社1981年3月，第166页）

第二，关于新闻工作者要深入实际、接近群众的观点。这是孙犁在其新闻论述中反复强调的问题，而在《论通讯》中，这方面的论述也占了相当多的篇幅，其中尤以第四章"怎样采访"论述最为详细。孙犁认为，访问"是通讯员采访新闻的最主要的一种方式。如果专门担任着通讯的工作，那对于访问，就要不辞任何辛苦艰难。对于什么事情都要裹足不前的态度，在新闻工作里是要不得的"。在采访方法上，孙犁把"实地视察"列在首位，认为只要一个地方发生了新闻，"一个通讯员，在事件发生后，便应当迅速地到那个地方去，实际视察一番。到那个地方，要多跑路，从各个有关这个事件的地方、人物，你都会得到必要的材料"。值得重视的是，孙犁还特别把"接近群众"单列一条,予以突出强调,并毫不客气地批评了那种只愿接近领导,不愿接近群众的倾向:"一个通讯员,在作关于一个事件的访问的时候,往往自高自大,不高兴和当地的群众谈话,或是访问一个工作部门的时候,只和首长谈谈便了事,不高兴和下层工作人员接谈,这是非常错误的。这种错误,不只是违反了我们以上所说的新时代新闻工作作风,而且会影响了你的工作。接近下层,会使你的通讯,更具体一些,更生动一些,更正确一些。"接着,孙犁又以斩钉截铁的口吻写道:"要从根斩绝一个写作者不愿意和群众接近的倾向和习惯!"应当说,孙犁同志当年所批评的这种倾向,至今并未断绝,因而他的论述,今天读来依然使人感到是有的放矢的。

在这一章中,孙犁非常具体地介绍了诸多接近群众、采访新闻的方法,包括如何取得对方的信任、如何随军采访乃至如何到陌生的地区采访,如何引用当事人的谈话,等等。所有这些,统统围绕一个中心,就是如何真正深入到群众之中,得到最真实可靠的新闻。为了说明问题,他还特意举出了苏联著名记者兼作家爱伦堡随军采访的实例,以及肖洛霍夫的小说《被开垦的处女地》中的青年宣传员凡尼亚设法接近群众的故事,作为通讯员效法的榜样,真可谓论述得备极周详了。

孙犁同志在自身的新闻实践中,是非常注意接近群众,了解第一手资料的。克明同志曾在回忆文章中这样评论孙犁:"在机关工作起来温文雅静的孙犁,到了群众中,很快能和群众打成一片。他和群众同甘苦,共欢乐,更深一步体验到农民心灵深处的美。"克明还具体描绘了当年孙犁在农村参加实际工作时的风采,"他踏进谁家的大门,热心的大娘、大嫂都特地为他做一顿他爱吃的杂面汤或蔓菁粥,有一天,老友杨循到东张岗,看见孙犁头上箍了一块羊肚毛巾,背着锄头,正和一群青年男女下地,就高兴地喊道:'老孙,你也成了个"老农"啦!''哈哈哈',孙犁又爽朗地大笑了,我这个'土豹子'，本来就是个老农呀！"（注：孙犁曾用笔名"土豹"）

从孙犁的大量新闻作品中，也可以清晰地看出，他的采访作风是十分深入的，他的《小陈村访刘法文》《访问抗属》《张金花纺织组》等新闻特写，都是靠着直接同当事者采访得来的。他的《光复唐官屯之战》，则完全是靠亲眼目击的材料写成的。1981年，他在为姜德明同志所存《津门小集》所作的题记中，曾回忆起进城初期深入津郊采访的情景："回忆写作此书时，我每日早起，从多伦道坐公共汽车至灰堆，然后从灰堆一小茶摊旁，雇一辆'二等'，到津郊白塘口一带访问，晚间归来，在大后院一小屋内，写这些文章，一日成一篇或成两篇，明日即见于《天津日报》矣。此盖初进城，尚能鼓老区余勇，深入生活。倚马激情，发为文字。"由这段文字，不难窥得当时孙犁不辞辛苦，深入采访的情形。

直到"文革"之后，孙犁同志重操新闻旧业，并重新论及通讯与通讯员的时候，他依然重申着这样的观点："通讯员应该对现实生活，作广泛而又深入的、独立思考的调查研究，并采取充分表达研究结果的表现形式。"谈到典型报道，他指出："典型不是个别产生的，它的基础是群众，是群众的普遍生活、普遍思想、普遍情绪。"（引自《通讯六要》，见《秀露集》第166页）

综上所述，在孙犁的新闻理论中，接近群众深入采访的观点，不仅是贯穿始终的，而且是不断发展与深化的。

第三，从新闻文体研究的角度来讲，孙犁同志对于通讯这一文体，是倾注了许多热情与心血的。在《论通讯》一书中，几乎有一半的篇幅属于通讯文体研究的范畴，其中，有些观点极富独创性，比如，孙犁把通讯划分为两大类，即科学通讯与文艺通讯，而且对这两类通讯的特点分别进行了全面的论述。单是这种分类方法，以本人的孤陋寡闻而言，在诸多新闻论著中还不多见。同时，它的合理性也是毋庸置疑的。

难能可贵的是,孙犁同志在时隔整整四十年之后,刚刚回到《天津日报》编委的岗位,便写下了专门论述通讯这一文体的新作《通讯六要》,结合"文革"中新闻通讯曾一度沦为"帮腔帮调"的惨痛教训,对原有的新闻通讯观点,又作出了新的阐发,除前面提到的强调"要说实话"外,又增加了"要写典型""要有分析""要写短文""要有创新"等诸多要点。《通讯六要》虽然文字不长,但文中的理论色彩却比《论通讯》愈加丰厚,而且思想也愈加深邃。对"文革"教训的反思,更凭添了它的沉重感。譬如在谈到典型报道时,孙犁写道:"有些通讯,把个别的、偶然的、甚至别有原因、别有用心的人和事,当作典型去报道。这不仅是虚假,而且会造成很大的危害。这在过去,是屡有教训的。"在"要有分析"一节中,孙犁写道:"写通讯之前,要对你报道的材料,细加分析。……有几分成绩,就报道几分成绩;有几分缺点,就报道几分缺点。""我们提倡,写通讯要负文字、事实的责任。不能今天说东,明天说西,上边要什么,你就有什么。因为这究竟不同说话,是白纸黑字,有案可查。"类似这样警醒的论述,显然是四十年前写作《论通讯》时所不可能产生的。从四十年前后的论述中,我们可以清醒地寻得孙犁对通讯这一文体的思考,是怎样逐步由表及里、由浅入深的。

这,可谓《论通讯》一书的重新发现,带给我们一个新的参照座标的意义之所在。

《论通讯》一书的失而复得和重新校订发表,应该说是为我们开展关于报人孙犁的专题研究,提供了一个良好的开端和弥足珍贵的范本。这本早期新闻理论专著,在党的新闻事业中所占据的特殊位置,以及它的新闻理论价值和新闻史料价值,是目前尚且难以估量的。认真地研究和发掘这片丰厚的园地,无疑是广大新闻理论研究者的职责所在,在这块尚待开垦的园地里是大有用武之地的。

本文只不过是对这本专著的最初步和最浅层次的评价，值此《新闻史料》重刊《论通讯》之际，权作引玉之砖，呈献于广大新闻界、文学界前辈师长和诸位同道之前，恳请赐教。同时，期冀能有更多新闻界朋友，能够在报人孙犁的研究方面，开拓耕耘，获得丰硕之果。最后，我还要以诚恳的心情，向抱病对我的粗浅研究工作给予了热情和宝贵支持的孙犁老人，表示衷心的感谢，祝愿这位老作家、老报人健康长寿！

〔本文首发于《新闻史料》1991年第二辑（总第二十三辑），后收录于侯军所著《文化目光·点线面》一书，海天出版社2007年7月出版〕

大道低回 独步文山

——作家孙犁访谈录

在中国画史上，一向有"画隐"之说，但不知中国文学史上有无"文隐"之谓？在当今中国文坛上，若要推举"文隐"的话，我想，孙犁老人恐怕是当之无愧的。

孙犁以淡泊处世、寂寞为文而著称于世，不求闻达反倒名闻遐迩，这与其说是背离了他本人的初衷，倒不如说刚好反映了人们对眼下弥漫于文坛的喧嚣与浮躁之风的一种逆反心理。

孙犁之"隐"，乃是隐身而非隐文。几十年来，他困守书斋，远离官场，回避一切在旁人看来是求之不得的风光露脸的事情，谢绝一切排场和应酬，甚至婉谢为研究他的作品而举行的研讨会，真可谓躲热闹如躲腥膻，避功名如避瘟疫。隐身若此，以至于人们几乎淡忘了孙犁本是一个老资格的老干部，却只记住了他是一名作家、一个文人。

"文人当以文章立命"，这是孙犁恪守多年的准则。他把自己的书斋命名为"耕堂"和"芸斋"，显然隐含着"不辍耕耘"的意旨。步入晚年以来，孙犁笔耕益勤，新作迭出。评论界认为，孙犁晚年的散文堪称炉火纯青，归真返璞，于平易简淡中蕴含人生况味，于沉郁徐缓中时见卓荦峥嵘，的确是人与文俱老，其影响日见深远，从学者日见增多，许多名作家纷纷归依到孙犁门下，或私淑其文风，若刘绍棠、从维熙、韩映山、铁凝……孙犁作为一代文学宗师，身愈隐而文愈显、心愈淡而名愈彰，单是专门研究孙犁的各类专著，全国就已出版了数十种，这不啻是当今中国文坛上一个耐人寻味的奇观。

然而,孙犁先生毕竟老了,1993年已满八十岁。而恰恰在他八十大寿来临之际,病魔又悄然而至,将这位倔强的老人击倒了。他不得不住进医院,不得不接受了一次胃被切除二分之一的大手术……

一时间,孙犁的文章从各地报刊上"销声匿迹"了。众多的"孙犁迷"都在关注着、探问着孙犁老人的病况。而我,作为多年来一直受到孙老关怀和指导的晚辈后学,更是身在鹏城,心系津门了。1994年8月初,当我回故乡探亲时,便急不可耐地约定时间,叩响了孙犁先生的家门。我没想到,前来给我开门的,正是孙犁先生。

孙犁先生面容清癯,满头银发,一派儒雅的学者风度。令我感到惊奇的是,从他的脸上竟看不出一丝大病初愈的衰容,走路虽然稍显缓慢,但却十分稳健。落座之后,我环顾了一下老作家的书房。三年睽违,书房里的一切陈设似乎都没有改变,靠东西两面墙摆列着两排书柜,迎窗是一张半旧的写字台和一把藤椅,而在书房的另一面则摆着一对旧沙发,这便是"耕堂"里的全部家当了。我发现,屋里唯一有变化的是墙上悬挂的字画。记得三年前我来造访孙老时,书房里曾高悬着一位名书家的字幅,上书"人淡如菊"四字;而今,这横幅的位置被一个镜框所替代,镜中镶嵌着孙犁先生自书的四个笔酣墨饱的大字——"大道低回"。这四字之易,足以让人回味良久。

我们的谈话自然是从孙老的身体状况开始的——

(一)作家不能只读文学书

侯:孙老,我在南方听说您生了病,还动了手术。本来想象中,您一定非常虚弱,今天一见面,觉得您的精神很不错,气色也很好,这让我很意外,是意外的惊喜。

孙:你今天来得真巧,今天正好是我出院的一周年。去年发病的时候,你幸好没见着,那简直不成样子了:身上瘦得皮包骨,走路都得两个人扶着,一点儿力气都没有。我当时真的以为自己快不行了。谁知做了手术之后，恢复得还挺好，现在一切生活又能自理了，有时还能写点文章哩。

侯：我已经看到了您的一些新作，譬如，您发表在《天津日报》上的《芸斋短笺》，还有《读画论记》。我没想到，您对中国古代的画论会这么有兴趣，而且这么有研究。我平时也喜欢看看画论这类东西，也算是有一点发言权，我觉得您的这篇文章，充满真知灼见，谈得非常精彩。

孙：我可说不上有研究，只是随看随想，有点想法就写下来。好多书，都是买了多年，一直也没时间好好读。这回养病期间，别的书看不了，就把这些闲书拿出来翻翻。写成那篇文章以后，还是心里没底，后来北京的一位朋友拿了本《张大千生平和艺术》，我看了张大千的文章，我觉得还没什么大错，这才放了心，才敢拿出去发表。我认为，当作家不能只读文学方面的书，其他领域的书也应该多读一些。我是读书很杂的，人老了，偏爱读点儿古书，这大概也是不太合乎潮流吧？

侯：我倒觉得您的这类谈读书的文章，在当前特别有意义，至少我个人非常喜欢。您前些年出的那本《耕堂读书记》，我就爱不释手。现在，一些年轻作家比较浮躁，沉不下心来认真读书。这就很难指望能写出有深度、有内涵的作品。

孙：我写这些读书记，也是因为这比较适合我现在的情况。年纪大了，出去得少了，和现实就离得远了些，思考的东西也多了些，读书时有感而发，就成了这么一种文章。也许别人并不同意我的这种做法，但对我来说却比较妥当。

侯：您最近又写了什么新作？

孙：最近天气这么热，哪里拿得起笔呀？我昨天还和一个朋友说笑话，我说现在是一只手拿扇子，一只手拿毛巾，腾不出手来拿笔了。(笑)

（这时我才注意到,孙犁先生的屋子里既没有空调,也没有电扇）

侯:孙先生,今年京津地区气候反常,又闷又热,您为什么不装个空调? 起码可以装个电扇呀。

孙:我这个人,从小在农村的环境里长大,对电器总是弄不好,一吹电扇就不行,只能用扇子。我总觉着电扇吹出来的风不如自然风来得舒服。我看,还是"道法自然"好哇!

(二)作家孙犁与记者孙犁

孙犁以文学创作饮誉文坛,他的小说名篇《荷花淀》《山地回忆》《铁木前传》《风云初记》等早已脍炙人口,感染了一代读者。因而,几十年来,人们每每谈到孙犁,往往只认定他是一个作家。然而人们似乎忽略了这样一个事实:孙犁原本是从新闻岗位步入文坛的,从20世纪30年代末直到今天,半个多世纪以来,除少数特殊时期之外,孙犁一直是在新闻单位(报社、通讯社)任职。这种独特的经历,在同代名作家中是绝无仅有的。而孙犁的绝大部分作品,也都是在报纸上最先发表的,其中大量文章原本是刊登在新闻版上……正是基于上述论据,我在1988年召开的首届孙犁作品研讨会上,率先提出这样一个观点:孙犁先生不仅是一位卓有成就的作家,而且是一位卓有成就的记者和报人。如果评论界只专注于作家孙犁的研究,而忽略了作为记者和报人的孙犁,那就难以窥得孙犁艺术的全貌……

当时,这一论点如一石击水,激起了层层涟漪。反对者众,支持者寡。然而,令人感动的是,一向不愿就"孙犁研究"中有争议的问题发表意见的孙犁先生,当时却给我写了一封信,在信中公开表示:"我完全赞同你的看法、你的推论,和你打算的做法。"(引文见《孙犁文集》续编三,百花文艺出版社2002年10月)这对一个初出茅庐的年轻人来说,该是何等珍贵的支持和鼓励呀!

从此,"报人孙犁"在我的新闻理论研究中成了首选课题。也正缘于此,我与孙犁先生结下了特殊的"文缘"。一晃,又是八年过去了。如今,孙犁先生与我久别重逢,免不了又提起了当年的话题——

孙:这些年,你一直坚持"记者孙犁"的说法,写了好几篇文章。可是,不少评论家好像不大认同。有人就曾经跟我说起:怎么侯军总是把你当个记者看待? 是不是故意标新立异? 我就对他们讲,实际上,这是他发现了一个别人没注意的问题。

侯:孙老,现在社会上似乎有一种偏见,认为作家要比记者高出一块。似乎我讲您是一位记者,就好像把您贬低了。您对此怎么看呢?

孙:我从来不这么看。事实上,我这几十年里,一直是在新闻单位工作,从晋察冀通讯社、《晋察冀日报》,到《冀中导报》《天津日报》,不是三年、五年,而是几十年的时间。我的文学创作也和新闻分不开,这是一个历史事实嘛。我的早期作品,很大一部分都是我当记者的时候写的。那会儿还是战争年代,条件十分艰苦,而且充满危险。你一定看过我的那篇《光复唐官屯之战》吧,那就是在火线上写的:头天打仗,第二天稿子就见报了。还有那篇报告文学《冬天,战斗的外围》,是写抗日根据地反扫荡的,文章写出来发出去了,反扫荡还没结束。可见是写得很快的。除了这几篇,还有像《王凤岗坑杀抗属》,也属于这一类作品。我把这些文字,叫作"青春遗响"。我总对青年讲,你们应该读一读我年轻时的文章,那时的东西虽然很幼稚,但是很有激情。那个时代是有激情的。现在,即使让我再到现场去,一定写不出这样的文章了。时代是综合性的,每个时代的文章都会打下那个时代的烙印。当然,我年轻时也写不出现在这样的文章。所以我说,风格也是综合性的。

侯:关于您的文章风格,有一种比较通行的说法,认为您是阴柔之美的代表性作家。可是,我在研究"记者孙犁"的过程中,却发现您的早期作品,其实并不是那么柔美的,更多的作品倒是充满阳刚之气的。所以，我曾写过一篇《孙犁早期报告文学中的阳刚之美》，不知您看到没有？

孙：看到了。我从中看出你有些新的看法。这说明你很认真，爱动脑筋思考问题。青年人应该独立思考，不要有那么多框框。你想研究我的作品，我就要嘱咐你一句：一定要多读材料，我就怕你不读材料。不读材料就发现不了新的问题，写出来的东西也会人云亦云，重复别人的观点，没意思，不如不说不写。再一点就是实事求是，不要吹捧我。发现不足的地方，一定要写出来，不要有顾虑，特别不要对我本人有任何顾虑。我常常对搞评论的人讲，你如果有顾虑，那就不如等到作家百年之后再去写。

说起我的风格问题，往往是先有一个人这样说了：孙犁是阴柔之美，孙犁的文风是行云流水。后边的人就受到了影响，也这样说。后来又有人说有个"荷花淀派"，众人也跟着说有个什么派，就这样一条路走下去了。其实，阴柔也好、阳刚也好，都需要看作品，读材料。风格问题是很复杂的。我看，你这一点说得就有道理，看来你是认真钻研了，才能提出独到的观点。我还是那句话，一定要下功夫读材料，写论文不着急，可以慢慢写。

侯：谈到您的新闻作品，我觉得刚进城时您写的许多文章，都应该归入这一类。譬如，我曾读到您为姜德明先生所藏《津门小集》写的一段题记，其中讲到您在刚刚进城时，每天早晨坐公共汽车至灰堆，然后从一个小茶摊旁雇一辆自行车，到南郊白塘口一带采访，晚上写稿，转天见报……

孙：对呀，当时是刚刚进城，条件很艰苦，但是人的精神状态很好，采访也很深入，写得也快，一天写一篇，有时一天写两篇，都是第二天就见报。那时，我还年轻，也有激情，写了许多文章。我不知现在的记者是不是还能这样工作？

我记得，那时候写小说也很快。那篇《山地回忆》，就是在对面

(指后来的天津日报社招待所)写的。那时的办公室不像现在都分开,全编辑部都在一间大房子里办公,乱得很。我就在那个环境里,趴在桌子上,六千多字的小说,半天工夫就写成了。现在,写得慢了。一篇小稿也要翻来复去地改,还老动剪刀。人上了年纪,脑子就不行了。所以,我总是跟青年人讲:一定要珍惜年轻时的这段时光,多留下一些文字性的东西。这个话,我记得早就跟你说过,你那时刚做行政工作,那当然也很重要。但是,文人应当以文章立命,还是要抓紧时间多写点儿东西。新闻界有许多老同志,在报社干了几十年,留不下什么文字成果,这是很可惜的。

(三)"我是一个办报的人"

侯:不知您注意到没有,我起初只是讲"记者孙犁",但很快就发现这个讲法并不全面。纵观您的新闻生涯,其实大部分时间是做编辑,也就是说,您在报纸的采、编这两个方面,都具有十分丰富的理论和实践。所以我在后来写的文章中就改用了"报人孙犁"这个提法。我感到这个新提法似乎更准确、更全面一些。

孙:我的文字生涯是与报纸密不可分的。我的文章绝大部分是在报纸上发表的,直到现在也还是主要为报纸写稿。所以,我总是讲,我是个办报的人。年轻时做过一段时间记者,但是我这个人从性格上讲,可能并不适合当记者,一是口讷,二是孤僻,所以后来就主要做编辑了。

我做过各种类型的编辑,比如,在冀中时期,我做过一段联系通讯员的工作,每天就是收编通讯员的来稿,能用的就编发,不能用的就给人家退稿,还要写许多信。我记得最多时一天要写八十多封信。现在想起来都感到不可思议。即使是一种类似意见的重复,也不容易呀。更何况我那时对写信非常认真,都是写得很长的。对了,我那时还给通讯员写过一本小册子,就是你曾写过评论文章的那本(指1940年由晋察冀边区《抗敌报社》铅印出版的《论通讯员及通讯写作诸问题》)。此外,我还参与大型征文活动《冀中一日》的编辑工作。我当时负责的是第四部分,也就是"战斗的人民"那一辑。我从大量来稿中挑选好的作品,改一改错字,顺一顺文字,内容很少有改动。我在看稿过程中,发现了一些带有规律性的问题,就有针对性地写了一本小册子,当时叫《区村、连队文学写作课本》,属于辅导性读物。解放后改名叫《文艺学习》出版。

当然,我做得最多的,还是文艺副刊的编辑。我编副刊从来不对人家的稿子大删大改,也从不代作文章,在人家的作品里加进自己的意思,尤其是文艺作品。最多也就是删改几个错字。但这并不意味着我看稿子不认真。我看得很细,生怕漏掉好作品、耽误好苗子。我不光看原稿,还要看见报后的稿子。因为在我上边还有总编、副总编,都有可能改动大样上的稿子,我要看看别人给我动了没有,动得对不对,改得好不好。这倒不是不让别人改动,我只是想了解清楚,好跟作者有个交代。我对作者是负责任的,这一点我很自信。不信你可以问一问所有给我写过稿子的人:孙犁给谁丢过稿子?对谁的稿子没有认真处理?作为一个编辑,我可以毫不吹牛地说,在我几十年的编辑工作中,我没丢过一篇稿子,所有来稿都经过认真处理。我是个负责任的编辑。

侯:这一点,我一进《天津日报》就听老编辑们讲起过,可以说是被传为佳话了。我还听说了许多您做编辑的趣事,譬如,您当年如何发现和培养年轻作者,像刘绍棠、从维熙……

孙:说到这里,我要打断你一下。可不能讲人家都是我培养的,不是那么回事,真的。人家写来的稿子水平就够,我当编辑的,见了好稿子能不发吗?如果说我有什么值得一提的,那就是我不怕旁人说我偏向,我从不避讳。只要我一看这个作者有出息,我就连续给他发表作品,对刘绍棠、从维熙,都是这样。这是做编辑的本分嘛。

侯：我进《天津日报》时间晚，没赶上您主持"文艺周刊"的那段美好时光。不过，我还算幸运，赶上了您主持《文艺》双月刊的那一段。对您那种认真负责、亲切平易的编辑风格，也算有些亲身感受。我为自己能与您在同一家新闻单位共事而感到自豪，更为能经常得到您的指点而感到庆幸。特别是近几年，通过阅读和研究您的新闻实践和新闻作品，我切实学到了许多东西。

孙：别这么说。你年轻，又肯下功夫，趁着现在精力旺盛，应该多写些东西。有人说我是宝刀不老，我说，什么宝刀不老，这得两说着。人老了，就是一年不如一年了。我希望你能排除一些别的干扰，文学上的事、学术上的事，抓紧一点，别的事少干点儿，这才能多写些东西。还有，就是精益求精，不要把摊子铺得太广，也不要太泛，写一篇就有一篇的分量。搞文学、搞艺术、搞新闻，都是这样，不能贪多。你去南方这几年写了不少文章，有的登在《天津日报》上，我都看了，挺好，在文学方面的成绩还是显著的。南方的生活肯定和天津不一样，这是一种新的生活，你应该把真实的感受写下来。一是继续多写，再就是精益求精。当然，我说的这些都是供你参考。

侯：我一定记住您的嘱咐。

孙：哦，我又想起一件事。你知道北京有个《新闻年鉴》吗？

侯：知道，那是中国新闻界最权威的资料总汇，每年出一本。

孙：大概就是因为你提出了"记者孙犁"的说法吧，人家《新闻年鉴》就找来了，要专门列上一个"孙犁"的条目。虽然文字不长，但总算把我也列到新闻界里头了！（孙老说罢，朗声大笑）

侯：祝贺您，孙老，您终于"归队"了！

（四）为文乃寂寞之道

侯：孙犁先生，您一向提倡"为文乃寂寞之道"。可是，眼下要耐得住这份寂寞实在太难了。对这个现象，您怎么看呢？

孙：为文的人，只有耐得住寂寞，才能写出好文章，这是一个规律。现在的问题是，大家都坐不下来，原来能坐下来的，现在也坐不住了。整天烦躁不安、人心浮动，有个词儿形容，就是"浮躁"。在这种心态下，能写出什么好作品呢？至于寂寞为文，提倡是一回事，时代风气是另一回事。我现在似乎也感到我所恪守的这一套，已经有些不合时宜了，许多人已经不以为然了。但是就我个人而言，还是坚信文人应当恪守"寂寞之道"的。

侯：您的"寂寞为文"的思想，对我影响很大。按照我的理解，所谓耐得住寂寞，并不仅仅是指淡泊功名、自甘清苦、勤勉为文。我以为更重要的是，在举世喧嚣中，能够保持清醒的头脑，不随波逐流，不赶浪头。而要做到这一点似乎更难。记得您在《文集自序》（指《孙犁文集》自序，编者注）中曾经欣慰地讲到，您的作品是"以原有的姿容，以完整的队列，顺利地通过了几十年历史的严峻检阅"。在当今中国，能做到这一点的作家真如凤毛麟角。许多中年作家都无法把自己的全部作品，以原有的面貌编入文集，因为往往有那么几篇文章，是根据一时一地的风头写的，结果，风头一变，文章也就成了废品。您的作品，经历了几十年的风风雨雨，而最终还能站得住，这无疑是得益于您长期恪守的"寂寞为文"和"不讲假话"的准则。

孙：你说的这一点很重要。前些日子，东北有家杂志发表了一篇文章，题目叫《孙犁论》。别看题目挺大，其实文章很短。文中就谈道："凡是白纸黑字写在纸上的东西，孙犁都可以编进文集，连告白、启事都不例外。"这的确是我的一个特点。我写的东西，没有什么不可以编进文集的。当然，有的可能因为写得不好或意思不大，被编者删掉，但不会是因为赶错了浪头，或者说了假话而不能编入。我写文章是从来不讲违心话的，更不说假话。中国自古就很看重写文章，把它视为"经国大业，不朽盛事"，这是来不得半点马虎的！

侯：可是，现在许多写文章的人，已经不再有什么神圣感了。甚至有很多文人下海经商,对此,您有何高见?

孙:这个问题我真的闹不清楚。我很少出门,也不了解现在社会发展的现状,很难发表什么意见。前不久,有位记者来访问我,也提出这个问题,我就跟他说我不想参加这种讨论。(笑)

侯:在我看来,任何一种社会现象的产生,都有其内在的原因,这也无需大惊小怪。我一到南方就发现,很多文人(或者准文人)下海以后,干得很不错,可能比他写文章更有发展。

孙:是啊,文人下海其实也是一种正常现象。一个人能干什么就干什么,都当作家不一定就好。我是因为干不了别的,才只好当作家。(笑)出去一批人经商,对文学也不能算什么损失。作家从来就不是"种"出来的,也不是"养"出来的。作家往往是自然形成的。能写的就写,不能写出好东西的就改行,这是文学史上的一个规律。作家和唱戏不一样,唱戏的人才可以通过多办几个科班来培养,也可以口传身授,世代相传。可是作家靠这个办法就不成,办作家班的办法,我看总没有什么效果。所以说,作家队伍中有些人改行下海,完全是正常现象,用不着讨论,也讨论不出什么名堂。

(五)问候岭南众知音

侯:在广东,有很多读者喜欢您的作品。我们的副刊,也想请您写些文章,不知您有没有合适的作品?

孙:我和广东确实有些缘分。我的好多文章都是在广东的报纸上发表的。前些日子,《羊城晚报》的编辑又来了信,说是有些读者对我大病之后的身体情况特别关心,希望我能给广东的朋友们写点东西,报个平安。我当时手边恰好没有合适的文稿,只有几封写给朋友的信稿,内容倒都是报告病后恢复情况的,就拿去让他们先发了。

侯:深圳有位喜欢您作品的朋友,知道我要来看望您,特意让我给您捎来个建议:孙老年纪大了,又是大病初愈,要特别注意加强营养,不能老是喝粥——他读了您的散文《吃粥有感》,还以为您天天吃粥哩!

孙(大笑):其实我也不是天天吃粥,只是比较喜欢老家的饭食。

侯:这说明您的作品给读者留下的印象太深了。那位朋友还让我转告您:应该多喝一点汤,广东人是最讲究煲汤的。

孙:对,医生也劝我多喝一点好汤,加强营养。你替我谢谢这些朋友。他们对我这么关心,真是太好了。我在广东有不少老朋友,我时常惦念他们。有几位已经好久没有音讯了,不知道现在怎么样了。比如,黄秋耘,你知道他的情况吗? 如果有机会,请代我问候他,我俩是几十年的老友了……

（1986年第一次访谈;1994年第二次访谈,并写成专访稿;1999年3月27日改为对话体。此文1994年9月11日于《深圳商报》首发,1999年补充改定,收录于侯军所著对话集《问道集》,河北教育出版社1999年9月出版）

孙犁缘是副刊人

——写在"孙犁副刊编辑奖"获奖者征文收官之际

（一）

2022年7月11日，是孙犁先生逝世二十周年，《中国副刊》与《天津日报·文艺周刊》动议，在"文艺周刊"和《中国副刊》联合推出"孙犁报纸副刊编辑奖获奖者专栏"，约请十名获奖者撰文，共同缅怀我国现当代著名文学家、新中国报纸副刊编辑楷模孙犁先生。

这是自2011年11月颁奖会后的一次"云中"欢聚。动议一出，就赢得了报纸副刊界许多老朋友的热烈响应，有的老朋友还特别提出，要求我也参与进来。我说我并非"孙犁奖"的获奖者，哪有资格参与呢？《天津日报》的老同事宋曙光先生说我既是当年评委，又是颁奖典礼后研讨会的主持人，而更重要的是，我跟孙犁先生有过许多交往，完全有资格写一篇文章，作为这个专栏的收官之作。

我没有再推托。本来，对孙犁先生逝世二十周年这个重要的时间节点，我自己也有一些写作计划，如今，正好利用这次征文的机缘，把这篇酝酿已久的文字写出来，标题也是早在心中拟好的：《孙犁缘是副刊人》。

忆往昔，十年话从头。大约在2010年前后，中国报纸副刊研究会多次开会研究，为表彰成绩突出而又资深望重的报纸副刊编辑，应该设立一项报纸副刊编辑奖，而该奖以孙犁先生命名，又最为正确和恰当。众所周知，孙犁不仅是中国现当代最为著名、最有影响的大作家之一，而且多年来一直坚守在副刊编辑的岗位上，鞠躬尽瘁，死而后已！他不愧是报纸副刊编辑的一面闪闪发光的伟大旗帜。这可以说是设立孙犁副刊编辑奖的缘起和初心。在讨论过程中，研究会领导一致认为，天津日报社是极为理想、非常恰当的合作单位，并责成秘书处尽快联系落实。研究会的设想和天津日报社的意见可谓心有灵犀、不谋而合。原来这也是他们多年来的愿望。于是，事不宜迟，由两家单位联合举办并报天津市委宣传部获得批准，这一意义重大的副刊奖项，终于由理想变成了现实。此次评选，评委会共从各报社报送的四十名候选人中，评出孙犁报纸副刊编辑奖十名、提名奖十名。而本次获奖者征文，应该是这十位获奖者在十一年后的首次"文章会"。

颁奖活动是在静海团泊新城举行的，天津市的各路文化大咖都前来道贺，与来自全国三十多家报纸的副刊精英济济一堂，共襄盛举。这当中就包括时任天津市文化局长的郭运德先生，他是从《人民日报》文艺部主任的任上调来天津的，在此之前，他还兼任着中国报纸副刊研究会常务副会长。所以，大家都说他是以"双重身份"参会的。大概彼时的郭局长也想象不到，十年之后，他会成为中国报纸副刊研究会的郭会长。

岁月如流，十年一瞬。读着诸位获奖者文采飞扬感情真挚的美文，我心头也是感慨丛生。我发现，各位获奖者在这十年睽违中，也是星移物换，动如参商：有的升迁，有的改行，有的出国，有的荣休……但从你们的文章中清晰可见，你们对副刊的一片冰心，依然晶莹如初；你们对精神家园的守望之情，依然深沉浓郁。如今，我们以孙犁的名义，重新聚首，畅叙别情，文章不老，海河长流。你们温馨的文字，不止唤醒了记忆，也昭示着未来——对新一代副刊人来说，尽管前路难免坎坷颠踬，但路标清晰，高峰在望，孙犁先生的人格魅力和道德文章，必将如春雨荷风，滋润着一代代副刊人的心灵，指引着后来者砥砺前行的方向。

我很荣幸,受孙犁编辑副刊奖两个主办单位天津日报社和中国报纸副刊研究会的委托,主持了颁奖典礼之后的研讨会。听着各位获奖者的获奖感言,我在钦佩这些副刊同行的同时,脑海中也不时浮现出孙老生前的音容笑貌,进而忆起孙老在副刊园地辛勤耕耘数十载的闪光屐痕,心底竟油然升起一丝愧疚之情。在会议结束前,我作为主持人也发表了几句感言,除了祝贺之外,我也倾诉了这种愧疚的心曲,大意是:对孙犁先生的文学成就,研究者众多,研究成果也层出不穷;而对孙犁先生在办报方面的成就,尤其是对他孜孜矻矻几十年的副刊编辑生涯,我们副刊界却研究甚少,研究成果更是寥若晨星。这确实是我们这一代副刊人应该反思的……

(二)

我在颁奖会上的这几句肺腑之言,与其说是讲给大家的,不如说是讲给我自己的。确切地说,应该反思并感到愧疚的,首先是我自己。这是因为,早在20世纪90年代初,我就承担了一个由总编辑鲁思交予我的研究课题,要我研究一下孙犁在办报方面的理论和实践。而我只提交了一篇论文,就南下深圳了,这项研究也就停滞下来,一晃,快三十年了。

去日不可追,未来尤可为。此次,借着孙犁编辑副刊奖征文的契机,我重新打开尘封已久的资料本,从重读《孙犁文集》起步,进而重新唤醒当年亲聆孙犁先生教诲的难忘记忆,重温亲炙孙犁先生手泽时的心灵感悟,由此,重启了当年溯源探奥、寻路追踪的研究进程。真心希望这次重启,能够逐步厘清孙犁先生作为报人、尤其是作为报纸副刊编辑的独特的人生路径。这就如同在“作家孙犁研究”的主干道旁边,再开出一条“报人孙犁研究”的新线路。这两条线路时而交叉、时而并行,方向一致,交相辉映,使孙犁形象的文化内含,更丰满、更立体、更全面。

回溯起来,"报人孙犁"这个概念还是由我最先提出的,其标志就是发表于1991年第二十三辑《新闻史料》上的那篇长文《报人孙犁及其新闻理论的再发现》。在此之前,我只是提出一个"记者孙犁"的概念,研究重点是孙犁先生作为新闻记者所采写的报告文学。触发这一研究路径的直接动因,是当时我受命创办《天津日报》"报告文学"专版。因心里没底,就向孙犁先生请教一些报告文学的问题,孙老就给我列了一个报告文学的阅读篇目。我在阅读的过程中,发现孙犁先生早期的文字多是"记者文体",这是许多研究者很少涉足的领域,而我作为"报告文学"版的编辑,探索这个课题可谓名正言顺、近水楼台。于是,我就开启了"记者孙犁"的研究。

最早提出"记者孙犁"这一概念,应该是在1988年召开的那次"孙犁创作学术讨论会"上。我一直保存着那次会议的与会者名单,在全部51名与会者中,我是年龄最小的,有些人微言轻。故而,在我与代表交流中提出"记者孙犁"的概念,立即受到一些专家学者的质疑和批评,认为我这是在"贬低"孙犁的文学成就和崇高地位。面对这种压力,我不得不把本已写进一篇论文的"记者孙犁"的概念删掉了。这篇论文就是发表于《天津日报》"文艺评论"版的《孙犁作品中的阳刚之美——读孙犁的早期报告文学》(见1988年10月14日《天津日报》第五版)

这篇文章见报后,孙犁让女儿孙晓玲给我传来口信,说读后非常高兴,还向我转达了谢意。这对我无疑是莫大的鼓舞。我当时就想,先别急着提什么新概念了,我只管沿着孙犁与报告文学这一思路继续研究下去,拿出有说服力的研究成果,总能拨云见日,寻得一条新径。此后,我把《孙犁作品中的阳刚之美》补充扩展,写成《孙犁与报告文学》一文,作为提交给研讨会的一篇论文,并被收录到论文集《孙犁研究论文集续编》;此后,又写了一篇更具理论色彩的论文《浅论孙犁的报告文学创作》(见《天津社会科学杂志》1991年第一期)。

恰恰在此期间,孙犁先生的一本佚著被偶然发现,这就是写于抗战时期、由晋察冀边区《抗敌报社》于1940年铅印出版的新闻理论专著《论通讯员及通讯写作诸问题》。这就如同为此前所进行的探路研究,增添了一块分量很重的基石。我经过认真且慎重的考虑,郑重向鲁思总编辑提出,希望对这本被淹没半个世纪的专著进行深入研究,为此,我以健康为由,请辞政教部主任之职,自愿去新闻研究室专责这一课题。报社编委会经过研究,也考虑到我当时的身体状况,同意我离岗暂休。由此,我才得以集中精力,整理文本,搜集材料,殚精竭虑,在一年后写出一篇两万多字的论文。正是在这篇文章中,我首次明确提出了"报人孙犁"的概念。

令我感到非常欣慰的是,孙犁先生在他见到刊物的第二天,就给我写来一封信,全文如下:

"侯军同志:昨日见到《新闻史料》,当即拜读大作论文。我以为写得很好,主要印象为:论述很广泛,材料运用周到。实在用了功夫,很不容易。衷心感谢! 我心脏近亦不稳,浅谈如上。"(载1992年2月12日《天津日报·满庭芳》)

我把这封来信,视为孙老对"报人孙犁"这一称谓的肯定,同时也是对我这一研究课题的认可。我当时的欢愉之情是可以想见的。

(三)

1993年春天,我南下深圳。此后不久,孙犁先生动了一个大手术。1994年夏天,我利用回津探亲的机会,拜望了大病初愈的孙老。那天,恰好是孙老术后一周年。本来不想过多打扰老人家,谁知那天孙老谈兴甚浓,跟我谈了近两个小时。更出乎意料的是,孙老主动跟我谈起了"报人孙犁"的话题。

我根据现场录音和笔记,把此次会见的内容整理成一篇题为《大道低回 独步文山》的访谈录,发表在《深圳商报》上(见1994年9月11日《深圳商报》)。见报前,还特请《天津日报》的霍静兄把原稿呈送给孙老审定。孙老回话说没有改动,可以发表。在此,我将这段对话的原文引述如下——

孙犁:这些年,你一直坚持"记者孙犁"的说法,写了好几篇文章。可是,不少评论家好像不大认同。有人就曾跟我说起:怎么侯军总是把你当个记者看待?是不是故意标新立异?我就对他们讲,实际上,这是他发现了一个别人没注意的问题。

侯军:现在社会上似乎有一种偏见,认为作家要比记者高出一块。似乎我讲您是一位记者,就好像把您贬低了。

孙犁:我从来不这么看。事实上,我这几十年里,一直是在新闻单位工作。……我的早期作品,很大一部分都是我当记者的时候写的。那会儿还是战争年代,条件十分艰苦,而且充满危险。你一定看过我的那篇《光复唐官屯之战》吧,那就是在火线上写的:头天打仗,第二天稿子就见报了。还有那篇报告文学《冬天,战斗的外围》,是写抗日根据地反扫荡的,文章写出来发出去,反扫荡还没结束,可见是写得很快的。除了这几篇,还有像《王凤岗坑杀抗属》,也属于这一类作品。我把这些文字,叫作"青春遗响"。我总对青年讲,你们应该读一读我年轻时的文章,那时的东西虽然很幼稚,但是很有激情……

侯军:我起初只是讲"记者孙犁",但很快就发现这个讲法并不全面。其实您的新闻生涯大部分时间是做编辑,也就是说,您在报纸的采、编这两个方面,都具有十分丰富的理论和实践。所以,我后来写的文章就改用了"报人孙犁"这个提法,我感到这个新提法似乎更准确、更全面一些。

孙犁：我的文字生涯是与报纸密不可分的。我的文章绝大部分是在报纸上发表的。直到现在也还是主要为报纸写稿。所以，我总是讲，我是个办报的人。年轻时做过一段时间记者，但是我这个人从性格上讲，可能并不合适当记者，一是口讷，二是孤僻，所以后来就主要做编辑了。

（以下孙老历数自己所参与的各种编辑工作，为省篇幅，从略）

孙犁：哦，我又想起一件事，你知道北京有个《新闻年鉴》吗？

侯军：知道，那是中国新闻界最权威的资料总汇，每年出一本。

孙犁：大概就是因为你提出了"记者孙犁"的说法吧，人家《新闻年鉴》就找来了，要专门列上一个"孙犁"的条目，虽然文字不长，但总算把我也列到新闻界里头了！（孙老说罢，朗声大笑）

这段对话，发生在二十八年前。在此后的十多年间，我对"报人孙犁"这个课题，虽一直心心念念未曾忘怀，却并没有拿出实质性的成果。在2013年北京举办的"纪念孙犁百年诞辰研讨会"上，我写过一篇《孙犁先生"归队"记》，全面盘点了孙犁先生对"报人孙犁"这一论题的看法，诸多细节是首次披露。在此之后，"报人孙犁"的提法逐渐被一些学者所接受，并陆续出现了一些论及孙犁办报成就的文章。其中，我比较看重的是天津著名文学评论家滕云先生的一篇论文，题目就是《我所理解的报人——孙犁》。滕云先生是我的老朋友。前面提到的1988年的那次孙犁研讨会，滕云不仅是参加者，也是会议的主要策划者之一。他当时担任天津社科院文学研究所所长。后来，被调到《天津日报》任副总编辑。看到他作为文学评论家，能够以"报人的眼光""报人的立场"来论述孙犁先生，我感到非常欣慰。我之所以特别看重滕云的这篇文章，就是因为我将其视为"报人孙犁"的观念终于被学界认可的一个标志。

（四）

孙犁先生与报纸副刊结缘，最早是从阅读副刊起始的。他在《报纸的故事》一文中回忆自己早年的阅读经历，曾写下这样一段文字："最吸引我的还是它（指《大公报》）的副刊，有一个文艺副刊，是沈从文编辑的，经常登载青年作家的小说和散文。"他在家里生活窘迫的情况下，请求父亲给订一份《大公报》。父亲犹豫许久，最后还是爱子心切，给他订了一个月。一个月看完了，孙犁还舍不得把报纸丢掉，他用旧报纸糊墙——"我把报纸按日期排列起来，把有社论和副刊的一面，糊在外面，把广告部分糊在顶棚上。"（见《乡里旧闻》，人民文学出版社2013年5月，第77页、80页）喜爱副刊的读者从来都不在少数，但像孙犁这样痴迷副刊的读者，大概世间罕见吧。

从读到写，几乎是同步进行的。依照孙老的回忆，他之所以执意要订报纸，也有向副刊投稿的意思。但是他的"投石问路"似乎并不顺利，在《写作漫谈》一文中他是这样回忆的："我也给报纸投稿。那时北京有《世界日报》《晨报》，天津有《大公报》《益世报》等。我开始是写诗和小说，但很长时间，一篇也没有被采用刊登。……不久我又后退一步，开始写电影评介、新书评介，哪里开展览会、游艺会，我就买门票参观，回来就写介绍。报纸大概需要这样的东西，竟然被选登了几篇。"

这段"夫子自道"很值得玩味：孙犁的投稿，原本是冲着副刊去的，但是没能"一蹴而就"；此后，他就"退了一步"，开始写影评、书评、画评之类文章，也就是类似我们现今常见的"文化记者"的活儿了。只不过，这时的"文化记者"还是业余的。当他参加抗日工作后，才在晋察冀边区的通讯社和报社当上了正式的记者。由此可见，就时间先后而言，"记者孙犁"确实要比"作家孙犁"先行了一步。

不过,孙犁当记者的时间并不很长,主要是性格内向,不善交际,因此很快就转行做了编辑。孙犁的编辑生涯真是丰富多彩,依照《善闇室纪年》的记载,他最先是在晋察冀通讯社编一份油印刊物《文艺通讯》(1939年)。一年后,他被调到晋察冀边区文联,负责编期刊《山》(油印),同时还负责编《晋察冀日报》副刊"鼓"。我分析,这是一个兼职性质的工作。早年的报纸经常把副刊编辑工作"外包"给他人,孙犁人在文联,编杂志是其主业,带手帮着报纸编副刊,能者多劳,也是完全有可能的。这应该算是孙犁与报纸副刊结缘之始。

1941年,孙犁在冀中总部帮助王林编辑《冀中一日》。"冀中一日"是一次大型的民众参与的征文活动,也可以说是当时文坛比较时兴的一项文化活动。高尔基曾发起组织"世界一日",茅盾曾发起组织"中国一日",晋察冀边区随即搞起了"冀中一日"。边区军民来稿非常踊跃,但文字水平参差不齐,孙犁承担了从看稿、选稿到文字润色的大部分编辑任务。同时,他还要给投稿者写回信,讲解和普及文学知识。据《善闇室纪年》记载:"工作告竣,利用材料,写《区村、连队文学写作课本》一册,此书后在各抗日根据地翻印,即后来铅印本《文艺学习》也。"

1942年5月,毛泽东主席发表了《在延安文艺座谈会上的讲话》。当年冬天,晋察冀边区的文艺干部就全部下乡去了,"田间到了孟平县当宣传部长,康濯到农会,邓康到合作社。我也要求下去,但沙可夫同志叫我到晋察冀日报去编副刊,并不许讨价还价"(见孙犁:《两个问题》,载《天津日报》1982年5月20日"文艺周刊")。这应该是孙犁先生正式担任报纸副刊编辑的最早记载。由此算来,距今已经整整七十年了。

此后,孙犁先生因革命工作需要,曾辗转多地,当过教员,打过游击,在延安鲁艺任过教,在山西五台山遇过险,曾挂职宣传部副部长,也曾下乡搞过土改……无论身在何处,司职何事,他手中的那支笔却从未停歇,陆续写出了《荷花淀》《芦花荡》《山地回忆》等一系列脍炙人口的文学佳作。而这些作品无一不是投给报纸副刊的,如延安《解放日报》、重庆《新华日报》及《冀中导报》等。

（五）

孙犁先生作为副刊编辑最为辉煌的时期,当属1949年天津解放后参与创办《天津日报》,以及此后长期主管该报副刊的这段时期。对这段影响深远的编辑生涯,已有不少回忆文章多有涉及,显然无需我再赘言。在此,我只想引述一段滕云先生的论述——

> 解放后,他成了"天津日报二副"——副刊科副科长,成为编委。他参与"文艺周刊"编务,有即有离,亦断亦续,却始终不可分。他为"文艺周刊"写的编者启事、说明、按语,他为"文艺周刊"的作者作品所写的评论文字,他总结"文艺周刊"办刊经验的文章,就有二三十篇。他回忆自己编过的其他刊物写编辑工作体会,为兄弟报刊写关于自己编辑生涯的文字,也有数十篇。孙犁编辑经历久长,编辑思想丰富,编辑体验深厚,编辑见解精到,一般的编辑家、编辑学家,未必能臻其境。

不愧是文学评论家,言简意赅,精准到位。

由此,我们可以非常自豪地说:孙犁缘是副刊人!

当然,我们在说"报人孙犁",确认"孙犁缘是副刊人"的时候,是站在了一个新的角度,以不同的视角来研究孙犁。孙犁如高悬于苍穹的一颗恒星,他的文化之光、艺术之光、人格之光,正随着时间的推移而愈发显得明亮耀眼,璀璨辉煌。我们作为他的同行和晚辈,理应潜心研究他在报纸副刊方面的理论和实践,让孙犁在办报方面的"烁烁其辉",与其文学成就一样,焕然同光。

当此孙犁先生逝世20周年,"孙犁报纸副刊编辑奖获奖者专栏"收官之际,请允许我也以一瓣心香,向孙犁先生献上我的一份敬意。

（此文首发于2022年6月30日《天津日报·文艺周刊》,同年7月4日由"中国副刊"公众号推送）

遥祭文星

——怀念孙犁先生

（一）

古往今来的文艺星空上，总有一些耀眼的恒星。他们恒定不移，光芒烁烁，虽不与日月争辉，却永远高踞于时代精神的天幕之上，默默地为青春之星们昭示着艺术人生的方向。任凭你雷鸣电闪、云遮雾罩，任凭你东风劲吹、夕阳残照，他们从不飘忽，从不动摇，从不畏缩，从不炫耀，只是以自己强大的艺术能量和超凡的人格魅力，吸引着影响着照耀着一代代后来者，这就像茫茫天宇中，那些恒星以巨大的磁场吸引着众多行星一样。

一旦这样的恒星级人物冉冉升起，整个文学史必将为他的存在而改写——孙犁先生不就是这样一位改写了当代中国文学史的恒星吗？因为他的存在，中国文坛于20世纪五六十年代，形成了一个新的文学流派"荷花淀派"；因为他的存在，一批文学才俊，如刘绍棠、从维熙、韩映山等，在他所主持的《天津日报·文艺周刊》上崭露头角，卓然成家；也是因为他的存在，一大批改革开放后崛起的作家，或私淑其作品，或立雪于程门，一时间，名家接踵，津城问道，一经孙老点评，立即风行海内。如今已在文坛较有成就的刘心武、贾平凹、铁凝、莫言、李贯通等，都曾在20世纪80年代前后，得到过孙犁老人的扶掖和指点；更因为他的存在，其早期之"行云流水"、晚期之"沉郁典雅"的文风，其为文"敢讲真话"、为人"自甘寂寞"的人品，亦如春风化雨,广泽文苑。

余生也晚,当我走进孙犁老人长期供职的天津日报社工作时,他已是年逾六旬的老人了。然而,令我感到三生有幸的是,恰恰是在此后的十多年中,我这个乳臭未干的晚辈,得以沾溉这位文坛巨星的晚岁余辉,孙老的言传身教,使我耳濡目染,足以让我受益终身。

眼下,我的桌前摆放着两个同样的白纸黑字的信封,那是"孙犁同志治丧办公室"发来的讣告。从字迹推断,一封是《天津日报》的同人所寄,另一封则是孙犁研究会秘书长刘宗武先生的亲笔。我在一日之内收到两份讣告,不啻是承受了双重的打击和双重的悲哀——尽管在此之前,我曾与孙犁先生的家人通过电话,知道老人病情已然恶化;尽管在此之前,《天津日报》同人也在第一时间向我通报了孙老仙逝的噩耗,但是,当那一行刺眼的黑字突然撞击我的双眸时,我顿时浑身木然,竟无知无觉地呆坐在椅子上,许久许久,直至夜色阑珊……

(二)

我第一次见到孙犁先生是在1977年冬天。那时,我刚到《天津日报》担任农村部记者,一天早晨去锅炉房打水,同事冲着前面刚刚走过的高个子老人努努嘴,说:"瞧,那就是孙犁。"我一听连忙追出去看,却只见到一个背影,一个穿着深蓝色涤卡上衣、微微驼背的老人的背影。

这第一印象是如此深刻,以至于直到今天,我一想到孙犁先生,脑海里最先出现的总是那个背影。

我真正接触到孙犁先生,已经是在多年以后了。那年,我被调去主编"报告文学"专版,很快就对这一文体着了迷。可巧,当时副刊上刚刚发表了两篇孙犁早期的报告文学作品,我读后发现了一些新的风格要素,就想对此做一番研究。我草拟了一篇《试论孙犁早期报告文学中的阳刚之美》的论文提纲，想请孙犁先生过目。在写给孙犁先生的一封信中，我甚至还斗胆地对《孙犁文集》中有关文章的体例划分问题，提出了不同意见。记得信和提纲是托文艺部的一位老编辑转交的，那位编辑姓张，曾参加过《孙犁文集》的编纂工作。他一听我对文集的体例提出了质疑，就善意地提醒我说，你不知道吗？这套文集是孙老亲自审定的——你批评文集的编辑体例，实际上就等于是批评孙犁先生啊！我听罢暗暗后悔，生怕自己的冒失会引起孙老的不快。

两天后，张编辑给我打来电话，说孙老回信了，让我去取。我赶去一看，岂止是回信，还有一本孙老的新著《老荒集》，上面还有孙老的亲笔题字——这是我得到的第一个孙犁先生的签名本。更令我惊喜的是，孙老在回信中不仅完全赞同我所提出的看法，而且对我的探索给予了超乎预料的肯定，他写道："读过你的来信，非常感动。看来，青年人的一些想法、思考、分析、探索，就是敏锐。我很高兴，认为是读了一篇使人快意的文章。这并不是说，你在信中，对我作了一些称许，或过高的评价。是因为从这封信，使我看到了：确实有些青年同志，是在那里默默地、孜孜不倦地读书做学问，研究一些实际问题。"

这封回信写于1986年11月13日，距今已经十六年了。我今天特别想告诉孙老一句话——正是因为您的这段话，我才立下志愿要做一个"学者型记者"；正是因为您的这段话，我才能够十多年如一日地"在那里默默地、孜孜不倦地读书做学问，研究一些实际问题"；正是因为您的这段话，我才能够在浮躁的世风中耐得住寂寞、经得起喧嚣，立定精神，笔耕不辍……

孙老啊，您知道吗？您当年对一个青年的这次勉励，对他一生的成长意味着什么？我今天可以告慰于您的是，就在今年春天，我的第十本著作出版了，请允许我把它们供奉在您的灵前，因为这一切，其实都是从您当年的那封短信发端的！

（三）

从此,我与孙犁先生接触逐渐多了起来,特别是在1987年以后,我搬到报社的宿舍居住,随后,孙老也搬了过来,而他的女儿孙晓玲就住在我的楼下,这使我与孙老之间的信息往还,又多了一个渠道。

晚年的孙犁先生深居简出,不喜热闹。因此,即使我与老人家已经很熟了,我也很少去打扰他。倒是经常有同事前去看望孙老,邀我作陪,使我多了一些与孙老见面的机会。

大约是在1990年前后,报社开展有关孙犁的专题研究,分配给我一个课题,就是结合新发现的孙犁早期著作《论通讯员及通讯写作诸问题》,写出一篇研究孙犁新闻思想的论文。我想,报社领导之所以把这个课题交给我,大概是考虑到我对孙犁先生的办报经历一向比较重视,在一次孙犁作品研讨会上,还提出过一个颇具争议性的论点,即在广受关注的"作家孙犁"之外,还有一个被人们长期忽略的"报人孙犁"。而今,终于发现了一本足以证明"报人孙犁"之存在的作品,自然的,这篇论证"报人孙犁"的文章,也就非我莫属了。

记得那段时间我正在生病,利用养病的空隙,我把孙老的原作仔细地校读了两遍,同时写了许多读书笔记。在动笔之前,我照例给孙老写了一封信,请教几个疑问之处。信是由孙晓玲的胖儿子张帆捎给孙老的。当天下午,还是由这个小家伙把回信捎了回来。回信用了四张稿纸,而且是用毛笔竖写的,书法秀润清新,一共回答了七个问题,我把握不准的疑点几乎全都迎刃而解了。

我把那篇论文的题目定为《报人孙犁及其新闻理论的再发现》。我写得很用心,力求做到考证精审,立论有据。洋洋万余言,随后就刊发在《新闻史料》上。孙犁先生看到这篇论文后,当即给我写来一信:"昨日见到《新闻史料》,当即拜读大作论文。我以为写得很好。主要印象为:论述很广泛,材料运用周到。实在用了功夫,很不容易。衷心感谢！"

这封信后来被刊登在《天津日报》副刊上。许多朋友读了以后对我说，孙犁先生从不轻易表扬人，可这封信里却写了这么多夸奖你的话，可见老人家是真的开心了。

孙老啊，您当时真的很开心吗？我从来没敢当面问过您这个问题。可是您知道吗？能够让您开心、让您满意，正是作为晚辈学子的我多年的心愿啊！

（四）

孙犁先生的身体，自90年代以来一直不好。农历壬申年（1992年）四月初六是孙老的八十大寿。天津文学界的同人打算给孙老做寿，被孙老以身体不佳为由婉拒。我知道孙老的脾性一向不好热闹，也就没有去打扰他老人家的清静。但为表达自己的一番祝福之意，就精心撰写了一副寿联，上联是"兰为伴，菊为伴，欣清气盈窗增鹤寿"；下联是"笔有情，墨有情，化书香满室慰文宗"。拟好文字，本想自己挥毫涂抹一番，但又怕我那几笔破字过于蹩脚，有伤大雅。便特意请津门名书家陈连羲先生用大红宣纸写好，在孙老生日的前一天，交给孙老的女儿孙晓玲。大约过了一个多星期吧，晓玲的儿子给我带来了孙老的一封信，很短，毛笔竖写，文曰：

侯军同志：
贱辰蒙撰写寿联，甚为感谢！您多才多艺，写作俱佳，令人欣喜。并望代向另一位书法家致谢！
我一切如常，然身体情况仍不佳，故迟申谢，希原谅。
即祝
夏安！

孙犁
6月11日

　　这封信我一直珍藏着。有几次负责编辑副刊的同事找我征集孙老的书信和文稿，我只是交出了其他的几封信件，却没有把这封信交出去。南下深圳后，负责编孙犁书信集的刘宗武先生，也曾来信询问我手里是否还有孙老的信稿，我犹豫再三，也还是没有交。我的顾虑主要在于，在这封短信中，孙老对我个人讲了一些赞扬的话。我自己对此是深感惭愧的。自忖如果把这封信拿出去发表，恐怕难辞借名人以自重之嫌。再说，孙老也素来不赞成张扬，我把他这封信发出去，说不定还会引起孙老的反感。这就是我近十年迟迟不肯把此信公布的内在原因。

　　然而，今年（2002年）初，我从刘宗武先生那里了解到：孙犁老人在病情严重的情况下，对自己其他著作的出版不闻不问，唯独对《芸斋书简》表现出特殊的关心，甚至过问到书中收录信件的具体数目。读到这里，我不禁一丝愧疚袭上心头。无论如何，书信乃是孙老著作中的一个重要组成部分。尤其是当孙犁先生于1995年突然宣布封笔之后，他笔下的只言片纸顿时如凤毛麟角，备受研究者重视。自己怎能凭一己之愿，而把孙老的信稿秘而私之呢？如今，孙老已经驾鹤西游，我就更没有理由让《芸斋书简》有遗珠之憾了。我今天写下这段文字，就是希望弥补自己的过失，希望该书再版时，能有更多像这封信一样的"流沙坠简"归流入海。

（五）

　　1992年冬，我决定南下深圳。对我的这个决定，当时绝大多数友人都持反对态度，凭我的直觉，孙犁先生多半也不会赞同。但是作为多年受到老人家关怀的晚辈，我又不忍连个招呼都不打就远行。踌躇再三，我决定婉转地征询一下孙老的意见。

　　还是让孙晓玲大姐给联系好时间，我前往孙老家拜望。只见门上贴着一个纸条，是孙老的笔迹："病了，有事请到302。"我不敢贸然敲门，就先敲开了隔壁302室的房门。一位上了年纪的妇女给我开了门，问明我的身份后，就冲孙老的房间指了指，说："刚才打过招呼了，正等着你呐！"

我这才轻轻叩响了孙老的房门。门开了，孙老把我让到沙发上，他自己还是习惯地坐在那把藤椅上。我吃惊地发现，几个月没见，孙老更消瘦了，而且满面病容，走路时步履也迟缓了许多。我对孙老说："一直听说您近来身体不好，所以不敢来打扰。可是，没想到您瘦成这样了。您应该早点去医院看一看呀！"

"我不去医院，"孙老口气异常坚定，"我生病从来都是自己扛过去，这不也过了这么多年吗？"

我知道劝说是徒劳的，便止住了这个话题，正想着如何提起南下的事情，孙老却问我："侯军啊，我最近怎么没见你写的东西呀？"

我没想到孙老会问这个问题，一时语塞不知怎么回答。确实，自打决定南下，我就很少再写文章了。孙老的发问，既使我感动，更令我感到几分愧疚。

见我不言语，孙老的口气显得重了一些："我也知道你忙，负一点责任，就更忙。不过再忙，也不要扔下你的笔。一个人，只要是和文字打交道，就算个文人了。我常说一句话：文人当以文章立命。你还年轻，等你到了我这个岁数，就知道年轻时多留下一点文字性的东西，有多么重要了。"

这是一段令我终生难忘的教诲，一字字像刀刻斧凿一般印在了我的心里。孙老啊，您知道吗？在此后的日子里，每当我因忙碌而懈怠，因疲倦而懒散，因心绪不佳而自我放纵的时候，我的耳畔就会回荡起您这段语重心长的叮嘱，我的背后就像有一双慈祥而充满厚望的眼睛在注视着自己，使我不忍懈怠、不敢懒散、不能放纵。您的这一番教诲，使我对您永怀感激！

或许是孙老的这番话对我教益太深了,以致后来孙老又谈了些什么,我已经印象不深了。那次拜望孙老,我也没敢把自己即将远行的信息告诉他老人家,只是把特意买来的一盒高丽参留给了病中的老人。这是我平生唯一的一次送给孙老礼物。我深知孙老从来不喜欢别人给他送礼,可这一次与以往不同——这是远行前的告别呀!

令我感到欣慰的是,这一次孙老竟没有推辞,只是平静地说了句:"挺贵的东西,我吃了也不一定管用啦。"说罢,淡淡地一笑,那一瞬间孙犁老人就像一个孩子。

我是1993年1月底离津南下的。此前我还跟孙晓玲打听孙犁先生的身体状况,很想专程前去辞行。但孙大姐说老人家已经根本不能会客了。临行的前夜,我怅然地来到孙老家的楼下,仰望着三楼那幽暗的灯光,久久不忍离去。一首小诗就在那徘徊复徘徊的小径上生成了——

留别孙犁老人

大贤门下立雪迟,老树参天护幼枝。

遥望文星悬皓夜,恭聆泰斗启神思。

高风常作竹兰伴,淡泊堪为后世师。

辞行未敢惊白鹤,临窗三叩青衫湿。

我把这首小诗用毛笔恭恭敬敬地抄写在一张宣纸信笺上,请孙晓玲转交给孙犁先生。一个多月后,当我返回天津办理调动手续时,见到了孙大姐。她告诉我,那首诗是她亲自交给孙犁先生的,当时孙老看了半天没说话。她就顺便告诉老人家,我已经去了南方。这时孙老却轻轻地说道:"他要走,我早就知道了……"

（六）

我来深不久,孙老的病情就急剧恶化,5月下旬不得不住进了医院,随后就动了大手术,胃被切除二分之一。这对一个八十多岁的老人来说,实在是一个严峻的考验。我当时身滞岭南,内心惦念却无从相助,只能一次次地打电话给《天津日报》的友人,探寻孙老的情况。我给孙晓玲大姐也打了几次电话,她都不在,我猜度她一定是忙于照顾孙老,就不忍再打扰她了。可是心中的悬念一直未能释怀。我必须要找到一位直接参与安排孙老治病的当事人,从他那里了解的情况才是真实可靠的——我想到了我的老领导、当时担任天津日报社社长的邱允盛同志,我把电话直接打到他的家里,请他务必告诉我孙老的实情。老邱听罢笑了,说你找到我就算找到老根儿了。孙老从发病到住院、到动手术、一直到现在的恢复,我都是报社指定的第一责任人,所有过程我都一清二楚。你放心吧,一切都比预料的要好。干脆,我把我记的《孙犁治病日志》复印一份给你寄去吧,你一看就全明白了。

果然,几天后,我就收到了邱社长寄来的《孙犁治病日志》。日志起于1993年3月(也就是我离开天津的两个月后),记录了孙犁病情恶化前后的情况,止于7月1日,即孙犁术后一周。

邱社长在日志的最后写道:"孙犁同志逐渐康复了,精神很好。孙犁同志终于起死回生了,指日即可出院恢复健康了。我们热切期盼着孙犁新作品问世。"

1994年8月,我利用孩子放暑假的间隙,休了第一次探亲假。当我携妻带女回到天津,行装甫卸,便急不可耐地跑到楼下孙晓玲家——两年睽违,大病初愈,我实在太想见到孙犁先生了。

我是中午找的孙大姐,当天晚上就传来了口信:孙犁先生让我明天上午九点见面。

　　像往常一样,前来开门的依然是孙老本人。出现在面前的孙老面容清癯,满头银发,一派儒雅的学者风度。令我感到惊奇的是,从他的脸上竟看不出一丝大病初愈的衰容,走路虽然稍显缓慢,但却十分稳健。落座之后,我环顾了一下老作家的书房,发现一切陈设似乎都没有改变,唯一变化的是墙上悬挂的字画:记得前两年我来造访时,书房里高悬着津门名书家辛一夫的一幅章草,上书"人淡如菊"四字;而今,这横幅的位置被一个镜框所替代,镜中镶嵌着孙犁先生自书的四个笔酣墨饱大字——"大道低回"。这四字之易,足以让人回味良久。

　　我一开口,自然是孙老的身体状况,孙老笑道:"你今天来得真巧,今天正好是我出院的一周年。去年发病的时候,你幸好没见着,那简直不成样子了:身上瘦得皮包骨,走路都得让人扶着,一点儿力气都没有。我当时真的以为自己快不行了。谁知做了手术之后,恢复得还挺好,现在一切生活又能自理了,有时还能写点文章哩。"

　　从孙老的语气中,不难听出他对自己重新拿起笔杆的欣慰和满足。出于职业的习惯,我连忙不失时机地向他约稿:"您最近又写了什么新作?有没有文章先给我们的副刊发表?"孙老听罢笑了,说:"你看最近天气这么热,哪里拿得起笔呀?我昨天还和一个朋友说笑话,我说现在是一只手拿扇子,一只手拿毛巾,腾不出手来拿笔了。"

　　这句话,把我妻子和晓玲姐都逗笑了。这时我才注意到,孙犁先生的屋子里既没有空调,也没有电扇。我有些诧异,就说:"孙先生,今年京津地区气候反常,又闷又热,您为什么不装个空调?起码可以装个电扇呀。"

　　孙犁先生摇了摇手里的大蒲扇,说:"我这个人,从小在农村的环境里长大,对电器总是弄不好,一吹电扇就不行,只能用扇子。我总觉着电扇吹出来的风不如自然风来得舒服。我看,还是'道法自然'好哇!"

孙老的这番话,讲得自自然然、朴实无华。但在我听来却振聋发聩,具有极大的穿透力直抵灵府。我不由得想到:面前的这位老人,虽久居大城市,却始终把他的生命之根深深地扎在他所生长的那片广袤的原野上,几十年不移不易。这,或许正是他的文章能永葆其纯朴自然的清新之气的原因所在吧。

接下来,我把话题转向了文学,我说:"孙老,您一向提倡'为文乃寂寞之道'。可是,眼下要耐得住这份寂寞实在太难了。对这个现象,您怎么看呢?"

孙老答道:"为文的人,只有耐得住寂寞,才能写出好文章,这是一个规律。现在的问题是,大家都坐不下来,原来能坐下来的,现在也坐不住了。整天烦躁不安,人心浮动,有个词儿形容,就是'浮躁'。在这种心态下,能写出什么好作品呢? 至于寂寞为文,提倡是一回事,时代风气是另一回事。我现在似乎也感到我所恪守的这一套,已经有些不合时宜了,许多人已经不以为然了。但是就我个人而言,还是坚信文人应当恪守'寂寞之道'的。"

接着,孙老关切地问起我在深圳的情况。我说:"深圳有位喜欢您作品的朋友,知道我要来看望您,特意让我给您捎来个建议:孙老年纪大了,又是大病初愈,要特别注意加强营养,不能老是喝粥——他读了您的散文《吃粥有感》,以为您天天吃粥哩!"

孙老闻言大笑,说:"我也不是天天吃粥,只是比较喜欢老家的饭食。"我说:"这说明您的作品给读者留下的印象太深了。那位朋友还让我转告您:应该多喝一点汤,广东人是最讲究煲汤的。"

孙老说:"对,医生也劝我多喝一点好汤,加强营养。你替我谢谢这些朋友。我在广东有不少老朋友,我时常惦念他们。"

（七）

我最后一次见到孙犁先生,是在 1999 年 1 月 18 日。当时恰值《天津日报》创刊五十周年,我应邀回津参加这次隆重的庆典。在会场上,我与报社老领导、也是研究孙犁艺术多年的文学评论家滕云先生相约一同去看望孙老。

算起来,我和孙老又是近五年没见面了。在此期间,我曾得到过一本孙犁先生的封笔之作《曲终集》,是由孙晓玲大姐转交给我的。当时,我一看书名,心中不禁一悸,再打开扉页,发现没有老人的签名。这是孙老赠给我的作品中,唯一没有签名的一本。我由此窥见了老人的苍凉心境。

翌日清晨,我和滕云先生驱车来到天津医学院附属医院。近几年,孙老一直住在干部病区的老年病房,滕云先生显然是熟门熟路。他轻轻推开门走进去,我则紧随其后。他走到孙老的病床前,大声问候道:"孙老,您好啊!"

孙老好像刚吃过早餐,嘴角还挂着牛奶(或者豆浆)的汁液,此刻正半躺半坐地倚在病床靠背上。他听到滕总的问候,含混地答道:"哦,好好!"

滕云先生把我拉到孙老跟前,说:"我今天给您带来一位远道来的客人,您还认识他吗?"我连忙凑到孙老面前,向他问好,心里却有些担心,生怕老人认不出我。

孙老抬起眼睛看了看我,说:"哦,认识,认识。坐吧,坐。"

滕云先生又补充了一句:"侯军同志是刚从深圳回来,专程来看您的。"

"哦,知道,我知道。"孙老回答的语气肯定了许多。

坐定后,滕云先生开始向孙老介绍昨天报社庆典的情况,孙老听得很认真,嘴里不住地发出短促的"哦、哦"的应答声。显然,老人已经没有气力讲稍长的句子了。我望着老人的病容，不禁记起五年前老人家与我谈笑风生的情形，顿时眼睛酸酸的——面前的孙犁先生，几乎也令我认不出了，白发乱蓬蓬的，胡须大概也有很长时间没刮了，最令人惊心的是，老人的指甲足有半寸长，竟没有修剪。这同以往我印象中特别爱清洁、特别注意仪表的孙犁先生，简直判若两人。单凭直觉，我就明显地感觉到，孙犁先生目前的心境已经与五年前迥然不同，先生真的老了！

这时，滕云先生讲道："报社为了配合五十周年庆典，要出一本大型纪念画册，本想请您给写几个字的……"话音尚未落地，只见孙犁先生像听见了刺耳的防空警报似的，立即大声说道："写不了，写不了啦！"这几个字说得斩钉截铁，不容置疑——滕云先生只能等老人说完，再把自己的下半句话吐出来："……是啊是啊，大家都知道您身体不好，所以就没来打扰您。"

滕云先生把正事说完了，就把时间交给了我，让我抓紧跟老人说几句话。我俯身在老人的病床前，一时竟不知说什么好了。老人慈祥地打量着我，吃力地抬了抬手，我立即领会了老人的意思，赶忙把自己的手伸了过去。老人把他的手压在我的手上。我附在孙老的耳边大声说："我们在外地都很惦念您。听说您生病了，很着急。今天能见到您，看到您的身体正在好转，精神也不错，我感到很高兴。在南方，您有很多读者，大家都希望看到您写出好作品……"这句话一出口，我就醒悟到又失言了，马上收住话头。孙犁先生在听我讲前面几句话时，一直在不停地"哦哦"应答着。可是一听我说起"写作"这个字眼，老人就不再应声，慢慢地把眼睛闭上了。

旁边的护理人员见状，悄声告诉我们，这表示老人家已经累了，没有精力了。我闻言连忙站起身来，滕云先生凑上前去，对孙老说："孙老您多保重，我们先告辞啦。"孙老睁开眼睛，无力地说："走吧，不送了……"

从孙老的病房出来,我感到很难过,自悔不该再跟孙老提什么写作的事儿。滕云先生却说:"孙犁先生是作家,对作家不讲写作也是不现实的。这不能怪你。不过,我今天也是第一次亲眼见到孙老对写作这个字眼如此忌讳,过去只是听说。其实,这个现象很值得研究啊!"

是啊,一个以自己毕生的心血和精力,倾注于文学事业的老作家,何以会在晚年封笔,进而对"写作"二字避之唯恐不及呢? 孙老啊,您是不是太疲惫了? 您在文山字海中跋涉得太久了,您为此付出的太多了,或许,您真该歇一歇了……

(八)

夜色阑珊,我浑身木然,无知无觉地呆坐在椅子上,凝视着那一行刺眼的黑字,许久许久,直至孙老的音容在我眼前重现……

孙老啊,就在那个清爽的早晨,轻轻地,您走了,若行云袅袅,若流水潺潺,若青莲出水,若白鹤游天。回眸下望,燕赵故土,您该欣慰啊,您的巨笔点染着白洋淀的碧波、采蒲台的芦苇、太行山的战火、唐官屯的硝烟;您为我们留下了青春遗响、风云初记、乡里旧闻、铁木前传……七十年文字能以如此完整的队列,穿越迭宕起伏的时代风烟,无负于时,无虚于世,无愧于心,当今文坛,能有几人?

孙老啊,您安心地远游去吧,这一生,您太累了,该歇歇疲惫的身心了。每日里,固守"耕堂",笔耕"芸斋",自甘于为文的"寂寞之道",自乐于淡泊的"吃粥生涯";大隐隐于市,淡定而自如;远红尘如远铜臭,避功名如避腥膻;高洁如兰竹,孤傲如梅菊;桃李不言,下自成蹊;香远益清,天下景从。如今,"曲终人不见,江上数峰青"……以如此襟怀,达致如此境界,当今文坛,又能有几人?

想到这些,我的心底蓦然升腾起一股诗情,提笔草就挽诗一首:"报海失灵槎,文坛陨巨星。曲终人不见,万古仰高风。"

我把这首小诗,写进了唁电的电文,当晚就发给了孙犁先生治丧办公室。我想,当此夜色阑珊之际,孙老一定所行未远,他会看到我的小诗的,但愿。

此文写于2002年7月15日,孙犁先生追悼会于是日召开。首发于2002年7月18日《深圳都市报》,后分别收录于侯军所著《收藏记忆》(百花文艺出版社2006年4月出版)和《孙犁文集·天津日报珍藏版》(文汇出版社2008年12月出版)。

此后若干年中,此文经改写和增删,曾以《大贤门下立雪迟》为题,收录于《百年孙犁》一书(百花文艺出版社2013年5月出版);并于2016年1月10日刊发于《经济日报》。

孙犁先生"归队"记

——关于"报人孙犁"的片段回忆

（一）

"接近旧历年关时，我们这个被称作记者团的三个人，回到了通讯社。我只交了一篇文艺通讯稿，即《一天的工作》。"上面这段文字，出自孙犁先生的散文《第一次当记者》（见《尺泽集》，百花文艺出版社1982年12月，第50页）。

读到这段文字时，我正在《天津日报》编辑刚刚创刊的"报告文学"专版。这段文字使我产生了一个疑问："既然《一天的工作》被孙犁先生称为文艺通讯，而且被明确列为自己第一次当记者的作品，那为什么在编入《孙犁文集》时却被收录为短篇小说的第一篇呢？"可巧，我当时正准备撰写一篇研究孙犁早期报告文学的评论文章，并得到了孙犁先生的热情鼓励，亲自为我圈定了十几篇他早期报告文学代表作篇目，其中也没有这篇作品。我觉得有必要就这个问题向孙老请教，于是，就给孙老写了一封信。我没想到，这封出自年轻后生之手（我当年二十六岁）的信，会受到孙老的如此重视，他很快就写来了回信，信中写道："读过了你的来信，非常感动。看来，青年人的一些想法、思考、分析、探索，就是敏锐。我很高兴，认为是读了一篇使人快意的文章。"尤其重要的是，孙老在信中正面回应了我的疑问，他说："关于你在这封信上提出的几个问题，我完全同意你的看法、你的推论和你打算的做法。"他还郑重建议把两封信件都在

"报告文学"专版发表一下，"也是对这一文体的一种助兴之举"。这两封信随后刊登在1986年11月10日的"报告文学"专版上。

正是源于这一段与孙老的文缘，我开始了对"记者孙犁"这一课题的思考和探索。在认真研读了孙犁先生的众多作品之后，我愈发真切地感到发掘和研究这个被忽略的课题，具有非同寻常的意义。曾记得，我在一次孙犁作品研讨会上，曾兴致勃勃地简要陈述了一下自己关于"记者孙犁"的观点，不料却被泼了一瓢冷水，一些专家学者似乎认为我是故意"贬低"孙犁先生的文学价值，把大家公认的"大作家"，刻意说成是一个"小记者"，是为大不敬也！

这令我感到十分意外，而且有一种被误解的委屈。从此，我把这一研究课题转入了"地下"，不在任何场合与人谈论。我相信，任何学术研究都必须以事实为依据，靠成果来立足。经过一段时间的潜心研究，我的评论文章《孙犁作品中的阳刚之美——读孙犁的早期报告文学》在1988年10月14日的《天津日报·文艺评论》发表了。我在这篇文章中着重论述了孙犁先生文学风格中所具有的阳刚之美，而这些阳刚之作，几乎全都是他当记者时的报告文学作品。

这篇文章见报后，孙犁先生立即通过孙晓玲大姐给我传来口信，说老人家读后非常高兴，还向我转达了谢意。这无疑是对我的莫大鼓励和奖赏。我继续沿着这一思路深入研究孙老的报告文学作品，于1991年1月发表了第二篇论文《浅论孙犁的报告文学创作》（见《天津社会科学杂志》1991年第一期），在这篇文章中，我进一步阐述了孙犁先生与新闻工作的血脉关系。

（二）

也就在这一年吧，一本佚失已久的孙犁旧作被偶然发现了，这就是孙犁的早期新闻学专著《论通讯员及通讯写作诸问题》。《天津日报》的内部杂志《新闻史料》准备全文重刊这部重要文献，我闻知后就向时任《天津日报》总编辑的鲁思同志申请了这个课题。我深知这是一个非常吃功夫、费心力的题目，但也是我非常感兴趣的题目。欣然领下任务之后，我就全身心地投入到对孙犁原著的研读和对相关资料的梳理工作中。在思路大体清晰之后，我像上次一样，把需要厘清的几点疑问写成了一封长信，转给了正在病中的孙老。孙老转天就给我写来回信，毛笔竖排，满满当当四页信纸，回答了八个问题，我的所有疑点全都迎刃而解了。

这篇论文的标题定为《报人孙犁及其新闻理论的再发现》，我第一次用上了"报人孙犁"的称谓。如果说此前研究重点在孙老的报告文学，作者的身份定位比较多是偏向记者，而此次研究重点则是孙老的新闻学术专著，这就不单是记者职责的范畴了，结合到孙老后来大半生时间都在当报纸编辑，可谓从记者到编辑再到报人，三位一体，名副其实。因此，我在文章中首次用了"报人孙犁"的提法。

在这篇万字长文中，我详细论述了孙犁在当时困难艰险的战争环境中，以世界眼光、全国视野和理论思维，透辟分析新闻的概念、记者的采访、通讯的写法，以及背景材料的选择等诸多实践性很强的课题，是一本在20世纪30年代末解放区难得的新闻学实用教材。由此，足以奠定孙犁作为一位具有开拓性的新闻理论家的地位。

这篇论文刊发在1991年12月出版的《新闻史料》第二十三辑上。由于这是一份发行量有限的内刊，此文的阅读量也是很有限的。然而，令我感到非常欣慰的是，孙犁先生在刊物送递给他的第二天，就给我写来一封信，对这篇文章给予了热情洋溢的肯定："昨日见到《新闻史料》，当即拜读大作论文。我以为写得很好，主要印象为：论述很广泛，材料运用周到。实在用了功夫，很不容易。衷心感谢！"

我把这封来信，视为孙老对"报人孙犁"这一称谓的肯定，同时也是对我这一研究课题的认可。我当时的欢愉之情是可以想见的。

（三）

1993 年，我南下深圳。跟孙老当面请益的机会少了，"报人孙犁"的研究课题也不得不暂时放下了。1994 年春天，孙老动了大手术。我闻之十分惦念，利用一次回津探亲的机会，我拜望了大病初愈的孙老。本来准备探视一眼就离开，不想过多打扰老人家，谁知那天孙老谈兴极高，跟我谈了近两个小时，更令我感动的是，孙老多次对我谈及"报人孙犁"的话题。

当时，我妻子李瑾陪同我一起拜望孙老，她还特意带着一个袖珍录音机，尽管这个机器很蹩脚，录音效果不佳，但毕竟记录下一段难得的孙老的"夫子自道"。回深后，我根据这些录音和现场记录，把此次会见的内容整理成一篇题为《大道低回　独步文山》的访谈录，见报前，还特意请《天津日报》经常前去看望孙老的霍静先生，把原稿拿去请孙老过了目，孙老回话表示没有任何改动。这篇文章见报后，在岭南的"孙犁迷"中，引起了相当大的关注。

在访谈的结尾，孙老特意提到——

孙犁：哦，我又想起一件事，你知道北京有个《新闻年鉴》吗？

侯军：知道，那是中国新闻界最权威的资料总汇，每年出一本。

孙犁：大概就是因为你提出了"记者孙犁"的说法吧，人家《新闻年鉴》就找来了，要专门列上一个"孙犁"的条目，虽然文字不长，但总算把我也列到新闻界里头了！（孙老说罢，朗声大笑）

侯军：祝贺您，孙老，您终于"归队"了！

作为对报人孙犁先生的纪念，我谨以这篇拙文表达绵绵无绝期的怀念之情，同时也想与诸多喜爱孙犁作品的朋友们，在分享孙犁伟大的文学作品的同时，也要重温一下他那些燃烧着青春激情的新闻作品；而越来越多投身于研究孙犁的专家学者们，也希望在专注于作家孙犁研究的同时，钻探和发掘一下"报人孙犁"这个富矿——如斯，则于愿足矣！

（此文为纪念孙犁先生百年诞辰而作，首发于2013年5月7日《天津日报》，后为《羊城晚报》转发，此次收录本书略有删节）

芸斋的来信

——怀念孙犁先生

　　很想回趟天津，再看看孙老的故居静园，再看看与我的居所只隔一条小街的芸斋；也很想去趟白洋淀，亲眼瞧瞧那早已在孙犁作品中耳熟能详的荷花淀，还有那满淀的芦苇，以及用那芦苇编织的苇席。只是这些年，我一直身滞岭南，乡关迢迢，远隔千里，俗务缠身，未能如愿。每每念及孙老的音容笑貌，怀想至深之际，我所能做的，只能是悄然打开珍藏在书柜中的那个泛黄的纸袋，里面装载着十多年来发自芸斋的来信，也寄寓着孙犁先生对我这个晚辈的殷殷关爱之情。

　　余生也晚，当我走进孙犁老人长期供职的天津日报社工作时，他已是年逾六旬的老人了。然而，令我感到三生有幸的是，恰恰是在此后的十多年中，我这个乳臭未干的晚辈，得以沾溉这位文坛巨星的晚岁余辉，孙老的言传身教，使我耳濡目染，足以让我受益终身。

（一）

　　我第一次见到孙犁先生是在1977年冬天，而真正接触到孙犁先生，已经是在多年以后了。1984年，我被调去主编报告文学专版。可巧，当时副刊上刚刚发表了两篇孙犁早期的报告文学作品，我读后发现了一些新的风格要素，就想对此做一番研究。我草拟了一篇《试论孙犁早期报告文学中的阳刚之美》的论文提纲，想请孙犁先生过目。就给孙犁先生写了一封信。记得信和提纲是托文艺部的老编辑张金池转交的。两天后，老张给我打来电话，说孙老回信了，让我去取。我赶去一看,岂止是回信,还有一本孙老的新著《老荒集》,上面还有孙老的亲笔题字——这是我得到的第一个孙犁先生的签名本。更令我惊喜的是,孙老在回信中不仅完全赞同我所提出的看法,而且对我的探索给予了超乎预料的肯定,他写道:

　　侯军同志:

　　读过你的来信,非常感动。看来,青年人的一些想法、思考、分析、探索,就是敏锐。我很高兴,认为是读了一篇使人快意的文章。

　　这并不是说,你在信中,对我作了一些称许,或过高的评价。是因为从这封信,使我看到了:确实有些青年同志,是在那里默默地、孜孜不倦地读书做学问,研究一些实际问题。

　　我很多年不研究这些问题了,报告文学作品读得更少。年老多病,头脑迟钝,有时还有些麻木感。谈起话来,有时是辞不达意,有时是语无伦次。我很怕谈论学术问题。所以,我建议,我们先不要座谈了,有什么问题,你可以写信问我,我会及时答复的。

　　关于你在这封信上提出的几个问题,我完全同意你的看法,你的推论,和你打算的做法。希望你以实事求是的精神,广泛阅览材料,然后细心判断,写出这篇研究文章。这对我来说,也是会有教益的。

　　你的来信,不知能否在"报告文学"上发表一下,也是对这一文体的一种助兴。请你考虑。原信附上备用。

　　随信,附上近出拙著《老荒集》一册,请你参考并指正。

　　祝

　　好!

　　　　　　　　　　　　　　　　　　　　　　　　孙犁

　　　　　　　　　　　　　　　　　　　　　　　11月13日

这封回信写于 1986 年 11 月 13 日，距今已经三十多年了。现在想来，正是因为孙老的这段话，我才立下志愿，要做一个"学者型记者"；正是因为孙老的这段话，我才能够十多年如一日地"在那里默默地、孜孜不倦地读书做学问，研究一些实际问题"；正是因为孙老的这段话，我才能够在浮躁的世风中耐得住寂寞、经得起喧嚣，立定精神，笔耕不辍……

<h2 style="text-align:center">（二）</h2>

从此，我与孙犁先生接触逐渐多了起来，特别是在 1987 年以后，我搬到报社的宿舍居住，随后，孙老也搬了过来，与我家只隔一条小街，而他的女儿孙晓玲就住在我家楼下，这使我与孙老之间的信息往还，又多了一个渠道。

大约是在 1990 年前后吧，报社派给我一个课题，就是结合新发现的孙犁早期著作《论通讯员及通讯写作诸问题》，写出一篇研究孙犁新闻思想的论文。

记得那段时间我正在生病，利用养病的空隙，我把孙老的原作仔细地校读了两遍，同时写了许多读书笔记。在动笔之前，我照例给孙老写了一封信，请教几个疑问之点。信是由晓玲的胖儿子张帆捎给孙老的。当天下午，还是由这个小家伙把回信捎了回来。回信用了四张稿纸，而且是用毛笔竖写的，书法秀润清新，一共回答了七个问题，我把握不准的那些疑点，几乎全都迎刃而解了——

侯军同志：

8 月 7 日大札奉悉。你对这本小书，如此用心，甚为感谢！希望你的文章写得圆满和成功。

我尚在病中，兹简复所提问题如下：

一、卅年代，"集体——执笔"这一写作方式很时髦。另，当时重视集体。三，可能开过一两次会，如写作前讨论一下提纲，及写成以后，征求一下修改、补充的意见等。最后请通讯社主任刘平审阅等等。

可举另一例，我的文集中，有《怎样下乡》一篇文章，文后列了五六位当时同事的名字，说是集体讨论，也是这个意思。

再《冬天，战斗的外围》一篇发表时，还署有曼晴的名字。而同时他写的一篇则也署有我的名字。这是因为当时在一起活动，表示共同战斗之意。

二、有关西班牙的一段文字，可能是有人提出意见后加写的，可移到该段之后。取消是不合适的。

三、当时通讯社有些资料，其余可能是我那时有一些读书笔记小本子，从冀中带到山里。

四、通讯社可能还有几位老人在世。近年和我有联系的，只有张帆同志，他在北京中国新闻社工作。但我记不清他是否参加过讨论。

五、此次在新闻资料(应为《新闻史料》，编者注)重印一下，其主要目的是严格校正一下文字，使它成为一个清本，便于今日阅读。所以，在审核内容、校正文字方面，务希你多加帮助。

六、至于大的形式及内容，以及"集体——执笔"均按原样，以存时代风貌。

七、我给你的字幅，我忘记是几句什么话，如果是搬家之前写的(1988年)则大多是抄自《诗品》一书。

专此，祝

夏安！

孙犁

8月8日

依照孙老的指点，我的论文很快就有了眉目。我把论文的题目定为《报人孙犁及其新闻理论的再发现》。我写得很用心，力求做到考证精审，立论有据，洋洋洒洒写了一万余言，随后就刊发在《天津日报》主办的《新闻史料》杂志上。孙犁先生看到这篇论文后，当即给我写来一信："昨日见到《新闻史料》，当即拜读大作论文。我以为写得很好。主要印象为：论述很广泛，材料运用周到。实在用了功夫，很不容易。衷心感谢！"

这封信后来刊登在《天津日报》文艺副刊上。许多朋友读了以后对我说，孙犁先生从不轻易表扬人，可这封信里却写了这么多夸奖你的话，可见老人家是真的开心了。

（三）

孙犁先生的身体，自20世纪90年代以来一直不好。农历壬申年（1992年）四月初六是孙老的八十大寿。天津文学界的同人打算给孙老做寿，被孙老以身体不佳为由婉拒。我知道孙老的脾性一向不好热闹，也就没有去打扰他老人家的清静。但为表达自己的一番祝福之意，就精心撰写了一副寿联：

兰为伴，菊为伴，欣清气盈窗增鹤寿；
笔有情，墨有情，化书香满室慰文宗。

拟好文字，本想自己挥毫涂抹一番，但又怕我那几笔破字过于蹩脚，有伤大雅。便特意请津门名书家陈连羲先生用大红宣纸写好，在孙老生日的前一天，交给孙老的女儿孙晓玲。大约过了一个多星期吧，晓玲的儿子给我带来了孙老的一封信，很短，毛笔竖写，文曰：

侯军同志：

贱辰蒙撰写寿联，甚为感谢！您多才多艺，写作俱佳，令人欣喜。并望代向另一位书法家致谢！

我一切如常，然身体情况仍不佳，故迟申谢，希原谅。

即祝

夏安！

孙犁

6月11日

这封信我一直"秘不示人"。有几次，负责编辑副刊的同事找我征集孙老的书信和文稿，我只是交出了其他信件，却没有把这封信交出去。南下深圳之后，负责编《芸斋书简》的刘宗武先生也曾来信询问我手里是否还有孙老的信稿，我犹豫再三，也还是没有交。我的顾虑主要在于，在这封短信中，孙老对我个人讲了一些赞扬的话，我自己对此是深感惭愧的，自忖如果把这封信拿出去发表，恐怕难辞借名人以自重之嫌。再说，孙老也素来不赞成张扬，我把他这封信发出去，说不定还会引起孙老的反感。因此，这封短信一直被我尘封着。

然而，我后来从刘宗武先生那里了解到：孙犁老人在去世之前，对自己其他著作的出版不闻不问，唯独对《芸斋书简》表现出特殊的关心，甚至过问到书中收录信件的具体数目。读到这里，我不禁一丝愧疚袭上心头。无论如何，书信乃是孙老著作中的一个重要组成部分。尤其是当孙犁先生于1995年突然宣布封笔之后，他笔下的只言片纸顿时如凤毛麟角，备受研究者重视。自己岂能凭一己之愿，而把孙老的文稿秘而私之呢？于是，当2013年，百花文艺出版社的高为先生，为出版《孙犁文集》（补订版）而给我来电征集孙老信稿时，我毫不犹豫地把这封信稿交给了他，还把原件也给他扫描了。他很高兴，说："要是大家都像您这么爽快就好了。"我内心浮起一丝愧疚，回答道："孙老的文字太珍贵了，我不能让他的文集再有遗珠之憾！我希望你们的补订版，能有更多像这封信一样的'流沙坠简'归流入海。"

（此文是应香港《世纪文学》古剑主编之邀而写，后刊发于《世纪文学》2017年"作家书简"专号。此次收录本书略有删节）

孙犁的"签名本"

上个月（2017年9月）接到天津孙犁研究专家刘宗武先生的来信，随信寄来一本海燕出版社新版《书衣文录》。刘先生在信中说："今年纪念孙犁逝世十五周年，我又编了一次《书衣文录》。不敢说全了，我想再有也不会多了。"

刘老已年逾八旬，多年来苦心孤诣，辛勤搜求孙犁先生散落各处的佚文，已为孙犁先生编了几十本书。前些年，他曾找我征集过孙犁先生写给我的几封来信，并将其编入了新版的《芸斋书简》。

这本新出的《书衣文录》，有一个别出心裁的创意：牛皮纸封面是空白的。刘先生在信中说："这本书的书名要自己写。"再翻开扉页，用仿真度极高的蓝墨水印着两个钢笔手迹"孙犁"——显然，这是为那些酷爱孙犁"签名本"的书迷们特意设计的。看到这些精心而别致的设计，真想对刘先生和他背后的编辑们说声"谢谢"！

由这个印上签名的"签名本"，我不由得想到我与孙犁先生的多次交往，想到我有幸得到先生诸多"签名本"的故事。

1984年，我被调去主编报告文学专版。可巧，当时副刊上发表了两篇孙犁早期的报告文学作品，我读后发现了一些新的风格要素，就草拟了一篇《试论孙犁早期报告文学中的阳刚之美》的论文提纲，寄给孙犁先生过目。在写给孙犁先生的一封信中，我还斗胆对《孙犁文集》中有关文章的体例划分问题，提出了不同意见。

两天后，老张给我打来电话，说孙老回信了，让我到文艺部去取。我赶去一看，岂止是回信，还有一本孙老的新著《老荒集》，上面还有孙老的亲笔题字——这是我得到的第一个孙犁先生的签名本。

1992年冬，我决定南下深圳。临行前，我想婉转地向孙老知会一声。我请孙老的女儿孙晓玲给联系好时间，依时前往孙老家拜望。孙老把我让到沙发上，他自己还是习惯地坐在那把旧藤椅上。

正想提起南下的事情，孙老却先发一问："侯军啊，我最近怎么没见你写的东西呀？"

真没想到孙老会问这个问题，我一时语塞，不知怎么回答。确实，自打决定南下，我就很少再写文章了。见我不言语，孙老的口气显得重了一些："我也知道你忙，负一点责任就更忙。不过再忙，也不要扔下你的笔。一个人只要是和文字打交道，就算个文人了。我常说一句话：文人当以文章立命。你还年轻，等你到了我这个岁数，就知道年轻时多留下一点文字性的东西，有多么重要了。"

这是一段令我终生难忘的教诲，一字字像刀刻斧凿一般印在了我的心里。说话间，孙老拿出一本新出的《芸斋小说》题赠给我。而我却最终也没敢把即将远行的决定当面告诉他。

我南下深圳不久，孙老的病情就急剧恶化，随后就动了大手术，胃被切除二分之一。这对一个八十多岁的老人来说，实在是一个严峻的考验。1994年8月，也就是孙犁先生病愈出院整整一周年之际，我回津探亲，行装甫卸，便急不可耐地跑去看望孙犁先生。

像往常一样，依然是孙老本人前来开门的。只见他面容清癯，满头银发，一派儒雅的学者风度。虽说是大病初愈，走路稍显缓慢，但却十分稳健。落座之后，孙老笑道："你今天来得真巧，今天正好是我出院一周年。去年手术之后，恢复得挺好，现在又能写点文章了。"

那次见面，孙老谈兴很浓，与我聊了近两个小时。

那次畅谈中，我把自己新出的艺术评论集《东方既白》送给孙老指正。孙老则题赠给我一本《孙犁新诗选》，还为我在一套八卷精装珍藏本《孙犁文集》的扉页上签名留念。如今，这些签名本已成为我书房里不可替代的"镇宅之宝"。

（此文应《文汇读书周报》之邀而写，本书收录时略有删节。首发于2017年10月9日《文汇读书周报》）

孙犁问候黄秋耘

（一）

1994年夏天，我回津探亲，特意约好时间，去看望大病初愈的孙犁先生。那天刚好是孙犁先生术后出院的一周年，老人家兴致不错，谈兴甚浓，与我聊了近两个小时。其间，我告诉孙老，一些广东的友人，非常喜欢您的文章，也很关心您的健康。有个深圳的朋友看了您那篇《吃粥有感》，就托我带个话儿给您，说广东人煲粥有很多花样，比您写的北方煮粥方法要讲究得多，希望您或家人也学着煲点广东粥给您吃，加强营养……

孙老闻听，真挚地说："你替我谢谢这些岭南的朋友，他们对我这么关心，真是太好了。在广东，我也有不少老朋友，我时常惦念他们。有几位已经好久没有音讯了，不知道现在怎么样了，比如黄秋耘，你知道他的情况吗？如果有机会，请代我问候他，我俩是几十年的老友了……"

孙犁老人缓缓地说着，声音有些异样，分明是动了感情。

我带着孙犁先生的问候，回到岭南。先在深圳打听了一圈儿，没有人了解黄秋耘先生的近况。随后，我又利用参加广东省报纸副刊研究会年会的机会，向一些广州副刊界的同人打探黄秋耘先生的情况，有几位广州的同行知道黄秋耘的名字和作品，但已很久没有听到他的信息了。他们答应回去再询问一下，此后却一直没有回音。我只得把这一声珍贵的问候,如实写进对孙犁的访谈录中——这篇题为《大道低回,独步文山》的访谈录,刊登在1994年9月11日的《深圳商报》上——在文章的结尾,我还特意"广而告之":"我读过孙犁先生许多篇怀念友人的文章,深知这位慈祥的老人对友情是何等珍重。我岂能将老人对岭南新知旧友的这份真情专而为私? 于是,特将这番问候实录于此——但愿我久已闻名但并不熟识的黄秋耘老先生,以及所有喜爱孙犁、关心孙犁的文朋诗友,都能从中感受到这位老作家、老报人的深厚友情!"

(二)

把这一声问候披露于报端,在我而言,似乎也算完成了孙老的这份重托。不过,对黄秋耘先生的"无知无识",却令我有些于心难安。从故乡天津南下深圳,对广东的人文历史、风土人情,都有一个再学习、再熟悉的过程,包括对黄秋耘先生,这样一位被孙犁先生念之在兹的老作家,我岂能只闻其名,不见其文呢?

于是,我开始留意搜寻黄秋耘的著作和文章,尤其是他与孙犁先生几十年的笔墨交谊。陆续地,我读到了三篇黄秋耘先生评点孙犁的文章,即《关于孙犁作品的片断感想》(载1962年第10期《文艺报》),《介绍〈荷花淀〉》(载北京出版社《阅读与欣赏》第二集,1963年出版)和《情景交融的风俗画》(载1962年12月11日《文汇报》)。

黄秋耘先生本是做新闻出身的,这一点与孙犁先生可谓"同出一门"。他早年活跃在粤港之间,在粤赣湘边纵队第一支队当过参谋,先后参与编辑《青年知识》《新建设》《学园》等新闻和文学刊物,这一点也与孙犁早年在晋察冀边区的情形大略相似;新中国成立后,他曾任新华社福建分社代社长,后奉调北上,担任中国作家协会《文艺学习》常务编委,1959年初,转到《文艺报》担任编辑部副主任。他写作评论孙犁作品的这三篇文章,应该都是在《文艺报》工作期间,即20世纪60年代初。

当时,孙犁的《白洋淀纪事》刚刚出版,在文学界似乎尚未引起广泛的注意,而彼时的时代主调是大张旗鼓热火朝天的高歌猛进,对孙犁这种如小夜曲一般优美、如风俗画一般恬静的文学风格,一时间很难引起主流评论家的关注。然而,恰在这时,身居主流文艺媒体《文艺报》的黄秋耘却独具慧眼,一下子发现并盯住了隐居在天津一隅的孙犁,在不到两年的时间里,他追踪报道,连发三文,从各个角度发掘孙犁作品中的语言之美人物之美世相之美——他的《关于孙犁作品的片断感想》,是对《白洋淀纪事》《铁木前传》及《风云初记》等主要作品的综合性评论;他的《介绍〈荷花淀〉》,是对孙犁代表作的深度赏析;而《情景交融的风俗画》则是对孙犁新闻速写集《津门小集》的慧眼识珠……

一个大器晚成的作家,遇到这样一位心有灵犀的评论家,真好似高山流水遇知音,其内心的欣慰和感动是可想而知的。尤其是,我从黄秋耘先生的文章中,还读出了他对当时某些"弦外之音"的驳论,对那些不甚理解乃至不甚公正的曲解孙犁的议论,进行正本清源的阐释,这就尤显难能可贵。如,针对某些论者认为孙犁那种纤丽的笔触和细腻的情调,与高歌猛进、挥斥风雷的时代"不大相称"的论点,他写道:"纤丽的笔触和细腻的情调,正是孙犁的艺术风格的特色。我们既然提倡艺术风格多样化,就不应对此责备求全。我们的生活是多姿多彩的,既有烈火狂飙的一面,也有光风霁月的一面,既有铁骑奔腾的一面,也有飞花点翠的一面。如果要全面地反映我们整个时代的风貌,就不但要容许,而且必须鼓励各种不同的艺术风格百花齐放,各尽所能。"这种公正持平之论,出自一位身居要津的评论家之手,其分量和作用是不言而喻的。几十年后,孙犁依然对黄秋耘心心相系,良有以也!

（三）

从黄秋耘的行文中，我可以看出，他们两人在当时是有过直接交往的，譬如在《介绍〈荷花淀〉》一文中，在论及作品中写女人们"不免藕断丝连"一句时，作者不经意地说起："据作者告诉我，他当时想到了好几个意思大致相同的词儿，经过几番斟酌，才决定采用'藕断丝连'这一个。"这个细节说明，他们两位确实有过相当专业且深入的面对面探讨和交流。遗憾的是，六十年过去了，我一直未能查到更具体的文字记载，包括孙犁的书简和札记，均语焉不详。而黄秋耘先生那里，我则无从查起。这是可以寄望于岭南文学界朋友们共同探索的一个课题。

查阅黄秋耘先生的简介，我发现他自1966年后就从北京文坛"销声匿迹"了，据说他被隔离审查了三年，此后就转调广东了。而孙犁先生也差不多同时进了"牛棚"，十年搁笔。从此，这两位文坛知己就风流云散，分隔南北，音讯阻隔了。我想，孙犁先生知道我即将返回广东，立即想到当年的知音黄秋耘，让我捎去一声问候，这当中包含的深情厚谊，确实是28年前的我所无法彻悟的。回望前尘，我时常感到后悔，当时倘若再做些努力，或许我真能找到黄秋耘老人，当面送上孙犁的问候，说不定又会引发新的感人故事呢？

黄秋耘先生于2001年去世，这就是说，当我把这个信息披露于报端的时候，黄秋耘先生还健在。然而，他当时是否看到了报上的信息，是否有人告知他：远方的老友孙犁问候了他，如今已无从知晓了……

在孔夫子旧书网的"槐荫书话"中看到这样一段文字："我对孙犁说过：黄秋耘是您最早的知音。孙犁说：是。还有吕剑。"我不清楚这位作者的真实姓名，但我相信：孙犁先生的这个回答是真实的，因为我见到过孙老在提到广东老友黄秋耘时，那真挚而动情的眼神。

　　（2022年7月6—7日，于北京寄荃斋，刊发于2022年7月24日《南方日报》）

孙犁与张根生

"1945年冬季,我回到家乡,有时也到县里去。那时县里正在建造纪念抗日烈士的碑塔。县委书记张根生同志很爱好写作,对从事文艺工作的同志非常热情。他告诉我一些烈士事迹,要我撰写一篇碑文,这是不能推脱的。我回到家里,就写了这一篇。"(《孙犁文集》第三卷,百花文艺出版社2002年10月,第38页)

孙犁所说的"这一篇",就是《三烈士事略》,写于1945年12月。而上面引述的这段话,则写于1962年9月22日,出自孙犁为这篇碑文所写的后记。

由此,我不仅记住了碑记中写到的三位烈士,也记住了被孙犁先生夸赞为"爱好写作""非常热情"的这位名叫张根生的县委书记。

孙犁一向不太喜欢跟官员打交道,但是跟这位县委书记却一直保持着联系。这一点,从他20世纪80年代还在与张根生通信,就可以看出来——在《芸斋书简》中,收录了孙犁致张根生的一封信,摘录如下:

> 根生同志:
> 多年不见,时常念及。杨国源同志带来大函,敬悉一切。
> 我自入城以来,时常患病,近来因脑血管疾病,已很少出门。
> 抗日战争材料,亟应抓紧整理。我的看法是当前应采取"各自为战"的办法,由老同志回忆,找手下的人记录。有了材料,再

征求别人意见,充实修正。不要搞大摊子,也不要总是开会,那样旷日持久,搞不出具体东西。有了完整些的材料,再在这个基础上写电影脚本。这个看法,不知合适否? 请你考虑。

因为身体关系,安平之行恐怕不能去了,实在遗憾。

这些年,虽未见面,但时常听到你的消息,知一切顺利,非常高兴。

祝

全家安好!

孙犁

1982 年 2 月 10 日

这些文字,我在以往读孙犁的过程中,肯定都曾读到过。但是除了记住"张根生"这个名字以外,并未太留意过。然而,因缘际会,时常是难以预料的——谁会想到,我在遥远的岭南,却在一个偶然的机会,与张根生先生发生了一段"书缘"呢?

那是在 2006 年 2 月 19 日,我接到通知去参加一位省委老领导的新书发布会,还被要求在会上代表媒体做一个"表态式"的发言。不用讳言,我对这类差事一向不喜欢也没兴趣。然而,海天出版社是兄弟单位,其社长又是老朋友,我是无法推辞的。只好按时到场,先得到了一本赠书,一看作者——张根生,名字好熟悉呀,一时又想不起在哪里听到过,依照思维惯性,立马翻开书页,查找目录,忽然看到一篇《怀念作家孙犁同志》,不禁眼前一亮,脑海中顿时"锁定"了认知的坐标,快速浏览一过,不禁暗自称奇:"原来就是他……"

我把目光投向主席台,中间端坐着一位须发皆白的老人。看了一下简介,原来这位作者出生于 1923 年,至今(2006 年)已八十有三了。一张履历表相当亮眼,先后在广东、吉林两个省当过省委书记、省长,如今定居广州。

因为过一会儿要上去发言,我赶紧利用会前的间隙,又把张根生的文章细读了一遍,果然,他也写到了孙犁先生文中所记的事情原委——

　　记得在1945年抗战胜利之后,孙犁从延安回到故乡,继续担任冀中导报记者工作。……那时,我已担任安平县委书记,因此,我俩接触较多,记忆较深的有两次。

　　一次是为家乡的抗日英雄篆刻碑文之事。那是在1945年12月的时候,他和王林(冀中文联主任)先来到安平县,过了一两天后,闫子元同志(也是安平县人,时任冀中区党委宣传部部长,1930年就担任过县委书记)也来了。……当时安平县委正在讨论要修建一个烈士陵园,以缅怀为国捐躯的革命先烈们。此事向闫子元等同志汇报后,得到了他们的一致赞成。……孙犁同志虽然大多数时间在外地工作,但他十分热爱家乡,当他了解到家乡人民可歌可泣的抗日英雄事迹之后,主动提出,要把二区区委书记刘英等三位烈士的英勇事迹撰刻在碑文上,让后人永远铭记。

这样,就与孙犁先生的《后记》所述,对上了号。对20世纪80年代的那封回信,张根生也讲得很清楚:"1984年春季,安平县委发出通知,要召开一次老干部座谈会,收集整理安平县建党以来的革命历史资料,特别是八年抗战的资料,编写党史和抗日战争史。当时是我亲自写信邀王林、孙犁两位老作家回来参加活动。孙犁同志收到信后,特地给我写了一封回信,他表示十分赞同和支持这个活动,并对活动的开展提出了一些很好的意见。当时由于他身体不好,未能参加。"

这两段引文皆出自张根生所著《和谐与小康》一书(海天出版社

2006年2月出版，第339—342页）。这是来自当事人的直接反馈，两相对照，可以更清晰地理解孙犁先生当年落笔为文的实情。不过，有一个时间点两者出现了"错位"：孙犁复信注明的时间是1982年2月10日，而张根生先生的文章却说是1984年春季，相差两年。这当中肯定有一位是记忆有误的。究竟错在哪一方，恐怕就不能全靠我来臆测了。

发布会的"前戏"大概有半个小时，随后，各方代表的发言就进入程序了。我的发言被安排得比较靠后，这使我还有几分钟时间，在那张印有"银湖旅游中心"字样的白纸上，匆匆草拟了几行简单的发言提纲——非常幸运的是，在我珍藏的张根生先生的这个签名本中，竟然还夹着那张发言提纲，其中第一点就标记着：从孙犁先生与作者的交往来"切入"主题。在此，不妨把这段文字引述如下——

今天见到张老有一种特殊的亲切感，二层意思：一是张老是河北安平县人，在我曾经供职的《天津日报》，有许多来自《冀中导报》的老同志，口音都是这样的，我很熟悉。二是，我刚才翻看了一下书里的文章，发现张老与孙犁先生不光是老乡还是老战友，确切地说，是老文友，有过跨越几十年的文字交往，这实在太难得了。我与孙犁先生同在一家报社工作十多年，他是我的老前辈，也可以说是我的恩师。今天，我以一个晚辈的身份，读到前辈之间的友情和文字，确实感到很亲切……

如今，旧景重温，我相信，当我上台发言的时候，应该是把面前的这位作者，曾经当过什么大官、拥有多大的权力，忘得一干二净了。面对这位慈祥的老人和这样的"官事活动"，我不能再简单地说"不喜欢也没兴趣"了，因为这当中不仅融入了浓浓的情感，而且有了些文化含量。

　　2008年1月，也就是与我见面的两年之后，张根生先生去世。这次一面之缘，遂成被收藏的记忆。

（2023年2月14日，于北京寄荃斋）

孙犁的笔名

一般舞文弄墨的人，都会有些笔名。譬如鲁迅、茅盾、巴金、老舍，等等，起初都是笔名。孙犁先生本名叫孙树勋，乳名振海，孙犁这个名字，也是加入抗战队伍以后取的。

孙犁的文字生涯，漫长而跌宕，经历过抗日战争、解放战争，进城后长期在《天津日报》编报和写作。在不同时期、不同环境和不同报刊上，使用过数十个笔名。几乎每个笔名，都有特定的寓意。因而，梳理一下这些笔名，往往能够透视出孙犁先生彼时彼刻的情绪和心曲。

据《孙犁年谱》记载，孙犁用得最早的笔名，是"芸夫"。在1934年1月第41号的《中学生》杂志上，他发表了论文《〈子夜〉中所表现中国现阶段的经济的性质》，这是迄今所能找到的孙犁发表最早的文论，就用了这个笔名。孙犁似乎特别喜欢这个"芸"字，此后数十年中，这个笔名不仅反复出现，还变换出"芸斋""孙芸夫"等多种"变体"，可以说是伴随孙犁文字之始终了。

在抗日战争期间，孙犁先后编辑了《文艺通讯》《山》《鼓》及《晋察冀日报》的副刊；解放战争中，编辑《冀中导报》副刊及《平原杂志》等。这一时期是孙犁创作的高峰期，他写了大量文章，也用了相当多的笔名，如纪普、力编、赵侠、铁彦、纵耕等。比较有趣的笔名是土豹，显然是取了"土包子"的谐音，带有自嘲的意味。而且这个笔名，孙犁也是多用于他的民间通俗文艺作品上，如民谣、大鼓词等。还有一个谐音笔名是"余而立",显然是他在而立之年所用,标记的是自己的青春年华。这一时期,用得最多的笔名,当属"林冬萍"。有研究者考证,这个笔名是孙犁为了纪念自己的大女儿孙晓萍而取的,其中隐含着一个投身革命、无暇顾家,但又时刻牵挂着女儿的父亲的深沉情愫。

这类寄寓父爱的笔名,还有20世纪50年代所用的石纺和少达:前者是为纪念大女儿孙晓萍进入石家庄纺织厂当工人,后者则与儿子孙晓达有关。孙犁先生虽不善言谈、不爱交游、性格内向,但其内心世界却十分丰富,表达情感细腻而深沉。这一特点,在其常用的笔名中,也可窥见端倪。

孙犁自1956年突发疾病,不得不中断写作,各处寻医问药,专事休养。病情稍好,"文革"风潮又起,他被关进了"牛棚"。后来虽被放了出来,依旧无法公开发表只言片语,被迫搁笔十年。在这一段非常时期,他只能用自己独创的方式,偷偷记下孤寂中的一时兴会和积郁感怀,这就是孙犁特有的文体——"书衣文"。

所谓"书衣文",顾名思义,就是写在包书的书皮纸上的简短文字,有记书事,有记人事,有谈古事,有论今事……兴之所至,漫笔为文,看似无用闲文,实则真知频现、妙论迭出。及至阴霾荡去,再现晴光,孙犁将这些原本无意示人的文字,汇编成集,是为《书衣文录》。当其写作之时,不免古今文人之"痼疾",时常随手取个名号,标注于卷末,以为彼时之标记,由此又出现了一大批五彩缤纷、寓意深邃的"类笔名"——说它们是类似的笔名,是因其并非为公开发表而取,更多的是给自己自吟自赏的,这就与通常所说的笔名,拉开了一定的距离;然而,就其寄寓情怀、抒发情感、表达情绪而言,又比一般的笔名,更多了一层含蓄委婉、幽深邃密的情致。

这种"书衣文"的笔名,与以往最明显的区别在于,多采用类似书室、斋名、堂号的语句,题于文末,显得孤高清雅,寄意隽永。据不完全统计，这类常用的笔名有：瓶书斋、存华堂、存善堂、幻华室、双芙蓉馆、梦露草堂等。对这些名号的寓意，孙犁先生本人并未做出明确的阐释，后人自然不能望文生义、凭空妄断。我们只能以欣赏"谜面"的眼光，揣摩猜度它们在那个风雨如晦的特殊年代，隐含在孙犁笔下的婉曲"谜底"了。

不过，也有一些名款，语意比较明确，可以证之于现实。如1981年5月17日出现在"书衣文"上的"悲观堂"，直接动因就是当时发生的一大新闻：图书馆的珍贵图书被盗。孙犁先生有感于此，取了这样一个充满愤懑无奈的堂号。这个堂号，好像只用过这么一次。还有一个笔名叫"老荒记"，后来，被孙犁径直拿来用作一本散文集的书名——《老荒集》。这也是孙犁先生题赠给我的第一本签名本，时间在1986年的11月。

此外，孙犁在"书衣文"上还用过一些两个字的名号，如时限、余生、姜化等。时限和余生，比较容易"破译"，皆有对老之将至、时不我待的慨叹。而"姜化"一名，显然是用了"僵化"的谐音。我猜测，大概是他听闻一些外界议论，或有"僵化"之讥，孙犁不屑于直接批驳，顺手拿来用作了笔名——这种做法，显然是直接师承当年的鲁迅先生。孙犁毕生都以鲁迅先生为自己的"精神导师"，如此行事，渊源自明。

笔名之于文人，既如斋名、堂号，是自明心志的载体；又带有即兴赋予、随机取用的灵活性。尤其是在文化和新闻领域，时常遇到截稿时限严苛、无暇细审，或作者身份不便公开、必须回避实名等境况，编者或作者，不得不采取临时变通之策，以笔名代之。然而，常常也有这种情况，一个笔名经常使用，名随文传，遐迩知闻，天长日久，就成为某位作者的固定名号，不仅读者一望而知，作者也乐得引为自用，笔名也就演化为实名了——若周树人之于鲁迅，沈雁冰之于茅盾，李尧棠之于巴金，舒庆春之于老舍，万家宝之于曹禺……当然，也包括孙树勋之于孙犁。

　　（2022年9月21日，于北京寄荃斋，刊发于2022年10月10日
《工人日报》）

附：父亲与侯军的一段忘年交

孙晓玲

报业才子——"纪荃"

1987年以前，我住在多伦道208号，离父亲家很近，后来单位分房，我交了这间不向阳且四家共用水管的条状房屋，工作单位分给了我一套新偏单，在王顶堤邮电宿舍一楼。为了离父亲近点，又通过报社换成府湖里报社宿舍一个小中单，总共五十多平方米。

我楼上住着一位年轻的新闻工作者，时任政教部主任，专写新闻要闻，三十来岁，他就是侯军。那时他常骑辆旧"二八车"，穿衣不讲究，为人低调。开始我们见了面也不说话，后来我听说这个年轻人特别能写，便主动向他约稿，希望他能为我负责的《天津邮电报》副刊写点儿东西。没想到他一口答应了。

1991年，他以"纪荃"为笔名所写的《书信见大千》系列连载，在我们邮电系统轰动一时，广受好评。后来还在全国邮电报评比中获了专栏奖。那一篇篇逻辑严谨、富于哲理的千字文则显示了作者通晓古今、挥洒自如的敏捷文思。他还为我们邮电报撰写过《青鸟颂》与《鸿雁情》两篇散文，感情真挚，文采斐然。

那时候我一边编副刊，一边练写稿，写了约有十来篇。由于向侯军赠报，侯军还给予过热情的鼓励，给予我工作很大的帮助与支持。那时为了工作，除了联系本系统的基层作者们，自己曾不揣冒昧向许多熟悉或不熟悉的作者约稿，这其中也不乏一些名家，张雪杉、姜维群、陶家元、陈新、耿文专、宋安娜、孙秀华、彭莱、石磅等前辈与友人都热情地给我责编的副刊写过稿件、画过插图、帮过忙。那时一篇千字文或一幅插图，我们报社开出的稿费仅为十五至三十元。我知道这些出手不凡的作者，写出这些精美的、大大提升了副刊质量的小短文，除了有对企业报社的热情支持，也有对父亲的一份敬慕之情，对于这点我十分清楚，且永远都不会忘记。

"报人孙犁"之研究

侯军与父亲的文缘，始于他对两篇父亲早期报告文学作品的研究，以及其后他对"记者孙犁"的研究。侯军十八岁就进《天津日报》当记者，二十多岁时便得到了父亲的关怀与支持。

1984年，主编《天津日报·报告文学》专版的侯军写了一篇《试论孙犁早期报告文学中的阳刚之美》的论文，想请父亲过目，就给父亲写了一封信。没想到，父亲对他的研究成果非常重视，而且"非常感动"，对他的孜孜探索，对他发现新的风格要素，给予了超乎作者预料的肯定，认为是一篇"使人快意的文章"，并赠他亲笔签名的《老荒集》。正是父亲的热情肯定，让侯军从此立下当一名学者型记者的志愿，让他摈弃干扰，潜心笔耕，心无旁骛地"读书做学问"。

1988年，在首届孙犁作品研讨会上，年轻的侯军以自己的研究成果率先提出了一个全新而又大胆的观点："孙犁先生不仅是一位卓有成就的作家，而且是一位卓有成就的记者和报人。如果评论界只专注作家孙犁的研究，而忽略了作为记者和报人孙犁的研究，那就难以窥见孙犁艺术全貌……"在反映不一的情况下，父亲本人当即给侯军写了一信，公开表示支持与鼓励，认为是侯军发现了他人没有注意的问题，自己的文学创作与新闻工作确实不能分开。

这之后，一件意外发生的事情给侯军的新闻研究带来了良好的机遇。

1990年，有一件喜事让父亲既高兴又激动，那就是他在"周围是炮火连天的，生活是衣食不继"的条件下，认真写作的一本小书《论通讯员及通讯写作诸问题》被重新发现。

1939年，父亲从冀中平原调到阜平山区，分配在新成立的晋察冀通讯社。10月，在阜平县大镇城南庄通讯社所在地，院墙残破，油灯微弱，二十六岁的他激情满怀，热血沸腾，广征博引，纵论中外，写下了被称为是他"真正的青春遗响"的这本供通讯员学习的小书，出版于1940年4月，三十二开，五十五页，是晋察冀边区《抗敌报》最早铅印的书之一。此书现存北京图书馆（新）善本书室，书号sc6006。虽其中第7、12、17、19、25、39页字迹不清，但弥足珍贵。此书名义上由晋察冀社集体讨论，实际上完全由父亲一人所写，共分四章，并有"前记""后记"。

1990年5月27日，飞虹入芸斋，喜鹊报喜来。曾任故宫博物院副院长的父亲的老朋友陈肇伯伯，给年近八十的父亲寄来一封短信，告诉他一个天大的好消息：

犁公：

报告你一个好消息，几十年来未曾找到的你在通讯社写的那本《论通讯员及通讯写作诸问题》，今天在北京图书馆找到了（不是原本，是翻印本）。他们可供复制，可供抄写，你考虑一下，用什么办法复制下来？祝健康！
……

陈肇伯伯的信带给了父亲巨大惊喜，父亲与陈肇伯伯自抗战开始便结下深厚友谊，朝夕相处，患难与共，这也是陈肇伯伯在生命的最后阶段，对老战友倾尽心力的又一次帮助。他和我父亲都是晋察冀通讯社的最初成员，也参加过这本小书的集体讨论，当时他已是久病之人，几个月后他就离开了人世，父亲于1990年11月22日"闻君之讣，老泪纵横"，写下了《记陈肇》，说他"从不伸手，更不邀功"，

"辛勤从政，默默一生"。由衷赞美了这位多才多艺又与世无争的老战友，成为他回忆友人文章中重要的一篇。

据我二姐向父亲写信介绍，小书的发现很大程度上还归功于一位名叫曹国辉的老同志。是他参加了晋察冀文艺研究会，在查阅其他资料时，纯属偶然发现了这本小书。当时他六十出头，早年在晋冀日报社搞校对，与陈伯伯在一起，离休前在盲人印刷厂任厂长，后从事一些晋察冀文艺研究。

我二姐为了此书的复制不辞辛苦，经过各种各样的繁杂手续，从查阅到拍照、复印，共计填写了七次申请。当她终于亲眼见到了这本在一个小长方形木盒中置放，底下衬垫着红丝绒的小书时，不禁心中一阵狂跳。二姐几番奔波、忙碌，6月26日又赶乘火车，把复制品亲自送到了父亲手中，父亲心中充满了对女儿的感激。对这本小书的回归，他兴奋的心情就像找回了失散多年在外流浪的孩子。

1990年7月2日，父亲写的《一本小书的发现》发表在《大地》副刊版面上。父亲在文中表述了他喜出望外的心情，表达了他对善本书史、曹同志、肇公和女儿的感激之情。

自父亲有关此书文章发表后，北京现代文学馆负责人杨犁同志即托刘慧英带信给父亲，告知北京现代文学馆亦有此书，这真是无独有偶之喜讯。后刘慧英女士又为我父亲复制了一本，较之北图本更清楚一些，让父亲也很感动。他收到书的日子是1990年7月12日晚，天气非常炎热，可他抑制不住内心的喜悦，即刻装订好，十分欣慰，反复翻阅。1990年7月26日下午，父亲又写了《〈论通讯员及通讯写作诸问题〉校读后记》，特别指出："它是我在写作《文艺学习》一书之前，对我的文艺思想和文艺理论的一次初步的系统的检阅。"对此书梦寐以求之情溢于言表。

对这本诞生于抗战烽火中的"新闻理论"著作，《天津日报》领导也非常重视，总编辑亲自点将，要求曾提出"记者孙犁"这一论点的侯军,担当起研究这本重要著作的使命,在短期内写出一篇专题论文。侯军愉快地接受了这个研究课题,他认真梳理和研读了全书,做出了详细的读书笔记,并就研讨过程中的几个关键性问题,给父亲写信求教。父亲写了一封长达六页稿纸的回信,一一解答了侯军的问题,解决了他在写作中急需破解的几个疑问。此后,侯军经过一个多月的挥毫奋战,顺利地写出了《报人孙犁及其新闻理论的再发现》这篇万字长文,1991年12月发表在《天津日报》新闻研究室编辑出版的《新闻史料》上。父亲阅后当即又写给侯军一信,给予热情鼓励。

侯军为写此文,下大力气,反复查阅资料,了解历史背景、相关作品,以精到的眼光,多方的论述,丰富的素材,深厚的笔力,高度评价了这本早期新闻理论"开山之作"在党的新闻事业中所占的特殊位置,以及它的至今难以估量的新闻理论价值和新闻史料价值,打破了长期以来对"记者孙犁"研究的薄弱局面,而时至今日,侯军的研究成果仍处领先地位。

芸斋的会面

1992年5月父亲过生日时,侯军撰写了一副寿联,请我转送给父亲,上联是"兰为伴,菊为伴,欣清气盈窗增鹤寿",下联是"笔有情,墨有情,化书香满室慰文宗"。这副寿联最初是他自己用素宣书写的,字大,联长,他很不满意。大概他想更吉庆一些,便又请书法家陈连羲用大红洒金纸写了这副,由我送给了父亲。父亲很高兴,还写了一封信让我转交给侯军,表示谢意。

在芸斋,这简朴而又雅致的空间,这并未装修过的书房兼会客室,那靠墙的一对又小又旧的沙发,沙发后的对联——"文章耐寂寞,点点疏星映碧海;白发计耕耘,丝丝春雨润青山"(王昌定先生书),书柜上的兰花,靠窗半旧的写字台,尤其是书柜上面,父亲自书的"大道低回"书法,墙上悬挂古香古色的"耕"字匾,竹子图案的蓝布窗帘,此外,那一簇簇气势雄伟,如瀑布般倾泻,充满生机的绿色爬山虎,无一不给侯军留下深刻的印象。在他心目中,这是一处"圣地",他能来此往往有"朝圣"的感觉。老人的文学成就,侯军了如指掌,老人的文品人品,他由衷敬仰。"孙犁六十年的道路,是光辉的业绩,是无可取代的,他的出现,实在是我们一代人的幸运。"他曾在自己文章中这样写过自己的感受。他不仅自己来过芸斋,而且陪着报社同人也来过好几次。父亲对青年后进创作所倾注的无私的热情与关怀,他亲身切实体验过;父亲孤独寂寞的生存状态,他亲眼目睹过,且无比地关切。他觉得在天津这座码头城市,他与这位晚年创作力旺盛、身体又那么瘦弱的老人,居住的地点是那么近,心的距离更近,在精神上则永远不能分开。"春风化雨,广泽文苑",令侯军深有感触,亲有体会。

1993年1月,侯军赶赴深圳,他怕行李太重,毅然放下了一些生活用品,却带走了大部分多年苦心购置的父亲的作品。他觉得见书如见面,鼓励就在身边耳畔。况且更方便随时研读,如有心得,也能及时向父亲汇报,而父亲在芸斋语重心长地教诲他"年轻时多留下一些文字的东西",也就如同刀刻斧凿一般留在他的心田。这些金玉良言,如同春天的种子。经历时间的风雨,开花结果,春种秋收。

1993年8月3日,侯军在深圳给父亲又致一信,告诉他自己在津期间参加了天津日报社组织的"孙犁研讨会",并略陈管见,那天正是父亲手术日。"当晚从我爱人处探问得知手术十分成功,与妻儿禁不住额手相庆。""自南下深城,日日悬念于您的病况,电霍静同志探究,得知恢复良好,实感欣慰,正所谓:吉人天佑中国文坛之幸事也。"表达了他对父亲的不尽牵挂之情,但愿父亲善自珍摄,精心调养,早日康复,期待父亲在自己主持的副刊上,发表病后新作。

1994年看望过父亲后,侯军写了《大道低回 独步文山——老作家孙犁探访记》,一是向南方的读者报一下父亲平安的消息,二是转达父亲对岭南老友的问候,当然也写出了父亲为人为文的精神境界。1996年春节前后，侯军曾给父亲写过一信：

孙犁先生：

您好！

我从深圳回津，想去看望您。因为很久没有听到您的音讯了，甚是惦念。听晓玲大姐讲，您近来身体不太好，很少见客，我就不去打扰您了，只要您知道有一个远方的学生，时刻关注着您，为您的健康祈祷，也就够了。

……

父亲也赏识侯军的文学才华及他的自学精神。自小父亲也是"圣处一灯传，工夫萤雪边"过来的。他跟我说过，侯军，二十三岁便在全国新闻系统职称统考中一举摘得头名状元。翌年被评为全国自学成才先进个人。据说当时试题中有一个问题："《芙蓉女儿诔》是贾宝玉祭谁的？"很多人都答不上来，可对熟读《红楼梦》的侯军而言，这篇寄托着曹雪芹无比愤恨与哀伤的祭文，许多句子能背诵，所以很轻松地写出了答案：晴雯。父亲很喜爱曹公笔下晴雯这一美丽、刚烈、正直、清纯的形象，同情她如一盆才出嫩箭的兰花断送在了猪圈里，而怡红院挑灯补裘的情节，他则能全段背诵。在他的名篇《山地回忆》"妞"的形象里，《铁木前传》"小满儿"的身上，那伶牙俐齿的吵架，有些泼辣刚烈的性格，不禁让我感到曹雪芹笔下女性的影子。在对《红楼梦》的共同爱好上，一老一少皆有"红楼情结"。

一个普通工人家庭出身的孩子，却有那么好的古文功底，精茶艺，懂绘画，并对摄影、书法、音乐等艺术门类，也都有涉猎，写过不少艺苑名人。侯军的母亲和我很熟，有次在楼外面碰上了，我忍不住问她："您的两个儿子都这么有出息，您是怎么教育出来的？"老人自豪地告诉我："从小爱学习呗。"听说侯军自小就写过小说，有"神童"之称。

记得二十多年前,我在天津人大函授新闻班不脱产学习时,三年的时间,侯军只去过一次,好像是取什么学习材料,他专注地坐在前排听了一会儿课,一字不记便悄然离去,而他的成绩门门是"优",真叫人暗暗称奇。有一回班里公布古代汉语成绩,有四个人得"优",有侯军、班长刘树功,再仔细一看,自己竟然也得了"优"。能和自学成才的"状元"考出一样的分数,当时让我兴奋了好几天,让我这个一开始连"导语"也不知为何物、纯业余的通讯报道员自卑情绪顿时减轻了不少。

父亲去世后,侯军身滞南粤,工作难以分身,便嘱其母向我表示了慰问,他和妻子又分别打来电话吊唁。侯军在电话中追忆了我父亲对他的教诲与期望,说到深情处声音哽咽难言,泣不成声。后又作《遥祭文星》一文,把埋藏在肺腑中的尊崇敬仰感恩之情,倾诉给驾鹤西行的老人家,与友人共送"平生德义人间颂,终身文章举世吟"的挽联,并立写挽诗一首:"报海失灵槎,文坛陨巨星。曲终人不见,万古仰高风。"他还盼望有机缘多写一些纪念文章,以报答父亲对他的栽培与厚爱。

直到现在我还能接到侯军和他的妻子及其爱女乐乐的贺年片:"晓玲大姐:时常怀念相聚的时光,新年将至,请接受我们从远方发出的真诚祝福!"虽是简短的几句话,却让我心里暖意融融。

难忘的建议

还有一件事也是让我难忘的。20世纪90年代初,看到我身体不好,整天疲于奔命,家里家外超负荷运转。有一天,侯军诚挚地对我说:"大姐,我要是你,就不上班了,专门照顾老人。"并坚定地说:"桃李不言,下自成蹊。"

他是称赞父亲秉锄育栽不辞辛,桃李不言自芳菲。而他建议我放弃工作,是出于对父亲生活的真切关心,希望我能有更多精力照

403

顾他老人家。这个想法，其实萦绕在我心里也不是一天两天了。那时候我已渐渐知道了父亲写作的重要性；知道了天南地北有那么多人对他的身体极为关注；知道了有的读者对得到他的书，达到了"欣喜若狂，每晚围炉细品"的地步；也知道了不少著名文学评论家、作家对他评价甚高。有些朋友认为他的一些作品，对时下文坛、党风，甚至整个精神文明建设都有不可低估的作用。父亲如果能延年益寿，为祖国和人民多写一点文章，那可是不少人的心愿。无论如何也比我这份儿工作重要得多。我就是听从了这位年轻的中层干部的建议，下决心离开了工作岗位，给老人和家庭以更多的照顾。当时我还写了一首《无题》表达我的心情。

我是无声的琴弦，
悄悄离开了乐队的雄健；
我是无知的雨珠，
缓缓落在蜿蜒的路边；
我是无怨的小草，
默默仰视参天的树冠；
我是无名的云朵，
悠悠飘荡在广阔的蓝天，
愿复苏的每一个音符，
欢快的流淌在青春的心田，
愿失落的些许清润，
温馨伴侣心中的爱恋；
愿春风柔柔的翅膀，
裁剪出孩子们喜爱的图案。
愿凝聚的团团霞彩，
映红老人归航的港湾。

病休后,我挎起菜篮子,经常出入农贸市场。给自家买菜,也顺便给父亲带一些他喜欢吃的鲜嫩果蔬,自家炖了新鲜的好吃的东西,也及时给他送去。有时他也点名让我爱人炒两个菜,他爱吃女婿炒的烩三丝、炒虾仁。我尽量给他增加一些营养,因为买扁豆,目睹父亲对这碟小菜的喜爱,我还写过一篇《扁豆情》的散文。有一回我给他送菜,恰巧碰到了看望过父亲后站在楼下,正在等儿子开车接他的北师大郭志刚教授。他后来在《岁月之恋——我的怀念》一文中,把见到我送菜的情景写了进去,提到玉珍姨向他们介绍:"小玲天天送菜来。"父亲是一位重情义的老人,他曾在卧室亲口对我结记他的吃喝,表达了心中的感激,说我"不容易",也心疼我累。有一回,我又去给他和住在他那里的亲戚送菜,他立刻问:"她们呢?"恨不得我能歇歇。

不忘教诲之情

多年来,侯军一直未忘记老人对他的"教诲之情",坚持读书、做学问、办报纸。到深圳不久,他便写了大量有独特感受的散文,如《体味离别》《祖母的拐杖》《感受孤独》《收起你的辉煌》《深圳夜空不寂寞》等,还陆续出版了《收藏记忆》《读画随笔》《孤独的大师》《文化目光:点线面》《品茶悟道》等二十来部作品。他现在是深圳报业集团副总编、高级记者、深圳大学兼职教授,也是一名著名的文艺评论家、散文作家。他是从《天津日报》走出去的文化精英,不忘故土,勤于耕耘,在《天津日报》上发表过《大贤门下立雪迟》等文章。2010年,他被《天津日报》评为年度最佳撰稿人。

2011年11月5日上午,在静海县(今静海区,编者注)团泊新村,我又见到了侯军,这里恰巧是他的原籍。在百忙之中,他作为嘉宾从深圳专程赶来参加"2011孙犁报纸副刊编辑奖"颁奖大会。《天津日报》报业集团、中国报纸副刊研究会诸位领导和十几位全国政协委员、报业老总、作家以及周海婴先生，都是设立"孙犁报纸副刊编辑奖"的发起者、倡导者。作为全国报纸副刊研究会副会长，几年来，侯军更是每逢有会必呼吁设立此奖之迫切性和重要性。得知这一奖项获上级认可批准设立后，他难掩兴奋激动之情。他在2011年7月19日接到我寄给他的新书《布衣：我的父亲孙犁》后写一信给我，特别提到："这件事意义深远，以作家姓名命名的奖项，属全国性的只有鲁迅、茅盾、曹禺、冰心等三五人而已。新闻类奖项亦仅有邹韬奋、范长江两个。孙老一辈子编副刊编杂志，堪称楷模和典范，以他命名文艺编辑大奖，实至而名归，也是天津文艺界、新闻界的一份荣光也。我为此而深感骄傲，并为曾鼓呼一阵而倍感荣幸，相信大姐的全家也会高兴的。"

至今我还记得十八年前，侯军离开津门，远赴南粤之时，托我送给父亲的那首充满深情的《留别孙犁老人》中的诗句："大贤门下立雪迟，老树参天护幼枝，遥望文星悬皓夜，恭聆泰斗启神思。高洁常作竹兰伴，淡泊堪称后世师。辞行未敢惊白鹤，临窗三扣青衫湿。"

我想那时寂寂芸斋的父亲看了这首诗会伤感的。但现在九天之外的他，若得知多才多艺的同行侯军，在写文章、办报纸的同时，还一直做学问，笔耕不辍，硕果累累，一定会倍感欣慰、由衷高兴的。

（此文原载孙晓玲著《逝不去的彩云——我与父亲孙犁》，百花文艺出版社2013年5月出版）

后 记

校读完全部书稿,我摘下老花镜,长舒了一口气。手抚书卷,在心中自语:"孙老啊,三十多年前与您说过的选题,我今天终于完成了……"

这么说,并非虚言——书中收录的最早的文章,发表于1988年,那是我提出并付诸实施"记者孙犁"研究的起始点;而最晚写成的文章,已经到了2023年。两者的时间跨度有三十五年。一部书稿在心里压了三十多个春秋,不用我说,各位读者自可体会其中况味。而一旦这积蓄已久的压力被释放出来,我内心的那种轻松和欣慰,真是难以言说。

至于本书从选题萌生到酝酿成型,从"记者孙犁"到"报人孙犁"的逐步深化,从数次与孙老"叨陪鲤坐"解惑释疑,到孙老去后,我身滞岭南,"孤踪独往"……所有这些过往,我在本书的零篇散页中都已写过,在这里就无需赘言了。如今,蓦然回望来时路,百感交集却无言:一卷书成堪告慰,满头乌发已皤然!

关于本书,还有两点需要说明:

其一,本书副标题为"重读孙犁随笔","重读"的重点并非孙犁那些名闻遐迩的文学名篇,事实上,我还在有意绕开这条平坦笔直的"大道",选取的是平时很少被人关注、也罕有论者研究的报人文字、新闻作品,力求从办报的角度来解读孙犁先生。这绝非轻视孙犁先生的文学成就,恰恰相反,我只是希望用"报人孙犁"的研究,来完善和补充以往单纯研究"作家孙犁"的缺憾，使孙犁先生的形象更加真实，更加全面，更加立体。此外，副题中特意标明"随笔"二字，意在表明我所采用的是随笔写法，既不同于学术著作，又不同于传记散文，但于这两者，均有借鉴。书中凡提出论点，皆言必有据，凡引述原文，皆注明出处，以求符合学术规范。而行文则不拘一格，轻松灵动，行其当行，止其当止，力避一般论文之板滞。这当然只是我在写作过程中的一种追求，做得如何，不能自评，只能交给读者来评判了。

其二，"报人孙犁"这个题目，经历了一个漫长的酝酿、演进、逐渐丰富的过程。这在我写于各个时期的文字中，都有所显现。变化也许只是一个提法、一个细节、一个例证、一个侧面，融在某篇文章中并不起眼，串联起来方可看出端倪。这一特点，在本书的第四辑"我与孙犁"中，表现得最为明显。这一辑原本只想作为"附录"，后来之所以决定单列一辑，就是考虑到要让读者对此过程一目了然，才不惜篇幅，赘于卷末。不过，这就带来另外一个问题：三十多年间的文字，本来都是单篇发散于各地媒体的，一旦聚散成辑，难免重复叠加。这是令人厌烦的，也是十分无奈的。既要保存原貌，以存依次演进之脉络，又要避免文字的重复，这在我实在是个两难选择。我所采取的办法，只能是删繁就简，把一些明显重复的段落，尽量压缩，并在文末予以注明，而个别文章只好忍痛割爱了。

促使我加速完成本书的直接动因，是2022年由《天津日报·文艺周刊》与中国报纸副刊研究会的《中国副刊》，联袂举办的"孙犁副刊编辑奖"获奖者征文。承蒙两家主办方的青睐，委托我在征文结束时写一篇"收官之作"——而我在秉笔为文之际，忽然感到一丝愧疚：我想到了埋藏心底三十余年的夙愿，想到了当年多次与孙犁先生商讨交流过的论题——光阴荏苒，时不我待，何不借此征文的契机，一鼓作气，完成这部早已酝酿成熟的书稿呢？

动力产生于一念之间,征文一结束,我就开笔了——恰好这段时间,新冠疫情加剧,社交活动停摆,正好给了我一个绝朋息侣、掩卷闭门的空隙,每日里埋头书海,殚精竭虑;心无旁骛,倾心为文。其间,还曾举家南行,避疫深圳,奔波于闭环转运,隔离于封禁户牖,而我的书稿却每日皆有进境。读者或可从篇末标注的写作时间、地点中,窥得我那一段携文辗转的行踪。如今,书稿既成,我首先要感谢副刊同人们的勉励和鞭策,没有那次征文活动的强刺激,这部书稿或许至今还沉埋于胸腹之中呢!

2022年初秋时节,我曾专程去了一趟天津,拜访了孙犁研究专家刘宗武和孙犁的外孙女张璇——本想也去拜访对我一路支持的孙晓玲大姐的,但她那几天刚好身体不适,就让张璇代为接待了。张璇把当年常常替我"鸿雁传书"的"小胖子"张帆也叫来见面,真是善解人意,让我从面前这个大小伙子身上,恍惚回到当年比邻而居的岁月,顿悟逝水如斯的无情。我把准备开笔写作《报人孙犁》的心思,分别向刘和张做了详尽的说明,他们都表示赞赏并愿意提供支持——后来的诸多事实证明,他们的支持是实实在在的,且不乏雪中送炭之举,令我在感动之余,更觉吾道不孤。然而,令我深感意外的是,新年伊始,刘宗武先生染疴仙逝。我连说一句感谢的机会都失去了,只能写下一篇悼文,题为《不忍送别》……

这部书稿与天津人民出版社结缘,是由书友黄沛先生牵的线,先是推介给王康女士,王康女士又把此事交给张素梅编辑,就这样三传两递,一段书缘就缔结而成了。如今,书稿即将付梓,请允许我对黄沛先生及王康和张素梅两位女士,表示真诚的感谢,以书为缘,因书成友,原本就是世间最美好的事情,惟愿我们书缘长久,绵绵不断。

邀请彭程先生为本书作序,在我可谓"蓄谋已久"。原因很简单:他和我都是孙犁先生的"铁粉",他与孙犁先生还是冀中老乡。

早在十几年前，我的一本小书《那些小人物》刚刚面世，他就悄悄跟我说："我从你的文字里，读出了孙犁的味道。"天呐，知音啊——我这本书原本题名是《城里旧闻》，正是向孙犁先生《乡里旧闻》的"致敬"之作。只因出版时编辑从市场角度考虑，才改成现在这个书名。这层因缘我从未跟任何人讲过，而彭程兄却凭着散文家的敏锐，一语道破这曾"隐秘"——非知高山，何辨流水？既遇知音，自当同怀。故而，当我将请其作序之意，郑重告知彭程时，他当即慨然应允——有了他这篇沉甸甸的序文置诸卷首，不唯增添了拙著的理论分量，而且在我心中又加注了情感的浓度。深谢彭程兄！

本书的书名是我自题的。这是我第一次为自己的书题写书名。本来也想过请某位名家挥毫，凭着孙犁先生的光环，找多大的名家都不会被拒绝，但这样做又不免"借名人自重"之讥。这样转念一想，还是自己写比较踏实。其实，近年来，不断有朋友找我题写书名，我自知写得不好，但友情为重，我岂能违拗朋友们的美意？就这样，陆陆续续也题了不少。而这次题写《报人孙犁》，还有一个插曲：责编来电催要书名题字时，我正在南京出差，手边无笔无墨，只有一个印章又无印泥。刚好那天我要去拜访书坛名宿、忘年老友尉天池先生，我灵机一动，何不借用尉老的"笔墨纸砚"，完成这件急务呢？说起来，这是一个很别扭的选择，你到一代名家府上去"弄斧班门"，还要借用人家的"家伙事儿"，简直是岂有此理？幸好尉老闻之，爽快地答应了。八十六岁的老先生还陪着我上楼，选纸备墨，看着我写了四五张，并帮我选中一张，又找出自用的印泥，看着我盖好印章。我心想，这几个字写得如何，姑且不论，这写字的"气场"，实在是太强大！谢谢尉天池先生！

（2023年4月16日，于北京寄荃斋）